문라이트 사가

2

문라이트 사가 2

ⓒ 마라 울프 2016

초판1쇄 인쇄	2016년 2월 19일
초판1쇄 발행	2016년 2월 25일

지은이	마라 울프
옮긴이	채민정

펴낸이	박대일
편집	이문영 · 임유리 · 신지연
교정	김필균
마케팅	송재진 · 임유미
디자인	박현주
일러스트레이션	이지선

펴낸곳	파란썸(파란미디어)
출판등록	2004년 9월 14일 제313−2004−00214호

주소	121−897 서울시 마포구 성지1길 32−36(합정동)
전화	02.3141.5589(영업부) 070.4616.2012(편집부)
팩스	02.3141.5590
전자우편	paranbook@gmail.com
카페	http://cafe.naver.com/paranmedia
페이스북	http://www.facebook.com/paranbook

ISBN	978−89−6371−262−8(04850)
	978−89−6371−260−4(전2권)

문라이트 사가

2

달빛 아래 춤

파란

벌써부터 멋진 이야기들을 써 내기 시작한
나의 사랑하는 아들 니키에게 이 책을 바친다.

꿈에서조차 그대를 찾고 있다
고통스러운 이별,
절망적인 고독과
영원한 영혼의 죽음.

어떤 희망도 없이
하릴없는 염원에
숨 가쁜 두려움을 속삭이는
이 끝없는, 백색의 고요

_ 라이너 마리아 릴케

프롤로그

바람이 집 주위로 휘몰아치고 있었다. 마치 집 안으로 들이닥치고야 말겠다는 듯이 무시무시한 기세로 창을 흔들었다. 바람 소리가 마치 누군가의 비명 소리 같았다.

초여름의 폭풍우가 이토록 기세를 떨치는 건 드문 일이었다.

거실 구석에서 괘종시계의 종이 울리기 시작했다. 저음의 종소리가 마치 영원히 끝나지 않을 것처럼 머릿속을 파고들었다.

마비된 채 거실 소파에 앉아 바닥에 떨어져 있는 부스러기 하나를 노려보았다. 과자 부스러기 같았다. 브리 외숙모는 거실에서 간식을 못 먹게 했지만, 한나와 앰버가 몰래 과자라도 먹다가 흘린 거겠지.

움직여 보려 했지만 몸이 내 뜻대로 움직여지지 않았다. 마치 악몽을 꾸고 있는 듯 온몸이 뻣뻣하게 얼어붙은 채 축 늘어져 있었다.

"엠마, 이것 좀 마셔 봐."

외숙모의 목소리가 머릿속의 안개와 소음을 뚫고 느리지만 또렷하게 들렸다. 손에 들려 있는 파란 컵에는 노란색의 작은 꽃이 삐뚤삐뚤하게 그려져 있었다. 한나가 크리스마스에 직접 그려서 선물해 줬던 게 기억났다. 김이 모락모락 오르는 액체를 한 모금 삼켰다. 뜨거웠고, 코코아와 진한 위스키 맛이 났다.

고개를 흔들며 기억을 떠올리려고 노력해 보았다. 끔찍한 일이 벌어졌던 건 확실했다. 그게 뭔지 기억할 수 없을 뿐이다.

명확하게 생각하기가 어려웠다. 아무리 노력해 봐도 마치 어딘가에 부딪혀 튕겨져 나오는 것 같았다. 나도 모르는 새 무릎 위에는 양털 담요가, 어깨 위에는 두꺼운 스웨터가 얹혀 있었지만 너무 추웠다. 추위가 온몸 구석구석에 퍼졌고, 심장까지 몰려드는 것 같았다. 머그컵을 세게 움켜쥐고 눈을 내리감았다.

무슨 일이 있었던 걸까? 기억의 단편들이 머리를 스쳤다. 절벽 위에 서 있었던 게 기억났다. 그러고는 소피가 땅에 쓰러진 나를 일으켜 주었고…….

기절했던 게 틀림없었다. 그렇지 않고서야 머릿속의 공백을 설명할 길이 없었다.

눈을 뜨고 천천히 방 안을 둘러보자, 모든 게 이상스레 일그러져 보였다. 몸을 가누기 위해 곁에 앉은 소피의 카프탄 자락을 움켜쥐었다. 그녀가 내 손을 꼭 잡아 주었다. 그 친숙한 손길 덕분에 진정이 되었는지, 울렁거림이 천천히 잦아들었지만 완전히 가시진 않았다.

"아빠, 쇼크 상태인 것 같아."

아멜리의 목소리가 들렸다.

"엠마가 계속 떨고 있잖아. 어떻게 해야 하지?"

내가 떨고 있다고?

나는 떨고 있었다. 손에 쥔 머그컵이 덜덜 떨렸다. 도움을 간청하듯 아멜리를 바라보았다.

"캘럼은 어디 있어?"

아멜리에게 묻는데, 내 목소리가 스스로도 낯설게 들렸다.

모두 놀란 얼굴로 나를 바라보았다.

그 순간 머릿속의 베일이 찢겨져 나갔고, 그제야 그날 오후에 있었던 일들이 세세히 떠올랐다. 그의 미소와 입맞춤, 그리고 헤어짐까지도.

마치 누군가에게 복부를 얻어맞은 것처럼 몸을 둥글게 말았다. 그러고는 헐떡이며 숨을 들이마셨다. 그리고 명확한 사실 몇 가지를 깨달았다.

그를 잃어버리고 말았다는 것,

그가 떠났다는 것,

내가 혼자 남겨졌다는 것 말이다.

그의 마지막 눈빛만 남아 내 가슴을 난도질했다.

"우리도 정확히 무슨 일이 일어난 건지 모르겠다."

에단 외삼촌이 중얼거린 후, 헛기침을 하고 다시 입을 닫았다. 마치 그 이상은 말할 게 없다는 투였다. 어떤 말로도 나를 위로할 수 없다는 걸 알고 있기 때문이었을까?

"에…… 엘린이 아레스를 죽였어요."

방금 눈앞에서 목격했던 사건이 여전히 믿기지 않았다. 무슨 말이라도 하지 않으면 그대로 두려움에 먹혀 버릴 것 같았다.

"엘린이 캘럼을 어떻게 했을까요? 혹시……."

제발 누군가가 대답해 주길 바랐다. 그럼 내 안의 두려움도 잠잠해질 수 있을 텐데. 브리 외숙모가 내 손에서 빈 머그잔을 받아 들며 흐느꼈다. 그러고는 소피와 함께 일어서서 방을 나갔다.

"이 모든 걸 잊으려고 노력하거라. 그 애도 잊어야 해. 이젠 돌아오지 않을 거다. 너를 위해서 하는 말이야."

에릭슨 박사가 말했다.

에릭슨 박사가 곁에 있다는 사실조차 몰랐다. 그는 벽난로 위 선반에 기대어 서서 이상하리만치 냉정한 얼굴로 나를 바라보고 있었다.

지금 무슨 소리를 하는 거야? 캘럼을 잊으라고?

엄마가 죽은 뒤 외삼촌네 가족이 사는 스코틀랜드로 온 이후, 그는 내 삶의 전부였다. 그가 있었기 때문에 이곳이 내 집인 것처럼 느껴졌었다. 그는 엄마의 죽음이 만들어 낸 빈 공간을 채워 주었다. 그를 어떻게 잊을 수 있단 말인가? 생각만으로도 이미 견딜 수 없을 정도였다.

고개를 저으면서 몸을 일으켰다. 다리가 아직도 후들거렸지만 서둘러 거실을 빠져나왔다. 다행히 모두 나를 혼자 내버려 둬 주었다.

1장

온 힘을 다해 밤의 어둠을 밝히고 있던 달 위로 구름 더미가 몰려들었다. 숲의 나무들이 웅성거리는 소리가 다른 소리들을 압도해 버렸다. 큰 나무들의 우듬지 사이로 바람이 휘몰아치는 가운데, 검은 형체들이 성의 안뜰로 빠르게 걸음을 옮겼다. 어둠이 짙게 깔려 있었기 때문에 정확히 분간할 수는 없었지만, 그들이 서로 나지막이 속삭이는 소리로 거기 누군가 있다는 걸 가늠할 수 있었다. 오래된 경첩에서 육중한 떡갈나무 문이 삐걱거리자, 벽마다 수많은 횃불이 타오르는 입구로 한 무더기의 인파가 쏟아져 들어왔다. 돌 벽 위로 그들의 그림자가 일렁거렸다.

문이 닫히자 긴 행렬이 계단을 내려가기 시작했다. 사방이 고요한 가운데, 비밀스러운 통로로 끝없는 발걸음이 이어졌다. 행렬은 마침내 로마 시대의 원형 극장처럼 생긴 커다란 홀에 다다랐다. 홀 중간에는 수 미터의 돌기둥이 우뚝 서서 천장을 받치고 있었다. 반원 모양의 대칭을 이루고 있는 긴 좌석마다 붉은색의 우단 방석이 놓여 있었다.

무리가 낮은 소리로 중얼거리며 좌석을 찾아 앉았다. 외투를 벗자 망토 아래 감춰졌던 얼굴이 드러났다. 그들은 인간이 아니었다. 더 자세히 말하자면 마법 세계의 종족들이었다. 다들 회의를 준비할 시간조차 없이 갑작스럽게 소집된 모양이었는데, 중대한 사건이 일어났기 때문이다. 아무도 엘린이 무력으로 권력을 장악할 거라고 생각하지 못했지만 일이 이렇게 된 이상 한시라도 지체할 수는 없었다. 모두의 얼굴에 깊은 근심이 드러났다. 상황이 상황인지라 한자리에 모였지만, 과연 앞으로 얼마나 더 나빠질지는 아무도 모르는 일이다. 모두가 오랜 세월 동안 공들여 쌓아 올려 온 평화가 무너지게 될 것인가? 종족 간에 전쟁이라도 벌어진다면, 그들이 오랜 세월 동안 공들여 쌓아 온 평화가 한순간에 무너질 터였다.

미론과 멀린이 홀 안으로 들어오자 웅성거림이 멎었다. 그들은 홀 중앙의 연단 위에 은 촛대로 장식된 대리석 원탁에 앉았다. 그 뒤에는 지하 회의장에서 유일하게 반듯한 벽 하나가 세워져 있었는데, 거기에는 다음과 같은 문구가 쓰여 있었다.

너희는 뱀처럼 지혜롭고, 비둘기처럼 순결할지라.

뱀파이어들의 우두머리인 미론 옆에는 최고령의 마법사인

멀린과 늑대인간, 파우누스, 엘프 들의 우두머리가 자리 잡았다. 이렇게 다섯 종족의 수장들이 함께 회의에 참여하는 것이 그들의 규율이었다. 인간과의 전쟁 이후로 각 종족들은 이렇게 1년에 한차례씩 모여서 의회를 열고, 정해진 순서에 따라 종족의 대표자가 1년간 의장을 맡았다. 오늘은 범죄 행위와 그 처벌에 대해 의논하기 위해 여섯 개 종족의 수장들이 모여 회의를 진행한 뒤 결론을 내리게 될 것이었다. 여섯 개 종족에 해당되지 않는 요정, 드워프 같은 소종족들은 대종족이 내린 결정에 따르곤 했다. 안타깝게도 셀리코트들은 단 한 명도 참석하지 않았다. 그래서 이번 안건에 대한 발언권도 잃게 되었다.

스카이 섬의 '인도자'인 에릭슨 박사가 엘린의 소행을 의회에 보고했다. '마법 세계의 존재들'은 셀리코트 종족과의 교섭을 시도했지만, 성과는 없었다.

늑대인간들의 우두머리인 바노크가 망치로 탁자를 두드렸다.

홀 안에 정적이 흘렀다.

"전례 없던 사건이 벌어졌소. 아레스의 아들 엘린이 우리 의회의 판결을 거부함으로써 우리의 가장 중요한 규율이 무너질 위기에 처하고 만 거요. 이틀 전, 의회는 그의 범죄 행위에 유죄를 선고했소. 인간을 살해하는 건 우리의 규율에 위배되기 때문이오. 그러나 엘린은 우리의 판결을 거부하고 도주했소. 전쟁 이후로 이런 참담한 사건은 처음이오. 단 한 명 때문에 의회의 규율이 흐트러지는 걸 두고 볼 수는 없소!"

바노크가 자리에 앉자 미론이 입을 열었다.

"엘린은 도주 후에 자신의 아버지이자 셸리코트 종족의 왕인 아레스를 살해하고 스카이 섬의 수도인 포트리 시를 파괴하겠다고 협박까지 했다. 다행히 캘럼이 희생해 준 덕분에 끔찍한 참극은 막을 수 있었지만, 그가 바닷속으로 뛰어들지 않았다면 실상 엄청난 비극이 벌어졌을 터다."

미론이 자리에 앉자 무거운 침묵이 흘렀다.

바노크가 미론의 말을 받았다.

"이제 결정해야만 하오. 이 모든 행패를 두고 볼 수만은 없소. 만약 이를 내버려 둔다면 스스로를 자멸로 내던지는 꼴이 될 거요. 따라서 셸리코트 종족을 동맹에서 탈퇴시킬 것을 제안하오."

여기저기에서 동의하듯 웅성거림이 일었다. 몇몇은 격분한 듯 고함을 지르기도 했다.

멀린이 입을 열었다.

"친애하고 존경하는 바노크 공과 이 자리에 참석한 여러분."

그의 낮은 목소리가 홀에 울렸다.

"바노크 공의 말씀이 옳습니다. 하나 이는 한 종족 전체가 벌인 일이 아닙니다. 엘린의 뒤를 따르는 추종자 무리가 있는 건 사실이나, 셸리코트 종족 대다수는 그가 벌인 일과는 무관합니다. 우리는 셸리코트 종족 전체를 처벌하기 전에, 그들을 대변할 수 있는 누군가에게 스스로를 변론할 기회를 주어야만 합니다."

"하지만 그들은 의회의 부름에 응하지 않았잖습니까? 셸리코트 장로회가 대표를 파견할 수도 있었을 겁니다!"

매우 젊고 창백한 뱀파이어가 벌떡 일어서서 좌중을 둘러보며 외쳤다.

미론이 그를 바라보며 고함을 질렀다.

"발린, 앉아라! 할 말이 있으면 발언권이 주어질 때까지 기다려야 한다!"

"하지만 그의 말이 옳소."

바노크가 이죽거렸다.

"셸리코트들은 자신의 입장을 변론할 기회가 있었소. 그들 스스로가 그걸 저버린 거요. 이제는 우리가 상황을 통제해야 하오."

"적어도 피고인에게 변론의 기회는 주어져야 합니다. 그게 불가능하다면 우리 엘프들은 판결에 동의할 수 없어요. 아레스가 살해 당하고 캘럼이 바다로 뛰어들고 난 이후에 무슨 일이 벌어졌는지 모르는 한은 어떤 결정도 내리지 않겠습니다. 우리 종족에게는 연대적인 책임을 묻는 법은 없기 때문입니다. 한 명의 잘못으로 종족 전체를 벌하다니요."

발언을 한 여성은 대리석 탁자 뒤에서 몸을 꼿꼿이 펴고 똑바로 섰다. 그녀는 엘프 종족의 여왕인 엘리시엔이었다. 촛불의 빛이 아름다운 상앗빛 얼굴과 무릎까지 늘어뜨린 붉은색 머리카락을 은은히 비추었다. 비록 소녀같이 앳된 얼굴이었지만 어느 누구도 그녀에게 이의를 제기하지 못했다. 그녀의 말에는 다른 다섯 종족 수장과 동등한 힘이 실려 있었기 때문이다. 엘프 종족은 수적으로도 다른 종족을 능가했을 뿐 아니라 평화주의였기 때문에 셸리코트 종족과의 전쟁을 용납할 리 없었다.

"하지만 확실히 셸리코트들은 우리 모두를 위험에 내몬 거요!"

원탁 맞은편에서 파우누스 종족의 수장인 판이 으르렁댔다.

"어찌 됐던 그 대가는 치러야 마땅하다고!"

"하지만 변론할 기회는 줘야 합니다."

엘리시엔이 단호하게 대꾸하고는 판의 눈을 잠시 똑바로 쳐다보다 고개를 돌렸다. 판이 분노한 듯 낮게 으르렁거렸지만 엘리시엔은 무시하는 듯했다. 이 순간부터 엘프 종족과 파우누스 종족 사이에는 긴장감이 감돌기 시작했다. 누가 보아도 그들 간의 평화가 무너졌다는 사실은 명백했다.

"일단 셸리코트에게 기회를 주자는 쪽과 거기에 반대하는 쪽이 얼마나 되는지 표결에 붙이도록 하지요."

동요와 술렁임이 번져 가는 가운데, 멀린이 모두를 진정시키기 위해 제안했다.

붉은색과 초록색의 카드가 들어 올려졌고, 작은 요정들이 돌아다니며 카드를 바구니에 모았다. 한 요정이 표결 결과를 미론에게 속삭였다.

"우리 중 절반은 찬성, 절반은 반대 의견을 냈고 기권 표도 상당히 있었다. 나는 일단 각자의 종족에게로 돌아가 이 문제를 상의해 볼 것을 제안하는 바이다. 의견이 일치된 후에야 판결을 내리고 이를 통보할 수 있을 것이다. 그러면 모두가 결과를 책임질 수 있을 터. 단지 현명한 결정을 당부하겠다."

　미론이 침묵하자 모두들 차례차례 자리를 떴다. 한 달 후 다시 모일 때에는 현명한 결정을 내려야만 했다. 멀린과 미론이 근심 어린 눈빛을 교환했다.

　"도처에 적대감이 느껴져요."

　침묵을 깨고 엘리시엔이 입을 열었다.

　"파우누스들과 늑대인간들은 셸리코트와 전쟁하고 싶어 안달이 난 것 같군요."

　"그들이 현명한 판단을 해야 할 텐데."

　미론이 엘리시엔을 바라보며 말했다.

　미론과 멀린, 엘리시엔도 자리에서 일어나 숙소로 향했다. 이제는 한시라도 빨리 짐을 꾸려 동족에게로 돌아가야 했다.

2장

걸쭉한 용암이 지면 위를 기어가듯 더딘 시간이 흘러갔다. 매일 잠자리에서 일어나 옷을 입고 학교에 가는 일상이 고단하게 느껴졌다. 캘럼과의 추억들을 그러안은 채, 어째서 그와 함께할 수 있을 때 일분일초라도 더 함께하지 못했는지 후회하며 지냈다. 어째서 그 많은 시간을 낭비한 걸까? 어째서 다른 모든 걸 내던지지 못했던 걸까? 앞으로 어떤 일이 벌어지게 될지 알고 있었음에도 마치 우리의 행복이 영원할 거라 생각했었다. 현실을 똑바로 바라보지 못했던 게 바보 같았다.

어느덧 2주가 흘렀다. 나는 캘럼과 함께 시간을 보내던 숲 속의 작은 연못가에 가 보기로 마음먹었다. 그를 조금이라도 가깝게 느낄 수 있는 장소가 필요했다. 그와 작별하기 위해서였다.

그곳은 우리가 처음 키스했던 곳이었고, 그가 나를 사랑한 다고 처음으로 고백했던 장소였다. 하지만 그가 처음으로 자신의 존재에 대해 밝힌 곳이기도 했다. 그는 셀리코트—수인이었다. 그때 그를 한 번 잃었다. 그의 존재가 두려웠고, 엄마가 전해 주던 옛 전설 속의 셀리코트에 대해서만 알고 있었기 때문이다. 그들은 물에서 올라와 젊은 여성을 꾀어 익사하게 만든다고 들었다. 하지만 캘럼은 내게 한 번도 그런 행동을 한 적이 없었다. 전설과 일치한 단 한 가지 사실은 바로 그들의 아름다움이었다. 그 사실만은 분명히 알게 되었다. 왜냐하면 캘럼은 아름다움 그 자체였기 때문이다. 기품 넘치고 유려한 실루엣, 헝클어진 적갈색 머리칼과 푸른 바다색 눈동자…….

엄마가 내게 아버지에 대한 진실을 말해 주었더라면 얼마나 좋았을까. 그는 셀리코트였고, 내가 태어나기 전에 엄마를 홀로 내버려 둔 채 떠났다. 그 때문에 엄마는 깊은 상처를 입었다. 이제는 두 분 다 이 세상을 떠나고 없다. 내 운명이 이토록 잔혹하다는 사실을 받아들이는 게 아직도 힘들다.

아직 여름이 자신의 아름다움을 발산하고 있는 숲길을 걸었다. 내 의지와는 상관없이 발걸음이 점점 빨라졌다.

그와의 추억은 여전히 가슴속에 강하게 남아 있었다. 얼마나 자주 이 길을 함께 걸었던가. 연못가에 도착한 후, 몸을 숙이고 연못물을 떠 올려서 손가락 사이로 흘려보냈다. 무릎 아래에서 보드라운 이끼가 느껴졌고, 나무와 풀, 꽃의 향기가 났다. 마치 거대한 파도처럼 추억이 밀려왔다.

몇 시간이 지난 후, 마지못해 그 장소를 떠났다. 아마 다시 찾아올 용기는 없을 것이었다. 마치 캘럼이 아직도 곁에 앉아서 나를 바라보는 것 같은 기분이 들었기 때문이다.

나는 천천히 집으로 발걸음을 옮겼다.

"어떻게 지냈어?"

등 뒤에서 친숙한 목소리가 들렸지만, 돌아보지 않았다. 피터가 가만히 다가와서 우리는 함께 바다를 바라보았다. 나는 거의 매일 오후마다 그 장소를 찾았다. 물론 자주 오는 게 나에게 이롭지 않다는 걸 알고는 있었지만, 바다는 언제나 마법처럼 나를 끌어당겼다.

"이 아픔도 언젠가는 사라지게 될까?"

피터에게 물었지만, 대답을 기대하지는 않았다.

그나마 피터가 가장 맘 편한 대화 상대였다. 그 외에는 혼자 있는 게 편했다.

매일 아침 눈을 뜨면, 내 안의 소리에 귀 기울였다. 온몸의 근육이 긴장됐고, 사라질 줄 모르는 마음의 통증이 느껴졌다. 가슴을 짓누르는 고통의 무게도 줄어들지 않았다. 그렇게 매일이 흘러갔고, 내가 바라는 건 단 하나, 꿈을 멈추는 것뿐이었다. 진정 악몽에서 깨어나고 싶었다.

잠드는 게 두려울 정도였다. 더는 고통 속에 삶을 낭비하는 걸 견딜 수 없었다.

"엄마가 이런 고통을 끌어안고 삶을 살아냈다는 게 믿기지 않아. 정말 끔찍해. 하지만 어쩔 수 없었을 거야. 엄마는 나를 보면서 매일 고통스러운 기억을 떠안고 살아야만 했을 테니까."

우리가 욕망의 선을 넘지 않도록 캘럼이 자제해 준 게 지금은 다행스럽게 생각되었다.

"돌아가자."

잠시 후 피터가 말했다.

"날씨가 쌀쌀해. 감기 바이러스와 뜨거운 일주일을 보내고 싶은 게 아니라면 말야."

나는 몸을 돌려 그에게 씨익 웃어 보였다.

"적어도, 캘럼은 네가 아픈 걸 원하지 않을 거야."

그가 나를 바라보았다.

"자기 몸이 어떻게 되어도 상관없다던가 하는 생각은 일찌감치 버리라고."

그가 내 어깨에 팔을 두르며 말했다. 그의 온기가 그 어떤 말보다 위안을 주었다.

"사건 직후에는 다들 캘럼 얘기를 종종 했었는데 이제는 조용하기만 해."

"널 상처 입힐까 봐 그래."

나는 고개를 끄덕였다.

가족들은 나보다 그를 더 빨리 잊었다. 당연한 일이었다.

피터는 개강 후 대학을 다니기 위해 에든버러에 가 있었다. 피터가 없으니 집 안이 텅 빈 것 같았다. 2주마다 집으로 돌아오면 '인도자'가 되기 위한 두 번째 시험 준비를 하느라 에릭슨 박사 집에서 시간을 보냈다. 그래서 이렇게 그와 함께 이야기하고 있다는 게 좋았다.

"에릭슨 박사님한테선 무슨 말 없었어?"

아주 사소한 정보라도 상관없었다.

"혹시 셸리코트 장로회가 엘린을 처벌하기로 결정했대?"

"미안하지만 너에게 말해 줄 순 없어. 너도 알잖아. 아무튼 다음번 의회 때 재시험을 치르려면 준비를 잘 해야만 해. 이제 두 번 다시는 기회가 없으니까."

그가 조심스럽게 주제를 전환했다.

다들 내가 마치 유리로 만들어지기라도 한 것처럼, 그래서 한 번만 잘못해도 와장창 깨져 버리기라도 할 것처럼 대했다.

"넌 인도자로서의 사명을 잘 감당할 수 있을 거야."

"확실히 평상시보다는 회의가 많아졌어. 다들 혼란스러워하고 있어."

그가 슬쩍 덧붙였다.

적어도 캘럼이 속한 세계에 조금이라도 가까이 있는 피터가 부러워서 질투가 날 지경이었다. 나에게는 그것조차 허락되지 않았다.

나에겐 추억만 남아 있었다. 시간이 흐르면 좋은 기억만 남는다고들 말한다. 그래서 그런 날이 오기만을 매일 기다렸다. 하지만 아름다운 기억조차 잊게 될까 봐 두려웠다. 그날 겪었던 고통이 아직까지도 눈앞에 생생했다.

캘럼의 마지막 말, 그가 마지막으로 파도 속으로 몸을 던지던 모습, 아레스의 죽음과 그의 가슴 깊숙이 꽂히던 삼지창, 그의 마지막 눈빛……

"가끔은 이 모든 게 그냥 동화 속 이야기였으면 하고 바랄 때가 있어."

내 안의 깊은 괴로움은 언제쯤 사라지게 될까.

집에 도착하면서 우리의 대화는 자연스레 중단되었다. 비록 피터와 그러자고 미리 약속한 건 아니었지만, 외삼촌과 외숙모 앞에서는 셀리코트에 관한 건 말하지 않았다. 그들은 모든 걸 잊고 싶어 했고, 실제로도 간단히 잊어버린 듯했다. 그래서 그들 사이에 있으면 더 많이 외로웠다.

아멜리의 방으로 가 보았다. 아멜리는 요새 공부에 푹 빠져 있었다.

"또 공부해?"

"응. 에이든과 헤어지고 난 뒤에 남는 게 시간이어서 말야. 새로운 사랑을 찾을 때까진 공부라도 하면서 시간을 활용할 생각이야."

아멜리가 연필 꽁무니를 깨물면서 장난스러운 눈빛으로 나를 바라보았다.

나도 실쭉 웃어 보이고는 아멜리의 침대 위에 누웠다.

"정말 그렇게 쉽게 될까?"

내 말에 아멜리가 피식 웃더니, 다시 책으로 고개를 돌렸다.

이제 학교는 어떻게 되든 별로 상관없었다. 매일 아침마다 학교에 가기 위해 무진장 노력해야 했다. 성적은 점점 형편없어졌고, 외삼촌한테서 몇 번이나 설교를 들었다. 하지만 그것도 얼마 가지 않았다. 학교에 다니고 좋은 성적을 받는 게 내게 아무런 의미가 없음을 깨달은 모양이어서, 더는 간섭하지 않았다. 캘럼이 떠난 후의 내 삶은 매일이 단조로웠고, 더는 견딜 수 없을 정도로 지루했다.

10월의 어느 비 오는 오후, 학교 정문 앞에서 무지개 색 카프탄 차림에 머리에는 터번을 두른 여인이 나를 기다리고 있었다. 어찌나 반가웠던지 달려가 그녀를 세게 끌어안았다.

"같이 서점에 가자."

소피가 명령조로 말했다.

나는 고개를 저었다.

"못 갈 것 같아요."

더듬거리며 말을 이었다.

"제가 왜 그리 오랫동안 서점에 들르지 않았겠어요?"

"어허, 맘 약한 소리 말고. 누군가는 캘럼의 셰익스피어 컬렉션을 돌봐 줘야 하지 않겠니? 난 거기까지 신경 쓸 여력이 없단다. 캘럼은 항상 자기 책장이 잘 정돈되어 있길 바랐어."

고개를 저으며 한 발짝 뒤로 물러섰다. 누가 날 떠민대도 못 갈 것 같았다. 서점에 간다는 건 추억의 소용돌이 속에 몸을 던지는 거나 마찬가지였다. 캘럼은 그 정신없이 어질러진 작고 신비로운 곳을 정말 좋아했다.

"죄송해요."

"생각해 보렴, 캘럼이 돌아왔을 때 아무도 자기 책장을 돌보지 않았다는 걸 알면 얼마나 상심하겠어?"

나는 혼란스러운 얼굴로 그녀를 바라보았다. 돌아온다니? 순간 소피가 좀 이상해진 게 아닌가 걱정이 되었다.

"하지만 캘럼은……."

나는 말끝을 흐렸다. 그의 이름을 입 밖에 꺼내는 게 힘들었다.

"그는……."

다시 한 번 무어라 말을 꺼내려 해 보았지만, 뜨거운 눈물이 소리 없이 볼을 타고 흘러내릴 뿐이었다.

"죽었다고?"

소피가 아랑곳없이 물었다.

그녀의 단호하고 차가운 단어 선택에, 더욱 움츠러들고 말았다.

소피가 고개를 저었다.

"난 캘럼이 죽었다고 생각하지 않아. 그 애는 분명히 살아 있어. 그리고 돌아올 거야."

"어떻게……?"

"그냥 내 직감이야. 아무튼 서점에 같이 갈 거니, 아니면 나무처럼 우두커니 서 있을 거니?"

소피가 몸을 돌리자, 그녀의 팔찌가 찰랑거리는 소리를 냈다.

달리 핑계가 없었기 때문에 어쩔 수 없이 그녀의 뒤를 따랐다. 서점에 도착하자 소피가 나를 안락의자에 앉힌 후 빈 찻잔을 건네주었다. 평화로운 기분이 밀려왔다. 이 모든 게 얼마나 익숙하던지 마치 오랜만에 집에 온 기분이었다. 나는 작은 독서 등의 불빛이 비추는 낡고 오래된 책장과 그 안에 두서없이 꽂혀 있는 책들을 가만히 바라보았다. 바닥에 깔린 두꺼운 카펫이 발소리조차 먹먹하게 흡수했다. 완벽한 고요와 평화. 그제야 내가 얼마나 소피의 서점을 그리워했는지 조금씩 깨달았다. 향초의 향기가 서점 내부를 은은히 채울 무렵, 소피가 찻주전자 가득 홍차와 쿠키를 내왔다.

"많이 여위었구나."

그녀의 눈길이 천천히 내 얼굴을 훑었다.

"뼈만 남은 모습을 보면 캘럼이 기뻐할 것 같니? 너 스스로를 돌봐야 해. 아프면 아무도 도와줄 수 없어."

나는 고개를 끄덕이곤 쿠키를 입에 넣었다.

우리는 얼마간 말없이 차를 마셨다. 나는 적어도 열 개 이상의 쿠키를 씹어 넘긴 후에 소피에게 물었다.

"제가 뭘 해야 할까요?"

"주위를 둘러보렴. 네 도움의 손길이 필요한 곳이 보일 거다. 지난주에 신간을 두 상자나 받았는데 다 정리해서 꽂아 놔야 하거든."

소피가 찻잔과 접시를 쟁반에 올려놓으며 말했다.

"캘럼의 셰익스피어 컬렉션도 잊지 말고!"

이렇게 덧붙이곤 부엌으로 사라졌다.

나는 먼지떨이를 집어 들고 책에 쌓인 먼지를 떨어내기 위해 책 더미 속으로 들어갔다. 그런 다음 새로 들어온 책들을 이 서점의 구식 책 분류 시스템에 편입시키기 시작했다. 소피는 책을 전산으로 분류해서 정리한다든가 하는 편리하고 매력적인 현대식 시스템에는 전혀 흥미가 없었고, 앞으로도 그럴 것이었다. 하지만 나도 구식이 좋았다. 그래서 내가 쓸 수 있는 한 가장 예쁜 글씨로 책 제목을 도서 분류 카드에 기입해 나갔다.

마지막에야 캘럼의 셰익스피어 컬렉션에 손을 댔다. 책장은 반 정도만 모양새를 갖추고 있었다. 애정 어린 손길로 그의 책들을 쓰다듬었다. 캘럼은 셰익스피어를 좋아했다. 게다가 이유는 몰랐지만 《맥베스》를 가장 좋아했다. 나는 책장의 모든 책을 꺼낸 뒤 먼지를 깨끗이 떨어내고 젖은 행주로 책장을 걸레질했다. 그런 다음 알파벳 순서로 책을 꽂아 넣었다.

모든 작업이 끝나자, 그의 책장에서 한 걸음 물러나 감탄하며 내 노력의 성과를 감상했다. 그가 이걸 보면 자랑스러워할 거라는 생각이 들자 몇 주 만에 처음으로 내가 한 일에 만족을 느꼈다.

소피에게 가 보니, 계산대 뒤에서 혼잣말을 중얼거리며 계산을 하고 있었다.

"소피."

내가 말을 걸자, 그녀가 코끝에 걸린 돋보기안경을 통해 나를 올려다보며 미소 지어 주었다.

"저 이제 슬슬 집에 돌아가 볼게요."

그러자 그녀가 계산대를 돌아 나와서 나를 가슴에 끌어안고 말했다.

"잘 먹고 힘내는 거 잊지 말고."

고개를 끄덕여 보이고는 가게 문으로 나가려다가, 다시 한 번 뒤돌아서 소피를 바라보며 말했다.

"감사해요."

그날 이후 매주 화요일, 가끔은 금요일에도 그녀의 서점을 찾게 되었다. 서점 안은 늘 평온했다. 소피는 내가 책을 읽을 때나 서점 안을 정리할 때 나를 방해하지 않았다. 모든 책의 먼지를 떨어내고, 여기저기 조금씩 정리해 두면서도 너무 깔끔한 모양이 되지 않도록 신경 썼다. 무질서함이야말로 이 서점만의 매력이었기 때문이다. 그리고 숙제도 제대로 하게 되었다. 그러자 에단 외삼촌이 누구보다도 기뻐했다. 가끔은 소피와 이런 저런 이야기를 나누기도 했고, 가끔은 둘 다 침묵했다. 물론 요즘 같은 계절에는 드문 일이긴 했지만 종종 손님 맞는 일도 도왔다. 낯선 사람과 책에 대한 이야기를 나누는 건 즐거웠다. 서점은 다른 어떤 곳보다 편안했다. 마치 이 세상에 속하지 않은 곳 같은 느낌이었기 때문이다.

소피는 캘럼이 살아 있다고 믿는 유일한 사람이었다. 나도 정말이지 그렇게 믿고 싶었다. 하지만 엘린의 사악한 눈빛이 아직도 눈앞에 생생했다. 그 증오로 이글거리던 그 눈빛을 떠올리노라면…… 캘럼이 살아 있을 가능성은 적었다. 자기 아버지까지 죽인 마당에 몇 명을 더 죽이든 양심의 가책도, 주저함도 없을 것이었다. 아레스에 대해 생각하는 것도 그만두었다. 나는 그를 아직 충분히 알지도 못했지만, 내가 캘럼을 사랑했던 것만큼 엄마도 아레스를 사랑했다는 것만은 알 수 있었다.

3장

여느 날과 다를 바 없는 화요일 아침이었다. 집 문을 나서기 전에 가장 두꺼운 외투와 모자, 장갑으로 중무장했다. 길이 꽝꽝 얼어서 미끄럽고 위험했기 때문에 아멜리도 달팽이처럼 느릿느릿 운전했다. 하지만 소피에게 가는 걸 포기할 수는 없었다. 파란 하늘 위로 태양이 빛났지만, 살이 에일 것 같은 추위는 조금도 수그러들지 않았다. 나무와 수풀 위에는 하얀 서리가 신비한 문양을 그리며 내려앉아 있었다. 불과 몇 년 전만 해도 이 모든 게 겨울 여왕의 소행이라 믿었는데 말이다. 엄마가 늘 말렸지만, 밤이면 창가에 앉아 겨울 여왕이 썰매를 타고 서리를 뿌리는 모습을 훔쳐보려고 기다리곤 했다.

소피가 건네는 차를 마시며 몸을 덥혔다. 이런 날씨에는 뜨거운 홍차가 필수였다. 차를 마시는 동안에 소피가 이런저런 소식을 전해 주었다.

우리는 서점 내의 작은 테이블에 앉아 있었다. 차는 이국적인 맛이 났다. 뜨겁고 향긋한 수증기가 투명한 찻잔 위로 모락모락 피어올랐다. 알록달록한 유리 홀더에서 바닐라와 계피 향티 라이트가 은은한 향을 내며 타고 있었다. 이제 곧 크리스마스였고 모두 한껏 들떠서 연휴 맞이에 한창이었다. 하지만 작년의 일이나 에릭슨 박사 부부와 캘럼과 함께 보냈던 크리스마스를 떠올리는 것도 괴로워서 크리스마스가 다가오는 게 싫었다. 벌써 1년이나 지났다는 게 실감 나지 않았다. 나는 캘럼이 선물했던 귀걸이를 만지작거렸다. 그날 이후 단 한 번도 뺀 적이 없었다.

소피는 보라색과 노란색 무늬가 있는 카프탄을 입고 작은 안락의자에 앉아서 눈을 지그시 감은 채 어제 외숙모와 쌍둥이 외사촌들이 구운 쿠키를 맛보고 있었다. 약간의 시간이 흐른 뒤, 그녀가 지나가듯 말했다.

"참, 캘럼에게서 연락이 왔단다."

놀라서 컵을 떨어뜨릴 뻔했다. 뜨거운 차가 손가락 위로 엎질러졌고, 티스푼이 바닥으로 떨어지면서 쨍그랑 소리가 정적을 깼다.

소피가 내 쪽으로 몸을 굽혀서 찻잔을 거두어 주었다.

"너도 이 소식을 알 자격이 있다고 생각했어."

미안해하는 기색이 역력했다.

"에단이랑 남편은 네가 캘럼에 대해 알게 되는 걸 염려했지만, 그 애가 살아 있다는 걸 너도 알고 있어야 한다고 생각했거든."

나는 말없이 종이 냅킨 한 장을 집어 손등의 차를 닦아 냈다.

"왜…… 어째서…… 어떻게……?"

앞뒤가 맞지 않는 말을 더듬거리며 물었다. 그러자 소피가 몸을 일으켜 서점 문에 걸려 있는 'Open' 표지판을 뒤집어 놓았다. 대낮에 가게 문을 닫다니, 처음 있는 일이었다.

"캘럼이 죽었다고들 그랬지만, 어쩐지 그 애가 살아 있다는 걸 알 수 있었어. 캘럼은 아들 같은 아이였거든."

말 속에 왠지 모를 슬픔이 느껴졌다. 전에는 그녀에게 아이가 없다는 걸 그렇게 진지하게 생각해 보지 않았다. 언제나 서점 일에 매달린 것도 어쩌면 허전함을 달래기 위한 소일거리일 뿐일지도 몰랐다.

"아무튼 우리에게 메시지를 전해 달라고 아미아에게 부탁한 모양이야."

하지만 셀리코트 종족은 다른 종족들과의 연락을 끊어 버렸다고 들었기 때문에 어떻게 아미아가 뭍으로 올라와서 소식을 전해 줄 수 있었는지 궁금했다. 전화를 건 건 아닐 텐데 말이다.

"여기 스카이 섬에는 인도자와 셀리코트가 접촉할 수 있는 비밀 장소가 있거든."

비록 묻지는 않았지만 다 알고 있다는 듯 소피가 설명해 주었다.

"메시지엔 뭐라고 적혀 있었죠?"

다급히 물었다. 실낱같은 희망이 내 안에서 싹텄지만 그가 살아 있다는 사실이 믿기지 않았다. 소피가 옳았음을 알고 난 후에도 아직은 이 모든 걸 성급히 받아들일 수만은 없었다.

"지금 엘린에게 포로로 붙잡혀 있는 상태고, 엠마 네가 위험에 처해 있다고 쓰여 있었어."

나는 침묵했다.

심장이 쿵쾅거리며 점점 더 빨리 뛰는 것 같았다. 무언가가 가슴을 짓누르는 것 같았지만 괴로움 때문은 아니었다. 짓눌리던 게 약간 꿈틀거리더니 쾅 하며 부서졌고, 그 안에서 수천 마리의 작은 나비들이 날아올랐다.

캘럼이 살아 있다니! 물론 붙잡혀 있긴 했지만 살아 있다는 게 중요했다. 영원히 만날 수 없는 죽음의 강을 건너간 게 아니었다.

소피는 내가 입을 열 때까지 참을성 있게 기다려 주었다.

"캘럼을 구해야 해요. 그를 도와줘야만 한다고요!"

그것이 머릿속에 가장 먼저 떠오르는 생각이었다. 하지만 소피는 고개를 저었다.

"그게 불가능하다는 걸 알잖니."

그러고는 안타까운 눈빛으로 나를 바라보았다.

"우리가 캘럼을 도울 수 있는 건 없어. 일단은 엠마 널 보호하는 게 우선이란다. 바로 그게 캘럼이 전하려던 메시지야."

나는 고개를 세차게 저었다.

"엘린이 그를 가두고 고문하거나 죽이도록 내버려 둘 순 없어요!"

단지 상상만으로도 등줄기가 서늘했다.

"엠마, 우리가 할 수 있는 일이 없어."

소피가 힘주어 말했다.

"모든 일이 순리대로 흘러가게 내버려 둬. 절대로 무모한 일을 벌여서는 안 돼, 알겠니? 모든 행동에 조심을 기하는 게 중요하다는 걸 알아야만 한다. 절대로 혼자서 바다나 숲에 가선 안 돼. 가능하면 네가 알고 믿는 사람들 사이에 있거라. 가볍게 생각하고 행동해서 스스로를 위험에 빠뜨리지 않겠다고 약속해 주겠니?"

어떻게 소피조차 이렇게 말할 수 있는 거지? 내 귀를 의심했다.

"하지만 그를 내버려 둘 수는 없잖아요!"

거세게 항의했다.

"우리는 캘럼이 살고 있는 곳에 갈 수 없어. 엘린이 대의회 앞에 소환되지 않는 한은 그 어느 누구도 섣불리 행동할 수 없단다. 게다가 전쟁 이후로 '마법 세계의 존재들'은 결코 서로 분쟁을 일으키지 않아. 그러니 이 세상 어느 무엇도, 어느 누구도 이 규율을 무너뜨릴 수 없어. 그 사실을 인정하고 받아들여야만 해. 그게 비록 마음에 들지 않더라도 말이다."

나는 입을 내밀고 팔짱을 꼈다.

"모든 종류의 분쟁은 대의회가 심의하고 조정하지만 한 종족 안에서 일어나는 분쟁만은 대의회도 간섭할 수 없어. 그러니 셸리코트 종족은 내부 갈등을 스스로 해결해야만 해. 게다가 엘린이 왕으로 선출되면 대의회도 이걸 승인해 줘야 해. 유일하게 마리아의 죽음과 관련한 책임만 물을 수 있는데, 아마 엘린이 현명하다면 대의회에 거스를 생각은 하지 않겠지."

"가능성이 있을까요? 캘럼이 죽지 않을……."

내가 물었다.

소피가 내 손을 잡아 주었다.

"정식으로 즉위하기 전까지는 캘럼을 죽이지 않으리라고 짐작할 뿐이야. 엘린은 자기 아버지가 죽은 게 사고라고 둘러댔지만 소문과 짐작이 무성하다고 해. 아레스는 셸리코트 종족에게 사랑 받는 왕이었고 그의 후계자는 캘럼으로 확정되어 있었어. 그러니 캘럼을 당장 어쩌지는 못할 거야. 어떻게 죽일지 고민하고 있겠지."

캘럼이 살아 있다는 기쁨도 잠시, 내 가슴속에서 샘솟던 희망도 허무하게 무너져 버렸다.

"아마 엘린은 선출이 끝날 때까지만 캘럼을 살려 둘 거야. 자신이 왕으로 선출될 거라고 확신하는 모양이래. 그 후에는 어떻게 될지 우리도 알 수 없어. 그를 죽이지 않기만 바랄 뿐이야. 자신에게 더는 위협이 되지 않는다고 생각하면 살려 둘지도 모르지."

하지만 그다지 확신 어린 말투는 아니었다. 나는 말없이 고개를 끄덕인 후 내 물건을 챙겨 몸을 일으켰다.

소피도 일어나 나를 끌어안아 주며 말했다.

"무엇보다도 스스로를 위험에 빠뜨리지 말거라. 캘럼을 위해서라도 그렇게 하렴. 모든 위험을 감수하고서 이 메시지를 우리 편에 전해 오는 게 얼마나 어려웠을지 상상해 봐. 그것만으로도 널 얼마나 사랑하고 있는지 알 수 있어. 엠마. 캘럼을 믿어야 한다."

두 눈에 눈물이 차올랐다. 하지만 우는 모습을 보이기 싫어서 도망치듯 서점을 나왔다.

거리엔 저녁 불빛이 내려앉아 있었고, 음침한 그림자가 가득했다. 인기척에 뒤를 돌아보니 소피가 뒤따라 나오고 있었다. 그녀의 녹색 코트 자락이 바람에 나부꼈고, 불안한 듯 사방을 둘러보더니 내 팔을 붙잡고 말했다.

"내가 집까지 바래다주마."

길을 걷는 동안 긴 침묵이 이어졌다. 집에 도착해서 내 방으로 올라온 후, 소피와 에단 외삼촌이 부엌에서 말다툼하는 소리가 들려왔다. 나는 쿠션으로 머리를 짓누르며 세상과 나를 차단시켰다.

그날 밤, 잠을 이룰 수 없었다. 아주 작은 삐걱거림에도 금세 선잠이 달아났다. 아주 작은 소리에도 소스라치게 놀랐다. 두려움이 내 방 안에, 침대에, 마침내는 전신에 퍼져 나갔다. 엘린이 우리 집까지 침입하려 할지도 모른다. 그런 다음엔 나에게 무슨 짓을 할까? 그는 내게서 이미 캘럼과 아빠, 엄마를

앗아갔다. 나까지 죽인다고 해서 이상할 건 없었다.

캘럼이 살아 있다는 사실을 알게 된 이상, 그의 곁에 있고 싶다는 바람뿐이었다. 엘린은 이 싸움에서 이기지 못할 거다. 그렇게 두지 않을 거다.

아침 일찍 자리에서 일어나 샤워를 한 후 옷을 입었다. 그리고 다른 가족들이 눈을 뜰 때까지 부엌에서 초조하게 기다렸다.

드디어 외삼촌의 얼굴이 보였고, 그가 부엌으로 들어오기도 전에 말했다.

"저 에릭슨 박사님 댁에 다녀올게요."

"엠마, 제발!"

그가 손사래를 쳤다.

"네 비장한 계획을 듣기 전에 차부터 한잔 마시게 해 다오. 적어도 잠에서 깰 시간은 줘야지."

그가 티 박스 앞에 서서 오늘 아침에 마실 차를 까다롭게 고른 후, 티스푼으로 떠서 티백에 넣고 뜨거운 물을 부어 차를 우려냈다. 그러고는 내 건너편 식탁에 앉아 설탕과 우유를 찻잔에 넣고 저었다.

"자, 이제 말해 보렴."

그가 나를 바라보며 말했다.

"에릭슨 박사님 댁에 다녀올게요. 캘럼이 보냈다는 메시지를 보고 싶어요."

외삼촌이 고개를 끄덕였다.

"너도 알다시피 나는 소피가 네게 그 편지를 보여 주는 걸 반대했었다. 네가 다시 희망을 가지게 되는 걸 원하지 않았어. 하지만 소피의 말이 옳을지도 모르겠다. 네가 지금 어떤 위험에 처해 있는지 알게 되는 것도 나쁘지 않을 거야. 모래 속에 머리를 처박고 아무 일도 일어나지 않을 거라고 안심하는 건 바보 같은 짓이니까."

그러고는 고개를 돌리고 중얼거렸다.

"난 단지 이 모든 일이 지나가길 바랄 뿐이다."

피터가 부엌에 들어올 때까지 긴 침묵이 이어졌다.

"피터, 엠마를 에릭슨 박사에게 데려다주거라."

그가 피터에게 명령조로 말했다. 피터는 어젯밤에 겨우 에든버러에서 집에 돌아온 참이었다. 피터가 어이없다는 듯 불만을 쏟아 놓으려 했지만, 외삼촌의 진지한 눈빛을 보고는 입을 다물 수밖에 없었다. 결국엔 투덜거리면서 겉옷을 걸치고는 머리칼을 쓸어 올렸다.

"대체 무슨 일이기에 아침 댓바람부터 에릭슨 가에 가야 되는 건데?"

그가 졸음이 덜 깬 목소리로 툴툴거렸다. 피터는 원래 둥글둥글한 성격이었지만, 사람이 피곤해지면 성격도 변하는 법이다.

"에릭슨 박사님과 긴히 얘기할 게 있어."

편지를 보기 전까지는 말을 아낄 수밖에 없었다. 외삼촌이 피터에게조차 편지에 대해서 아무런 언급을 하지 않은 게 놀라웠다. 아마도 지난밤에 도착한 이후로 대화를 나눌 기회가 없었던 것 같았다. 그렇다면 그도 에릭슨 박사에게서 편지에 대해 전해 듣게 될 터였다.

"캘럼에 대한 거야."

"다른 일일 거라곤 생각도 안 했어."

그가 비아냥거렸다.

드디어 시야에 목사관이 들어오자 가슴이 떨렸다.

"어머, 일찍들 왔구나. 들어오렴."

소피가 우리를 반갑게 끌어안았다. 그러고는 부엌으로 사라졌다. 아침 식사가 한창이었다. 에릭슨 박사는 식탁에 앉아 신문을 읽고 있다가 우리를 보고는 신문을 한 옆으로 치웠다.

"네가 왜 여기 왔는지 알 것 같구나."

그가 자기 아내를 흘깃거리며 말했다.

"애초에 나는 네가 캘럼의 편지에 대해 알게 되는 걸 반대했었지만 말이다."

피터의 눈이 커졌다.

"편지가 왔어요? 캘럼한테서? 그럼…… 녀석이 살아 있다는……?"

에릭슨 박사가 고개를 끄덕였다.

"편지를 봐도 되나요?"

피터가 놀라든 말든 상관없이 묻고 싶던 걸 물었다.

에릭슨 박사가 신중한 몸짓으로 몸을 일으켜서 서재로 사라졌다. 얼마 뒤 그의 손에는 빛바랜 작은 종이가 들려 있었다.

그가 말없이 그 종이를 내게 건넸다. 종이에는 많은 말이 쓰여 있지 않았지만, 분명 캘럼의 필체였다.

전 지금 엘린에게 잡혀 있습니다. 모두들 엠마를 보호해야 해요. 엘린은 엠마를 죽일 기회만 엿보고 있습니다. 그는 대의회가 셀리코트 종족을 동맹에서 제외하고 자신에게 죄를 묻게 된 게 다 엠마 탓이라고 생각하고 있어요. 무슨 일이 있더라도 엠마를 지켜 내 주세요.

그게 다였다. 나는 조심스럽게 종이 위의 글씨를 어루만졌다. 끝없는 안도감이 나를 감쌌다. 이제야 그가 살아 있다는 사실을 믿을 수 있을 것 같았다.

"감사해요."

종이를 다시 에릭슨 박사에게 건네주자, 그가 그것을 피터에게 건네주었다. 피터는 종이를 읽은 후 한숨을 내쉬며 의자 위로 쓰러지듯 주저앉았다. 소피가 우리에게 차를 내왔다.

"이제 뭘 어떻게 해야 하죠?"

피터가 에릭슨 박사를 바라보며 물었다.

"아무것도 해선 안 돼. 우린 이 편지를 가져온 게 누구인지도 몰라. 아미아일 거라고 추측하고 있을 뿐이지. 그 애는 친오빠와 늘 거리를 둬 왔으니 말이야."

만약 편지를 가져온 게 아미아라고 해도, 어째서 나를 보호해야 한다는 메시지를 순순히 전달해 주었는지도 의문이었다. 경쟁자인 내가 없어지면 좋은 일이 아닌가.

"그에게 편지를 전하는 건 불가능할까요?"

피터가 물었지만 에릭슨 박사가 고개를 저었다.

"절대로 안 될 말이야. 너무 위험해. 중요한 건 엠마를 보호하는 거네. 그걸 위해서 캘럼은 모든 위험을 감수하면서까지 이 편지를 보내 온 걸세. 캘럼이나 그를 돕는 우리나 누구 할 것 없이 단순히 위험을 무릅쓰려고 해선 안 돼."

우리는 말없이 에릭슨 가를 나섰다. 피터는 에릭슨 박사와의 오랜 토론 끝에 결국 그의 말에 수긍했다. 하지만 나는 포기하지 않을 생각이었다. 그에게 무슨 일이 일어난 건지, 혹시 우리가 그를 도울 수 있을지 알아내야만 했다. 비록 당장은 어떤 궁여지책도 없었지만, 최소한 시도라도 해 볼 생각이었다.

만약 나를 이해해 줄 누군가와 이 일에 대해 대화할 수만 있다면 얼마나 좋을까.

그때 레이븐이 떠올랐다. 레이븐은 대의회에 참석하던 날 만났던 엘프였다. 당시에 레이븐을 통해 여러 종족과 그들의 세계에 대해 들었다. 레이븐이라면 나를 이해하고 도와줄 수 있을지도 몰랐다.

4장

≈≈≈

외삼촌은 해안가 절벽에 가지 말라고 했지만, 정말이지 혼자이고 싶었다. 편지를 읽고 난 이후로는 집에만 갇혀 있는 게 답답해 미칠 지경이었다. 게다가 곁에 계속 누군가가 붙어 있었기 때문에 24시간 감시 당하는 느낌이었다.

그러다 결국은 일을 저지르고야 말았다. 10분만 바람 쐬고 돌아오자는 생각에 내 방 창문을 통해 바깥으로 빠져나갔다.

절벽 위에 다다르자, 두 팔을 벌리고 서서 신선한 바람을 만끽하며 가슴 가득 들이마셨다. 강한 바람에 머리카락과 겉옷이 하늘 높이 나부꼈다. 이제야 좀 살 것 같았다.

나는 캘럼이 몸을 던진 절벽 근처에 가 보았다. 물론 집이 보이는 곳까지만 가려고 조심했다. 바다는 거세게 요동하고 있었고, 높은 파도가 절벽 아래에서 세차게 부서지는 소리가 고막을 때렸다. 나는 이곳에 서서 캘럼을 생각하는 시간이 좋았다. 그를 더욱 가깝게 느낄 수 있었기 때문이다. 이제 그가 살아 있다는 사실을 알게 되고 나니, 보고 싶은 마음이 더 강렬해졌다. 온몸과 겉옷이 물보라에 뒤덮였지만 그에 대한 생각에 깊이 빠져 있었던 나머지 아무것도 느끼지 못했다. 예전 기억을 떠올려 본 건 오랜만이었다. 기억의 홍수가 밀려오자 고통과 그리움이 가슴에 사무쳤다. 그와 함께했던 일분일초의 순간이 머릿속을 가득 채웠다.

시간은 무척이나 빨리 흘러갔고, 얼마나 오랫동안 거기에 서 있었던 건지 깨닫기도 전에 석양의 마지막 햇살이 수평선 너머로 사라졌다. 바다에는 어둠이 밀려왔고, 파도가 거의 발끝을 적실 정도였다. 파도가 절벽에 부딪히는 소리가 다른 모든 소리를 덮어 버렸다. 몸이 떨리는 게 느껴졌다. 추위 때문이 아니었다. 내 몸이 먼저 어떤 위험을 감지했던 것이다. 몸을 돌려 뒤를 돌아볼 용기가 나지 않았다. 하지만 무언가가 다가온다는 사실이 강하게 느껴졌다. 낯선 타인의 인기척과 당장이라도 붙잡힐 것 같다는 두려움이 엄습했다.

정신을 차려 보니, 절벽에서 너무 가까운 곳에 서 있었다. 비틀거리며 집을 향해 등을 돌리려는데, 누군가가 눈에 들어왔다. 5미터 내지는 6미터 떨어진 곳에 길고 검은 망토를 입은 세 명이 우뚝 서 있었는데, 나를 향해 조금씩 다가오고 있었다. 높은 파도가 절벽에 부서지는 소리 때문에 고막이 터질 것 같았다. 갑자기 그들이 고양이같이 민첩하게 움직이더니 순식간에 내 주위를 에워쌌다. 얼굴을 자세히 보고 싶었지만 두건 속에 가려져 보이지 않았다. 어떻게 해야 좋을지, 어디로 도망쳐야 할지 다급하게 생각을 짜냈다. 일단 잽싸게 몸을 날렸다. 그러자 그들이 흠칫 놀랐고, 일단은 예상을 뒤엎고 대담하게 몸을 놀린 덕에 시간을 좀 벌 수는 있었다. 하지만 달아날 수 있을 확률은 극히 낮았다. 일단은 물가에서 벗어나서 집까지만이라도 달음박질할 수 있다면 도망칠 수 있을지도 몰랐다.

만약 그들에게 붙잡히면 그걸로 끝이었다. 바로 이게 캘럼이 편지에 경고했던 내용이었다. 어떻게 이렇게 바보 같은 실수를 한 걸까? 죽고 싶지 않았다. 캘럼이 살아 있다는 사실을 알게 된 지금은 말이다. 집의 불빛이 이쪽을 향해 반짝이는 게 보였다. 하지만 강한 바람이 정면에서 불어와서 도저히 민첩하게 움직일 수가 없었다.

그 순간, 누군가가 다가와 나를 붙잡았다. 순간 경악했지만, 내가 목에 두르고 있던 스카프가 몸에 엉킨 거였다. 마치 뱀이 위협하는 것 같은 소리를 내며 그들이 내 뒤를 쫓아왔다. 달리면서 몸을 돌리니 스카프가 새처럼 바람 속을 날아가는 게 보였다. 너무 숨이 차서 폐가 불타는 것 같았지만, 온 힘을 짜내서 비명을 질렀다. 제발 외삼촌이나 피터가 와 주었으면!

또 다른 셸리코트가 이번엔 내 겉옷을 붙잡았다. 그가 내 머리칼을 휘어잡고는 끌어당기자 중심을 잃고 휘청거렸다. 머리칼을 잡힌 고통 때문에 비명이 터져 나왔지만, 침착하게 몸을 돌려 그의 다리를 걸어찼다. 그러자 그가 고꾸라지며 나를 놓았다. 간신히 몸을 다시 가누고는 비틀거리며 온 힘을 끌어모아 도망쳤다.

저 앞에서 어떤 형체가 나타났다. 나는 공포에 질려 외마디 비명을 지르며 뒤로 물러났다. 그러자 그가 날 붙잡아 자기 뒤로 밀었다.

피터였다.

끝 모를 안도감 때문에 바닥에 주저앉고 말았다. 그때 우리 뒤쪽에서 총성이 울렸다. 놀라서 돌아보니 외삼촌이 허공에 총을 쏜 것이었다. 그러자 나를 뒤쫓던 세 명의 셸리코트가 어둠 속에서 하나의 덩어리로 뭉쳐지더니 사라졌다. 그들이 절벽을 따라 바다로 뛰어들어 도망치는 게 희미하게 보였다.

잠시 후, 외삼촌이 나와 피터 쪽으로 걸어왔다. 그의 얼굴을 보니 머리끝까지 화가 난 모양이었다.

"엠마, 도대체 무슨 생각을 한 거냐?"

분노 어린 질책이 쏟아졌다.

"네가 방에 없는 걸 아멜리가 발견하지 못했더라면 네가 없어진 줄도 모를 뻔했다고! 어떻게 그렇게 위험천만한 짓을 한 거냐? 정신이 나간 거냐?"

피터는 여전히 나를 꽉 끌어안고 있었다. 공기를 허파에 집어넣고는 외삼촌의 말에 대답을 해 보려고 정신을 가누었지만, 내 행동이 어리석었다는 데에는 변명의 여지가 없었다. 아직도 심장이 쿵쾅거리고 요동하는 가운데, 그 어떤 설명도 할 수 없었고 용서조차 구할 수 없었다.

외삼촌과 피터가 나를 집 안으로 데리고 들어갔다. 거실 소파에 앉아서 피터가 가져다준 양털 담요로 몸을 감쌌다. 가족들은 말없이 나를 바라보았다. 외숙모와 아멜리의 얼굴을 보니 그들이 얼마나 놀랐는지 짐작할 수 있었다.

"엠마를 어떻게 해야 하지?"

잠시 후에 외숙모가 고민스럽게 중얼거렸다. 외삼촌은 해결 방법을 모르겠다는 듯 어깨를 으쓱해 보이더니, 다시 한 번 말했다.

"엠마야, 절대로 혼자서 바깥을 돌아다니지 말라고 똑똑히 말하지 않았니?"

비참한 기분으로 고개를 끄덕였다. 아무런 할 말이 없었다. 단 한 번의 어리석은 행동이 가족 모두를 위험에 빠뜨릴 뻔했다. 만약 외삼촌과 피터가 오지 않아서 셸리코트들에게 붙잡혔더라면 어떻게 되었을지 상상도 할 수 없었다.

"정말 죄송해요."

기어 들어가는 목소리로 중얼거렸다.

"무슨 일이 있었는지 에릭슨 박사님께 전화해 둘게요."

침묵을 깨고 피터가 말했다.

피터와 에릭슨 박사가 어떤 대화를 나눴는지는 알 수 없었다. 침실로 올라가라고 외삼촌이 명령했기 때문이다. 그가 침실로 따라 들어와서 창문이 잠겨 있는지 꼼꼼히 살폈다.

침대에 몸을 누이자 잠이 쏟아졌다. 단잠 대신 악몽이 이어졌다. 긴 망토를 입은 음침하고 흉측한 모습의 형체들에 둘러

싸이는 꿈이었다.

"엠마야, 일어나 보렴."

외숙모가 땀에 젖은 이마를 쓸어 주며 속삭였다. 깜짝 놀라서 눈을 뜨니, 시계는 자정을 가리키고 있었다.

"옷 입고 거실로 나와 봐."

외숙모의 음성에 어딘가 모를 두려움이 묻어났다.

잠에 취해 눈을 비비며 놀란 눈으로 외숙모를 바라보았지만, 설명 대신 청바지와 후드 티를 건네받았다. 묵묵히 옷을 입은 후 복도를 걸어서 거실로 갔다.

거기엔 망토로 몸을 가린 다섯 형체가 서 있었다. 소스라치게 놀라 뒷걸음질을 쳤다. 이번만큼은 도망치는 것도 불가능했다. 외삼촌이 외숙모와 나를 보더니 작은 램프를 켰다. 그러자 거실 안에 따뜻하고 밝은 빛이 퍼졌다. 그들이 망토에 달린 두건을 벗었다.

셸리코트가 아니었다. 첫눈에 뱀파이어인 미론의 얼굴을 알아볼 수 있었다. 그의 창백한 얼굴이 옅은 탁상 등 아래에서 부자연스러운 흰빛으로 빛났다.

아멜리가 방 안 한구석에서 미론을 겁먹은 눈으로 바라보았다. 그의 머리카락은 밝은 금발이었지만, 그의 눈빛과 피처럼 붉은 입술은 아멜리를 겁먹게 만들기 충분했다. 미론을 의회에서 봤을 때는 이렇게까지 무서운지 몰랐었다. 그는 이번 대의회의 의장을 맡고 있었다. 그가 유쾌한 눈빛을 보내오자 나도 미소를 지어 보였다. 그의 캐러멜색 눈동자가 희미한 불빛 아래에서 평온하게 빛났다. 그의 뒤에서 레이븐이 손을 흔들며 인사했다. 그 엘프 소녀를 보자 반가운 나머지 환한 미소가 떠올랐다. 얼마나 그녀와 대화를 나누고 싶었는지 모른다. 단지 모두가 이렇게 모여 있는 자리에서 단둘이 얘기를 나누기가 쉽지 않을 것 같았다.

레이븐 뒤의 인물은 낯설었지만, 뾰족한 귀로 짐작건대 엘프가 분명했다. 나머지 두 명은 종족을 분간하기 어려웠다.

"아마 레이븐과는 이미 친분이 있을 것으로 안다."

미론이 나를 바라보며 입을 열었다.

"이쪽은 멀린, 마법사 종족의 마법사이고 프레야는 늑대인간 종족, 샤리프는 엘프 종족이지."

미론이 일행을 소개했다.

아멜리가 넋이 나가서 소파 위로 거칠게 쿵 하고 나가떨어지는 소리가 들려왔다. 에릭슨 박사가 벽난로 옆에 기대어 서서 빙긋이 웃었다.

미론의 소개가 끝나자마자 외숙모가 당황한 듯 소파 쪽을 향해 손을 휘둘렀다. 아마도 이 낯선 손님들에게 소파에 앉기를 권하는 것 같았다.

미론이 고개를 끄덕여서 감사를 표하고는 말을 이었다.

"엠마, 우리는 그대에게 신변 보호를 제안하기 위해 왔다."

그의 말이 무슨 뜻인지 몰라서 어리둥절했다.

"엘린은 대의회의 판결을 무시한 대가를 치르게 될 거다. 하나 만약 그로 인해 그대가 위험에 처하는 일은 용납할 수 없다. 에릭슨 박사에게서 간밤에 일어난 일을 들었지만, 그대가 여기 인간 세상에 있으면 우리가 지켜 줄 방법이 없다. 그래서 우리와 함께 아발라로 가 줄 것을 부탁하는 바다."

나는 마른 침을 삼켰다.

"어디요?"

외삼촌이 귀가 의심스럽다는 듯 물었다.

미론이 그에게 미소를 지어 보였다.

"그대와 같은 인간들이 아발론으로 알고 있는 아발라는 인간들이 생각하는 아카데미나 대학 같은 시설이다. 하지만 아발론에 대해 인간들이 연구한 내용을 보니 참담하더군."

외삼촌은 일단 '아카데미'라는 말에 안심하는 모양이었다. 이 세상에서 학교보다 더 신뢰할 수 있는 장소는 없을 테니 말이다. 게다가 아발론에 대해 제대로 알든 아니든, 역사광인 그에게 있어 아발론만큼이나 매력적인 장소도 없었다.

긴 한숨이 터져 나왔지만 참았다.

"게다가 엠마도 캘럼이나 우리가 살고 있는 세계에 대해 배우게 되는 게 마음에 들 테고."

미론이 덧붙였다. 미론의 말에 레이븐을 바라보았다. 레이븐이 환한 얼굴로 걱정 말라는 듯 웃어 보였다. 그제야 안도감이 마음을 가득 채웠다.

"엠마, 우리는 너에게 우리 종족들의 비밀을 전수해 줄 거야."

레이븐이 말해 주었지만, 그게 무슨 의미인지 몰라서 어리둥절하기만 했다. 에릭슨 박사가 설명해 주었다.

"이건 큰 영광이란다. 우리 '인도자'들 외에 평범한 인간이 아발라에 발을 들인 적은 없었어."

미론이 손을 들어 올리고 말했다.

"엠마는 '평범한 인간'이 아니다. 마법 종족과의 혼혈 인간이니까. 지난 세기 동안 혼혈인이 났던 적은 없었다. 그래서 더더욱 이 일은 중요하다. 부디 엠마가 우리의 보호를 받아들이고 오늘 밤에 아발라로 향하는 데 동의해 주길 바란다."

그건 내게도 선택권이 있다는 말이었다.

"지금 당장…… 출발해야 한다는 뜻인가요?"

미론이 고개를 끄덕였다.

"현재로서는 하루라도 여기에 있는 건 위험해. 오늘 오후에 있었던 일이 오늘 밤에 또다시 일어나지 말란 법은 없다."

"하지만…… 내일 아침에 생물 시험이 있는데……."

더 좋은 핑계거리가 생각나지 않았다. 내 말을 들은 아멜리가 눈을 뒤집으며 처음으로 입을 열었다.

"너 지난 4주 동안 학교랑은 담 쌓고 지냈잖아."

"엠마, 가서 짐을 챙기거라."

외삼촌이 대화를 일축했다. 하지만 나는 몸을 움직일 수 없었다. 어떻게 내 가족을 떠나 있을 수 있단 말인가? 집과 가족에게서 멀어진다는 건 상상도 할 수 없었다.

아멜리가 일어나서 나를 내 방으로 밀어 넣었다. 레이븐이 우리 뒤를 따라왔다. 나는 기계적으로 짐을 꾸렸다. 아멜리가 욕실로 들어가서 목욕 용품을 챙겨 주었다.

나는 벽에 걸린 엄마의 그림을 바라보았다. 캘럼이 액자 틀을 만들어 주었던 그림이었다. 그걸 가져가는 건 불가능할 것 같아서 책상 서랍을 뒤져 나와 엄마가 나온 사진을 한 장 챙겼다.

"다시 돌아올 수 있겠지?"

작은 목소리로 레이븐에게 물었다.

"아무도 안 잡아먹으니까 걱정 마."

레이븐이 킥킥 웃었다. 나도 미소 지었다.

"걱정하지 마. 아발라에서의 생활이 얼마나 재미있는데. 마음에 들 거야. 평범한 기숙사 학교에 간다고 생각하면 돼."

그때 에릭슨 박사가 내 방으로 들어왔다. 그가 내 방에 서 있으니 어색한 기분이 들었다.

"이건 정말 이례적인 일이란다. 저녁에 회의가 열려서, 널 당장 아발라로 데려와야 한다는 결정이 내려졌다는구나."

"제가 거기서 잘할 수 있을까요? 어떤 곳인지 전혀 모르잖아요."

나는 침대 끄트머리에 앉아서 중얼거렸다.

인정하고 싶지 않았지만 너무 두려웠다. 익숙했던 삶과 사랑하는 가족들을 다시 한 번 떠나야만 하는 걸까?

"물론 네가 지난번 들어가 본 건물은 대의회 때에만 출입할 수 있는 곳이야. 실제로 아발라의 규모는 엄청나지만 방문객에게는 자신이 들어갈 수 있는 곳만 드러나 보이고, 나머지는 안개로 뒤덮여 있어."

"역사책에서 읽기로는 아발론이 하나의 섬 전체라고……."

대의회 때 다리를 자동차로 다리를 건너갔던 게 떠올랐다.

에릭슨 박사가 고개를 끄덕였다.

"아무튼 이번에는 지난번에 묵었던 럭셔리 호텔 같은 방이 아니라 다른 학생들과 함께 지내게 될 거다."

"게다가 인간도 없을 텐데……."

기어 들어가는 목소리로 항의했다.

"학생들은 여러 종족이 뒤섞여서 소그룹으로 지내게 돼. 네가 특별히 눈에 띄거나 하지는 않을 거야."

그가 달래듯 말했다.

"그냥 집에 있으면 안 될까요? 다시는 혼자 집 밖으로 나가거나 하지 않을게요……."

스스로가 듣기에도 처량했다.

"겁낼 필요 없어. 아발라는 아마 이 세상에서 가장 안전한 곳일 게다. 엘린이 어떻게 나올지 모르는 이상, 아발라에 가 있는 게 최선이야."

"의회가 캘럼을 도와주려고 할까요?"

말을 맺기도 전에 에릭슨 박사가 고개를 흔들었다.

"엠마, 이미 설명했잖니. 그건 셸리코트 종족의 일이야. 의회는 그들이 우선 아레스의 후계자를 선출할 때까지 기다릴 수밖에 없어."

그를 더 이상 귀찮게 해 봐도 소용없다는 걸 깨닫고는 입술을 깨물었다. 화구를 가방에 챙겨 넣으면서, 나라도 무슨 방법

을 생각해 내야겠다고 굳게 결심했다. 어쩌면 아발라에 캘럼을
도울 수 있는 더 나은 방법이 있을지도 모르는 일이었다.

아발라와 캘럼은 같은 세계에 속해 있었기 때문이다.

"그럼 아발라가 어디에 있는 겁니까?"

미론을 집 앞까지 배웅하면서 외삼촌이 물었다. 하지만 미
론은 고개를 저었다.

"아발라는 숨겨져 있기 때문에 그 누구도 거길 찾아낼 수 없
다네. 엠마는 우리가 보호할 테니 걱정하지 말도록. 엠마가 그
쪽에서 여기로 편지를 써서 보낼 거네."

마지막으로 가족들과 포옹했다. 아멜리가 울기 시작했기 때
문에 좀 더 오래 끌어안아 주었다.

"네가 그리울 거야."

아멜리의 귓가에 속삭였다.

레이븐이 내 어깨를 감싸고 집 앞에 서 있는 자동차의 뒷좌
석에 태운 후, 자신은 미론 옆의 조수석에 앉았다. 나머지 일행
들은 어둠 속으로 자취를 감췄다.

5장

~~~

이미 지난번 대의회 때부터 아발라는 흥미로운 곳이었지
만, 오늘은 특별히 더 웅장하게 느껴졌다. 차는 지난번처럼 작
은 안뜰로 들어가는 대신, 거대한 정문으로 들어갔다. 이제야
성의 전체적인 규모가 눈에 들어왔다. 포석이 깔린 넓은 광장
한가운데에 가방을 든 채로 엉거주춤 서 있으려니 마치 개미
가 된 것 같았다. 미론이 차에서 내리는 것을 도와준 후 트렁
크에서 내 짐을 꺼내 주었다. 그러고는 차를 몰고 어딘가로 사
라졌다.

"미론 어디 가는 거야?"

내 옆에 서 있는 레이븐에게 물었다. 함께 건물 안으로 동행
해 줄 거라고 생각했는데, 혼자만의 착각이었던 모양이다.

"주차하러. 준비는 됐어?"

레이븐이 내 얼굴을 살피며 물었다.

침을 꿀꺽 삼키며 고개를 끄덕여 보였다.

"겁먹을 필요 없어."

레이븐이 기운을 북돋워 주려는 듯 덧붙이더니 나의 만류에도 불구하고 손에서 가방을 빼앗아 들고 출입문 쪽으로 나를 밀었다.

정교하게 장식된 나무문에는 중세 시대 것으로 보이는 청동 고리가 달려 있었다. 레이븐이 고리를 잡고 문을 두드리자 삐거덕 소리를 내며 문이 열렸다.

"어서 와."

흰 셔츠에 청바지 차림의 파우누스[1] 하나가 안에서 나와 우리를 맞았다.

"레이븐, 엠마. 기다리고 있었어."

그가 우리를 향해 정중하게 고개를 숙여 보이자, 헝클어진 검은 머리숱 안으로 두 개의 작은 뿔이 보였다.

"내가 제일 먼저 맞이해 주려고 달려 나왔지."

레이븐이 깔깔거렸다.

"페린, 제발 오버하지 마. 엠마는 이미 충분히 겁먹었다고. 시간이 얼마나 남았지?"

"30분 정도 남아 있습니다, 숙녀분들."

그가 사뭇 다른 어조로 대꾸했다. 그러자 레이븐이 웃음을

---

1 판이라고도 함. 염소의 뿔. 인간의 상반신에 염소의 하반신을 하고 있음.

터뜨렸다.

"미스 라비니아가 들으면 어쩌려고 그래. 그 여자 자기 흉내 내는 거 싫어하잖아."

나는 그의 모든 게 낯설고 신기해서 한마디도 꺼내지 못한 채 가만히 그의 발을 내려다보았다. 염소의 발굽 대신 때가 탄 운동화가 보이자 안도감이 들었다. 그가 내 시선을 의식하고는 씨익 웃어 보이자, 얼굴이 빨갛게 달아올랐다.

"생각보다 평범하지?"

그의 장난스러운 물음에 대답 대신 고개를 끄덕였다.

성 내부를 둘러보니, 폭이 넓은 계단 위로 백 명이 넘는 학생들이 모여 있었다. 홀의 높은 천장 위에서 수많은 목소리가 공기 중에 웅웅거렸다. 따스한 횃불의 불빛이 넓은 홀을 은은하게 밝혔다. 스테인드글라스로 장식된 높은 창을 통해 들어온 겨울 햇빛이 나머지 조명과 함께 분위기를 완성하고 있었다.

성 내부를 둘러보는 동안 웅성거림이 잦아들었다. 그제야 수백 개의 시선이 나에게로 쏟아지고 있다는 걸 알았다. 여기저기서 손을 흔들거나 미소를 지어 주었고, 나머지는 조용히 나를 바라보기만 했다.

"뭐야, 인간 처음 봐?"

레이븐이 허리에 손을 짚고 소리쳤다. 그러자 다시 떠드는 소리가 이어졌고, 여기저기서 모르는 언어로 무어라 묻는 소리가 들려왔다.

그 혼란 속에 날 내버려 두는 대신, 레이븐이 내 손을 잡고 계단 쪽으로 이끌었다. 좁은 복도에 들어서니 비로소 좀 조용해졌다.

"다들 어디로 가는 거야?"

"30분 뒤에 수업이 시작되니까 서두르자. 넌 어떨지 모르겠지만 난 수업 시작 전에 뭐라도 먹어야겠어."

그 말에 반사적으로 배 속에서 꼬르륵 소리가 났다. 밝은 녹색의 문을 열고 들어가니, 여러 가지 녹색 톤으로 장식된 공간이 보였다. 벽에는 횃불이 타오르고 있었고, 열린 창으로는 어른거리는 햇빛이 들어왔다. 긴 모양의 오래된 떡갈나무 탁자 두 개 주변에는 역시 오래되어 보이는 의자들이 놓여 있었고, 벽 한구석에는 음식이 놓인 탁자가 있었다. 주변을 둘러보는 동안 레이븐이 에그 스크램블과 연어를 담은 접시를 두 개 가져왔다.

"엠마, 아발라를 구경할 기회는 앞으로도 충분해. 차는 저쪽에 있어."

레이븐이 재촉하며 작은 테이블을 가리켜 보였다. 거기에는 잘 연마되어 은색 광택이 도는 사모바르[2]가 놓여 있었다. 하지만 아무리 둘러봐도 차가 담긴 티백은 보이지 않았고, 대신에 말린 허브가 들어 있는 유리병들이 보였다. 그래서 어깨를 으쓱한 후 유리병 두 개를 들고 냄새를 맡아 보고는 페퍼민트와 비슷한 향기가 나는 걸로 골랐다. 그런 다음 달걀 모양의 스트

---

2 러시아 식 물 끓이는 기계.

레이너 두 개에 조금 덜어서 컵에 넣고 뜨거운 물을 부었다. 찻잔을 들고 테이블로 가 보니 레이븐이 스크램블 에그를 음미하며 입속으로 퍼 넣고 있었다.

"여긴 우리 '그린' 그룹이 쓰는 클럽 룸이야."

레이븐이 우물거리며 설명해 주었다. 사실은 이미 짐작하고 있었다.

"여기에 있는 방들은……."

레이븐이 벽에 있는 방문들을 가리키며 말했다.

"우리 그룹 침실이야. 현재 우리 그룹 인원은 32명이고, 너까지 하면 33명이 되겠네. 2학년 때까진 같은 그룹이야."

"엘프 종족 말고 다른 종족은……?"

레이븐이 내가 말을 맺기도 전에 대답해 주었다.

"엘프, 파우누스, 뱀파이어, 늑대 족, 난쟁이 족 몇 명이랑 다른 소종족 학생들도 있어. 애들도 흔한 케이스는 아니야. 그리고 너, 혼혈인도 있고."

말을 마친 레이븐이 갑자기 몸을 일으켰다.

"이제 가자."

레이븐이 내 손을 잡아끌었다. 나는 차를 한 모금이라도 마셔 보려고 허둥거리다가 혀를 데었다. 아주 멋진 시작이군.

레이븐과 함께 조금 전에 봤던 큰 홀을 지나 성의 반대편으로 향했다. 모든 곳을 세세히 둘러보고 싶었지만, 레이븐이 서두르는 바람에 불가능했다. 그녀를 따라 계단을 끝없이 오르락내리락하며, 나 혼자서는 죽어도 길을 찾지 못할 것 같아 식은 땀을 흘렸다.

드디어 어떤 방으로 끌려 들어갔는데, 거기엔 학생들이 빼곡히 앉아 있었다. 다들 우리를 보더니 웅성거림이 조용해졌고, 호기심 어린 시선 세례를 받았다.

레이븐은 주위에 눈길조차 주지 않은 채 나를 빈자리에 앉혔고, 자기도 자리에 앉았다. 우리가 사리에 앉자마자 문이 열리더니 긴 회색 머리칼을 하나로 묶은 키 작은 노부인이 들어왔다. 전체적인 스타일이 나이에 걸맞지 않게 앳되어 보여서 좀 우스웠다. 아마 레이븐의 말대로라면 이곳 아발라에서 맞는 첫 수업을 해 줄 미스 보빌일 터였다. 그 이상의 정보는 듣지 못했다.

미스 보빌이 불어로 인사한 후, 칠판으로 고개를 돌리더니 여러 가지 불어 동사를 적어 나가기 시작했다. 그러고는 한 사람씩 호명해서 동사 변화형을 답하게 했다. 나는 긴장을 풀었다. 불어는 몇 년 전부터 배워 왔던 터라 약간은 자신 있었기 때문이다. 내 차례가 되었다.

"오, 새로운 얼굴이군. 아가씨는 이름이 뭐지?"

그녀가 불어로 질문했다. 그래서 이름을 말한 뒤 동사 변화형을 말했다. 그러자 문제없이 다음 차례로 넘어갔고, 나는 그녀가 어느 종족일지 추측해 보았다. 외관상으로는 인간에 가까워 보였다. 포트리에서 내가 다니던 학교 선생님이라고 해도 이상하지 않을 정도였다. 혼자서는 추측하기 어려워서 이번 시간이 끝나면 레이븐에게 물어보기로 했다. 천천히 주변을 둘러보았다. 내 자리는 주위를 둘러보기 적당한 위치에 있었다. 모든 학생들은 고전적인 책상을 앞에 두고 앉아 있었다. 교실 벽은 노란색 사암이었고, 높은 창문을 통해 회색 햇빛이 쏟아져 들어오고 있었다. 교탁 뒤에는 커다란 벽난로에서 장작이 타올라서 교실 전체가 따뜻하고 안락했다.

주변을 둘러보고 있는데, 내 앞에 앉은 소녀가 뒤를 돌아보았다.

"안녕 엠마, 난 아미아라고 해."

소녀가 부드러운 목소리로 인사했다. 아미아라는 이름을 듣자 손이 차디차게 굳어졌다.

"무서워하지 마."

아미아가 나를 진정시켰다.

"아미아 양, 엠마 양과 수다를 떨고 싶으면 수업이 끝나고 쉬는 시간에 하도록."

미스 보빌이 하이톤으로 지적했다. 아미아는 즉시 정면을 바라보았고, 나는 도움을 청하듯 레이븐 쪽으로 시선을 던졌지만 레이븐은 진정하라는 듯 윙크를 했다.

드디어 아미아를 만나게 된 것이다. 캘럼과 약혼한 소녀를 말이다. 질투심이 엄습했다. 아미아를 좀 더 자세히 뜯어보았다. 겉모습은 확실히 상냥해 보였다. 작고 마른 몸집에 머리카락은 거의 흰색에 가까운 금발이었고, 허리까지 치렁치렁했다. 얼굴도 예뻤다. 커다란 캐러멜색 눈동자는 거의 투명해 보일 정도였다. 점점 더 질투가 났다. 주먹을 움켜쥐었다. 하지만 분노가 나를 지배하기 직전에 평화로운 기분이 파도처럼 밀려들었다. 레이븐이 마치 나를 꿰뚫듯 바라보고 있었던 것이다. 수업이 끝났음을 알리는 종소리가 들리자, 레이븐이 재빨리 내 쪽으로 다가왔다.

"다음 시간은 뭐야?"

눈으로 아미아를 좇으면서 레이븐에게 물었다.

"미스터리학이야."

미스터리학이라니! 처음에는 잘못 들은 줄 알았다. 불어 시간처럼 자연스럽게 들리지 않았으니 말이다.

아미아가 교실 문가에서 우리를 기다리고 있었다. 그러고는 머뭇거리며 나에게 미소 지어 보였다. 나는 뭐라고 말을 건네야 할지 몰랐고, 우리가 다음 교실로 이동하는 동안 레이븐이 계속해서 말을 이었다.

"아발라엔 총 열 개의 그룹이 있어."

레이븐이 그룹에 대해 다시 한 번 설명해 주었다.

"각 그룹마다 와펜 색이 달라."

레이븐이 스웨터 가슴 한쪽에 붙어 있는 에메랄드 색 와펜을 가리키며 말했다. 사실은 진작부터 그게 뭘까 궁금했었다.

"이 와펜은 아발라의 상징이야."

와펜을 좀 더 자세히 들여다보았다. 은빛의 나무와 은빛 칼이 엇갈려서 십자 모양을 이루고 있었다.

"이게 뭘 나타내고 있는 거야?"

"아발라의 성스러운 사과나무. 섬의 이름도 그 나무에서 유래한 거야. 그리고 이 칼은 엑스칼리버."

아미아가 작은 목소리로 설명해 주었다.

"그래?"

잘 모르겠다는 표정으로 중얼거렸다.

"설마 그 유명한 전설을 모르는 건 아니지? 아서 왕은 알아?"

레이븐이 나의 무지를 지적하며 물었다.

"당연히 알지."

이렇게 대꾸한 후 내가 알고 있는 아서 왕 전설의 세부 사항을 떠올려 보려고 애썼다. 솔직히 말해 랜슬롯과 기네비어 왕비의 사랑 이야기 말고는 기억나는 게 없었다. 그 전설에 나무가 등장하던가?

아미아와 레이븐이 그런 나를 보면서 짓궂게 웃었다. 결국 나의 무지가 만천하에 공개되는 순간이었다.

"인간들이 쓴 책에서 읽었던 내용은 잊어. 거의 대부분이 틀린 얘기거든. 참, 랜슬롯도 혼혈인이라는 건 알고 있었어?"

어리둥절한 얼굴로 레이븐의 설명을 기다렸다.

"랜슬롯은 반 왕과 호수의 요정 비비안의 아들이야. 그는 아발라에서 태어나고 자랐지. 그런 내용은 역사책에 없지?"

나는 고개를 저었다. 그런 내용은 들어 본 기억도 없었다. 게다가 랜슬롯이라는 인물이 실존했었다는 건 짐작조차 못했다. 잘생긴 기사 한 명이 자신이 섬기는 왕이자 절친의 아내를 사랑하게 되고, 왕은 이복 여동생을 사랑하게 되었던 내용만 기억이 났다. 아무튼 뭐 그런 비슷한 내용이었고, 책을 읽은 지

너무 오래되어서 전체적인 이야기가 그냥 동화같이 느껴졌었다. 흥미진진하긴 하지만 설마 진짜로 있었던 일이라고는……

"성스러운 사과나무는 우리 모든 종족에게 있어서 가장 성스러운 나무야. 이 나무의 생명이 다하는 날, 모든 종족은 지구 위에서 종말을 맞이하게 돼. 나무의 나이는 아무도 몰라. 이 나무는 아발라의 숲 속 깊은 곳에 숨겨져 있는데 사제들만 그게 정확히 어디에 있는지 알고 있대."

아미아가 설명해 주었다.

"그럼 엑스칼리버는? 아서 왕이 죽자 호수 밑바닥으로 가라앉지 않았어?"

나는 엄마와 예전에 보았던 영화를 떠올리면서, 적어도 이거 하나만이라도 제대로 된 지식이길 바랐다.

레이븐이 고개를 저었다.

"전설에 따르면 성스러운 사과나무 안에 다시 봉인되었어. 모든 종족에게 위험이 닥칠 때에만 봉인을 해제할 수 있지. 아서 왕은 바위에서 칼을 뽑은 게 아니라 수천 년 동안 석화된 나무 안에서 칼을 꺼낸 거야. 아서 왕이 죽자 요정들이 다시 나무속에 칼을 숨겼고. 그 이후로 엑스칼리버를 봤다는 사람은 없어."

이 놀라운 이야기에 대해 더 자세히 들을 겨를도 없이, 다음 수업을 받을 강의실에 도착했다. 그곳은 좀 전에 봤던 방과 달랐다. 강의실이라기보다는 마치 제인 오스틴 소설에 나오는 티 살롱 같았다. 딱딱한 나무 의자와 책상 대신 편안해 보이는 소파와 작은 탁자가 놓여 있었고, 그 위에서는 촛불이 타고 있었다.

"선생들은 자신이 원하는 대로 강의실을 꾸밀 수 있어."

레이븐이 내 시선을 놓치지 않고 설명해 주었다.

"탈린은 뭐랄까…… 취향이 좀 독특하지."

작은 테이블 옆 소파에 앉자, 레이븐이 다른 학생들의 이름을 알려 주었다. 주위를 둘러보며, 비록 풍경은 전혀 달랐지만 어떤 데자뷔가 느껴졌다. 아멜리가 포트리에서 다른 학생들의 이름을 알려 주던 게 불과 1년 반쯤 전이었던 게 떠올랐다.

더 생각에 빠질 겨를 없이 한 남자가 교실로 들어왔다. 눈빛이 차갑다는 것만 빼면 상당한 미남이었다. 어깨까지 늘어진 은색 머리칼로 짐작하건대 셸리코트 같았다. 그가 음산한 눈빛으로 나를 바라보며, 천천히 다가왔다.

"탈린, 엠마 겁먹게 만들지 말아요."

레이븐의 목소리에, 그가 삐딱하게 웃어 보이고는 몸을 돌렸다.

"탈린은 엘린의 외삼촌이야."

레이븐이 속삭였다. 온몸에 소름이 돋았다. 할 수만 있다면 벌떡 일어나서 교실을 달음질쳐 나가고 싶었다. 그가 소파에 앉아 마법에 대한 강의를 시작하는 동안에 가만히 그를 바라보았다. 보면 볼수록 탈린은 이 안락한 분위기에 완벽히 어울렸다. 그의 강의에 귀를 기울이는 동안, 거칠게 날뛰던 심장 박동이 점차 잦아들었다. 그가 잘 손질된 손가락을 마주 모으며 강의하는 동안, 잘 빗질한 긴 은색 머리칼이 찰랑이며 등 뒤로 흘러내렸다.

"다음 주에는 엘프 족의 특기인 '마인드 컨트롤'에 대해 배우고 이를 차단하는 방법도 실습해 볼 거다. 아마 여기 앉아 있는 학생들 중 많은 수가 이 특수 능력을 요긴하다고 생각할 터고, 또 마음의 평정심을 잃었을 때 마인드 컨트롤을 부탁해 본 적이 있겠지. 하지만 그들로부터 자신의 감정과 사고를 차단하는 방법도 배워야 할 필요가 있다. 물론 엘프 자신이 다른 이를 해치기 위해 이걸 사용할 일은 없겠지만, 누군가가 엘프들을 지배하고 조종하려 들 날이 올 수도 있으니 말이야. 무엇보다도 자신의 감정을 스스로 통제할 줄 알아야지, 다른 누군가에게 의존해서는 안 돼. 심할 경우 마약처럼 중독될 수 있으니까."

그의 마지막 말이 엄중한 경고처럼 들렸고, 그가 말을 마친 후에도 교실 안에 반향처럼 남아 있었다. 엘린이 바다에서 마법을 부리던 때가 떠올랐다. 그도 탈린에게 마법을 배운 것일까? 만약 그렇다면, 탈린은 엘린을 자랑스러워해야 할 거다.

"명심하도록."

그가 말을 이었다.

"엘프의 마인드 컨트롤 능력은 우리의 몸이 아닌 정신에만 영향을 미치는 거다. 사고력을 통제 당하지 않으려면 이에 맞서 싸워야 해."

그가 말을 마친 후, 우리 그룹의 엘프들을 교실 앞쪽으로 불러냈다. 레이븐까지 합해서 모두 여섯 명이었고, 남녀별로 각

각 세 명씩이었다.

그런 다음엔 다른 종족의 학생 여섯 명이 각각 엘프 맞은편에 서서 아무 생각도 하지 않는 연습을 했다. 어떻게 하는 건지 전혀 감이 오지는 않았지만, 소파에 몸을 파묻고는 제발 탈린이 나를 못 보기만을 비는 수밖에 없었다.

하지만 내 바람과는 달리, 탈린은 나를 불러내서 레이븐과 마주 보게 했다.

"정신을 차단하거라."

그가 짧게 주문했지만, 생각이 더 복잡해질 뿐이었다. 게다가 완벽한 실패였다. 레이븐이 내 머릿속에 들어와서 곳곳을 기웃거렸고, 여기저기에 발자국을 남겨 놓은 것 같아 기분이 나빴다. 다시 눈을 떴을 때, 레이븐이 미소를 지으며 나를 바라보았다. 적어도 조금 전까진 엘프들이 생각도 읽을 수 있다는 사실은 몰랐다. 이 성에 있는 모든 엘프들이 내 머릿속을 들여다 볼 수 있다고 생각하자, 거의 발가벗겨진 기분이었다.

"여기 서 있는 누군가는 쓸개까지 털린 것 같구나."

탈린이 나를 바라보며 지적하자, 교실이 웃음바다로 변했다. 나는 빨개진 얼굴로 소파로 가서 몸을 푹 파묻었다.

"우린 절대로 이걸 평소에 써먹지 않아."

레이븐이 내 손을 잡고 눈을 들여다보며 안심시켰다.

"이 성에 있는 모든 엘프들이 네 머릿속을 들여다볼 거라고 생각하진 마. 하지만 누군가가 감정적으로 혼란스러워하는 걸 보면 마음을 진정시켜주는 건 사실이야. 우리는 평화를 지나치게 사랑하는 종족이거든."

그 말이 도움이 되었는지는 모르겠다.

어쨌든 세 개의 수업을 받고 난 뒤 레이븐이 나를 다시 클럽
룸으로 데려다주자 기뻤다. 나는 레이븐, 아미아와 함께 쓰게
될 작은 방 안에 짐을 풀었다.

방 안에는 짙은 녹색 우단 천을 늘어뜨린 세 개의 캐노피 침
대가 있었다. 침실 벽도 에메랄드 색으로 칠해져 있었고, 흰색
의 천장에는 섬세한 문양이 조각되어 있었다. 창 밑에는 세 개
의 책상이 있었다.

날이 어두워지자 그룹원이 다 같이 저녁 식사를 했다. 나는
다른 그룹원들의 호기심 어린 시선을 무시하려고 애를 썼다.
인간이 아니었음에도 불구하고 하는 행동만큼은 인간과 다를
바 없었다. 몇몇은 자기소개를 했고, 적당한 거리를 두고 관찰
하는 이들이 있는가 하면 저들끼리 속닥거리기도 했다.

"음식이 입에 맞지 않니?"

음식은 정말 맛있어 보였지만, 어쩐지 식욕이 없어서 깨작
거리자 관리인인 미스 라비니아가 걱정스러운 듯 물었다. 이
여리고 젊은 엘프가 여길 관리한다는 게 좀 버거워 보였다.

우리 그룹원들은 미스 라비니아를 좋아했다. 특히 남자들이
그녀 주위를 맴도는 걸 보노라면 좀 우습기도 했다.

"아뇨, 정말 맛있어요."

나는 서둘러서 대꾸했다.

"그냥 좀 피곤할 뿐이에요."

그녀가 이해한다는 듯 고개를 끄덕였다. 하지만 잠시 후에 다시 눈이 마주쳤고, 왠지 나를 계속 쳐다보는 것 같았다.

지난밤은 긴장감 때문에 거의 뜬눈으로 지새웠었고 오늘은 하루 종일 새로운 것들을 경험한 까닭에, 생각보다 훨씬 더 지쳐 있었다. 무조건 침대로 달려가 눕고 싶은 생각뿐이었다. 내일은 또 어떤 일이 기다리고 있을지 모르는 일이기 때문이다.

드디어 식사 시간이 끝났고, 나는 곧 레이븐, 아미아와 함께 침실로 돌아왔다. 그들과 방을 함께 쓴다는 게 전혀 불편하지 않았다. 옷을 다 입은 상태로 엄청나게 푹신한 침대 위에 눕자마자 곯아떨어졌기 때문이다.

다음 날 아침에 눈을 뜨니, 정말 오래간만에 푹 잔 느낌이었다. 늘 악몽 때문에 잠을 설치곤 했는데, 지난밤에는 악몽은커녕 꿈조차 꾼 기억이 없었다.

"레이븐, 혹시 네가 그런 거야?"

레이븐이 저쪽 편 침대에서 눈을 휘둥그레 떴다.

"왜, 무슨 일 있어?"

"캘럼이 끌려간 후로 매일 밤 악몽에 시달려 왔거든. 그런데 오늘은 아무런 꿈도 꾸지 않았어. 혹시 이 방 안에 있는 엘프 덕분인지 궁금해서."

그제야 레이븐이 짓궂게 눈을 찡긋해 보였다.

"그러게 말야. 엘프가 있다는 게 얼마나 편리하다구."

우리의 대화를 듣던 아미아도 한마디 했다. 어제는 그렇게 수줍어하더니, 오늘은 한결 마음이 편해진 모양이었다.

"뭐 아무튼, 좋은 꿈도 쫓지는 말아 줘."

화를 내야 할지, 기뻐해야 할지 분간이 서지 않았다.

레이븐은 내 말에는 신경도 쓰지 않고, 옷장 앞에 서서 오늘 입을 옷을 꺼내 들었다. 나도 샤워를 한 다음 옷을 입었다. 여기에 교복이 없으니, 간난하게 청바지에 티셔츠를 걸쳤다. 수업에 들어가기 전, 미스 라비니아가 우리 그룹을 상징하는 와펜 브로치를 티셔츠 앞에 달아 주었다.

길고 심플한 흰색 원피스를 입은 그녀는 매혹적으로 아름다워 보였다. 짙은 색 머리칼은 섬세하게 땋아서 틀어 올리고 있었다. 이런 차림새로 방을 관리해 준다는 게 상상이 되지 않았다. 마치 상냥한 가정교사 같은 분위기였다. 어렸을 때에는 메리 포핀스가 이런 모습일 거라고 상상했었다.

"오늘은 너희 세 명이 저녁 식사 담당이야."

미스 라비니아가 주의를 환기시켰다.

"오늘 저녁 메뉴를 주방에 미리 얘기해 두는 것도 잊으면 안 돼."

레이븐이 고개를 끄덕였고, 아미아는 성가시다는 듯 눈을 뒤집었다.

"우리가 언제 잊은 적이 있다고! 진짜 성가신 여자야."

"관리인은 뭘 하는데?"

레이븐에게 물어보았다.

"혹시 내 물건들 근처로 가진 않겠지?"

누군가가 내 물건을 뒤집어서 정리해 놓을 걸 생각하니 끔찍했다.

"아니야, 그럴 일은 없어."

레이븐이 나를 진정시켰다.

"방 정리는 안 해. 그런 건 요정들의 일이니까."

대화는 그걸로 끝이었고, 결국 관리인의 일이 뭔지는 자세히 들을 수 없었다. 이 모든 것에 익숙해지려면 꽤 오랜 시간이 필요할 것 같았다.

오늘의 첫 수업은 역사였다.

다들 자리에 앉고 얼마 지나지 않아, 지난번에 마법사로 소개 받았던 멀린이 들어왔다. 일전에는 어두운 데에서 봐서 잘 몰랐지만, 지금 보니 마치 중세 시대의 드루이드[3] 같은 모습이었다. 길고 하얀 수염은 거의 허벅지까지 늘어져 있었고 회색 모피 코트는 이런 인상을 완성하고 있었다.

멀린이 내 책상으로 다가와서 상냥한 눈으로 나를 훑어보았다.

"이제 조금은 적응이 되었는지?"

나는 고개를 끄덕였다.

"그대의 동기들이 역사 시간을 그리 좋아하지는 않네. 내 이야기에 귀를 기울이는 대신 다른 과목 숙제를 하거나 배 폭파

---

3 고대 켈트인의 종교인 드루이드교의 사제 계급으로 정치와 입법, 마술 등을 행함.

시키기 게임 하는 걸 더 선호하지. 하지만 자네만큼은 내 시간에 주의를 기울여 주었으면 좋겠군."

그가 따스한 회색 눈으로 나를 바라보며 말했다. 금세 교실 안은 킥킥거리는 웃음소리로 가득 찼고, 멀린이 싱긋 웃었다.

"노력해 볼게요."

미소를 지으며 대답했다.

"좋아."

그가 벽난로로 가서 마른 장작을 집어넣고 천천히 불을 지폈다.

"지난 시간에는 어디까지 했더라?"

그가 몸을 일으키고 교실 안을 둘러보며 물었지만 조용했다. 결국 아미아가 손을 들었다.

"아미아. 간단히 설명해 주게나."

"대전쟁 후 우리 마법 세계의 존재들과 인간 사이에는 평화 협약이 맺어졌고, 모든 종족은 인간의 세계에서 물러나게 되었습니다."

"정확하네. 고맙군. 오늘날에는 이 평화 협약이 그야말로 평화스럽고 쉽게 맺어졌다고 생각하네만, 실상은 이런 결정이 내려지기까지 매우 처절한 다툼과 논쟁이 있었지. 모든 종족이 인간들에게 이 세계를 맡기는 데 동의한 건 아니었기 때문이야."

나는 멀린의 이야기에 매혹되어 귀를 기울였다. 마치 그 당시로 돌아가 무기가 서로 부딪치며 나는 쇳소리와, 칼 밑에서 죽어간 존재들의 비명 소리가 들려오는 듯했다.

그는 이 전쟁에서 죽어 나가거나 멸종한 종족들, 자취를 감추고 동화나 전설 속에서만 회자되는 종족들에 대하여 말해 주었다. 또 남은 종족들의 안전을 보장하기 위한 타협점에 도달하기 위해 얼마나 격렬한 논쟁과 다툼이 있었는지도 설명했다. 현재는 매우 적은 수만 살아남았지만 어쨌든 평화 협약 이후로는 서로 간의 평화가 지속되고 있었다.

당시에 맺은 법규는 결과적으로 오늘날의 평화로운 시대를 이룩해 냈다. 이 말을 하며 멀린이 나를 마치 꿰뚫듯이 바라보았다.

"우리 모두는 이 평화로운 상태를 유지하기 위해 노력해야만 하네. 종족 간의 분열을 초래해서는 안 돼. 우리 모두가 힘을 하나로 모아야 인간과의 관계에서 대등함을 유지할 수 있게 되지."

수업 시간의 끝을 알리는 종이 울렸다. 멀린이 나에게 미소를 지어 보이고는 교실을 나갔다. 그는 내게 마치 한 번도 가져 보지 못했던 조부모님과 같은 따스한 인상을 남겼다.

오늘은 어제보다 모든 게 더 친숙해졌음에도 불구하고 계속 레이븐에게 의지하게 되는 건 어쩔 수 없었다. 아미아는 계속 우리를 쫓아다녔다. 나는 틈 있을 때마다 그녀를 관찰했다. 아미아를 보고 있노라면 내 안에서 두 개의 상반된 감정, 호기심과 질투심이 서로 다퉜다. 이 소녀가 캘럼을 차지하게 될 터였고, 그에게 어울리는 짝이었다. 게다가 내가 봐도 아름다웠고, 조용한 성격에 행동거지도 조심스러웠다. 그녀보다 순종적인 아내도 없겠지. 하지만 나만큼이나 그를 사랑할까? 아니면 단지 의무감 때문에 결혼하는 걸까? 언젠가는 이런 것들을 물어볼 기회가 올까?

페린도 우리 셋과 함께 다녔고, 수업도 같이 들었다. 나는 결국 이곳도 인간 세계의 학교와 다르지 않다는 결론을 내렸다. 더하면 더했지, 덜하진 않았다. 불어 이외에도(레이븐은 이 정상적으로 생긴 노부인이 늑대인간이라는 사실을 알려 주었다) 영어, 이탈리아어도 모자라서 라틴어까지 배워야 했다.

사회 과목은 '폴리테이아Politeia'로 불렸다. 각 종족이 함께 살아가기 위한 기초를 배우는 과목이라고 레이븐이 알려 주었다. 미론이 이 과목을 담당하고 있다는 사실을 알았을 때 기뻤다. 하지만 아발라에도 수학 과목이 있다는 걸 듣자 우울해졌다.

교과목 시간표에 따르면 다음 시간은 체육이었다. 아미아가 내 손을 잡아 이끌었고 레이븐은 손을 흔들며 사라졌다. 나는 깜짝 놀랐다.

"여기선 각 종족별로 체육 수업을 따로 하거든. 우리 둘은 수영 수업이야."

"음……. 나 아무것도 안 가져 왔는데……."

엉거주춤 멈칫거리자 아미아가 날 이끌며 말했다.

"당연히 수영복(인간들이 이렇게 부르는 거 맞지?)은 지급되니까 걱정 마."

그제야 좀 안심이 되었다. 예전에 캘럼이 춤을 추던 모습을 처음이자 마지막으로 훔쳐봤던 보름달 밤에 그들이 뭘 입고 있었는지 기억을 더듬어 보았지만 아무것도 생각나지 않았다. 아마도 캘럼과 그의 춤, 그의 벗은 상반신 외에 다른 건 안중에도 없었나 보다.

우리는 성 뒤편에 펼쳐진 잔디밭을 가로질러 걸었다. 계속 걷다 보니 호수 변으로 이어지는 편평한 언덕이 보였다. 조약돌이 깔린 호수 변에는 붉은색의 나무 오두막이 있었다.

주변을 둘러보았다. 호수인 줄 알았지만 정확히 말하면 호수는 아니었다. 오른편으로는 가파르게 하늘 위로 솟은 산들이 둘러져 있었고 왼편에는 울창한 숲이 서 있었지만, 호수의 끝은 점차 가늘게 좁아져서 저편 바다와 닿아 있는 듯했다.

짙은 호수 물을 바라보니 등줄기가 서늘해졌다. 아마 아무도 날 저 물속에 집어넣진 못할 거라고 생각했다.

오두막 앞에는 몇몇 남자애들이 맴돌았는데, 그 모습이 마치 포트리 시 학교의 쉬는 시간을 연상시켰다. 여자애들은 자기들끼리 조용히 속닥거렸다. 우리 그룹에서 봤던 두 명의 얼굴을 알아보자 그들이 미소 지으며 인사해 왔고, 나머지는 침묵했다. 그러고는 경멸 혹은 호기심 어린 눈빛을 보냈다.

"레이븐이 여기 있었다면 얼마나 좋았을까!"

아미아에게 속삭였다. 지금이야말로 엘프의 마인드 컨트롤이 절실했다. 아미아가 내 팔을 어루만져 주었지만, 전혀 효과는 없었다.

"겁낼 필요 전혀 없어."

그녀가 강조했다.

어색한 침묵이 이어지는 가운데, 학생들 뒤편으로 키가 크고 마른 남자가 나타났다. 그의 짙은 회색 눈동자가 나의 모습을 찬찬히 훑었다. 그러고는 손뼉을 크게 치며 모두를 독촉했다.

"자, 얼른 옷들 갈아입지 않고 뭐해!"

그러자 모두 자신의 가방을 가지고 작은 오두막으로 향했다. 그러는 사이에 그가 나와 아미아에게 다가왔다.

"네가 엠마구나."

그가 말했다.

"난 수영 훈련을 맡고 있는 가웨인이라고 한다. 이렇게 만나게 되어 기쁘구나. 네가 가지고 있는 능력을 발견할 수 있도록 아미아가 도와줄 거다."

그가 말을 마치고는 호숫가로 사라졌다. 나는 아미아를 따라 오두막으로 들어갔다.

"아미아, 방금 저 사람이 말한 능력이란 게 뭐야?"

아미아는 아무런 대답도 해 주지 않았다. 각각의 탈의실에서 목소리가 흘러나왔고, 내 이름도 여러 번 들렸다.

여성 탈의실로 들어가자, 약속이나 한 듯이 일제히 입들을 닫았다. 아미아가 한 라커 쪽으로 성큼성큼 걸어갔고, 나도 엉거주춤 그녀의 뒤를 따랐다.

"자, 너에게 맞을 만한 걸 찾아보자구."

주위의 어색한 침묵은 아랑곳없이 라커 안을 뒤지던 아미아가 결국 뭔가 하나를 집어 들었다. 하지만 그 요상한 천 조각은 우리가 결코 수영복이라고 부를 수 없는 물건이었다. 나는 고개를 설레설레 저었다. 설마 진심으로 저걸 입으라는 건 아니겠지? 그도 그럴 것이, 투명한 소재였기 때문이다.

"괜찮으니까 입어 봐."

아미아가 재촉했다.

"이게 네 사이즈에 맞을 거야."

"하지만…… 투명하잖아."

나는 팔짱을 끼고 항의했다. 주변의 여자애들이 킥킥거리자 그제야 다들 아무것도 입고 있지 않다는 사실을 깨달았다. 그렇다고 벌거벗은 게 아니라 뭔가 반짝이면서도 자신의 살색과 완벽하게 일치하는 걸 입고 있었다. 모두가 정말로 아름다워 보였다. 그제야 그들이 기대에 찬 눈으로 내가 그걸 입기만을 기다리는 게 보였다.

저항해도 소용없다는 걸 깨닫고는 옷을 벗고 그 쫀쫀한 천 조각 속으로 몸을 밀어 넣었다. 하지만 놀랍게도 그 천 조각은 내 몸을 두 번째 피부처럼 편안하게 감쌌고, 걱정했던 것처럼 속이 훤히 들여다보이지는 않았다.

셀리코트 수영복을 매만지면서 호숫가로 나갔다. 가웨인과 남학생들이 같은 소재로 만든 수영 바지를 입고 우리를 기다리고 있었다.

"몸을 풀기 위해 각자 호수를 스무 번씩 횡단하도록 한다. 그런 다음에는 지난번에 이어서 체광體光을 연습해 보도록 하

자. 시험 때까지는 충분히 밝고 범위가 넓은 체광을 만들어 내야 한다."

호수를 스무 번씩 횡단하라는 것 외에는 알아들을 수 없는 말뿐이었지만, 세상에, 호수를 스무 번 횡단하라고? 호수 너비는 어림잡아도 100미터는 되어 보였는데, 저기를 스무 번씩 횡단하고 나면 아침 해가 떠 있을 터였다.

셸리코트들이 차례로 호수 속으로 뛰어들며 물살을 갈랐다. 그 광경이란 누구라도 한번 보면 잊지 못할 장관이었다. 그들은 보기만 해도 가슴이 쿵쾅거리는 속도로 물살을 갈랐다. 나는 강변에 앉아서 넋을 잃고 그 광경을 바라보았다. 나 같은 건 죽었다 깨어나도 저 속도의 발끝에도 미치지 못할 터였다.

"왜 물속에 들어가지 않니?"

가웨인이 친절한 눈빛으로 물었다.

나는 고개를 세차게 저었다.

"셸리코트에 비하면 전 달팽이예요. 물속에 들어갔다가는 웃음거리가 되고 말 거예요."

"시도는 한번 해 보렴. 너도 인간 세계에서는 아마도 뛰어난 수영 선수였을 게다. 아레스도 인간 세계에 있을 땐 모든 수영 종목에서 상을 휩쓸었었지."

나와 아레스를 비교하다니, 가당치도 않은 말이었다.

"전 못 해요."

머뭇거리며 대꾸했다.

"게다가 호수나 야외의 물에서는 수영해 본 적이 없어요. 수영장에서만 해 봤거든요. 전방이나 밑바닥의 시야가 확보되는 곳만요."

가웨인이 눈썹을 추켜올렸다. 물 공포증이 있는 혼혈 셸리코트라니, 듣도 보도 못 했을 것이었다. 여태껏 봤던 셸리코트와 마찬가지로 그도 미남이었다. 그가 고개를 흔들며 말했다.

"네가 캘럼과 함께 호수를 수영했다는 걸 안다. 우리 모두가 알고 있어. 한번 해 보면 겁낼 만한 게 아니라는 사실을 알 수 있을 거다. 이젠 너도 우리의 일원이야."

그가 용기를 주려는 듯 다시 한 번 고개를 끄덕여 보이고는 호숫가로 앞장서 걸었다. 그의 행동이 더 이상 거절할 수 없게 만들어서 어쩔 수 없이 그를 뒤따랐다.

호숫가에서 멈춘 그가 내게 손을 내밀었다. 그의 손은 차가웠지만, 그래도 이렇게 함께 있어 주는 게 고마웠다. 그래서 용기를 내어 이 상황을 받아들이기로 결심했다. 천천히 물속으로 헤엄쳐 나아가자 놀랍게도 익숙했던 물 공포증이 사라져 있었다. 나 자신이 물속에 있는 게 지극히 자연스럽게 느껴졌다. 이 괴상한 수영복 덕분인지, 아니면 캘럼과의 수영 경험이 물 공포증을 극복하도록 만든 건지 알 길이 없었다. 하지만 아무래도 좋았다. 나는 세차게 팔을 움직이며 물살을 갈랐다. 비록 다른 셸리코트의 속도에 미치지는 못했지만, 확실히 이전보다 빨라진 걸 느낄 수 있었다. 아마 셸리코트의 삶에 있어서 수영만큼 중요한 건 없을 거라는 생각이 들었다.

셸리코트 수영복은 몸이 물에 저항하지 않고 빠르게 나아가

도록 도와주었다. 하지만 스무 번이나 되는 왕복 후에는 전신이 푸딩처럼 노곤해졌다. 헐떡이며 강변의 모래사장에 몸을 던지자 아미아가 내 쪽으로 달려왔다.

"엠마, 정말 대단했어."

그녀가 속삭였다.

"이렇게 빠를 거라고는 생각도 못 했어. 가웨인도 놀란 눈치야."

나는 눈을 질끈 내리감았다.

"격려해 주는 건 고맙지만 다들 벌써 완주를 마쳤잖아."

"그건 상관없어. 정말 빨랐다니까! 이제 올라와 봐. 다른 애들이 체광 연습하는 거 보러 가자."

몸을 힘겹게 일으켰다. 아마 내일 아침엔 내 인생 최악의 근육통을 겪게 될 터였다.

"체광? 빛 같은 거야?"

내 물음에 아미아가 얼굴을 붉히며 대답했다.

"캘럼과 함께 수영했을 때, 아마도 그의 빛을 본 적이 있을 거야."

"도대체 어떻게 여기 있는 모두가 그 일을 아는 거야?"

당황한 건 오히려 내 쪽이었다. 질문과 동시에 그 당시 캘럼의 몸에서 발산되어 호수 속을 물들이던 아름다운 빛을 떠올렸다.

"대의회 때 나왔던 이야기들은 우리 세계에서 몇 달간이나 큰 이슈였어. 물론 많은 이들은 인간인 널 물속에 끌어들인 일로 캘럼을 힐난하고 있지만."

하지만 아미아의 말에 나무라는 듯한 어조는 없었다. 언젠 가는 그녀와 캘럼에 대해 터놓고 이야기해야 한다는 걸 알았지 만, 아직은 마음이 준비되어 있지 않았다.

"아미아, 너와 캘럼이 약혼한 사이라는 건 알고 있어."

내가 말을 더듬자, 그녀가 손을 올려 내 말을 저지했다.

"그 이야긴 나중에 하자. 여기는 적절한 장소가 아냐. 물속 에도 귀가 있거든."

아미아가 다른 셸리코트들이 모여서 체광을 연습하고 있는 곳으로 나를 이끌었다. 빛의 크기가 커지고 강해질수록 호수 속의 어둠이 사라졌다.

"내면으로 집중해야 한다."

가웨인이 재차 다그쳤다.

"빛을 생성한 후에는 사라지지 않도록 유지하면서 그 범위 를 팽창시키는 거다."

그가 시범을 보이기 위해 한 손을 펴서 호수 표면에 대자, 밝은 회색의 반짝이는 빛이 호수 표면에 퍼져 나갔다.

"가웨인, 치사해요! 우리 중에서 그런 걸 할 수 있는 사람은 아직 아무도 없다구요."

아미아가 웃었다.

"체광을 만드는 건 정말 어려워."

아미아가 내 쪽으로 몸을 돌려서 설명해 주었다. 우리는 함 께 허벅지 정도 깊이의 물속으로 들어갔다.

"여기 학생들도 아발라에서의 첫 1년 동안은 체광 내는 법만 연습하는데, 성공하는 사람은 극히 일부분에 불과해. 하지만 3년 후 졸업 시험을 치르려면 완벽하게 통제할 수 있어야 하거든. 가웨인이 보여 준 기술, 그러니까 한 손만 가볍게 대서 체광을 발산하는 방법을 익히는 데만 몇 년이 걸려."

가웨인이 장난스럽게 씨익 웃어 보였다. 나는 한 명씩 희미하게 깜박거리는 체광을 만들어 내는 모습을 감탄하며 바라보았다. 빛이 반짝일 때마다 큰 박수가 이어졌다. 아미아도 자기 주변으로 따스한 우유 사탕 빛깔의 깜박이는 빛을 발산하는 데 성공했다.

"빛이 왜 필요한 건데?"

아미아에게 물었다.

"물속에서 시야를 확보하려고? 아닌가?"

"아니, 체광 없이도 사물을 보기에 빛은 충분해. 체광이란 좀 더 정신적인 문제야. 젊은 셸리코트가 성인이 되는 의식을 치르려면 체광을 만들어 낼 줄 알아야 해. 특히 보름달 밤에 춤을 추려면 체광을 통제할 수 있어야만 하거든. 또 결혼을 하려는 커플도 양쪽 다 체광을 완벽히 익힌 상태여야 하고."

결혼이라는 단어를 말하면서 아미아의 얼굴이 붉어졌다.

약 30분 후, 체광 훈련이 끝나자 가웨인이 내게 다가와서 말했다.

"오늘 잘했다. 다음 시간부터는 너도 연습을 시작해야 한다. 물론 혼혈인이 체광을 만들어 낼 수 있을지는 두고 봐야 하겠지만, 일단 시도는 해 봐야 하는 거니까 말이다. 만약 채광이 가능하다고 해도, 그 빛을 이끌어 내기까지는 상당한 수고와 노력이 들 거야."

우리는 거대한 호수의 뭍에 섰다. 그러고는 말없이 다른 셸리코트 학생들이 하나 둘 뭍으로 올라오는 것을 지켜보았다.

"미론으로부터 전언이 있다. 절대로 혼자서 호수에 들어가지 말라더군."

가웨인이 목소리를 낮추었다.

"특히 깊고 검은 물속으로 들어가는 건 무슨 일이 있어도 피해야 한다."

나는 겁에 질려서 그를 바라보며 물었다.

"여기 아발라는 안전할 거라고 생각했는데요?"

"물론 안전하지."

그가 안심시켰다.

"하지만 조심해서 나쁠 건 없어. 엘린은 바다 쪽에서 진입할 수 있는 입구를 봉쇄해 놓은 결계를 부술 수 없다. 아발라를 보호하고 있는 마법이 굉장히 강하기 때문이야. 하지만 아발라 안에 있는 셸리코트는 이 결계를 부술 수 있어. 왜냐하면 누구든지 성을 자유롭게 드나들 수 있어야 하니까. 엠마 네가 결계 밖으로 나가는 순간에도 아무런 느낌이 없을 거다. 하지만 학생 이외에는 입출입이 통제되니까 괜찮아."

말을 마친 가웨인이 몸을 돌려 오두막으로 사라졌다. 하지만 그의 말에도 불구하고 떨리는 가슴은 진정되지 않았다. 아무튼 깊고 검은빛의 물속에 혼자서 들어갈 일은 전혀 없을 터였다.

"왜 셸리코트들의 체광 색은 각자 다른 거야?"

아미아와 오두막으로 들어가면서 물었다.

"왜 그런지는 모르지만 각자의 눈동자 색과 같더라구."

아미아가 대답했다.

"이 수영복, 재질이 뭐야?"

나는 궁금했던 것들을 몽땅 질문하기 시작했다. 처음에는 낯설었지만 이제는 제2의 피부처럼 느껴져서 벗기 아쉬울 정도였다.

"미스기르라고 부르는 특별한 해초를 짜서 만드는 거야. 셸리코트 종족 중에서도 나이 많은 여자들에게만 직물 짜는 기술이 전수되고 있어. 셸리코트 여자가 아이를 가질 수 없는 나이가 되어야 비로소 공방에 들어갈 수 있거든. 여자만 할 수 있는 최고로 명예로운 일이야."

갑자기 같은 나이의 남자 셸리코트들은 무슨 일을 하는지 궁금해졌지만, 질문하는 대신 아미아의 말에 계속 귀를 기울였다.

"안타깝게도 미스기르를 찾기가 점점 어려워져서 매번 더 깊은 바다로 들어가서 채취하고 있어. 각 부족마다 탐험대를 조직해서 미스기르를 찾고 있지만 매년 성과도 점점 적어지고, 아예 실종되는 탐험대원도 늘고 있어."

아미아의 목소리에 슬픔이 묻어났다.

"왜 실종되는데?"

"우리도 잘은 몰라. 일단 바다가 너무 오염되어 있어. 거대한 기름띠와 플라스틱 쓰레기가 바다에 버려지니까. 기름띠가 바닷속으로 침투해서 피부 숨구멍을 뒤덮으면 우리는 죽게 돼. 제시간에 해수면 위로 올라가 폐로 호흡하지 않으면 말야."

아미아가 눈물이 그렁그렁한 눈으로 나를 바라보았다.

"우리 엄마도 그렇게 돌아가셨어. 엄마는 해수면까지 올라가는 덴 성공했지만 어부에게 발견되어서 짐승처럼 잡혔어. 엘린은 그 당시에 너무 어렸기 때문에 엄마가 그물에 걸려 배에 끌려가는 걸 보고 있을 수밖에 없었어. 그게 엄마의 마지막이었어……."

우리는 가만히 멈춰 서서 침묵했다.

"미안해."

나 역시 엄마를 잃은 아픔을 누구보다도 잘 이해할 수 있었다. 그래서 더 이상 무슨 말을 해야 좋을지 몰랐다.

"그래서 엘린이 그렇게 인간들을 미워하는 거야."

아미아가 작게 중얼거렸고, 나는 고개를 끄덕였다.

"하지만 모든 사람이 다 그렇게 잔인한 건 아냐."

내 말에 아미아가 피식 웃었다.

"하지만 잔인한 사람들을 그냥 내버려 두잖아. 그건 하나도 나은 게 아니라고 봐."

"물론 그렇긴 하지만…… 셀리코트들이라고 다 옳은 행동만 하는 건 아니잖아?"

인간들을 어느 정도는 옹호하려고 애쓰면서 물었다.

"물론 아니지."

아미아가 미소 지어 보였다.

"이제야 마음이 좀 놓이네."

"우리는 그저 왜 인간들이 스스로를 해치는지 이해가 안 되는 것뿐이야. 인간들은 환경을 오염시켜서 우리의 세계만이 아니라 자신들이 살아갈 세계도 망가뜨리는 거잖아."

나도 어깨를 으쓱해 보였다. 여태껏 그런 문제로 고민해 본 적이 없었기 때문이다. 물론 TV에서 종종 멸종 위기의 동물이나 아마존 열대 우림 파괴에 대한 프로그램을 본 적은 있지만 그뿐이었다.

내가 할 수 있는 게 뭘까? 고래 스트랜딩에 대한 캠페인이나 브로슈어 제작도 실제로는 손바닥으로 하늘을 가리려는 거나 다름없었다. 게다가 나는 늘 자신의 문제로 바빴다.

단지 다들 그렇게 산다는 핑계를 대기엔 너무도 부끄러운 게 사실이었다.

6장

"레이븐, 한 번만 더 해 봐 줄 수 있어?"

우리는 방 안 침대 위에 앉아 있었다. 나는 책을 읽어 보려고 했지만 손에 잡히지 않았다. 다른 과목은 그럭저럭 따라갈 수 있었지만, 바보 같은 마법학만큼은 전혀 진전이 없었다. 아마도 탈린 때문일 것이었다.

"네가 내 머릿속에 들어오지 못하게 만드는 게 너무 어려워. 탈린은 내가 그걸 못 해내는 걸 이해 못 하고. 더는 못 참겠어."

내가 투덜거렸다.

"탈린은 좋은 선생이야. 그저 네가 좀 더 노력해 보길 바라는 거야."

레이븐이 일기장에 무언가를 끄적이며 대꾸했다.

"어차피 모든 걸 알 수 있으면서 뭐하러 일기 같은 걸 쓰는 건데?"

나는 레이븐에게 화를 냈다.

난 탈린이 싫었고, 그도 나를 싫어한다는 걸 느낄 수 있었다. 그는 계속 나만 지적했다. 이제 마법학 따위는 짜증이 났다. 엘프의 마인드 컨트롤 능력이 뭐 그리 대단하다는 거지? 그는 몇 주 동안이나 이 주제를 질질 끌고 있었다. 그리고 당연한 일이었지만, 우리 그룹의 팀원들은 엘프로부터 생각을 차단하는 방법을 훨씬 더 잘 구사하게 되었다. 도대체 이런 시시한 것 밖에는 배울 게 없나? 사실 그가 우리에게 가르쳐 줄 수 있는 건 많았다. 예를 들면 사악한 셀리코트 무리로부터 자신을 지킬 때, 캘럼을 구해 낼 때 써먹을 수 있는 것도 좋았다. 엘린처럼 거대한 파도를 만드는 마법을 가르쳐 줄 수도 있을 거다. 하지만 탈린은 레이븐이 내 머릿속을 돌아다니게만 만들었다. 어쩌면 일부러 안 가르쳐 주는 걸지도 몰랐다. 이 가혹한 사디스트 같으니라고!

"그런 마음으로 마법학에서 좋은 점수를 받긴 어렵겠는데."

레이븐이 책을 읽으면서 한마디 했다. 나는 화가 나서 캐노피 침대의 커튼을 열어젖혔다.

"내 머릿속에서 나가!"

레이븐을 향해 으르렁거렸다.

"바보 같은 생각을 하니까 그렇지."

레이븐이 저편 침대의 커튼 너머에서 한결 누그러진 목소리로 말했다. 혼자서 방을 쓸 수만 있다면 얼마나 좋을까! 정말 혼자 있고 싶었다.

가장 열 받았던 건, 캘럼에 대한 말을 꺼내려 할 때마다 레이븐이 한 발 먼저 대화를 중단시키곤 하는 것이었다. 여태까지는 모든 면에서 단 한 발짝도 진전이 없었고, 점점 자신을 잃어 갔다. 이렇게 캘럼을 돕지 못한 채 매일이 흘러가고 있었다.

5분 후, 아미아가 내 침대의 커튼을 들췄다.

"괜찮아?"

이렇게 물은 뒤, 대답을 기다리지도 않고 내 침대 이불 밑으로 기어들었다. 여기서 사생활이란 건 희망 사항일 뿐, 항상 누군가가 옆에 있었다. 물론 아미아는 좋은 의도였고 어느덧 우리는 단짝 친구가 되어 있었다. 아멜리와는 정기적으로 편지를 주고받았는데, 나와 아미아에 대해 썼더니 이러다가는 캘럼이 우리 둘과 결혼해야 되는 거 아니냐며 놀렸다.

가끔은 이 모든 상황을 견딜 수가 없었다. 그래서 잔뜩 화가 난 얼굴을 하고는 아미아를 무시하려고 애썼다.

"네가 원한다면 캘럼에 대해서…… 그가 어린 시절에 어땠는지 말해 줄게. 언젠가는 그에 대해서 서로 이야기를 나눠야 하지 않을까?"

아미아가 조심스럽게 말을 꺼내자 미안한 마음이 들었다. 아미아 말이 옳았다. 우리 둘 사이에 있는 캘럼이라는 문제를 해결해야 하는 순간이 온 것이다. 나는 고개를 끄덕였다. 아미아에게 화를 내는 건 불가능했다. 왜냐하면 그녀 자신도 법을 거스를 수는 없는 나약한 존재일 뿐이기 때문이었다.

"너도 캘럼을…… 사랑해?"

내내 마음에 품어 왔던 질문을 터뜨리고야 말았다. 아미아는 잠시 고민하다 입을 열었다.

"응. 남매 같달까……."

그녀가 작은 목소리로 말했다.

"친오빠인 엘린을 사랑하는 것처럼 캘럼도 사랑하고 있어. 하지만 언제나 엘린보다는 캘럼이 훨씬 더 자상한 편이었기 때문에, 그가 내 약혼자로 결정됐을 땐 정말 기뻤어."

"응. 캘럼도 그렇게 말했어."

나는 달갑지 않게 내뱉었다.

"물론 네가 그를 사랑하는 것처럼 사랑하는 건 아니야. 그래서 그와 내가 결혼하는 건 옳지 않다고 생각해."

깜짝 놀랐다. 그건 반역에 해당하는 말이었기 때문이다. 순종적인 아미아의 입에서 그런 말이 튀어나올 거라고는 생각하지 못했다.

"하지만 너희 종족은 법을 거스를 수 없잖아."

아미아가 어깨를 으쓱해 보였다.

"하지만 그렇다고 틀린 걸 옳다고 할 수는 없잖아."

"그런 면에서는 우리 인간의 제도가 너희보다 진보적인 것 같아."

"미안한 말이지만……."

레이븐이 끼어들었다.

"내가 알기로는 인간들 가운데서도 부모가 결혼 상대를 정해 주는 대로 따라야 하는 경우가 있다고 들었어."

이번에도 레이븐에게 항복하는 수밖에 없었다.

"아무튼 엘린과 대화해 볼 수는 없는 거야? 캘럼을 이대로 잡아 둘 수는 없다구."

나는 아미아에게 단도직입적으로 물었지만, 아미아가 고개를 저었다.

"장로들은 우리 셸리코트 학생들이 아발라에서 머물 수 있게 허락해 주었지만, 우리가 그쪽에서 소식을 받거나 우리 쪽에서 연락을 취하지는 못하게 된 지 오래야. 다들 가족과 연락이 두절된 상태라서 걱정이 이만저만이 아냐. 여기 학생 중 몇몇은 엘린과 가까운 집안의 자제들이라서 그들이 여기 아발라 내의 평화를 무너뜨리지 않기만 바랄 뿐이지만, 100프로 신뢰할 수는 없어."

"차라리 캘럼에 대해 말해 줘."

나는 아미아에게 부탁했다.

"그렇게 암울한 말을 들으면 또 레이븐한테 마인드 컨트롤을 부탁해야 할지도 몰라."

레이븐이 저쪽에서 우리 둘의 말을 엿듣고는 큭큭 웃었지만, 무시하려고 노력하면서 아미아의 이야기에 귀를 기울였다. 캘럼과 엘린이 얼마나 사이좋은 사이였는지, 둘이 함께 짓궂은 장난 등을 치며 놀던 일을 듣노라면 지금 서로가 어떻게 이렇게나 미워하게 되었는지 의아할 정도였다.

"엠마, 우리가 이복자매인 거 알아?"

아미아의 말에 깜짝 놀랐다.

"우린 아버지가 같잖아."

그 말이 맞았다. 여태껏 한 번도 그 생각을 못 했다는 게 이상했다.

"그렇다는 건 엘린과도 이복형제라는 거네."

아미아가 고개를 끄덕였다.

물론 종족이 다른 존재에게 자매애를 느끼기란 쉽지 않은 일이었지만, 아미아가 내 자매라고 생각하니 기뻤다. 나는 그녀를 끌어당겨 꼭 안아 주었다. 아마도 우리가 처음부터 서로 가깝게 느껴졌던 것도 이런 이유인 듯했다.

"아미아, 지난번 캘럼이 바다에 뛰어든 이후로 그를 본 적 있어?"

입술을 깨물면서, 가장 하기 어려웠던 질문을 하고야 말았다. 여태껏 다른 이야기는 많이 해 봤지만 캘럼이 위험에 처한 후에 대한 이야기는 처음이었다. 물론 지금까지 말해 주지 않았던 데는 이유가 있는 듯했지만, 더 이상 물어보지 않고는 견딜 수가 없었다. 아주 사소한 정보라도 듣고 싶은 심정이었다. 아미아는 입술을 꾹 닫고 오랫동안 침묵하다가, 드디어 입을 열었다.

"엘린이 대의회에 참석하겠다고 말했을 때 이상하긴 했어. 원래 그런 정치적인 건 관심 없어 했었거든. 게다가 아발라 이외에 인간들이 사는 뭍에 올랐던 적도 없었고. 도대체 무슨 바람이 불어서 아버지와 함께 가겠다고 하는지 궁금했어. 하지만 나에게는 아무런 귀띔도 해 주지 않았어. 아마 내가 자기와 뜻을 같이하지 않을 거란 걸 알았던 거겠지. 아버지 혼자 돌아왔을 땐 그에게 무슨 일이 생긴 걸 눈치 채고 너무 두려웠어. 최근 몇 년간 모든 일에 히스테리를 부렸고, 신경 쇠약증이 점점 더 심해졌었거든. 아버지조차 엘린을 진정시킬 수가 없었어. 오히려 그 둘이 만나면 대판 싸우곤 했어. 그것도 점점 심하게. 어느 날, 바다 전체에 강력한 마력을 느낀 아버지가 뭔가 심상치 않은 일이 벌어진 걸 알고는, 경호병이 오는 걸 기다리지 않고 혼자서 삼지창만 들고 바다 위로 헤엄쳐 올라갔어. 난 무슨 큰일이 벌어질까 봐 너무 무서웠지만 설마 엘린이 아버지를 죽일 거라고는 꿈에도 상상조차 못 했어."

아미아가 눈물을 흘렸다. 위로해 주려 했지만 역부족이었다. 어느 정도 진정이 된 후 다시 말을 이으려는 아미아를 말렸다.

"괴로우면 더 말 안 해도 돼."

"아니야, 내가 말하고 싶어. 너도 이 모든 걸 알 권리가 있으니까. 아무튼 난 성 아래에서 기다리면서 경비병들에게 아레스를 따라가라고 명령한 다음 장로회를 소집했어. 장로들이 그때만큼 빨리 모였던 적은 없었어. 하지만 다들 평소와 다르게 긴급한 상황이라고만 생각했지, 그게 그대로 재앙이 될 줄은 몰랐던 거야. 제일 먼저 엘린의 추종자들이 돌아왔어. 아레스가 눈앞에서 죽는 걸 목격했고, 그들에게조차 그 사건이 충격적이었으니까. 그들 중 하나가 무슨 일이 벌어졌는지 말해 줬어. 그런 다음 경비병들이 아레스의 시신을 수습해 왔어. 난 눈앞에서 벌어지는 일들을 믿을 수가 없었어. 친오빠가 친아버지를 살해했다는 사실을. 하지만 아버지의 시신이 진실을 말해 주고 있었어. 약 30분 후에 엘린이 나타났어. 놀라웠던 건 조금도 양심의 가책이 보이지 않았다는 거야. 오빠의 부하들이 캘럼을 들것에 눕힌 채 들어왔어. 그땐 캘럼도 죽은 줄 알았어. 내가 달려가려고 하니까 엘린이 날 막으면서 제일 처음 꺼낸 말이, 아레스가 죽은 게 사고라면서 장로들에게 자기를 그의 후계자로 뽑게 할 거라고 했어. 그게 그렇게 간단하게 될 거라고 생각하다니 믿을 수가 없었지. 사실 간단한 문제가 아니니까. 아니나 다를까, 장로들은 엘린을 후계자로 뽑기를 거부했지. 예전엔 그 할아버지들한테 그런 용기가 있는 줄 몰랐어. 그들이 자기 뜻대로 움직이지 않을 거란 사실을 알고는 엘린이 장로들에게 성 안에 남아서 앞으로의 일에 대한 조언을 해 달라고 부탁했어. 그 순간부터 장로들은 사실상 성 안에 갇히게 된 거야.

난 들것에 누워 있는 캘럼이 걱정이었는데, 다행히 몸을 조금 움직이는 걸 봤어. 그래서 아무도 나에게 신경을 안 쓸 때, 경비에게 명령해서 캘럼을 데려오라고 했어. 다행히 경비병들은 아직 내 명령을 듣더라고. 의사도 불렀어. 캘럼이 다친 것 같았거든. 의식은 없는 상태였지만 다행히 겉보기에 큰 상처는 없었어. 엘린과 싸웠는지 어땠는지 알 길이 없었지만 안색도 너무 창백했고 고통 때문에 신음하더라구. 의사가 다녀간 뒤 몇 시간이 지난 후에 화가 난 엘린이 내 방문을 열어젖혔어. 어떻게 자기 뒤로 이런 짓을 꾸밀 수 있냐면서 마구 소리를 질러 댔지만 난 아랑곳하지 않았어. 캘럼과 나는 약혼한 사이니까 당연히 그를 돌보는 건 내 일이라고 맞섰어. 미래의 남편이 죽도록 내버려 두겠냐고 내가 오히려 큰소리를 쳤어."

아미아가 그때 일을 회상하듯 잠시 말을 멈추었다. 얼마나 무서웠을까? 엘린은 다음 행동을 예측할 수 없을 정도로 위험한 상태였다. 만약 그때 아미아가 캘럼을 감싸지 않았다면 엘린의 손에 목숨을 잃었을지도 몰랐다. 나는 아미아의 어깨를 팔로 감싸 주었고, 아미아가 내게 머리를 기댔다.

"얼마나 겁났는지 몰라. 캘럼은 계속 의식이 없었어. 내가 방을 나가면 그대로 엘린이 캘럼을 어떻게 할 것 같아서 방을 나가지도 못했어. 그렇게 3일이 지나갔어."

아미아가 잠시 말을 멈춘 후 숨을 몰아쉬었다. 나는 그녀가 다시 말할 힘을 모을 때까지 기다렸다.

"캘럼이 의식을 되찾자마자 한 말은, 엠마는 어떻게 됐냐고."

그 말을 듣는데, 눈에서 눈물이 주르륵 흘렀다. 안 울려고 했는데 어쩔 수가 없었다. 나는 손등으로 눈물을 훔쳐 냈다.

"캘럼이 일어난 것만으로 정말 기뻐서 처음엔 무슨 말을 하는지 몰랐어. 일단 물이랑 약을 줬어. 캘럼이 엠마는 어떻게 됐냐고 자꾸만 물어보더라. 캘럼이 깨어날 때쯤엔 그날 엘린과 있었던 모든 일에 대해 자세히 알고 있었어. 시녀가 거리에서 자기가 들은 걸 다 말해 줬거든. 그래서 엠마 네가 살아 있는 것도 알고 있었어. 하지만 엘린이 널 죽이려고 한다는 건 몰랐어. 캘럼이 어느 정도 회복하자, 엘린이 그를 방에서 내보내라고 명령했어. 아직 정식으로 식도 안 올렸는데 한방을 쓰는 건 부도덕하다면서 말야. 그를 내 눈 밖에서 떼어 놓으려고 한 거지. 장로들은 자기 말을 안 듣는 데다 자기를 아레스의 후계자로 해 주지도 않아서 엘린은 화가 나 있었어. 하지만 다들 아레스가 캘럼을 자기 후계자로 양성해 왔던 걸 알고 있었거든. 그래서 장로들은 투표로 캘럼과 엘린 사이에서 아레스의 후계자를 정하기로 결정한 거야. 난 엘린이 캘럼을 죽일까 봐 무서웠어. 하지만 적어도 투표의 정당성은 얻어야 한다고 생각했는지, 다행히 캘럼을 죽이지는 않았어. 그 대신 아레스를 추모하는 장례만큼은 성대하게 거행했어. 난 이 모든 거짓 연극을 돕고 싶지 않아서 장례식에 참석하지 않으려고 했지만, 엘린이 다시는 캘럼을 만나지 못하게 하겠다고 협박하는 바람에 어쩔 수 없었어. 정말 모든 게 눈 뜨고 못 볼 코미디였어. 설마 그 거짓말을 누가 믿겠나 싶었지만 의외로 많이들 속아 넘어간 거 있지.

캘럼은 내가 아발라로 향하기 직전에 에릭슨 박사 쪽에 편지를 전해 달라고 부탁했어. 그랬다가 엘린한테 발각되면 어쩌나 싶어서 싫다고 했어. 처음엔 캘럼이 정신이 이상해진 줄 알았어. 지금 우리 종족 전체가 위태로운 판국에 인간 여자애 하나 때문에 위험을 감수하려 한다는 걸 믿을 수가 없었으니까."

"왜 생각을 바꿔서 편지를 전해 준 거야?"

내가 물었다.

"어렸을 때부터 캘럼이 뭘 간곡히 부탁하면 거절할 수가 없었거든. 그에게는 이게 정말 중요한 일인 것 같았고, 내가 안 도와주면 자기가 직접 갈 기세였으니까. 그나마 내가 가는 게 안전할 것 같았어."

아미아의 말들이 가슴에 깊이 날아왔다. 그녀가 용기 있게 편지를 전해서 위험을 알려 준 덕분에 내 목숨이 지금까지 붙어 있는 거였다.

"그 모든 걸 해 줘서 고마워. 엘린이 알았으면 난리가 났겠지."

"응. 아마 끔찍한 일이 벌어졌을 거야."

아미아가 대답했다.

잠들기 전, 다음 날 수업 준비를 하면서 아미아의 말들을 곰곰이 되뇌었다. 책과 필기도구를 챙기는데, 이상하게도 마법학 책이 없었다.

"내 마법학 책 못 봤어?"

아미아와 레이븐이 고개를 저었다. 젠장! 안 그래도 미운 털이 박혔는데, 책 없이 수업에 들어갔다간 탈린이 날 가만두지 않겠지.

기운 없이 침대에 늘어져 있는데, 어제 도서관에 책을 두고 온 게 생각났다.

아미아는 어느새 잠이 들어 있었고 레이븐은 페린이 묵고 있는 방에 잠시 가 있는 것 같았다. 나는 트레이닝복에 운동화를 꿰어 신고 복도로 나갔다. 원래는 이렇게 늦은 시간에 성 안을 돌아다니는 건 금지되어 있었다. 도서관은 겨우 몇 미터 떨어진 거리에 있었지만 아무에게도 들키지 않고 갔다 와야 했다. 이렇게 위험을 무릅쓰는 이유는 탈린 때문이었다. 아마 내일 아침에 책 없이 수업에 들어갔다가는 무슨 봉변을 당할지 알 수가 없었다.

나는 조심스럽게 주위를 살핀 뒤 복도를 냅다 달렸다. 모퉁이마다 멈춰서 주위를 살폈지만 아무도 없었다. 복도에 걸린 횃불이 금방이라도 꺼질 듯 깜박이며 어둠을 약간 몰아내고 있었다. 이제 곧 불빛이 꺼지면 요정들은 내일 아침에야 다시 횃불에 불을 붙일 것이었다. 혼자 칠흑 같은 어둠에 남겨지지 않으려면 서둘러야 했다. 상상만으로도 오싹했다. 물론 이제는 어느 정도 성 내 지리가 눈에 익어서 길을 잃지 않을 자신은 있었지만, 혼자서 깜깜하고 낡은 성 한가운데 서 있을 걸 상상하니 썩 유쾌하진 않았다. 헐떡거리며 도서관까지 달음박질해서 문을 열었다.

도서관 안에서는 요정들이 책을 정리하느라 분주했다. 저마다 책을 한 무더기씩 나르며 책상 사이를 왔다 갔다 했다. 내가 오늘 오후에 앉아 있던 자리에 가는 동안에도 그들은 나를 신경 쓰긴커녕 오히려 무시했다. 항상 그랬다. 요정들은 셸리코트들보다 더 폐쇄적이었다. 성 안에는 요정들이 많았지만, 다른 종족과 대화하는 건 한 번도 보지 못했다.

그럼에도 불구하고 그들은 도처에 있었다. 부엌, 정원, 이렇게 도서관 안에서도 일했다. 그들이 없다면 아마 모든 게 뒤죽박죽이 될 터였다.

다행히 내가 두고 갔던 마법학 책에 요정 소녀 하나가 가까이 다가가려는 찰나에 내가 먼저 집어 들고 미안한 눈으로 미소를 지어 보였다. 그랬더니 소녀도 괜찮다는 듯 미소를 지어 보여서 오히려 내가 더 놀랐다. 요정들과도 이 정도 감정 교류는 가능하다는 사실을 알게 되어 기뻤다.

다시 복도로 나가니, 아까보다 훨씬 더 어두워져 있었다. 나는 책을 방패처럼 가슴 앞에 끌어안고 방으로 발걸음을 재촉했다. 복도 세 개를 지났을 때, 바람이 불어서 횃불이 꺼졌다. 순식간에 사방이 어둠에 파묻혔다. 나는 차가운 돌 벽을 더듬으며 숨을 몰아쉬었다. 바로 눈앞의 손도 보이지 않았다.

그때 누군가가 천천히 다가오는 소리가 들렸다. 그 발소리가 복도에 뚜벅뚜벅 울려 퍼졌다. 그리고 마치 그 어둠 속에서도 내가 어디에 있는지 정확히 아는 것처럼 점점 가까이 다가왔다. 나는 책을 바닥에 떨어뜨리고 도망치기 시작했다. 벽에 부딪히지 않기 위해 두 팔은 앞으로 뻗었다. 화병이 한두 개쯤 박살 난다고 해도 상관없었다.

아무리 빨리 도망쳐도 발소리는 점점 가까워졌다. 정신없이 달리다가 벽에 쾅 부딪히고 말았다. 길이 두 개로 갈라지는 곳이었다. 정신을 가다듬고 생각을 해 보았다. 이곳 아발라에서 누가 나를 뒤쫓아 올 리가 없었다. 아발라는 안전했다. 숨을 깊이 들이마신 후 호흡을 가다듬었다. 그러자 발소리가 멈추고 사방이 고요해졌다. 차라리 아까 발소리가 들리던 때가 덜 무서웠다. 나는 벽에 등을 댄 채 바닥에 주저앉아서 한 발짝도 움직일 수 없었다. 그때 한 줄기의 불빛이 내게 다가와서 얼굴을 비추었다. 순간적으로 눈이 부셔서 아무것도 보이지 않았다. 그런 다음 눈을 가늘게 뜨니, 탈린의 얼굴이 보였다. 그의 손에 들린 작은 램프 불빛 때문에 그의 얼굴은 평소보다 더 공포스러워 보였다.

"엠마? 여기서 뭘 하는 거지? 학생이 성 안에서 밤중에 돌아다니는 건 금지되어 있다는 걸 알 텐데. 미론에게 이걸 알려야만 하겠군."

그가 호되게 나무라면서 내가 떨어뜨렸던 책을 건네주었다.

"내 짐작이 맞다면 이 책도 네가 떨어뜨린 것일 테지. 우리는 인간들과 달리 책 한 권도 소중히 다룬다는 사실을 명심해주었으면 좋겠군. 이렇게 아무렇게나 흘리고 다니다니. 점수를 매길 때 참고하겠다."

나는 돌처럼 굳어서 고개만 끄덕였다. 램프 불빛에 비친 그의 눈이 유령 같았다. 그가 한 발짝 물러서며 말했다.

"네 그룹에 데려다주지."

그가 가만히 나를 내려다보더니 중얼거렸다.

"앞으로는 조심하도록. 엘린의 목표는 바로 너니까 말이야."

그의 어조는 경고라기보다 위협하는 것 같았다.

우리는 말없이 복도를 걸어서 '그린' 그룹의 클럽 룸에 도착했다. 레이븐과 페린의 얼굴을 보자 말할 수 없는 안도감이 밀려왔다.

"탈린, 엠마를 찾아 줘서 감사해요."

레이븐의 말에 아연실색하고 말았다.

"방에 돌아와 보니 아미아는 자는데 네 침대가 비어 있어서 네가 납치라도 된 걸까 봐 걱정이 되더라구. 그래서 탈린한테 널 찾아봐 달라고 부탁한 거야."

"그래, 내가 털끝 하나 다치게 하지 않고 엠마를 찾아냈지."

그가 삐딱하게 웃으며 말을 이었다.

"이제 모두 다 잠자리에 들거라."

따뜻한 이불 속으로 기어들면서 레이븐에게 물었다.

"왜 미론이 아니라 탈린에게 날 찾으라고 했어? 탈린 때문에 얼마나 겁먹었었는지 알아? 게다가 이렇게 위급한 상황에서야말로 내 머릿속에 들어오는 능력을 발휘했어야지!"

"탈린이 나나 미론보다 훨씬 더 빨리 찾아낼 수 있어. 게다가 네가 이미 붙잡혀 간 줄 알았어."

레이븐이 킥킥거리며 말을 이었다.

"설마 셸리코트끼리 서로의 위치 추적이 된다는 사실을 몰랐다고는 말하지 않겠지?"

내 멍한 표정을 본 레이븐이 고개를 흔들었다.

"물속에서도 되지만 당연히 물 밖에서도 쉽게 찾을 수 있다구. 그렇게 미심쩍어 할 필요 없어. 엘린의 삼촌이긴 하지만 탈린도 우리 편이야."

"그럼 캘럼을 구출하는 걸 도와줄 거란 말이야?"

그 말에 이번에는 레이븐이 아연실색했다.

"엠마, 제발 그런 생각은 그만둬. 여기엔 널 도와줄 사람은 아무도 없다구. 절대 혼동하면 안 돼. 그건 셀리코트들이 결정할 일이고 우리는 그 결정을 받아들이는 수밖에 없어. 대의회에서 결정한 거잖아."

"하지만 난 그 결정이 틀렸다고 생각해. 그 바보 같은 규칙을 지켜 주기 위해 캘럼을 희생하려는 거야?"

레이븐이 고개를 끄덕이며 대꾸했다.

"어쩔 수 없어. 그게 규칙인걸. 미안해."

그때, 자는 줄 알았던 아미아가 끼어들었다.

"엠마, 내가 널 도울게. 엘린은 확실히 잘못을 범하고 있어. 그가 뭘 원하는지는 알지만 방법은 잘못된 거야. 게다가 캘럼이 죽으면 다 내 책임이야. 엘린은 왕으로 적합하지 않아. 아버지도 캘럼이 자기 뒤를 잇길 바랐고. 캘럼이 엘린보다 더 신중하고 사려 깊으니까. 내 생각에는 캘럼을 구출하는 걸 도와줄 만한 사람이 있어."

"너희들 미쳤구나."

레이븐이 한숨을 쉬고는 이불을 머리까지 끌어 올렸다.

나는 화난 눈으로 그녀를 흘겨봤고, 레이븐이 이불 속에서 머리를 내밀었을 때 한마디 쏘아 주려던 참이었다.

"엠마, 드디어 성공한 것 같다."

레이븐의 말에 영문을 몰라서 입을 닫았다.

"네가 화가 나니까 네 머릿속을 들여다볼 수 없어."

"그것 참 다행이네."

하지만 머릿속을 지킨다고 계속 화만 내고 있기는 불가능했다.

"우리를 도와주지 않을 거라면 적어도 다른 사람에게 말하지 않겠다고 약속해 줘."

"당연히 말 안 해. 너희들을 지키는 게 내 임무니까. 게다가 우리 중 한 명은 이성적으로 행동해야 하지 않겠어?"

"그럼, 도와줄 거야?"

내가 놀라서 물었지만 레이븐이 퉁명스럽게 대꾸하며 몸을 돌려 누웠다.

"그런 말 한 적 없어."

하지만 난 포기하지 않을 생각이었다. 우리에겐 레이븐이 필요했다. 나는 진지한 눈빛으로 나를 바라보고 있는 아미아를 향해 미소 지어 보였다.

"결코 쉽진 않을 거야. 엘린은 이 모든 일에 자기가 가진 모든 걸 쏟아 부을 테니까. 우리 종족은 천천히 죽어 가고 있어. 엘린은 아버지에게 몇 번이나 여기에 대해 말했지만 아버지는 캘럼만 사랑했어. 그게 엘린을 멍들게 했고, 어느 시점부터 모든 것에 냉담해져서 폭력을 써서라도 우리 종족을 살리려는 거야. 엠마, 엘린을 이해하려고 노력해야 돼. 그는 자신을 위해 이 모든 일을 벌이는 게 아니야. 우리 셀리코트 종족 전체를 위해서 하는 거야."

"넌 지금 누구 편을 드는 거야?"

"난 옳은 편에 서길 바랄 뿐이야."

그녀가 알아듣지 못할 만큼 작게 중얼거리고는 내게서 몸을 돌려 침묵했다.

그날 밤, 오랜만에 캘럼 꿈을 꾸었다. 우리는 아발라의 호수를 함께 수영했다. 그가 내게 환하게 미소 지어 보였다. 그를 향해 손을 뻗자, 그의 형상은 호수 표면에 파동을 그리며 흩어져 버렸다.

7장

다음 날 아침, 가라앉은 기분으로 탈린의 수업에 들어갔다. 오늘만큼은 나를 좀 그만 괴롭혀 주길 바랐지만, 그럴 가능성은 적었다. 그는 정말 매번 나를 끔찍하게 괴롭히곤 했기 때문이다. 하지만 어떤 경우라도 희망을 버려서는 안 되는 법이다.

그가 교실로 들어오면서 나를 훑어보더니, 푸른색 망토를 벗어서 잘 접어 옷걸이에 걸었다. 그러고는 곧장 다가왔다.

"엠마. 어제 도서관에 책을 두고 올 정도로 열심히 공부했으니, 다른 학생들을 위해 지난 시간에 배운 걸 정리해서 말해 주길 바란다."

"파우누스 종족의 마법에 대해 배웠습니다."

나는 자신감 있게 보이려고 노력하며 말했다. 탈린이 뒷짐을 지고 고개를 끄덕이며 앞에 놓인 자기 소파에 가 앉았다. 나는 말을 이었다.

"파우누스 종족의 삶의 터전은 숲입니다. 그들은 나무와 공생하며 살아갑니다. 이 두 종은 살아가기 위해 서로를 이용합니다. 파우누스 종족은 자연이 생을 유지하도록 돕습니다."

내 머릿속의 지식을 끄집어내려고 노력하며 말을 이었다. 그러다가 그가 펜을 꺼내서 종이에 무어라 끄적이는 모습에 잠시 말을 멈추었다. 내가 말을 멈추자, 그가 고개를 들고 말했다.

"뭐지? 말을 멈추라고 한 적 없는데. 계속하거라."

나는 고개를 끄덕인 후, 말을 이어 나갔다.

"파우누스가 나무를 도와주는 대신 자연은 그들이 위기에 처할 때 돕습니다. 이는 고대부터 내려오는 동맹입니다. 파우누스가 위험에 처하면 그들은 나무와 하나가 될 수 있습니다. 파우누스 종족이 멸종하게 되면 지구상의 나무들도 천천히, 그러나 확실히 죽게 됩니다."

"잘했다. 앉거라."

원래대로라면 끔찍하게 어려운 질문으로 괴롭힐 텐데, 이렇게 순순히 놓아 주는 게 믿을 수 없었다. 나는 숨을 몰아쉬며 자리에 앉았다.

"그럼 무엇이 파우누스 종족을 멸망시킬 수 있지?"

탈린이 교실을 훑어보며 물었다. 모두들 답이 뭔지는 알았지만 침묵이 흘렀다. 아무도 손을 들고 대답하려 하지 않았다.

"뭘 주저하는 거냐? 여기엔 생각할 수 있는 녀석이 한 명도 없는 건가? 누가, 아니면 무엇이 파우누스 종족을 죽이고 있나?"

나는 책장을 넘겼다. 그가 뭘 생각하고 있는지 알고 있었다. 탐이 손을 들고 일어섰다. 그의 가족이 엘린파라고 아미아가 말해 주었었다. 그래서 될 수 있는 한 그를 멀리하고 있었다.

"말해 보거라."

탈린이 그를 지목했다.

"파우누스 종족의 생활권은 인간들 때문에 점점 궁지에 몰리고 있습니다. 숲의 나무들을 베어 내고 대규모의 생활권을 조성하는 인간들의 횡포 때문에 파우누스 종족은 삶의 터전을 잃고 있는 겁니다. 게다가 숲의 나무가 적어져서 파우누스 종족의 번식력도 약해지고 있습니다. 그들은 나무와 공생 관계에 있기 때문입니다."

"아부쟁이."

아미아가 비아냥거리며 내게 미소를 지어 보였다. 이제는 탈린이 인간들의 잔혹성에 대해 한 시간 내내 시를 읊을 차례였다. 지난주에도 거의 이런 식으로 강의가 흘러가곤 했다. 그래서 무슨 주제가 되었든지, 결론은 인간의 이기심 탓을 하며 끝났다.

그의 말은 들은 척 만 척하면서 책장을 넘겼다. 그러다가 책 사이에 쪽지 하나가 끼워져 있는 걸 발견했다. 거기에는 무언가가 휘갈겨져 있었다.

인간 족 창녀야, 꺼져 버려.

"왜 그래 엠마? 안색이 창백해."

아미아가 옆구리를 찔렀다. 나는 손끝으로 쪽지를 집어 올려서 아미아에게 주었다. 레이븐도 저쪽 책상에서 무슨 일인가 눈을 휘둥그레 떴다. 아미아가 쪽지에 쓰여 있는 걸 보고는 어이없다는 듯 고개를 흔들고는 레이븐에게 주었다.

"믿을 수가 없네."

레이븐이 속삭였다. 하지만 우리 중 누구도 탈린이 우리에게 다가와서 찌푸린 얼굴로 지켜보고 있었던 걸 몰랐다.

"뭐가 그렇게 재미있길래 내 강의는 뒷전인 거냐?"

레이븐이 말없이 쪽지를 그에게 건넸다. 그가 쪽지를 읽고는 화가 나서 얼굴이 빨개지더니, 말없이 자신의 노트 사이에 쪽지를 끼우고 교실 앞으로 걸어갔다. 그리고 어깨에 망토를 다시 두르면서 중얼거렸다.

"오늘은 여기까지다."

그러고는 서둘러 교실을 나가 버렸다. 우리 셋은 얼빠진 얼굴로 그의 뒷모습을 바라보았다.

"왜 저러는 거야?"

레이븐에게 물어보았다.

"그 쪽지, 미론한테도 보여 주려고 했는데."

"아마 탈린이 직접 미론에게 보여 주겠지."

레이븐이 대꾸했다.

"그러길 바라지만, 그 쪽지를 몰래 없애 버린다고 해도 이상하지 않잖아."

아미아는 열심히 자신의 삼촌을 감쌌다.

"엠마! 그런 말 하면 안 돼. 탈린은 여기 있는 다른 선생들처럼 널 지켜 주려는 거야."

하지만 탈린에 대한 의심은 커져만 갔다. 나는 고개를 흔들었다.

"누가 알아? 지난밤에 자기가 직접 내 책에 끼워 놨을지."

"무슨 소리를 하는 거야!"

아미아가 평소답지 않게 흥분해서 외쳤다.

"그래! 팔은 안으로 굽는 거지!"

나도 지지 않고 외쳤다.

"탈린은 인간을 싫어하니까 날 여기에서 내보내고 싶어 하는 것도 당연하잖아! 강의 내내 인간들 욕만 하고! 그 따위 강의는 더 이상 듣고 싶지도 않아!"

나는 책을 움켜쥐고 다음 수업이 있는 교실 쪽으로 뛰쳐나갔다. 하지만 수학 강의는 분노를 진정시키는 데 아무런 도움도 되지 않았다. 두 시간 동안 벡터 계산을 하느라 끙끙댔는데, 과연 내 평생에 이걸 언제 써먹겠나 싶어서 더 끔찍했다. 게다가 칠판 앞에서 내 수학 장애를 만천하게 공개해야 했다.

"걱정할 필요 없어요."

젊은 파우누스 수학 선생인 미스 섬머가 말했다.

"연습 더 하고, 궁금한 게 있으면 나한테 와요, 알겠죠?"

그리고는 용기를 주려는 듯 미소를 지어 보였다.

완전히 지쳐서 내 책상에 앉는데, 책상 위에 노란색의 작은 쪽지가 접혀서 놓여 있었다. 아미아가 보낸 거였다.

아직 화났어?

　꼭 자기같이 작고 여린 글자가 적혀 있었다. 아미아는 레이븐이나 내가 싸우는 걸 싫어했다. 그래서 '아니'라고 쓰고는 작은 하트까지 그려 넣은 후 아미아에게 건넸다.

　레이븐은 아미아와는 달랐다. 한번 삐치면 풀어 주지 않는 이상 아마도 이 세상이 끝날 때까지 삐쳐 있을 거였다.

　오후에는 도서관 창가에 앉아서 책을 읽었다. 창문을 통해 호수가 한눈에 내려다보이는 자리였다. 창밖 풍경은 정말로 아름다웠다. 저 아래 호수에 캘럼이 있다고 상상해 보았다. 그가 이렇게 가까이 있다면 얼마나 좋을까.

　페린이 묻지도 않고 내 곁에 의자를 가지고 와서 앉았다. 나는 그를 무시했다. 오늘은 그의 사랑 이야기를 들어 주고 싶지 않았기 때문이다. 그의 짝사랑 상대는 매일 바뀌었고, 매일 새로운 사랑과 새로운 상처로 괴로워하곤 했다. 일부러 그를 바라보지 않고 시선을 피하면서, 그가 가 주기만 바랐다.

　"엠마, 할 말이 있어."

　그의 목소리가 진지했다. 나는 고개를 들어 그를 바라보았다.

　"네가 하려는 건,"

　그가 잠시 뜸을 들이다가 말을 이었다.

"미친 짓이야."

신경질적으로 고개를 흔들었다. 레이븐이 우리의 계획을 페린에게 떠벌렸다는 사실을 적어도 미리 알았으면 정신 건강에 이로웠을 것 같다.

"페린. 도와줄 거 아니면 레이븐이 한 말은 잊어 줘."

"동지가 아니면 적이라는 거군."

그가 익살스러운 미소를 지으며 대꾸했다.

"난 경고해 주려던 것뿐이야. 넌 지금 네가 무슨 일을 벌이고 있는지 모르니까."

그가 거만하게 웃었다.

"너야말로 쓸데없이 설명해 주지 않아도 돼. 난 내가 무슨 일을 하고 있는지 아니까."

화가 나서 쏘아붙였다. 그때 탈린이 도서관으로 들어왔다. 오늘 오후는 그가 도서관 관리 담당이었기 때문이다. 그가 우리 쪽으로 걸어오자 나는 손에 들고 있던 책을 읽는 척했고 페린은 주위에 널려 있던 책을 한 권 집어 들고 서둘러 책장을 넘겼다. 탈린이 우리를 몇 분간 지켜보고는 자기 자리로 돌아가자 안도의 한숨을 내쉬었다. 페린이 일어서서 창가에 섰다.

"아무튼 자리를 옮기자. 나는……."

페린이 갑자기 말을 멈추는 바람에 나도 무슨 일인가 목을 길게 뺐다.

"왜? 무슨 일이야?"

호수 아래쪽에서 가웨인과 미스 라비니아가 심하게 다투고 있었다. 말소리가 들리지는 않았지만 그들의 제스처를 보면 싸우는 게 분명했다.

"이상하네. 무슨 일로 저러는 거지?"

"뭐가 이상해? 싸울 수도 있는 거지."

다시 내 자리에 앉으며 중얼거렸다.

"페린, 미안한데 나 내일까지 폴리테이아 작문 과제 못 해 가면 미론이 화낼 거야. 게다가 탈린은 도서관이 끝나자마자 1분도 지체 없이 문을 닫아 버릴 거라구."

"알았어, 알았어. 가 줄게."

그가 한 번 더 창밖을 쳐다보고는 더벅머리를 흔들며 도서관을 나갔다. 탈린 쪽을 곁눈질해 보니, 한참 동안이나 페린의 뒷모습을 쳐다보고는 내 쪽으로 걸어왔다. 하지만 다행히 말을 걸지는 않고 창가에 서서 창밖을 바라보는 것 같았다. 하지만 가웨인과 미스 라비니아는 이미 자리를 뜨고 없었다. 나는 다시 작문 숙제로 돌아와서 간신히 집중할 수 있었다. 페린은 다른 사람들처럼 내가 그 계획을 포기하길 바라는 걸까?

도서관에서 '그린' 그룹 휴게실로 향하는 길은 텅 비어 있었다. 내 발소리가 텅 빈 복도에 울렸다. 난 페린과의 대화를 곱씹는 중이었다. 과연 그도 우리를 도와줄까? 하지만 페린의 의도를 이해할 수가 없었다. 시계를 보면서 마지막 모퉁이를 도는데, 뭔가와 쿵 부딪히고 말았다. 나는 깜짝 놀라 비명을 지르며 책을 집어 들고 휘두를 준비를 했다.

"아미아! 사람 좀 놀래지 마!"

아미아의 얼굴을 알아보고는 안도하며 바닥에 주저앉았다. 아미아가 뒤로 한 걸음 물러서면서 옆구리를 문질렀다.

"데리러 나왔어."

얼굴을 찡그리면서 아미아가 말했다.

"많이 아파?"

책이 옆구리에 부딪힌 모양이었다. 아미아가 고개를 저었다.

"괜찮아. 어디 갔었던 거야? 우리 걱정했어."

"우리?"

"응. 레이븐이 좀 보고 오래서 나온 거야."

아미아가 고개를 저으며 말했다.

"아직도 삐쳐 있어. 자기가 직접 오기 싫대나."

레이븐과 다툰 이후로 거의 말도 하지 않고 지내고 있었다.

"캘럼을 구출해 내고 싶은 마음을 이해해 주면 좋을 텐데."

아미아가 힘없이 어깨를 으쓱해 보였다. 클럽 룸에 들어서니 모두들 식사를 하기 위해 모여 있었다.

"얼른 책 좀 갖다 놓고 올게."

나는 침실 문을 열며 소리쳤다.

방 안에는 레이븐과 페린이 침대 위에 앉아 있었다. 그 둘은 마치 뭘 하다 들키기라도 한 듯 소스라치게 놀랐다. 나는 그 둘을 의심스럽게 훑어봤다.

원래 페린이 이 방에 들어오는 건 정상이 아니었다. 여자 숙소에는 남자가 출입할 수 없기 때문이다. 이 사실을 미스 라비니아가 알면 좋아하지는 않을 터였다.

"이런저런 이야기를 할 만한 장소가 필요해서 부른 거야."

페린이 설명하는 동안, 레이븐은 무표정한 얼굴로 앉아 있었다.

"아무튼 알았어. 이제 방에서 나가."

레이븐이 몸을 일으키며 페린을 방에서 내보냈고, 나도 함께 방에서 몰아냈다. 잠깐 눈이 마주쳤지만 '질문 금지'라는 눈빛을 보내 왔다. 나는 내 자리에 앉아서 생각에 잠긴 채 묵묵히 숟가락질만 했다.

취침 시간이 되어 모두 방으로 돌아갔고, 우리도 각자 캐노피 침대에 누워 있었다. 나는 레이븐에게 단도직입적으로 물어보기로 결심했다.

"레이븐."

나는 어두운 방 안 저쪽을 향해 말했다.

"응?"

레이븐이 짧게 되물었다.

"아까 페린과 무슨 얘기 했는지 물어봐도 돼?"

작은 촛불 하나가 켜지더니 아미아가 몸을 일으켜 앉았다. 레이븐이 잠깐 뜸을 들이다가 입을 열었다.

"페린도 나처럼 네 생각이 바보 같다고 생각해. 하지만 네 그 바보 같은 생각을 현실화시키기 위해서는 네가 좀 더 많은 걸 경험해 봐야 한다고 말하더라."

레이븐이 내 모습을 보지 못할 수도 있었지만, 열심히 고개를 끄덕였다. 아무튼 계획을 빨리 실행에 옮기자고 누누이 말해 왔던 터였다.

"우리 넷만으로는 절대 성공할 수 없다는 건 알고 있겠지. 도와줄 사람이 더 필요해. 특히 셀리코트들. 문제는 누굴 믿을 수 있느냐겠지."

나는 아미아를 쳐다봤다.

"내 생각에는 어떤 가문이 캘럼 편에 서 줄지 대충 짐작이 돼."

확고한 어조로 아미아가 말하며 레이븐을 바라보았다.

"게다가 뱀파이어와 마법사의 도움도 필요해. 우리 엘프는 셀리코트들의 마법을 깰 수 없어. 엘린이 마음만 먹으면 우릴 단 한 번에 제거할 수도 있다는 걸 명심해."

"정말? 난 전혀 몰랐어."

깜짝 놀라 레이븐을 쳐다보자 레이븐이 고개를 흔들었다.

"그럼 엘린의 마법이 그때 한 번으로 끝날 거라고 생각했단 말야?"

"너무 엠마만 몰아세우지 마."

아미아가 나를 옹호해 주었다.

"우리 세계에 대해서 아직 잘 모르잖아."

"바로 그거야. 그러니까 이렇게 바보 같은 생각을 하는 거라고."

레이븐이 내뱉었다.

눈물이 볼을 타고 흘러내렸다.

"레이븐, 네 말이 맞아. 하지만 캘럼이 정말 보고 싶고, 저 아래 어딘가에 갇혀 있다고 생각하니까 도저히 견딜 수가 없는 걸 어떡해. 게다가 오래 갇혀 있을수록 살게 될 가능성이 희박 해지는 거잖아."

아미아에게 동의를 구하는 눈빛을 보냈다.

"아미아, 맞지?"

아미아가 고개를 끄덕이고는 미안해하는 눈빛으로 레이븐 을 바라보았다.

"알았다고."

레이븐이 한결 누그러진 목소리로 말했다.

"탈린한테 앞으로 시간이 얼마나 남아 있는지 물어보자."

"탈린은 안 돼. 분명 엘린의 *끄나풀*일 거라고. 우릴 배신할 거야."

"하지만 그의 도움 없인 불가능해. 여기서 가장 경험 많은 셀 리코트인 데다가 엘린에게 마법을 가르쳐 준 것도 탈린이니까."

아미아가 말했다.

"우릴 배신하지는 않을 거야. 더군다나 난 탈린의 조카고 캘 럼은 내 약혼자잖아. 게다가 탈린은 규정을 준수하는 걸 가장 중요하게 생각해. 내가 그와 말해 볼게. 하지만 한 가지만은 네 가 옳아. 탈린은 널 싫어해."

설마 했더니 사실이었다. 레이븐이 싱긋 웃으며 말했다.

"너도 아마 진작부터 알고 있었을 거야. 하지만 너라서 싫은 게 아니라 인간이라는 종족이 싫은 거야. 그래서 너한테도 그렇게 차갑게 대하는 거고. 하지만 미론이랑 멀린이 널 이리 데려왔고, 대의회에서 그렇게 하기로 결정 났기 때문에 대놓고 싫어하진 못해. 아무튼 이젠 자자."

나는 따뜻한 이불 속으로 파고들며 눈을 감았다. 우리가 정말 캘럼을 구해 낼 수 있을까?

다음 날 아침, 우리는 함께 수업을 받으러 갔다. 나는 그날의 마지막 수업인 수영 시간만 기다렸다. 오늘은 체광을 연습해 볼 생각이었다. 이미 도서관에서 체광에 대한 책은 잔뜩 읽어 봤다. 이론적으로는 완벽히 준비되어 있었다.

물론 이론은 이론일 뿐이었고 실제로 체광을 내려면 셸리코트 종족만의 내면적인 힘이 필요했다. 내면 속으로 들어가서 자신과 자연의 완벽한 균형을 이룰수록 더 쉽게 체광을 낼 수 있었다. 사실 체광 자체가 균형을 의미했다. 캘럼이 돌아오면, 나의 빛을 보여 주고 싶었다. 그와 함께 아름다운 빛 아래 헤엄치는 상상을 했다. 우리의 빛이 서로에게 녹아드는 광경은 정말로 아름다울 것 같았다.

미론이 내 망상을 중단시켰다.

"엠마, 듣고 있는 거냐?"

그가 마치 내 머릿속을 들여다보기라도 한 듯 미소 지으며 물었다. 설마 뱀파이어들도 엘프처럼 생각을 읽을 줄 아나? 이젠 정말 머릿속에 방어막을 치는 방법을 빨리 마스터해야 했다. 누군가가 아무렇지도 않게 내 사적인 생각의 영역에 침투하는 건 정말 꺼림칙한 일이다. 얼굴이 빨갛게 달아올랐다.

"그럼 레이븐이 대답해 보거라."

미론이 고개를 돌렸다.

"모든 종족에게는 중요한 결정을 내릴 권리가 있습니다. 단지 두 종족 사이에 갈등이 발생하면 대의회를 소집하게 됩니다."

미론이 고개를 끄덕인 후, 두 종족 사이에 갈등이 발생할 때 대의회가 어떻게 개입하는지 더 구체적으로 설명해 주었다.

"모든 종족과 그 구성원들이 잊지 말아야 할 것은, 누구나 자신이 대우 받고 싶은 대로 다른 사람을 대우해 줘야 한다는 거다. 그런 배려가 가능해야 평화적으로 더불어 살아갈 수 있다."

미론의 말은 모범 답안이었지만, 좀 동화처럼 들리는 것도 사실이었다.

"엠마. 이 방법으로 우리는 백 년이 넘도록 평화를 유지해 온 거다."

이번에도 내 생각을 읽은 것처럼 미론이 말했다. 레이븐이 웃음을 참느라고 입술을 일자로 맞물었다. 나는 화가 나서 레이븐을 쏘아보았다.

"그럼 엘린이 우리 엄마나 아레스, 마리아를 죽인 건 자기도 그런 방법으로 죽고 싶어서 그랬다는 건가요?"

내가 비꼬듯이 물었다.

"엘린은 적어도 두 명 이상을 살해함으로써 우리 세계의 법을 어겼다. 하지만 그렇다고 해서 원칙을 잊어선 안 돼. 우리가 지금 말하려는 건 다른 이의 희생으로 행복을 이룰 수 없다는 거다. 또 타인을 이해하고 받아들여야만 한다. 너의 분노를 이해할 수 있지만 이게 바로 우리 종족들이 살아가는 방법이다."

나는 말없이 고개를 끄덕였다.

오후에는 물속에서 체광을 연습했다. 아주 작은, 꺼져갈 듯 희미하게 깜박이는 빛 덩어리 하나를 만들어 내는 데는 성공했지만 그게 다였다. 노력을 하면 할수록 자신감이 떨어졌다. 이대로는 절대로 성공할 리가 없었다. 아미아는 지름 4미터 정도 크기의 빛을 발산하는 데 성공했다. 부드럽고 밝은 초콜릿색 빛이 아미아의 몸에서 흘러나왔다. 좀 질투가 났다. 아마도 아직 내면으로 완전히 집중하지 못하고 있나 보다.

가웨인이 내게 다가와 격려해 주었다.

"언젠가는 잘될 거야. 성공만 하면 네 빛은 여기 있는 누구보다 아름다울 거다. 넌 아레스 왕의 눈동자를 물려받았어. 그의 회색 체광은 아주 아름다웠지."

그렇게 말해 주는 게 고마웠다. 그가 내 손을 잡았지만, 순간 꺼림칙한 기분이 들어서 얼굴이 굳어졌다. 조심스럽게 손을 뺀 후, 뭍으로 헤엄쳐서 올라왔다. 물풀 위에 앉아서 다른 셸리코트들이 체광을 연습하는 걸 지켜보았다.

"아미아의 체광은 정말 아름다워."

내 뒤에서 누군가가 한숨 섞인 탄성을 질렀다. 뒤를 돌아보니 미로가 넋 나간 얼굴로 아미아를 바라보고 있었다. 미로는 내가 알고 있는 셸리코트 중에 거의 유일하게 '통통한' 편에 속했다. 게다가 다른 이들처럼 긴 회색 생머리 대신 금발 곱슬머리가 어깨까지 늘어졌다. 그도 같은 그룹이었지만 여태껏 한마디도 대화한 적은 없었다.

그가 저리도 아미아를 애절하게 바라보는 걸 몇 번 본적이 있었다. 하지만 너무 수줍은 나머지 직접 말을 걸 생각은 못 하는 것 같았다.

"가서 체광 내는 걸 도와 달라고 해 봐."

그가 빨개진 얼굴로 나를 바라보고는 고개를 저었다.

"나랑은 친해지려고 하지 않을 거야. 왜냐하면 아미아는 왕의 딸이고 나는 그냥 평범한 가문 출신이니까 말이야."

그가 말을 더듬으며 고개를 숙였다.

"아미아는 그런 거 신경 쓰는 애가 아냐. 가자. 내가 도와줄게."

나는 그를 잡아끌었고, 그가 엉거주춤 끌려 왔다. 거의 홍당무처럼 빨개진 얼굴로 미로가 수면만 노려보았다.

"아미아. 미로한테 체광 쉽게 내는 법 좀 가르쳐 줄 수 있어?"

"당연하지."

아미아가 상냥하게 웃어 보이자 미로가 수줍은 미소를 떠올렸다. 당황한 모습이 귀여워 보였다.

둘은 함께 연습했다. 열심히 했는지, 미로의 밝은 녹색 체광은 컵받침만 하던 처음보다 훨씬 커졌다. 더 이상 내가 있을 필요가 없을 것 같아서 자리를 피해 주었다. 얼핏 보니, 미로는 열심히 주인의 말에 귀 기울이는 애완견처럼 아미아의 입술만 쳐다보고 있었다. 나는 호수 풀밭 위에 누워서 햇볕에 몸을 데웠다.

"체광 연습은 이걸로 끝이다."

몇 분 후, 가웨인이 말했다.

"지금부턴 점프 기술을 좀 더 연습하자."

체광은 잘되지 않았지만 점프 실력은 눈에 띄게 좋아지고 있다고 스스로를 격려했다. 가웨인은 내가 점프만큼은 타고났다고 말해 주었다. 젊은 셸리코트가 보름달 밤에 춤을 추려면, 특정 횟수의 점프를 성공시켜야 했다.

게다가 아발라에서는 1년에 한 차례씩 점프 대회가 열렸고, 젊은 남자 셸리코트들은 대회에 참가하기 위해 투지를 불태우며 점프 실력을 갈고 닦았다. 몸을 일으켜 물가로 갔다. 그러고는 할 수 있는 한 깊이 잠수했다. 내가 독창적으로 개발한 피루에트[4]를 성공시키려면 할 수 있는 한 높이 점프해야 했다. 이 점프는 여러 개의 복잡한 회전을 해야 했기 때문에 성공하기까지는 몇 백 번이나 연습해야 했다.

대회까지는 불과 몇 주밖에 남아 있지 않았지만, 무슨 일이 있어도 이 대회에 참여하고 싶었다. 다른 과제나 과목에서는 부진했지만 적어도 점프에서만큼은 실력을 인정받고 싶었기 때문이다. 점프를 처음 시도하던 순간부터, 이것만큼은 잘할

---

4 Pirouette. 피겨나 발레에서 한쪽 발끝으로 서서 선회하는 동작.

수 있다는 감이 왔다.

필요한 만큼 깊이 잠수한 후에는 몸을 돌려서 최고 속도로 물살을 갈라 수면으로 박차 올랐다. 그런 다음에는 공중으로 날아올라 두 번 회전한 후, 몸을 쭉 펴서 다시 물속으로 다이빙했다. 수면 위로 고개를 내밀자 박수갈채가 터져 나왔다. 정작 나는 오늘 점프가 별로 마음에 들지 않았지만 말이다.

"엠마! 정말 멋졌어!"

아미아가 달려와서 내 손을 꽉 잡으며 감격했다.

"난 그런 점프는 평생 시도조차 못 할 거야!"

가웨인이 우리 쪽으로 다가왔다.

"엠마, 방금 전에 보여 준 점프라면 대회에 출전해도 손색없겠구나. 기술만 좀 더 다듬으면 완벽할 거야."

가웨인의 말에 어안이 벙벙했다.

"지금 절 대회에 참가시켜 주시는 건가요?"

가웨인이 고개를 끄덕였다.

"다음 시간엔 점프의 정확도를 높이는 연습을 해 보자."

그러고는 다음 점프 차례를 기다리는 학생들 쪽으로 갔다. 나는 가웨인의 뒷모습을 눈으로 따라가다가 호수 표면에 솟아 있는 고리들을 훑어보았다. 수면 위에는 높이가 다른 장대 위에 크기가 다른 고리가 설치되어 있었는데, 점프할 때마다 고리의 높이와 크기가 달라졌다. 정확한 점프를 연습하기 위해서 학생들은 가능한 한 많은 수의 고리를 통과해야 했다.

내가 대회에 참가하게 되었다는 사실을 알게 된 아미아가 달려와 나를 끌어안았고, 다른 어하생들도 몰려와 뛸 듯이 기뻐했다. 여학생이 대회에 참가하게 되는 일은 극히 드물기 때문이라고 했다. 마치 미식축구가 남성의 전유물인 것처럼, 점프 대회도 셀리코트들에겐 남성 중심적인 잔치였다. 그래서 나의 대회 참여에 여자들은 기뻐했지만 남자 셀리코트들은 그리 달가워하지 않았다. 마치 자신들의 영역을 침범당한 것처럼 기분 나빠 하는 것 같았다. 그들의 눈빛에서 모멸감이 느껴졌다.

"신경 쓰지 마."

아미아가 속삭였다.

"그냥 부러워서 그래."

단 한 명, 미로는 나에게 미소 지어 보였고, 아미아가 그에게 미소로 화답하자 얼굴을 붉혔다. 물론 그 자신이 점프 대회에 참여할 기회는 없을 터였다. 그의 점프 실력은 차마 눈 뜨고 못 볼 지경이었지만 아미아 덕분에 체광은 눈에 띄게 성공적이었다. 반대로 내 체광 실력은 최악이었지만 포기하진 않을 생각이었다.

그 후 며칠 동안 페린은 우리 쪽으로 찾아오지 않았고, 레이븐도 앞으로의 일에 대해 언급하지 않았다. 시간이 흘러갈수록 불안해졌지만 안간힘을 다해서 마음을 가다듬었다. 어차피 친구들의 도움 없이는 아무것도 할 수 없었다.

어느 날 오후였다. 나는 레이븐, 아미아와 함께 즐겁게 이야기를 나누며 방으로 돌아오던 참이었다. 방문을 여는 순간, 너무 놀라 다 함께 우두커니 멈추어 섰다.

내 침대 위엔 책과 노트가 갈기갈기 찢겨서 쌓여 있었고, 거기에 붉은색 잉크까지 뿌려져 있었다. 레이븐과 아미아조차 할 말을 잃고 폐허를 바라보았다. 이루 말할 수 없는 무력감이 밀려왔다.

몇 분 후, 탈린과 미론이 달려왔다. 그들은 평소와 다르게 굳은 얼굴로 내 침대 위를 훑어보았다.

"누구 짓인지 짐작 가는 데는?"

미론이 물었지만, 전혀 짐작 가는 데가 없었다.

"대의회가 엠마를 이리로 데려오기로 결정했을 때, 이곳에도 적이 있을 거라고 생각은 했다. 그 쪽지는 경고일 뿐이었어."

탈린이 말했다.

탈린이 그날 쪽지를 가져갔을 땐, 미론에게 건네줄지 의심스러웠지만 역시 보여 줬던 거다. 하지만 어째서 미론은 그 후 나에게 아무런 말도 하지 않았던 걸까? 미론이 탈린의 말에 고개를 끄덕이며 동의했다.

"하지만 이곳이 바깥보다는 안전하네."

"엠마는 이곳의 평화를 해치고 있어."

탈린이 나를 꿰뚫어 보듯 바라보았다.

"엠마, 네 생각은 어떤가? 이 모든 상황에 떳떳한가?"

"그게 무슨 말이지, 탈린?"

미론이 눈살을 찌푸렸다.

"사실 저희들은 캘럼을 구출하기 위한 작전을 모색 중이었어요."

레이븐이 털어놓았다.

"아미아가 탈린에게도 협력을 구했죠."

"물론 나는 거절했지만."

미론이 아미아와 레이븐을 번갈아 바라보았다.

"물론 엠마의 심정은 이해가 간다. 인간은 대부분 감정에 휩쓸려 행동하지. 하지만 너희 둘은 그걸 막았어야 해. 게다가 레이븐, 너는 엠마를 보호해야 하는 의무가 있었다. 그래서 의회는 너에게 엠마를 보호하도록 임무를 맡긴 거였다."

우리 셋은 당황한 나머지 고개를 떨구었다.

"엠마, 이 모든 생각을 머릿속에서 지워라. 우리는 엘린이 결정을 내릴 때까지 기다리는 수밖에 없다. 그가 대의회에 직접 통보하지 않는 한, 제삼자가 참견할 수는 없는 거다. 대의회는 엘린의 경우에 어떻게 대처해야 할지 아직 의견을 모으지 못했다. 그 자신은 우리의 규율을 위반했지만, 그의 행동이나 셸리코트 종족 자체가 우리를 적으로 돌리지는 않았다. 게다가 엘프, 뱀파이어, 마법사 들이 감싸지 않았다면 파우누스와 늑대인간들이 셸리코트들을 연맹에서 내보내려고 했을 거다. 무슨 말인지 알겠는가? 엘린 하나 때문에 셸리코트 전체를 희생할 수는 없다. 우리 '마법 세계의 존재들'이 살아남을 수 있는 방법은 서로 연합하는 길밖에 없다. 물론 그에 따라 개인이 희생하는 일이 생기겠지만, 캘럼이라면 이해할 거다. 그리고 그가 우리의 경우였어도 똑같이 결정했을 거란 사실을 받아들여야 한다."

"하지만 만약 엘린이 인간을 공격한다면, 결국 모두의 문제가 될 거예요."

내가 쏘아붙였다.

"만약 그런 일이 일어난다면 대의회는 다시 결정해야 할 거다. 하지만 그전까지는 아무도 이 일에 개입할 수 없어."

탈린이 딱 잘라 말했지만 그의 말은 신경 쓰지 않았다.

"하지만 전 이렇게 가만히 앉아서 그가 죽는 걸 기다리고 있을 수만은 없어요."

간절한 목소리로 미론에게 말했다.

"엠마, 다른 방법은 없다. 우린 종족들 전체를 생각해서 행동해야만 해. 개개인의 운명이 종족 전체의 안녕보다 중요하지는 않다. 그게 우리 방식이야. 너도 여기에 맞춰 자신의 의지를 굽혀 주길 바란다."

미론이 나를 동정 어린 눈빛으로 바라보았지만, 그의 말은 단호했다.

"전 할 수 없어요."

나는 꺼져 가는 목소리로 중얼거렸다.

"마지막이다."

미론이 차갑게 반복했다.

"너희 세 명이 대의회의 결정에 따라 주길 바라는 바다."

그러고는 탈린과 함께 방을 나갔다.

"탈린, 시간이 얼마나 남아 있는 거죠?"

탈린의 뒤통수에 애절하게 외쳤다. 그러자 탈린이 몸을 돌려서 나를 바라보았다. 그는 내 물음이 무슨 뜻인지 알아챘다.

"아마 4주 정도. 그 후엔 다시는 인간 땅을 밟지 못하게 된다."

미론이 몸을 돌려 탈린과 나를 어이없다는 듯 바라보았다.

"그걸 엠마가 어떻게……?"

"제가 말해 줬어요."

아미아가 대답했다.

"엠마도 알 권리가 있다고 생각했습니다."

미론이 아미아를 바라보았지만, 마치 아미아를 관통하는 듯 멍한 시선이었다.

"이상한 일이군. 우리 세계의 무언가가 변해 가고 있는 것 같네."

그가 의아하다는 듯 중얼거렸다. 그 둘이 시야에서 사라지자, 나는 엉망이 된 침대 위를 정리하기 시작했다. 아미아와 레이븐은 아직 쓸 만한 물건을 추려 내서 서랍에 정리하는 걸 도왔다. 하지만 내가 좋아하던 책 몇 권은 영영 건져 내지 못했다. 과연 누구의 소행인지 밝혀낼 수 있을지는 의문이었다.

"이런 짓을 한 사람이 노린 건 뭘까?"

뒤늦게 레이븐에게 물어보았다.

"글쎄. 아마 겁을 주려는 의도겠지. 쪽지를 보낸 의도와 같아. 만약 아발라가 위험하다고 느껴서 집으로 돌아간다면 엘린의 목적을 달성하는 거지. 그때야말로 진짜 위험한 일이 일어날 거야. 이상한 건 이게 셀리코트 소행이 아니라는 거야. 만약 그랬다면 탈린이 알아챘을 거거든.”

“만약 이게 셸리코트가 한 짓이라면 탈린이 알아챘을 거란 말이야?”

이 모든 암울한 상황에도 불구하고, 탈린이 경비견처럼 내 물건에 코를 박고 킁킁거리는 모습을 상상하니 웃음이 나왔다.

“야, 네가 상상하는 그런 게 아니야!”

레이븐이 티셔츠 뭉치를 내게 던지며 웃음을 터뜨렸다.

“그건 셸리코트 종족끼리 서로를 공유하는 방법이야. 나도 정확히 설명은 못 해. 아미아, 네가 해 봐.”

“음……. 나도 설명은 잘 못하지만 만약 이게 셸리코트의 소행이라면 이런 행동을 한 순간 내 눈에도 그게 보였을 거야. 그 순간 내 머릿속에도 영상이 떠오르게 돼. 굳이 생각하려고 할 필요도 없어. 그러니까 모든 셸리코트는 무슨 일을 하든지 흔적을 남기게 돼. 그래서 우리는 물속에서 서로를 쉽게 찾을 수 있어. 인간들이 ‘위치 추적’이라고 부르는 장치처럼 말이야. 아레스도 너희 엄마에게 그런 위치 추적 장치를 붙여 놓았어. 왜냐하면 너희 엄마를 정말 사랑했고, 같이 물속에서 헤엄친 적이 있기 때문이야. 그래서 그가 떠날 때 너희 엄마에게 물에 가까이 가지 말라고 한 거야. 아레스가 너희 엄마를 찾을 수 있다는 건 다른 셸리코트도 똑같이 찾아낼 수 있다는 뜻이거든.”

8장

미론이 뭐라고 말하든 그의 명령을 따를 생각은 없었다. 내 생각엔, 캘럼이 풀려나기만 하면 의회가 그를 판결하고 싶은 대로 판결하면 될 것이었다. 의회가 캘럼을 구출할 생각은 없어도 그의 친구들이 구하는 것까지 말리려고 하진 않을 것 같았다.

우리 스스로의 결정이었다고 대답하면 될 것이었다. 물론 우리 자신을 큰 위험에 빠뜨리는 일이기도 했다. 성공할지 여부는 알 수 없었지만, 포기할 수는 없었다. 게다가 시간이 흘러가고 있었다. 한마디로 시간 싸움이었다.

나와 레이븐, 아미아는 호숫가에 앉아 올해의 첫 더위를 만끽하고 있었다.

"레이븐, 탈린이 3일 전에 캘럼한테 최대 4주 정도 시간이 남아 있다고 했었잖아. 정말 무슨 조치를 취해야 해."

"미론이 거기에 대해서는 반론의 여지없이 잘라 말한 걸로 아는데?"

아미아가 나를 대신해서 입을 열었다.

"레이븐, 엘린이 최근에 캘럼 편에 선 사람들을 무조건 가두고 있어. 미로한테 들었거든."

아미아의 얼굴이 부끄러운 듯 달아올랐다. 레이븐이 아미아를 재촉했다.

"그래서?"

"평범한 셸리코트들이 캘럼 쪽으로 많이 돌아서고 있어. 아레스 왕은 그들에게 좋은 왕이었고 캘럼도 그의 정신을 물려받았으니까. 소문에 의하면 엘린이 캘럼을 가둔 뒤로 시위가 이어지고 있대. 아레스의 죽음과 관련된 일들을 완전히 덮어두는 건 불가능했던 거지. 아무리 사고였다고 둘러대었지만, 아마 그의 최측근조차 왕을 살해한 사실은 받아들이기 힘들었나 봐."

"그래서 셸리코트들을 무조건 잡아 가두기 시작한 거야?"

레이븐이 어이없다는 얼굴로 아미아에게 물었다.

"장로들은 뭐래?"

"내가 알기로는 장로들을 성에 가둔 뒤로 장로회의도 없대. 나도 직접 보고 들은 게 아니라서 어디까지 사실인지는 몰라. 상황이 얼마나 심각한지도. 하지만 조금이라도 사실이 맞다면, 조만간 무슨 일이 일어날지도 몰라. 엘린이 우리 종족을 억압하는 걸 이대로 둘 수만은 없어."

"탈린한테 말해 봤어?"

레이븐이 물었다.

"해 보려고 했어. 하지만 탈린은 정확한 사실이나 정보 없이 섣불리 움직일 수 없다는 입장이야. 다음 보름달이 뜰 때 장로회와 접촉해 보겠다고는 했는데, 그러려면 성에 들어가야 해. 하지만 그게 좋은 생각인지는 모르겠어. 엘린에게 말해서 장로회의를 열라고 재촉할 생각이라는데, 내 생각에는 탈린이 그를 너무 얕보는 것 같아."

"다음 보름달이 뜰 때까지는 2주 남았어. 캘럼에게 남은 시간은 총 4주고. 시간이 없어. 미론은 뭘 두려워하는 거야? 정말 이해가 안 돼. 늑대인간이나 파우누스 종족이 캘럼을 돕지 않겠다고 해도 엘프, 마법사, 뱀파이어들의 능력이라면 그를 충분히 구해 낼 수 있을 텐데."

이젠 내 인내심도 한계였다. 하지만 레이븐은 나와 아미아를 바라보며 불편한 심기를 드러냈다. 기분 전환 겸 레이븐의 머릿속이라도 들여다볼 수 있다면 얼마나 좋을까 생각하자, 레이븐이 펄쩍 뛰더니 서둘러 성으로 들어가 버렸다. 나와 아미아도 레이븐의 뒤를 따라 성으로 향했다.

"파우누스와 늑대인간들은 한 종족의 일에 다른 종족이 끼어드는 걸 원하지 않아. 그건 종족 간의 약속이야. 한 종족 내부의 문제에 다른 종족이 간섭해선 안 돼. 셸리코트 종족의 일에 끼어들게 되면 협정을 깰 구실을 만드는 게 돼."

아미아가 성으로 돌아가는 길에 설명해 주었다.

한밤중에 누군가가 내 어깨를 흔들었다. 즉시 눈이 떠졌고, 상대의 신원을 확인하기 위해 어둠 속을 두리번거렸다.

"쉿!"

레이븐의 속삭임을 듣자 심장 박동이 잦아들었다.

"옷 입어."

두 말 없이 바지와 셔츠를 꿰어 입고, 레이븐이 아미아를 깨우는 모습을 지켜보았다.

"무슨 일이야?"

잠이 덜 깬 목소리로 아미아가 침대 커튼 사이로 고개를 내밀었다.

"지금 호숫가 아래의 오두막에서 페린과 만나기로 했어. 다른 사람들에게 들키지 않으려면 조용히, 조심스럽게 움직여야 해."

갑자기 왜 이러는 거지? 페린은 아무 때고 성 안에서 볼 수 있는데, 007 작전을 방불케 하는 행동이 어찌된 일인지 영문을 알 수 없었다.

"혹시, 캘럼이랑 관계있는 거야?"

아미아가 물었다. 역시 나보다 상황 파악이 빨랐다. 하지만 레이븐이 더 이상의 질문을 막는다는 듯 손을 들어 올려 보였다.

"쉿. 여기 외투 입어."

레이븐이 우리에게 검은 망토 두 개를 던졌다.

"이걸 입으면 눈에 띄지 않게 돼. 빨리."

그러고는 문 밖으로 사라졌다. 나와 아미아도 그 뒤를 따라 밖으로 나왔다. 복도는 칠흑같이 어두웠기 때문에 무슨 수로 밖으로 나가는 길을 찾을지 걱정스러웠다. 하지만 엘프는 어둠 속에서도 눈이 밝은 모양이었다. 나는 아미아의 손을 꼭 잡았다. 정문으로 나가는 대신 레이븐은 우리를 데리고 정문 옆의 작은 복도 쪽으로 방향을 틀었고, 잠시 후 부엌 뒷문 앞에 서게 되었다. 레이븐이 독특한 리듬으로 문을 세 번 두드렸다. 무슨 암호 같았다.

조용히 두드리기는 했지만, 어두운 복도에 문 두드리는 소리가 울려 퍼졌다. 심장이 너무 요동하는 바람에 목으로 튀어나올 것 같았다. 날 진정시키려는 듯 레이븐이 내 손등을 어루만졌고, 우리는 문이 열릴 때까지 문 뒤의 작은 공간에서 기다렸다. 몇 분이 흐르는 동안 우리는 미동도 하지 않고 문만 노려보았다. 그때 작게 삐걱거리며 문이 열렸다. 내부에서 희미한 횃불의 빛이 흘러나오자 어둠에 익숙해 있던 눈이 한순간 부셔서 눈을 가늘게 떴다. 잠시 후에 다시 보니, 문 뒤에서 작은 요정 하나가 온 힘을 다해 문을 밀어 열고 있었다. 레이븐이 달려나와 요정을 도와 문을 열었다. 부엌 안을 둘러보니, 아직 조리대엔 불꽃이 타오르고 있었다. 요정이 문 뒤의 큰 방으로 손짓했다.

"왜 이리 늦은 거야?"

요정이 투덜거렸다. 그제야 일전에 도서관에서 마법학 책을 찾을 때 내게 미소를 지어 보이던 요정이라는 걸 알아보았다.

"미안해, 모르게인."

레이븐이 속삭였다.

"미스 라비니아가 통 잠을 자려고 하지 않더라고. 계속 클럽룸에 앉아 있어서 기다리느라 늦었어."

모르게인이 고개를 끄덕였다.

"미로가 다른 사람들과 함께 30분 전부터 와 있어. 그리고 10분 전에는 페린이 마야랑 롭과 함께 왔고."

레이븐이 고개를 끄덕였고, 아미아와 나는 이 영문 모를 상황에 할 말을 잃고 말았다. 그때 누군가가 부엌문 두드리는 소리에 깜짝 놀라서 온몸이 얼어붙었다. 방금 레이븐이 두드린 것 같은 소리로 문을 세 번 두드리자 레이븐이 문을 열었다. 문을 열고 들어온 건 탈린이었다. 그가 암울한 눈빛으로 우리를 둘러보았다. 나는 한 걸음 뒤로 물러섰지만 레이븐은 아무렇지 않은 듯 보였다. 레이븐이 먼저 성큼성큼 걸어서 부엌 뒤쪽으로 갔고, 그 뒤를 탈린과 나, 아미아가 따랐다.

"행운을 빌어."

우리 뒤쪽에서 모르게인이 속삭인 후 날갯짓을 하며 사라졌다. 레이븐이 두꺼운 나무문을 밀자 차가운 바람이 들이닥쳤다. 방금 자른 신선한 풀 냄새가 공기 중에 진동했다. 어제 성의 정원사가 하루 종일 낫으로 잔디를 베었던 게 생각났다. 아직도 레이븐은 말 한마디 없었다. 길을 걸으면서 물었다.

"레이븐, 무슨 설명이라도 해 줘야 되는 거 아냐? 대체 무슨 생각이야? 게다가 탈린은 여기서 뭐하는 거야?"

나는 몸을 돌려 작은 목소리로 아미아와 속삭이고 있는 탈린을 가리켜 보였다.

"쉿. 이제 금방 도착하니까 좀 참아."

어느덧 호숫가의 오두막이 눈에 들어왔다. 은빛 달이 거울같이 편평한 호수 표면 위에 비쳤다. 호수 주변에 우거진 수풀이 사르르 소리를 내며 바람결에 흔들리는 소리만 고요했다.

오두막 앞에 도착하자, 문이 열리더니 누군가가 안으로 들어오라는 듯 손짓했다. 우리는 한 사람씩 그 안으로 들어갔다.

"왜 이리 늦은 거야? 기다리느라 목 빠지는 줄 알았다구."

페린이 우리를 맞으며 투덜거렸다. 미안한 마음에 미소 지어 보인 후, 페린 옆에 앉아서 다른 이들의 얼굴을 훑어보았다. 깜박이는 희미한 촛불이 켜진 가운데에 그들의 얼굴을 하나하나 알아볼 수 있었다.

페린은 엘프 소녀 하나와 파우누스 소년 하나를 동반하고 있었다. 여자 엘프인 마야와는 도서관에서 한 번 대화를 나눈 적이 있었다. 나와 눈이 마주치자, 마야가 수줍게 미소를 지었다. 미로는 셸리코트 소년 네 명을 데려왔는데, 그중의 하나가 나를 음율하게 훑어보았다.

왠지 모든 일이 잘될 것 같은 예감이 들었다. 레이븐이 입을 열었다.

"다들 우리가 이 자리에 모인 이유는 알 거라고 생각합니다. 그럼 지금부터 캘럼을 구해 내기 위한 방법을 한번 의논해 보기로 하죠."

아무도 먼저 입을 여는 사람은 없었다. 다들 기대에 찬 눈빛으로, 레이븐이 어떤 의견을 내놓을지 기다리고 있었다. 탈린이 침묵을 깼다.

"레이븐, 자네도 알다시피 현재로서는 그리 좋은 생각이 아니야. 우리는 셸리코트 사회로부터 격리되었어. 나조차 엘린과 연락이 되지 않고 있네."

조금 전에 나를 음울하게 바라보던 셸리코트가 몸을 일으키자 탈린이 눈살을 찌푸리며 입을 다물었다.

"저는 무슨 일이 있어도 베렝가에 가서 무슨 일이 있는지 확인해 볼 생각입니다. 사실은 부모님이 가장 걱정됩니다. 아레스 왕은 제 아버지인 주미스의 가장 친한 친구였고, 제 아버지는 그의 충신이었죠. 일이 이렇게 된 지금 아버지가 아무런 행동도 취하지 않고 가만히 있었을 거라고는 생각되지 않아요. 설마 봉변이라도 당한 건 아닌지……."

"저……. 어쩌다 갑자기 모두 생각이 바뀐 건지 물어봐도 되나요?"

궁금해서 도저히 참을 수가 없었다. 나만 모르는 어떤 상황 변화가 있었던 것 같은데, 혹시라도 캘럼이 심각한 위험에 처한 사실을 나에게만 숨기고 있는 게 아닌지 걱정이 되었다. 레이븐이 탈린을 한 번 바라본 후 나를 곁눈질했다. 그러고는 고개를 돌려서 다른 이들을 바라보면서 대답했다.

"이제는 엘린이 캘럼을 죽일 가능성이 점점 더 높아지고 있다는 걸 우리 모두 느끼고 있어요. 점점 더 예상을 빗나간 행동을 하니까요. 게다가 이제는 동족의 자유까지 억압하고 있죠…….”

레이븐이 말끝을 흐렸다.

“어떻게든 엘린이 제정신을 찾도록 도와야 해.”

탈린이 레이븐의 말을 받았다.

“하지만 먼저 캘럼을 안전하게 피신시키는 게 급선무다. 엘린이 화가 나면 무슨 일을 벌일지 예측할 수 없어. 사실 녀석은 어렸을 때부터 감정을 제어하지 못했었다. 아레스가 엘린에게 좀 더 신경 써 줬어야 했는데. 일단은 꼼짝 못 하도록 코너로 몰아넣는 거다.”

“아무튼 엘린에게는 동족을 이렇게 대할 권리가 없습니다. 왕으로 뽑힌 것도 아니고, 왕이라고 해도 이런 짓을 했던 왕은 여태껏 단 한 명도 없었습니다.”

음울한 얼굴의 소년이 대화에 끼어들었다.

“그런데, 당신은 이름이 뭐죠?”

그에게 물었다.

“죄송합니다. 먼저 제 소개부터 했어야 했는데……. 전 주미스, 말리의 아들 조엘이라고 합니다. 부모님이 걱정돼서 정신이 없었던 것 같습니다.”

“다 잘될 거예요.”

그를 위로한 후, 노파심에 덧붙여 물었다.

“하지만 베렝가까지 혼자 헤엄쳐 가는 건 위험할 텐데…….”

베렝가가 셀리코트 종족의 수도란 걸 안 건 최근이었다. 아미아는 엘린이 베렝가에 캘럼을 감금해 놓았을 거라 추측하고 있었다. 하지만 조엘이 과연 혼자서 얼마나 많은 성과를 낼 수 있을지는 의문이었다.

"전 베렝가에서 태어나고 자랐기 때문에 그곳 지리나 사람들을 잘 알고 있죠. 그러니 일단 가 보면 적에게 들키지 않고 캘럼이 어디에 감금되어 있는지 알아낼 자신이 있습니다."

조엘이 내 물음에 대답해 주었다.

"하지만 역시 혼자보다는 여럿이 함께 행동하는 게 더 안전할 것 같긴 합니다."

"같이 가자고 말했잖아."

조엘 옆에 앉아 있는, 피부색이 짙은 소년이 입을 열었다.

"이쪽은 빈스이고 제 의형제입니다."

조엘이 그를 소개했다.

"하지만 다리가 완전히 낫지 않았잖아. 무리하면 안 돼."

"일주일 전에 다리를 다쳤거든요."

빈스가 설명했다.

"농구 하다가요."

그가 얼굴을 찡그렸다.

"농구라는 건 정말 바보 같은 경기예요. 하지만 제 친구 팻이 농구를 좋아하는 바람에 한 게임만 하자는 게 이렇게 된 거죠."

"야, 자기 다리에 스스로 걸려 넘어졌잖아. 나보고 어쩌라고."

팻이 키득거리며 빈스의 옆구리를 툭 쳤다. 탈린은 이 대화의 내용에 별로 흥미를 느끼지 못하는 모양이었다. 그가 대화를 중단시키며 끼어들었다.

"아무튼 조엘의 말이 옳다. 우리는 먼저 베렝가에서 무슨 일이 일어나고 있는지부터 파악해야 해. 무릴이 도움이 되겠지. 무릴로 엘린에게 연락을 취해 봤지만 일부러 무시하는 것 같다. 그러니 그쪽으로 직접 가서 상황을 알아보는 수밖에. 내가 직접 성으로 가서 엘린을 설득해 보려고도 했지만, 과연 내 말을 들을지 확신이 서지 않는구나. 그러니 누가, 언제 갈 건지를 정확하게 계획해야 한다. 일단 이틀 안에 세부 사항을 고민한 후 여기에서 다시 만나도록 하자."

"우리가 이렇게 모이고 있는 건 철저하게 비밀로 해야 해요. 아직은 누굴 믿을 수 있을지 모르니까요. 게다가 전보다 더 철저히 생각을 차단시켜야 해요. 엘린이 엘프를 수하에 두고 있을지도 몰라요."

레이븐이 좌중을 둘러보며 말했다. 하지만 시선이 나에게 좀 더 오래 머무른 걸로 미루어 보아, 과연 내가 머릿속의 정보를 보호할 수 있을지 의심스러워하는 것 같았다.

"아무튼 좀 더 많은 동맹이 필요해요. 하지만 누굴 참여시킬지는 잘 판단해야 합니다. 우리가 하려는 건 위험한 시도니까요."

우리는 잠시 더 머무르며 침묵했다. 맨 먼저 페린이 일어섰고, 나머지도 앞사람과 어느 정도 간격을 두고 한 사람씩 자리를 떴다. 성 주변은 어둡고 황량해 보였다. 멀리서 올빼미 우는 소리가 들려왔다.

침대에 누워서야 이 계획이 얼마나 엄청난지 실감이 났다. 이 계획이 성공하면 그를 다시 볼 수 있게 되는 것이다.

"아미아."

어둠 속에서 아미아에게 속삭였다.

"무릴이 누구야?"

솔직히 말하면 무슨 빨래 세제 이름 같았다.

"무릴은 이 세상의 모든 걸 보여 주는 거울이야."

아미아가 졸음에 잠긴 목소리로 대꾸했다.

"물론, '모든 걸 볼 수 있다'는 건 좀 과장이지. 거울 앞에 선 사람이 보고 싶은 것만 보여주니까. 탈린은 늘 이 거울을 통해서 베렝가의 소식을 듣곤 했어. 하지만 지금은 베렝가와 연결이 끊긴 상태야. 그래서 거기서 무슨 일이 일어나고 있는지 알 수가 없어."

아미아가 하품을 했다. 그리고 몸을 뒤척이는 소리가 들리더니 조용해졌다.

그날 밤은 쉽게 잠이 들 수 없었다. 불안하게 이리저리 뒤척이는 내게, 레이븐이 편안한 기분을 흘려보내 주고 난 후에야 꿈도 꾸지 않고 깊은 잠에 빠져들었다.

다음 날 아침이 밝았지만 온몸이 녹초가 되어 있었다. 이불을 머리끝까지 뒤집어쓰고, 높은 창을 통해 방 안으로 쏟아져 들어오는 햇볕을 조금이라도 피해 보려 했다. 내 평화는 아미아가 이불을 걷어 낼 때까지만 지속되었다.

"서둘러. 오늘 폴리테이아 시험 있잖아. 시험 시작 시간에 늦으면 미론이 좋아하지 않을걸."

한숨을 쉬며 몸을 일으킨 다음, 간밤에 아무렇게나 벗어서 쌓아 둔 옷가지들을 바라보았다. 옷장에서 새 옷을 꺼내 들고 욕실로 가서 대충 씻고 나니 좀 인간다워졌다. 그러고는 클럽 룸에서 물 한 병을 집어 들고, 토스트 한 장을 입에 문 채 강의실로 달렸다. 정신없이 강의실로 뛰어들다가 문을 닫으려던 미론과 부딪혔다. 죄송하다고 웅얼거린 다음, 반 입 먹은 토스트를 쓰레기통에 던져 버리고 레이븐의 못마땅해하는 눈빛을 무시하면서 자리에 털썩 앉았다. 다행히 어젯밤에 오늘 볼 시험을 미리 준비해 두었기 때문에 그리 어렵지는 않았다. 시험이 끝난 후에는 지난밤의 회합을 떠올렸다.

밤이 되어 아무도 우리의 대화를 엿듣지 않을 거라는 확신이 든 후에야 진지한 대화를 나눌 수 있었다.

우리는 창가에 놓인 책상 앞에 앉았다. 그곳은 문에서 가장 멀리 떨어진 장소여서 누가 엿들을 가능성이 적었다.

하지만 클럽 룸이 텅텅 비어 있는데도 레이븐이 너무 조심을 기하는 게 오버하는 것 같기도 했다.

"아미아. 네가 엘린을 가장 잘 알잖아. 캘럼을 가둘 만한 곳이랑 엘린이 몸을 숨기고 있을 만한 곳이 어디일 거라고 생각해?"

레이븐이 묻자 아미아가 불안한 눈빛으로 되물었다.

"엘린을 해치지 않을 거라고 약속해 줄 수 있지? 어쨌든 엘린은 내 오빠니까. 물론 아버지를 해친 건 용서할 수 없을 거야. 하지만 엘린이 죽기라도 하면 죄책감 때문에 견딜 수 없을 거야. 레이븐, 약속해 줘!"

레이븐이 아미아를 진지한 눈으로 바라보며 말했다.

"보장은 못 해. 물론 아무도 엘린을 죽이려고 하지는 않을 거야. 하지만 싸움이 벌어지게 된다면 어떤 일이 벌어질지는 아무도 몰라. 게다가 엘린은 자기 아버질 죽였어. 그가 다른 사람을 해치지 않으리라는 보장이 있어? 설령 그게 아미아 너라고 해도 그는 서슴지 않고 해치려 들 거야."

아미아가 고개를 떨구자, 눈물이 손등 위로 툭툭 떨어졌다.

"난 그저 엘린을 대의회 앞에 세우고 법의 심판을 받게 하고 싶어. 그것뿐이야."

레이븐이 고개를 끄덕였다.

"노력해 보겠다고 약속할게."

나도 아미아의 손을 잡고 위로해 주었다. 가슴이 아팠다. 난 아레스를 잘 알지 못했음에도 그의 죽음이 슬펐는데, 아미아에게는 친아버지였으니 말이다. 얼마나 슬플지 상상할 수도 없었다. 하지만 엘린에게는 동정심이 생기지 않았다.

"이제 어떻게 할 거야?"

레이븐에게 물었다. 생각 같아서는 당장 쳐들어가서 캘럼을 구해 오고 싶었지만, 그거야말로 최악의 계획이라는 것쯤은 알았다.

"이틀 후에 조엘이 베렝가까지 혼자 헤엄쳐 갈 거야. 빈스는 아직 다리가 완전히 낫지 않아서 함께 가는 건 무리야. 미로와 팻은 조엘만큼 베렝가를 잘 알지 못하니까 괜히 같이 갔다가는 짐만 될 거고. 오늘 밤에 다 같이 탈린의 방에서 만나기로 했어. 운이 좋으면 무릴로 베렝가 쪽 상황을 엿볼 수도 있을 거야."

"만약 조엘이 혼자 갔다가 잡히면? 작전이 발각되지 않을까? 아니면 조엘이 우리를 배신할 가능성은?"

아미아가 고개를 저었다.

"조엘은 우릴 배신하지 않아. 완전 똥고집이거든."

그러고는 싱긋 웃었다.

"조엘은 예전부터 엘린을 싫어했고 엘린도 조엘을 싫어했어. 그런 점에선 둘이 비슷해. 한번 마음먹은 건 아무도 어쩔 수가 없어. 어렸을 때 같이 놀면 서로 자기가 옳다고 엄청 싸워 댔지. 만약에 우리가 조엘을 말린다고 해도 안 들어먹을 거야. 차라리 하고 싶은 대로 하게 놔둔 다음 뒤를 봐 주는 게 편해."

레이븐이 동의하듯 고개를 끄덕였다.

"조엘은 캘럼이 가장 신뢰할 수 있는 아군이야. 만약에 조엘이 실패한다면 아무도 이 작전을 성공시키지 못할 거라구."

어느덧 예정했던 이틀이 지났다. 나는 옷을 다 입은 채로 침대에 누워서, 종탑에서 자정을 알리는 종이 울릴 때까지 안절부절못한 채 기다리고 있었다. 레이븐은 창밖에 서서 밤의 어둠을 투시하며 망을 보고 있었다.

"저기에 조엘이 가는 게 보여."

레이븐이 속삭였다.

"잠시 기다렸다가 출발하자."

내 생애에서 가장 긴 5분이 흐른 뒤, 드디어 레이븐이 일어나라는 손짓을 했다. 오늘 밤을 위해 검은색 옷을 준비해서 입고 있었다. 망토는 움직이기 불편했기 때문이다. 레이븐을 따라 어두운 복도를 살금살금 걸었다.

갑자기 인기척이 들려와서 레이븐과 함께 벽의 틈새로 몸을 숨겼다. 누군가의 발소리가 우리 앞을 지나쳤다. 이 밤중에 누구지? 갑자기 발소리가 멈추자 긴장이 되어서 심장이 멎을 것 같았다. 저 앞에서 검은 형체가 몸을 돌려서 이쪽을 바라보고 있었다. 우리가 숨어 있는 틈새는 저쪽에서 보이지 않았다. 조금만 더 몸을 돌려서 이쪽을 바라보았다면 그게 누구였는지 시력 좋은 레이븐이 볼 수 있었지만, 아쉽게도 기둥에 가려서 보이지 않았다고 레이븐이 나중에 말해 주었다. 잠시 후 다시 걷기 시작하더니, 발소리가 점점 멀어졌다. 그제야 안도의 한숨을 쉬었다.

"흠. 도대체 누가 이 오밤중에 저렇게 몰래 돌아다니는 거지?"

레이븐이 중얼거렸지만 뒤쫓아 가서 확인해 볼 수도 없다. 어쩔 수 없이 걸음을 재촉했다.

아발라에서 교사 숙소에 들어가 보긴 처음이었다. 복도도 더 넓었고, 벽마다 횃불이 타오르고 있어서 더 밝았다. 레이븐이 조용히 하라는 듯 손가락을 입에 댔다. 그러고는 두꺼운 나무문을 두드려 신호를 보냈다. 그러자 탈린이 곧바로 문을 열어 주었다. 그러고는 들어오라는 듯 손짓한 후 주변을 살펴서 아무도 없는지 확인했다. 그의 방은 제일 처음에 아발라에서 묵었던 숙소를 떠올리게 했다. 호화롭게 꾸며진 방 안에는 피처럼 붉은색 우단 커튼이 드리워진 캐노피 침대가 놓여 있었고, 벽 저편에는 고급스러운 책상과 책장이 보였다. 다른 쪽 벽에는 강의실과 비슷한 모양의 벽난로가 있었는데, 그 안에서 마른 장작이 타닥거리는 소리를 내며 타고 있었다. 탈린이 소파를 가리키며 앉으라는 듯 손짓하자, 다들 말없이 앉았다. 그와 동시에 노크 소리가 들렸고, 동료들이 하나씩 방 안으로 들어왔다. 마지막으로 빈스가 절뚝이며 들어왔다. 얼핏 보니 지난번보다는 붓기가 많이 가라앉은 것 같았지만, 소파에 앉자마자 거친 신음 소리를 냈다.

"조엘이 저 없이 잘해 내야 할 텐데. 혼자 보낸 게 걱정되네요."

"잘될 거다. 날 믿고 걱정하지 말거라."

탈린이 그의 어깨를 툭 치며 따뜻하게 위로했다. 그 말이 내게도 크나큰 위안을 주었다. 이상하게도 그의 말투가 굉장히 친근했다. 그에게는 감정이 없는 줄 알았는데, 여태껏 내가 오해했던 걸까? 탈린이 말을 이었다.

"오히려 조엘이 혼자 가는 게 더 몸을 잘 숨길 수도 있다. 게다가 거기 부모가 잡혀 있는 것도 아닌데, 네가 굳이 거기까지 갈 이유가 없어. 만약 조엘이 붙잡힌다고 해도 부모가 걱정되어 와 봤다고 하면 끝이다. 하지만 너는 달라. 네 부모가 엘린 편에 가담했다는 걸 다들 알고 있는데, 네가 거길 기웃거린다면 모두들 이상하게 생각할 게 뻔하다."

빈스가 고개를 끄덕였다. 탈린의 말에 놀라서 물었다.

"너희 부모님이 엘린 편에 가담했어?"

빈스가 당황한 듯 어깨를 으쓱해 보였다.

"부모를 선택할 수 있는 건 아니잖아. 어쩌겠어. 바보 같은 부모인걸."

뭐라고 대꾸하고 싶었지만 꾹 참았다. 그렇다면 그런 거다.

빈스가 나를 바라보더니 안심하라는 듯 미소를 지어 보였다.

"캘럼이랑 팻, 조엘은 내 가장 친한 친구 놈들이야. 물보다 피가 강하다지만 우리 셸리코트 사이에선 피보다 물이 더 강하거든."

그사이, 탈린이 벽에서 금빛 문자가 수놓아진 긴 검은색 우단 천을 벗겨 내자 그 뒤에서 사람 키 정도의 커다란 거울이 모습을 드러냈다. 하지만 일반 거울 같지 않고 표면이 은색으로 희뿌옇게 빛났는데, 거기엔 아무것도 비쳐 보이지 않았다.

나는 거울에 다가가서 표면에 손을 대 보았지만, 보이지 않는 경계가 거울에 손이 닿지 못하게끔 밀어냈다. 거울과의 간격은 약 5센티미터 정도에서 더 좁혀지지 않았다.

"아무도 무릴을 만질 순 없어."

탈린이 내 곁에서 말했다.

"하지만 아무것도 안 보이는데요."

결국 거울 만지는 건 포기한 채 거울의 테두리를 기웃거리며 말했다. 거울의 테두리도 은색이었고, 여러 가지의 문자가 새겨져 있었다. 한편에는 깊게 파인 상처가 새겨져 있었고, 누군가가 이를 다시 곱게 연마하려 한 흔적에도 불구하고 거울 안까지 깊이 파인 흔적이 남아 있었다. 이 거울의 과거가 얼마나 거칠었는지 엿볼 수 있었다.

"이 문자는 무슨 뜻이죠?"

탈린에게 물었다.

"이거 말이냐?"

탈린이 상처 나지 않은 쪽을 가리키며 되물었다.

"이건 무릴을 사용할 수 있게 해 주는 주문이다. 대부분의 셀리코트들은 자신의 몸을 지키기 위해 어릴 때 이 주문을 배우지. 주문을 말하면 무릴이 열려서 주문을 외운 대상자가 거울에 비치지. 그럼 그가 위험에 처한 걸 거울을 통해 본 다른 사람이 구해 주러 달려올 수 있게 된다."

"어떻게 읽는 거예요?"

탈린이 내게도 주문을 가르쳐 주려고 할까? 예상 외로 탈린은 내 앞에서 덤덤히 주문을 읊었다.

가엘 멀 롯
자흐 루빔 무릴
오렝갈 엔 샬프

"성스러운 거울 무릴이여, 내 말을 들어주소서. 문을 열고 나를 도와주소서."

아미아가 주문을 번역해 주었다. 그러자 거울에서 빛이 나더니, 이 방에 있는 모두가 거울 속에 비쳐 보였다. 그가 짧은 주문을 외우자 거울이 다시 닫혔다. 탈린은 이걸로 내가 무릴에서 관심을 돌릴 줄 알았겠지만, 어림없었다.

"왜 이 거울 저쪽 편에 있는 문자들은 지워진 거죠?"

그가 순간 나를 번뜩이는 시선으로 노려보았다. 엉겁결에 시선을 피했다.

"그걸 어떻게?"

"몰랐어요. 그냥 그런 것 같아서요."

탈린이 누그러진 얼굴로 거울의 뭉개진 부분을 어루만지며 말했다.

"우리도 거기에 원래 무슨 말이 새겨져 있었는지 정확히는 몰라. 학자들은 주문을 외우지 않고도 무엇이든 볼 수 있는 주문이라고 생각하고 있지."

이제야 왜 주문을 없애 버렸는지 알 것 같아서 고개를 끄덕였다.

"굉장히 유혹적이었겠네요."

"아마도 대전쟁 때 그 주문을 없애 버리지 않았나 싶다. 거울을 무기로 사용해서 아무 때고 원하는 대상을 감시할 수 있다면 상당히 위험한 결과를 초래하게 되니 말이다. 만약 이 거울이 인간들의 손에 들어갔다면 무슨 일이 발생했을지 모를 일이야."

"아니면 다른 종족의 손에 들어가게 된다면 말이죠."

레이븐이 끼어들었다.

"셸리코트 종족에게서 이 거울을 훔쳐가려는 종족이 많이 있었어. 하지만 문자를 지우고 나서 거울은 무기로서의 가치를 잃게 되었지. 다들 거울의 존재조차 잊은 지 오래야. 게다가 여기 아발라에 있는 한은 아브라함의 품에 안긴 나사로처럼 안전하지. 인간들의 속담을 맞게 썼는지 모르겠네."

"그럼 지금은 그 주문이 뭔지 아는 사람이 없나요?"

만약 주문이 현존한다면 어떤 일들이 벌어지게 될지 상상하니 아찔했다. 하지만 탈린이 고개를 저었다.

"그랬다면 좋았겠지만, 주문을 없애 버리는 편이 현명했다. 주문은커녕 거기에 관련된 모든 문서도 다 없애 버렸지."

실망스러운 결과였다. 모든 걸 볼 수 있는 거울이 있었다면 이 상황에 도움이 많이 되었을 텐데. 이제까지의 마법 나부랭이 중에서는 가장 쓸모 있는 무기가 아닌가. 그 외의 다른 것들은 영 별로였기 때문이다.

투덜거리고 있는데, 무릴이 깜박이더니 영상 하나가 떠올랐다. 조엘이 우리를 향해 씨익 웃으면서 손까지 흔들고 있었다.

"장난은 그만하면 됐네."

탈린이 나무랐다.

"거기 무슨 일이 있는지나 얼른 설명해 보게."

거울은 영상뿐만 아니라 음성도 지원하고 있었다. 이제야 좀 덜 실망스러웠다.

"여기 상황은 상당히 끔찍합니다. 수도는 생기를 잃은 정도가 아니라 아예 죽어 버린 것 같아요. 엘린이 도시 전체에 병력을 투입해서 감시하고 있는 중인데, 평화적인 해결을 전혀 바라지 않는 것 같군요. 제가 아는 샛길 몇 개를 점검해 봤는데, 그중 하나는 감시되고 있지 않아요. 하지만 아직 집에는 가 보지 못했습니다……."

갑자기 영상이 깜박이더니 사라졌다.

"무슨 일이죠?"

내 물음에 탈린의 얼굴에 두려움이 스쳤다.

"발각된 게 아니길 비는 수밖에. 조엘이 스스로 영상을 사라지게 한 거다. 아마 잠시 몸을 숨기려는 거겠지."

10분 정도의 시간이 흐르자 무릴이 깜박이며 다시 영상이 나타났다. 모두가 즉시 무릴 앞으로 모여들었다.

"휴, 하마터면 들킬 뻔했네."

그가 한숨을 내쉬었다.

"군인들이 지나가서……. 조금만 늦었어도 큰일 날 뻔했습니다. 아무튼 부모님은 집에 안 계시고 하인들도 없이, 아버지의 비서였던 렙시우스만 집을 지키고 있었습니다. 그가 설명해 주길 아레스가 죽은 날 부모님도 잡혀 갔다고 해요. 소문에 의하면 자기를 반대할 것 같은 세력은 모조리 성에 감금했다는군요. 하지만 지하 감옥에까지 가두진 않은 것 같습니다. 아마 장로들의 심기를 거스를까 봐 걱정한 거겠죠. 장로회가 자신을 순순히 왕으로 선출해 주길 바라고 있다고 합니다. 렙시우스는 캘럼에 대해서는 들은 바가 없다고 해요. 성까지 헤엄쳐 가 무슨 일이 있는지 둘러보고 오겠습니다."

"조엘, 그만하면 됐으니 돌아오게."

탈린이 명령했지만 조엘이 장난스러운 미소를 지어 보인 후 영상이 꺼졌다. 한 시간 정도 기다린 후에도 아무런 소식이 없자, 탈린이 모두를 방으로 돌려보냈다. 이미 지평선 위로 태양이 솟아오르고 있었다. 나는 조엘이 성공했기만을 간절히 빌었다.

오후에 궁금했던 것들을 아미아에게 물어보았다.

"탈린이 계속 거울 곁에서 지키고 서 있는 것도 아닌데 어떻게 조엘한테서 연락이 온 걸 알 수 있어?"

"누군가가 무릴을 통해 주문을 외워서 도움을 요청하는 걸 탈린이 직접 느낄 수 있어. 탈린은 무릴의 수호자거든. 탈린네 가문 대대로 내려오는 역할이야. 탈린 다음에는 엘린이나 그의 후손이 무릴의 수호자가 되는 거야."

탈린이 무릴의 수호자라고? 게다가 엘린이 그의 뒤를 잇게 된다니……. 나는 할 말을 잃고 말았다.

"엘린이 탈린의 가장 가까운 친족이라서 그래."

아미아가 안타깝다는 듯 말했다.

"이 역할은 대대로 가문의 남자들에게만 전수되거든. 역할을 전수 받은 자만 무릴의 음성을 들을 수 있어."

"구식인 데다 여성 비하까지 하는 거울이네."

나는 투덜거렸다.

"아무튼 너희 민족관을 알면 알수록 별로 맘에 안 들어."

아미아가 씁쓸하게 웃었다.

"만약 탈린한테 무슨 일이 생기면, 거울을 물려받는 건 엘린이라는 거네. 제대로 이해한 거 맞아?"

내 물음에 아미아가 고개를 끄덕였다.

"하지만 아미아 너도 거울한테서 뭘 느껴 보려는 시도는 해 봤을 거 아냐."

"아니, 시도조차 안 해 봤어. 무릴의 수호자가 되려면 의식을 치러야 돼. 그런 다음에만 거울의 음성을 들을 수 있어."

"게다가 여자라서 더더욱 시도 안 해 봤을 거란 말이지."

내가 아미아의 말을 보충했다.

"제대로 이해했네."

레이븐이 방으로 들어와 침대 위로 몸을 던지며 말했다.

"저 보수적인 셸리코트들이 여자한테 거울을 맡길 리가 없지. 아마 그럴 바엔 그냥 거울을 부숴 버릴걸."

레이븐과 웃을 동안 아미아는 뾰로통해져서 입술을 비죽 내밀었다.

9장

〜〜〜〜
〜〜〜〜

길고 고통스러운 기다림의 연속이었다. 다음 날도, 그다음 날도 조엘에게서는 아무런 소식도 없었다. 나는 창밖으로 고요하고 평화롭게 일렁이는 바다만 하염없이 바라보았다.

정신을 다른 곳에 돌려 보려고 수업 후 도서관을 찾았다. 도서관은 내가 아발라에서 제일 좋아하는 장소였다. 수 미터 높이의 서가에는 수 세기에 걸쳐 내려오는 고서들이 꽂혀 있는데, 바라만 봐도 마음이 진정되는 효과가 있었다. 이곳에 머물면서 셸리코트 종족과 그들의 역사, 전설, 마법에 대해 최대한 알아보고 싶었다.

이곳의 방대한 자료량에 비하면 런던과 에든버러의 도서관은 애들 수준이었다. 마치 금광에 들어와 있는 기분이었다.

모르게인이 이런 내 목표를 달성하는 데 엄청난 도움을 주었다. 책을 다 읽기도 전에 같은 주제의 다른 책이나 내가 관심 있는 주제의 책을 가져다주었기 때문이다. 그 작은 몸에서 어떻게 그런 힘이 나오는 건지 놀라웠다. 무엇 하나 무거워 보이지 않고 가뿐히 날라다 주었다. 아마도 일반적인 상식으로 이해되는 건 아닌 듯싶었다. 그즈음, 각 종족마다 서로 다른 마법의 힘을 지니고 있다는 걸 깨닫고 있었다. 그리고 자신들의 마법을 다른 종족에게 전수해 주지 않으려 한다는 사실도 말이다.

하지만 레이븐이 말해 준 바로는, 엘프 족의 여왕인 엘리시엔이 단 한 번 금기를 깨고 뱀파이어 족의 왕인 미론에게 마인드 컨트롤 능력을 전수해 주었다고 한다. 이 둘이 한때 사랑하는 사이였다면서 말이다. 이로써 전체적인 스토리가 약간은 로맨틱해졌다. 아무튼 이 일로 아직도 많은 엘프들이 엘리시엔을 비난하고 있다고 했다.

우리가 수업 시간에 미론에게서 듣고 배운 내용은 어느 정도 미화된 게 사실이었다. 현실에선 각 종족들이 자신들의 마법을 보호하려고 온 힘을 기울이고 있었다.

어제에 이어 오늘 밤에도 호숫가의 오두막에서 만나서 조엘을 기다렸다. 요 며칠 동안 야간 생활의 부작용이 서서히 낮 동안의 생활에도 영향을 미치기 시작했고, 수업 시간에 눈을 뜨고 있기 위해 엄청나게 노력해야 했다. 연약한 아미아가 어떻게 이 생활을 견뎌 내고 있는지 놀라웠다. 레이븐은 산뜻하고 명랑해 보이기까지 했다. 엘프들이 잠자지 않고도 살 수 있다는 건 알고 있었지만 저리도 감쪽같이 속일 수 있다는 건 몰랐었다. 다크 서클 한번 생기지 않으니 말이다. 정말 미치고 환장할 노릇이었다.

그리고 드디어 이틀째 날 밤, 다른 사람들이 안에서 기다릴 동안, 빈스가 호숫가 오두막 앞에서 보초를 서고 있다가 갑자기 문을 벌컥 열고 안으로 뛰어 들어왔다.

"다들 이쪽으로 와 봐!"

빈스가 이렇게 외치고 다시 밖으로 몸을 날렸다. 우리도 그 말을 듣고는 거의 동시에 벌떡 일어나 밖으로 뛰쳐나갔다. 호수 표면이 밝게 빛나고 있었다. 체광이었다. 그것도 파란색이었다. 심장이 쿵쾅거리기 시작했지만, 캘럼의 체광은 밝은 바다색이었던 게 떠올랐다. 지금 보이는 체광은 그보다 짙은 색이었다.

탈린이 우리를 모았다.

"조심해. 조엘이 혼자 왔는지 확인해야 해. 물론 체광을 내면서 돌아오는 건 안전하다는 신호이긴 하지만, 무슨 일이 벌어질지 알 수 없다."

아무도 그의 말에 반박할 수 없었다. 우리는 호수 변에서 어느 정도 떨어져서 수면만 노려보았다. 얼마 후, 빛이 점점 흐려지더니 호수 변의 나무 그늘 사이로 형체 하나가 걸어 나왔다.

조엘이었다.

그를 보자마자 빈스가 달려 나가 그의 옆구리를 툭 치며 반겼다. 그들의 얼굴에 기쁨과 안도의 미소가 번졌다.

하지만 조엘을 반긴 건 탈린의 잔소리였다.

"도대체 무슨 생각으로 이틀 동안이나 연락도 없이 배회한 거냐? 그쪽의 진행 상황을 중간중간 보고해 줬어야지! 네 단독 행동으로 우리 모두를 위험하게 만들 뻔했다는 걸 모르나? 네가 갔었다는 게 발각되지 않았어야 하는데!"

조엘이 고개를 저었다.

"걱정 마십시오. 아무에게도 들키지 않았어요."

그제야 안도의 한숨이 터져 나왔다. 조엘이 말을 이었다.

"하지만 상황이 그리 여유롭진 않았습니다. 저는 부모님 집에 숨어 있다가 성까지 헤엄쳐 갈 생각이었죠. 예전에 캘럼과 종종 사용하던 뒷문이 있었거든요. 거길 통하면 정문을 통하지 않고도 성을 출입할 수 있었어요."

그가 예전 기억이 떠올랐는지 빈스를 바라보며 싱긋 웃어 보였다.

"10년 전 이야기 말고 이틀 전 일이나 말해 줬으면 좋겠군."

탈린이 투덜거렸다.

"제 생각에는 일단 아발라로 돌아가야 할 것 같아요. 금방 날이 밝으면 우리가 없다는 게 발각될 테니까요. 나중에 계속 듣기로 하죠."

레이븐의 말에 탈린이 동의하듯 고개를 끄덕였다. 우리는 천천히 줄지어서 성으로 들어갔다.

모르게인이 부엌문을 열어 주며 속삭였다.

"왜 이리 늦게 왔어요? 복도에서 다른 사람에게 들키지 않도록 조심해요!"

우리는 흩어져서 각자의 숙소로 서둘러 발걸음을 옮겼다.

방문을 열자 미스 라비니아가 우리 침대 앞에 서 있다가 몸을 돌렸다. 잔뜩 화가 난 얼굴이었다. 우리가 입을 열기도 전에 질문 공격이 이어졌다.

"당신들 셋, 이렇게 이른 시간에 어딜 돌아다니는 거죠?"

나와 아미아가 서로의 얼굴만 쳐다보며 당황할 동안, 레이븐이 당당하게 거짓말을 했다.

"새벽부터 깨어서 잠이 안 오더라구요. 그래서 부엌에 가서 아침 식사나 가져올까 하고 다녀오는 길이에요."

"그럼 아침 식사는 어디 있죠? 날 바보 취급하는 거예요?"

"요정들한테 물어보니 아직 좀 더 걸린다고 하더라구요."

레이븐이 조금도 기죽지 않고 둘러댔다.

"한 15분 후에 다시 오래요."

그녀의 눈이 우리의 얼굴을 찬찬히 훑었다. 레이븐의 말을 다 믿지는 않는 것 같았지만, 그렇다고 더 이상 캐물을 구실도 없는 모양이었다.

"그럼 일단 테이블 위에 식기라도 차려 놓도록 해요."

미스 라비니아가 몸을 돌려서 방을 나가며 말했다. 방문이 닫히자 참았던 한숨이 터져 나왔다.

"휴, 큰일 날 뻔했어. 우리가 밤새 없었다는 것까진 모르나 봐."

"하지만 좀 더 조심해야겠어. 더 일찍 알아챌 수도 있었어."

아미아가 말했다.

"그럼 탈린한테서 과제를 받았다고 말하면 돼."

레이븐이 대꾸했다.

"미스 라비니아가 탈린만 보면 얼굴이 빨개지던걸. 아마 좋아하나 봐. 우리 말이 사실이냐고 직접 물어볼 용기조차 없겠지. 너희들도 본 적 있지?"

하지만 나는 힘없이 고개를 저었다. 너무 졸려서 똑바로 생각할 수조차 없었다.

"그럼 우리랑 손잡을 생각 없냐고 물어보든지."

나는 하품을 하며 중얼거렸다.

다음 날은 토요일이었고, 수업이 없었다. 눈을 떠 보니 방 안에는 아무도 없었다. 주위를 둘러보니 침대 옆 탁자에 작은 쪽지가 하나 남겨져 있었다.

미로랑 호숫가에 있을게.

레이븐은 탈린한테 갔고 3시에 탈린 방에서 다 같이 만나기로 했어.

아미아의 글씨체였다.

그 옆의 알람 시계가 눈에 들어왔다. 벌써 2시 55분이었다.

"젠장!"

벌떡 일어나 욕실로 직행했다. 미션 임파서블이었다. 거울을 보니 눈 주변에 팬더 같은 다크 서클이 매달려 있었고, 머리카락은 부스스한 게 마치 그런지 룩 같았다.

샤워 말고는 인간으로 돌아올 방법이 없었다. 빛의 속도로 샤워하고 드라이까지 한 다음, 깨끗하게 세탁한 옷으로 갈아입고 방을 달려 나왔다. 클럽 룸에서 미스 라비니아와 마주쳤는데, 나를 보더니 의심의 눈초리를 보냈다.

"그렇게 급하게 어딜 가는 거죠?"

내 팔을 꽉 잡으며 물었다.

"탈린한테 가 봐야 해요."

아차 싶었다. 얼떨결에 진실을 말해 버린 것이다. 미스 라비니아조차 내가 탈린을 싫어하는 걸 알고 있었기 때문에 중대한 실수를 범한 셈이었다. 그것도 토요일 오후에 탈린한테 가 봐야 한다고 말을 했으니, 의심할 게 뻔했다.

"보충 수업이 있어요."

순간적으로 둘러대고는 제발 믿어 주기만 바랐다. 미스 라비니아는 여전히 의심스러워하는 듯했지만 손아귀 힘은 약해졌다. 이때다 싶어서 얼른 그곳을 빠져나왔다. 그제야 좀 이상하다는 생각이 들었다. 아무리 내 거짓말이 어설퍼도 왜 그렇게 의심스러운 눈으로 바라본 걸까? 여태까지는 미스 라비니아에 대해 별생각이 없었지만, 혹시 엘린과 한 패가 아닐까 의심이 들기 시작했다. 그녀를 믿어도 될지 레이븐에게 물어봐야 할 것 같았다.

결국 탈린의 방 앞에 도착했을 땐 20분 정도 늦어 있었다. 다들 힐난의 눈빛으로 쳐다봤고, 고개를 푹 숙이며 아미아 옆에 앉았다.

"좀 깨워주지."

아미아에게 속삭였다.

"설마 하루 종일 잘 거라고는 생각도 못 했어."

아미아가 웅얼거렸다.

"이제 어떻게 해야 할지 결정해야 합니다."

조엘이 우리의 대화를 중단시켰다. 분명히 아주 중요한 내용을 못 들은 것 같았다. 아마도 지난 이틀간 벌어졌던 일을 말해 준 거겠지. 화가 나서 주먹을 꽉 쥐었다.

"조엘의 이야기를 다시 한 번 정리하기로 하죠."

레이븐이 못마땅한 듯 나를 곁눈질하며 말했다.

"조엘은 캘럼이 아직 성에 갇혀 있다는 걸 알아냈어요. 아미아가 전에 말했던 그 방인 것 같아요. 그 말은 감옥보다 빼내오기 쉽다는 뜻이죠. 하지만 엘린은 왜 캘럼을 감옥에 가두지 않은 걸까요?"

"경솔하게 민심을 잃기 싫어서겠죠. 캘럼을 지지하는 사람이 많다는 걸 알고 있을 테니까요."

빈스의 말에 미로도 고개를 끄덕였다.

"엘린이 친아버지인 아레스를 살해한 일로 많은 사람들이 그를 비난하고 있습니다."

미로가 덧붙여서 말했다.

"아무리 사고라고 둘러대고 있어도, 그 거짓말을 믿는 사람이 점점 줄어들고 있어서 아직도 필사적으로 장로들을 가둬 놓고 있는 것 같아요."

창가에 서서 밖을 내다보고 있던 탈린이 몸을 돌려 우리를 바라보았다.

"아마도 엘린은 이제 어떻게 해야 할지 갈피를 못 잡는 중일 거다. 폭정을 휘두를 용기까지는 없었던 거야. 그래서 동족들이 자신을 왕으로 선출해 주기만 막연히 바라고 있는 거지. 캘럼을 해치지는 않겠지만, 그의 지지율을 떨어뜨리기 위해서라면 무슨 짓이든 서슴지 않을 거다."

그의 말에 조엘도 고개를 끄덕였다.

"캘럼이 엠마와 잔 건 모두 알고 있으니까요."

"에?! 잠깐만요! 절대 그런 일 없었거든요?"

모두의 시선이 내게 집중되자 얼굴이 빨갛게 달아올랐다.

"그게 맞든 틀리든, 중요한 건 엘린이 그렇게 모두에게 퍼뜨리고 있고 다들 그 말을 믿는다는 거네."

탈린이 내 항의를 일축해 버렸다.

조엘과 미로는 여전히 의심스러운 눈으로 나를 흘끔거렸다. 저들조차 날 믿지 않는데 날 모르는 다른 셸리코트가 어떻게 생각할지는 뻔했다.

"하지만 그게 무슨 상관이죠?"

말을 더듬거리며 항의했다. 아미아가 한숨을 내쉬자 탈린이 내 앞으로 성큼 다가왔다.

"그게 무슨 상관인지 알고 싶은 건가? 캘럼은 셸리코트 모두가 소중하게 여기는 걸 짓밟은 거다. 물론 너희 인간들에게 규율 한두 개쯤 어기는 건 별것 아니겠지. 하지만 우리들은 어렸을 때부터 규율을 준수하도록 교육 받거든. 종족 전체의 안전보다 더 중요한 건 없다고 말이다. 개인적인 행동이 종족 전체를 위협하는 일은 생각도 할 수 없어. 게다가 우리 셸리코트의 존재를 인간에게 발설한 것만으로도 이미 심각한 중죄를 범한 셈이다! 캘럼은 널 그렇게 신뢰해서는 안 되는 거였다!"

그의 목소리가 점점 커졌다. 그가 점점 다가오더니 내 앞에 우뚝 섰다. 그의 큰 몸집만으로도 충분히 위협적이었다. 그의 온몸에서 분노가 느껴졌다. 미로가 얼른 그를 팔로 막아섰고 레이븐도 우리 사이로 몸을 날려서 그를 뒤로 끌어당겼다.

"탈린, 그건 엠마도 알고 있어요. 하지만 이미 벌어진 일이에요. 이젠 좀 더 나은 해결 방법을 찾을 때라고요. 엘린도 결백한 건 아니잖아요. 벌써 중죄를 두 개 이상 지은 셈이니까요."

레이븐의 말에 탈린이 고개를 끄덕이며 방 저쪽에 놓인 소파에 쓰러지듯 앉았다. 그러고는 조엘에게 말했다.

"캘럼한테 경비 셋이 붙어 있다는 건 확실한 거겠지?"

조엘이 고개를 끄덕였다. 탈린이 믿을 수 없다는 듯 고개를 흔들었다.

"엘린이 뭘 믿고 이렇게 여유로운지 모르겠군. 분명 캘럼의 추종자들이 그를 탈출시키려고 할 텐데 말이야."

"하지만 이미 상당수의 추종자들을 가둬 놨으니 겁낼 게 없다고 생각한 거겠죠. 아마 다른 누군가가 도울 거라고는 생각 못 하고 있을 거예요. 하지만 대의회에서 결정이 내려졌다는 소식을 들으면 무슨 수를 써서라도 연락을 취해 오겠죠. 셀리코트들을 고립시킨 건 엘린 자신이지만요."

나는 레이븐의 말에 귀를 기울였다.

"마지막 회합 이후로 대의회에서는 아직 아무런 움직임이 없는 건가요?"

탈린은 대의회에 대해서는 말을 꺼리는 눈치였지만, 모두의 기대 어린 시선이 부담스러웠던 듯했다.

"대의회가 최근처럼 많이 소집되고 있는 건 몇 세기 만에 처음 있는 일이야."

그가 입을 열었다.

"하지만 각 종족은 이 일에 대해 심각한 의견차를 보이고 있어. 이건 큰 문제야. 대의회 내에서 의견이 갈라지면 안 되니까. 늑대인간들과 파우누스들은 셀리코트를 의회와 종족 연합에서 제외해야 한다고 강경하게 주장하는 중이야."

그 말에 셀리코트들의 입에서 한숨 소리가 배어 나왔다. 만약 그렇게 되면 셀리코트 종족이 얼마나 고립될지 모르는 일이었다. 이 지구상에서 다른 종족과 연합하지 않는다면 살아남을 수 없었다.

"당연히 엘프, 뱀파이어와 마법사 들은 그렇게 되도록 놔두지 않을 거다. 하지만 그 대신 캘럼을 탈출시키는 건 포기해야 해. 늑대인간과 파우누스 들은 다른 종족의 일에 간섭하면 안 된다는 원칙이 지켜지도록 총력을 기울이고 있어. 거기에 한술 더 떠서 셀리코트 같은 거추장스러운 소종족을 눈앞에서 치워

버리려고 하는 거다. 아직 기반을 잡지 못해서 정세가 불안한데 종족 연합에서 끊어지면 셸리코트들에게는 가망이 없어. 엘리시엔, 멀린과 미론은 이 균형 관계를 깨 버리려고 하지 않을 거야."

"하지만 셸리코트들 중 어느 누구도 엘린에게 저항하지 못했다는 건 끔찍해요."

빈스가 끼어들었다.

"정당한 발언권이 있는 셸리코트라면 대의회 앞에서 우리 종족을 대변하고 또 우리의 관점을 말할 수 있어야 한다구요! 그럼 대의회가 좀 더 쉽게 결정할 수 있을 겁니다. 엘린은 우리 종족을 망하게 만들 독재자예요!"

탈린이 그를 진지하게 바라보며 말했다.

"하지만 모든 셸리코트가 그렇게 생각하는 건 아니네. 게다가 빈스 자네의 관점만 주장하는 건 독재적이지 않다고 말할 수 있나?"

"지금 그런 논쟁은 도움이 안 돼요. 일단 캘럼을 구해 내는 게 우선이에요. 조엘, 캘럼과 대화할 기회는 있었어?"

나는 탈린의 시선을 무시하려고 애쓰면서 조엘에게 물었지만 그가 고개를 저었다.

"아니. 거의 만 하루 동안 은신해 있으면서 경비병이 자리를 비울 기회만 노렸지만, 소용없었어. 겉보기보다 철저하게 지키던걸."

"하지만 무슨 일이 있어도 우리의 계획을 캘럼도 알아야 해요. 어떻게든 그에게 연락할 방법을 찾아야⋯⋯."

아미아가 말했다.

"제가 엘린에게 가서 설득해 볼게요."

"안 그러는 게 좋을 거다."

탈린이 말했다.

"엘린은 너에게 캘럼이 어떤 존재인지 알아. 게다가 네가 그를 살려 내려고 하는 것도. 만약에 너까지 갇히게 되면 우리에겐 승산이 없다. 그러니까 무슨 일이 있어도 안전한 이곳에 있거라. 이해하니?"

아미아가 시선을 떨어뜨린 채 고개만 끄덕였다. 미로가 아미아의 손을 꽉 잡아 주는 게 보였다. 나와 조엘의 시선이 마주쳤다. 그도 미로와 아미아의 사이가 심상치 않다는 걸 눈치 챈 모양이었다.

"아무튼 빈스와 함께 한 번 더 성에 다녀올 생각입니다."

그가 이미 마음먹었다는 듯 확고하게 말했다.

"2, 3일 안에는 빈스의 다리도 완쾌 될 테니, 함께 헤엄칠 수 있을 겁니다."

빈스가 이 말에 흔쾌히 고개를 끄덕였다.

"우리 중 하나가 경비들의 주의를 끄는 동안 다른 하나가 캘럼을 빼내 올 수 있을 거예요."

놀랍게도 탈린은 이 계획에 반대하지 않았다.

"중요한 건, 아무에게도 발각되어서는 안 된다는 거야. 누군가가 캘럼을 탈출시키려 한다는 걸 엘린이 알지 못하도록 해야 한다. 만약 그가 캘럼을 다른 곳으로 옮기거나 경비를 강화하면 모든 게 무산돼."

나에게는 이 계획 자체가 어딘가 엉성해 보였지만, 더 나은 계획이 떠오르진 않았다.

"캘럼을 빼내 오고 나면요? 엘린이 어떻게 나올까요?"

내가 주위를 둘러보며 물었다. 다들 침묵하며 바닥이나 천장을 쳐다볼 뿐이었다. 어느 정도 시간이 지난 후, 레이븐이 대꾸했다.

"엘린이 어떻게 나올지는 장담할 수 없어. 아마 굉장히 화를 낼 거고, 복수하기 위해 수단과 방법을 가리지 않겠지. 누가 이 일을 계획하고 실행했는지 금방 알아내고 말 거야."

"그래서 미론의 도움이 필요한 거다."

탈린이 말했다.

"그리고 멀린도. 우리의 마법은 엘린을 막기엔 역부족이니까. 캘럼을 빼내 온 다음엔 아발라 주변의 마법 장벽을 강화해야 해."

"하지만 미론은 다른 종족의 일에 간섭하는 걸 금지했잖아요. 우리를 도와주지 않을 거예요."

"그래서 아직도 실행 날짜를 정확하게 결정하지 못한 거다. 엠마 네가 들어오기 전에 조엘이 말해 주길, 엘린이 캘럼과 공개 결투를 하기로 공표했다고 한다. 우승자가 왕위를 차지하는 걸로 말이지. 하지만 이건 함정일 뿐이야. 정정당당히 싸우면 캘럼한테 이길 확률이 없다는 건 그도 알고 우리도 알고 있다.

그렇기 때문에 결투하기 전에 캘럼을 빼내 와야 해. 그렇지 않으면 바로 그날, 캘럼은 죽게 될 거다."

"그게 언제죠?"

머릿속이 하얘졌다.

"8일 후야."

조엘이 대답했다.

"시간이 없잖아요! 미론한테 가서 이걸 의논해야 돼요."

방을 나가려고 벌떡 일어선 순간, 탈린이 내 이름을 불렀다. 그런데 예상 외로 부드러운 음성이어서 오히려 깜짝 놀라 뒤돌아보았다.

"내가 멀린과 말해 보마. 어쩌면 그가 미론보다 우릴 더 잘 이해해 줄 거다. 하지만 그리 큰 기대는 할 수 없어. 대의회의 결정을 거스를지 어떨지는 두고 봐야지."

하지만 아미아나 레이븐과 달리 난 여전히 탈린을 믿을 수 없었다.

"미론이나 멀린과 말해 볼 시간은 이미 충분히 있었을 텐데요? 왜 여태껏 가만히 있었는지 물어봐도 될까요? 차라리 제가 직접 하겠어요."

"그러지 말길 바란다. 우리 모두를 위험에 빠뜨릴 셈이냐? 미론이 우리 계획을 듣고 캘럼을 탈출시키지 못하게 하면, 너 때문에 모두 손발이 묶이게 된다."

"멀린한테 뭐라고 하실 건데요?"

탈린이 눈썹을 찌푸린 후 침묵하며 나를 바라보았다.

"그가 나한테 빚진 게 좀 있으니까 내 요구를 들어줄 수밖에 없을 거야."

잠시 후, 그가 내키지 않는다는 듯 실토했다. 그러고는 내 앞을 성큼성큼 지나치더니 옷자락을 거칠게 펄럭이며 방을 나가 버렸다. 도대체 이건 무슨 상황이냐는 눈빛으로 조엘과 레이븐을 바라보았고, 그 둘도 믿을 수 없다는 눈으로 탈린의 뒷모습만 바라보고 있는 중이었다.

이제 방 안은 혼란으로 가득 찼다. 모두 흥분해서 떠들어 댔고, 무슨 말인지 통 알아들을 수가 없었다. 탈린은 멀린을 협박할 생각인 걸까? 멀린이 탈린에게 과거에 무슨 빚을 졌기에 대의회의 결정을 거스르고 우리 편에 서 줄 거라고 생각하는 거지? 하지만 어찌됐든 상관없었다. 중요한 건 그가 우리 편에 서 줄지 모른다는 희망이었다. 그가 가능한 한 빨리 우리를 도와줄 수 있다면 승산이 있었다. 늦어도 8일 안에는 캘럼을 다시 만날 수 있다는 생각에 오랫동안 잊고 있던 설렘이 들끓었다. 그 없이 지냈던 그 오랜 시간들과 외로움에 비하면 8일이라는 시간은 분명 찰나에 불과할 텐데도, 마치 영원처럼 느껴졌다.

레이븐, 아미아와 함께 방으로 돌아오는 길에 레이븐이 전투 계획을 말해 주며, 사실은 오늘 탈린과 미리 만나서 어떻게 전투하게 될지 다양한 전략을 세워 보았다고 실토했다. 아직은 캘럼을 구하러 갈 때 누가 조엘, 빈스와 함께해야 할지 결정하지 못하고 있었다. 하지만 이날 전투가 벌어질 건 당연했고, 누군가 다치거나 심지어 죽을 수도 있었다.

"조엘은 네가 함께 가는 걸 반대하고 있어."

레이븐이 아미아에게 말했다.

"아무리 그래도 넌 아직 캘럼의 약혼자야. 예비 아내가 어떻게 되기라도 하면 큰일이니까."

그 말에 좀 화가 나서 입술을 비죽 내밀자 아미아가 내 팔에 손을 얹어 주며 안심시켰다.

"조엘은 나한테 명령할 권리가 없어. 게다가 난 성 내부 구조를 조엘보다 더 잘 알아. 내가 같이 가면 분명 큰 도움이 될 거야."

"아미아, 고집부리지 마. 너무 위험하다구. 남자들이 가는 게 나아. 경비병을 상대로 네가 뭘 할 수 있을 것 같아?"

나도 말렸다.

"게다가 뭍에서 대기하고 있을 사람이 필요해. 엘린이 캘럼의 뒤를 쫓아올 경우를 대비해야 하니까."

그 말에 아미아가 동의하듯 고개를 끄덕였다.

"그럼 그땐 내가 엘린을 설득해 보도록 할게."

아미아가 작은 목소리로 말했다. 아미아의 눈에는 눈물이 맺혀 있었다. 난 외동으로 자랐기 때문에 아미아의 괴로움을 다 이해할 수는 없을 터였다. 하지만 지난 몇 달간 우리는 친자매 같은 감정을 느꼈고, 만약 아미아에게 무슨 일이라도 일어나면 당연히 그녀를 위해 싸울 각오가 되어 있었다. 이 자매애는 마치 통증처럼 분명하고 확실하게 느껴졌다. 나는 아미아의 손을 꼭 잡아 주었다.

"레이븐, 내가 전에 부탁했던 거 잊지 마."

아미아가 진지한 눈으로 레이븐을 바라보며 말했다.

"엘린의 안전 말이지? 보장은 못 해. 그건 전적으로 그가 어떻게 나오는가에 달렸어. 만약 싸움이 벌어지면 나 스스로를 보호해야 하니까 말야. 엘린이 현명하다면 대의회 앞에 서야 할 거야. 엘린과 그의 추종자들만 벌을 받고 끝나겠지. 안 그럼 거대한 혼란과 전투가 벌어질 거고."

아미아가 고개를 끄덕였다.

"엘린이 무슨 짓을 했는지 똑똑히 기억해 봐. 아무런 양심의 가책도 없이 자기 아버지를 죽여 버렸다고. 우리 아버지를 말이야."

내가 상기시켰다.

"알아. 나도 안다고, 엠마."

아미아의 목소리가 떨렸다.

"하지만 그거 알아? 아레스도 엘린한테 좋은 아버진 아니었어. 넌 몰라. 엘린의 인생이 얼마나 비참했는지. 엘린은 평생 동안 아버지가 캘럼을 사랑하는 만큼만 자길 사랑해주기만 바랐어."

"그래. 하지만 그게 살인을 정당화시키진 않아."

내가 대꾸했다.

"네 말이 맞지만 난……. 동생으로서 엘린을 그렇게 쉽게 비난 못 하겠어. 가끔은 괴롭게도 하고 화나게 만들긴 했어도 언제나 나를 위해 줬고, 이 지구 위에서 믿을 수 있는 내 형제야.

세상에 가족보다 중요한 게 어디 있겠어?"

아미아가 흐느끼면서 침대에 몸을 던졌다. 나와 레이븐은 무력하게 그 옆에 서서 아미아가 괴로워하는 걸 지켜보고 있을 뿐이었다.

"지금은 혼자 있게 해 주자."

레이븐이 말했고, 우리는 방을 나와 휴게실으로 자리를 옮겼다.

평소대로라면 이 시간엔 클럽 룸이 북적이기 마련이었지만, 미스 라비니아 혼자 분주히 움직이며 저녁 식사 준비에 여념이 없었다.

"아가씨들, 오늘 하루 종일 뭐 하고 돌아다닌 거니?"

미스 라비니아의 목소리에서 어쩐지 가식적인 명랑함이 느껴져서 깜짝 놀랐다. 게다가 눈빛에서도 교활함이 좀 엿보이는 것 같았다. 이젠 피해망상증이라도 생긴 게 아닐까 걱정하며 내 자리에 앉았다. 미스 라비니아도 엘프였기 때문에 생각에 보호막을 치려고 노력하면서 사과를 하나 집어 들고 잘랐다. 그리고 미스 라비니아와 레이븐의 이야기에 귀를 기울였다. 어느덧 클럽 룸은 저녁 식사를 하러 온 학생들로 북적이기 시작했다. 아미아의 모습은 보이지 않았다. 나는 접시에 과일과 생선 요리를 조금 덜어서 방으로 가지고 가 보았다.

하지만 아미아는 거기 없었다. 순간적으로 공포에 휩싸였다. 분명 바깥으로 나가려면 클럽 룸을 지나갔을 텐데, 아미아가 지나가는 모습을 보지 못했기 때문이다. 왜 살그머니 도망친 걸까? 혹시 엘린에게 우리의 계획을 폭로하려는 건가? 캘럼을 사랑하는 마음보다 형제애가 앞섰던 걸까? 여러 가지 걱정 때문에 갑자기 현기증이 나면서 손에서 접시가 미끄러졌다. 접시가 바닥에 떨어지면서 수천 개의 조각으로 분해되었고, 과일들은 침대 밑으로 굴러 들어갔다. 다리에 힘이 빠지는 바람에 침대 기둥을 부여잡고 주저앉았다. 레이븐이 달려왔다.

"엠마, 무슨 일이야?"

레이븐이 어깨를 잡고 흔들자 퍼뜩 정신이 돌아왔다. 간신히 손가락으로 아미아의 침대를 가리키며 중얼거렸다.

"아미아가…… 없어졌어. 혹시……?"

그때 레이븐이 입모양만으로 쉿! 하며 내 말을 막았다. 정신을 차려 보니 레이븐 뒤에 미스 라비니아가 서 있었다. 나와 눈이 마주치자 안타깝다는 미소가 입가에 떠올랐지만, 눈의 표정만은 그대로 냉담했다.

"아미아는 어디 간 거죠?"

미스 라비니아가 바닥에 깨진 접시 조각을 내려다보며 의심스럽다는 듯 물었다. 나는 어깨를 으쓱했고, 레이븐이 대신 대답했다.

"가웨인한테 가서 엘린에 대한 걸 물어본다고 했어요. 엘린은 가웨인을 믿고 따랐으니 엘린을 설득해 볼 수 있지 않을까 해서요."

그게 사실인지 어떤지는 몰랐다. 만약 거짓말이라면 그냥 입에 떠오른 대로 둘러댄 것 같았다. 미스 라비니아가 방에서 나가자마자 레이븐에게 물었다.

"미스 라비니아의 생각을 읽어 봤어?"

레이븐이 고개를 저었다.

"이상하게도 머릿속을 단단히 보호하고 있더라고. 하지만 그렇다고 다짜고짜 의심할 수는 없어."

레이븐이 무기력하게 중얼거렸다.

"아미아는? 진짜로는 어디 간 거야?"

"몰라. 나가는 걸 못 봤어."

석양에 물든 하늘 위로 날이 저무는 걸 바라보며 레이븐이 대꾸했다.

"아마 단순하게 혼자 있고 싶었을지도 모르지. 이 수도원 같은 기숙사에선 다들 한 번씩 정신적인 문제가 생기는 것 같다고 말했던 건 너잖아."

때맞춰 누군가가 문을 노크하더니, 들어오라는 말도 하지 않았는데 문을 벌컥 열고 들어왔다. 페린이었다. 레이븐이 깜짝 놀라 몸을 일으키며 외쳤다.

"야! 내가 들어오라고 할 때까지 기다리면 어디 덧나?"

하지만 페린은 레이븐 따위는 신경 쓰지 않는 것 같았다.

"탈린이 오늘 밤에 호숫가에 집합하래. 조엘과 빈스가 오늘 밤에 캘럼한테 간대. 더 이상 지체할 수 없다고 그러더라고."

페린이 들릴 듯 말 듯 작은 소리로 속삭였다.

"오늘 밤에 상세한 전투 계획을 듣게 될 거야."

"탈린은? 멀린이랑 얘기해 봤대?"

내가 물었다.

"몰라. 아무 얘기도 못 들었어."

페린이 대답했다. 그 순간, 문이 열리면서 아미아가 들어왔다. 그녀의 눈빛은 바닥만 향하고 있었다. 우리는 감히 어디에 다녀왔던 거냐고 묻지 못했다.

자정이 되기 전, 우리는 말없이 호수로 향했다. 이제는 레이븐이 도와주지 않아도 호수로 가는 길을 익숙하게 찾을 수 있었다. 물론 캘럼이 돌아오고 나면 야밤에 돌아다닐 일도 더는 없을 터였다. 모든 게 잘 풀리기만을 마음속으로 계속 기도했다. 만약 친구들 중 하나 또는 여럿이 다치거나 죽기라도 하면, 그걸 짊어지고 평생을 살아갈 수 있을까?

만약 캘럼을 탈출시키려는 계획이 실패하면?

만약 엘린이 우리 계획을 알고 캘럼을 미리 해치기라도 하면? 캘럼이 살아서 도망치면 엘린은 미치광이로 돌변할지도 모른다. 나는 몸을 돌려서 저 뒤편 어딘가에서 따라오고 있을 아미아를 의심스럽게 두리번거렸다. 그녀의 실루엣은 어둠에 묻혀서 잘 보이지 않았다. 아미아는 어제 어디에 갔다 왔는지 말해 주지 않았다. 하지만 내 친구이자 자매, 캘럼을 친오빠처럼 사랑하는 아미아를 믿을 수 없다면 대체 누굴 믿을 수 있단 말인가?

빈스와 조엘이 호숫가에서 우리를 기다리고 있었다.

"왜 이리 늦은 거야?"

조엘이 화를 냈다.

"시간이 없다고. 경비들이 교대하기까지 한 시간 정도 남았어. 그 사이에 다녀와야만 해."

탈린이 조엘에게 당부했다.

"제발 이걸 명심하게. 절대 위험을 무릅쓰지 말 것, 캘럼에게 정보를 전달한 후 곧바로 돌아올 것, 다른 사람들을 만난다고 기웃거리지 말 것!"

조엘이 씨익 웃었다.

"자네들이 다녀갔다는 사실을 아무에게도 들켜선 안 되네. 안 그러면 우리의 모든 계획이 물거품이 될 거야."

탈린이 덧붙여 말했다.

"걱정 마세요. 명심할게요."

조엘이 대꾸했다.

"적어도 한 시간 반 후에는 돌아오도록 할게요. 여기 있는 사람들 중 몇몇은 호숫가에서, 나머지는 무릴 앞에서 기다려 주세요. 만약 무슨 일이 생기면 연락하겠습니다."

"다시 한 번 당부하네만 섣부른 행동은 말게!"

탈린이 걱정스럽게 당부했다.

빈스와 조엘이 몸을 돌려 동시에 물속으로 뛰어들었다. 두 남자가 잠수해 들어갔는데도 수면은 요동 한 번 없었다. 그들의 잠수 기술이 워낙 매끄러웠던 탓이다.

"레이븐과 엠마는 나를 따라오도록."

탈린이 우리에게 명령했다. 우리는 그의 뒤를 따랐다. 탈린이 낮은 목소리로 무어라 중얼거렸지만, 단 한마디도 알아들을 수 없었다. 화가 난 것 같았지만 이젠 익숙했다.

레이븐은 탈린의 방에 들어가자마자 편안한 소파에 자리 잡았고, 탈린은 무릴 앞에 섰다. 끝없는 기다림과 침묵 외에 아무 일도 일어나지 않았다. 내 평생 동안 이번 몇 주만큼 의미 없이 기다리기만 했던 때는 없었다.

"멀린한테는 다녀왔어요?"

더 이상의 침묵을 참기 힘들었던 터라, 탈린에게 물었다. 하지만 그는 내 말에 대답하지 않았다. 결국 이도저도 포기한 채 소파에 앉아 침묵했다. 아마 잠시 존 모양이었다. 갑자기 레이븐이 벌떡 일어섰다.

"그들이 돌아오고 있어!"

나도 놀라서 일어났다.

10분이 채 지나기도 전에 빈스와 조엘, 미로, 아미아, 페린이 방으로 들어왔다. 빈스와 조엘의 눈이 빛나고 있었다. 아마 모든 게 계획대로 성공한 모양이었다. 나는 그들에게로 달려가 질문을 퍼부었다.

"캘럼은 어때?"

빈스에게 물었다. 조엘은 나를 별로 좋아하지 않았기 때문이다. 아마도 그에게는 나와 캘럼의 관계가 버거운 모양이었다. 종종 그가 나를 삐딱한 시선으로 보는 게 느껴졌다. 탈린이 그에게 고개를 끄덕인 후 자기 옆의 소파에 앉으라는 듯 손짓했다. 우리는 다 자리를 잡고 앉아서 기대에 찬 눈으로 조엘을 바라보았다.

"캘럼에게 접근하는 건 생각보다 쉬웠습니다."

조엘이 입을 열었다.

"경비가 그리 삼엄하지 않았거든요."

빈스가 끼어들었다.

조엘이 빈스와 잠시 눈빛을 교환하자 빈스가 입을 다물었고, 조엘이 말을 이었다.

"문조차 잠겨 있지 않았어요. 방에 들어가서야 왜 그런지 알았죠. 캘럼은 침대에 누워 있었는데, 온몸이 마비된 채 잠들어 있었어요. 아마 그가 기운을 차리고 우리와 함께 탈출하려면 꽤 오랜 시간이 걸릴 듯합니다. 엘린이 그에게 무슨 짓을 한 건지는 모르겠지만, 음식에 뭘 탄 모양이에요."

"엘린이라면 음식에 독을 타고도 남겠죠!"

겁에 질려서 소리를 질렀다.

그리고 탈린의 걱정 어린 얼굴을 보니, 이게 바로 그가 가장 걱정하던 전개라는 사실을 깨달았다.

"엘린이 그렇게 할 거라고 생각은 했다."

그가 말을 이었다.

"캘럼이 약해져 있어야만 대결에서 이길 수 있겠지. 아마 전투를 지켜보는 사람들은 캘럼의 상태가 이상하다는 걸 느끼지 못할 거다. 그러려면 천천히 온몸에 퍼지는 독이 가장 효과적이지."

나는 자리를 박차고 일어섰다.

"당장 뭐라도 해야 해요! 이러다간 캘럼이 죽을 거예요!"

탈린이 진정하라는 듯 손짓했다.

"엠마, 진정해. 독살할 생각은 없을 거다. 아마 몸을 마비시키고 전투력을 떨어뜨리려고만 할 거야."

"그걸 어떻게 알아요? 독을 쓸 생각을 하다니! 이것만 봐도 그가 수단과 방법을 가리지 않는다는 걸 알 수 있잖아요!"

하지만 탈린은 내 말을 무시했다.

"4일……."

그가 잠시 뜸을 들이다, 마침내 결심한 듯 말했다.

"4일 후에 공격이다."

다리에 힘이 빠져서 소파에 주저앉았다. 이젠 끝이 보이기 시작했다.

10장

"피터? 여긴 어떻게 온 거야?"

그에게 달려가 와락 안기자 그가 나를 꼭 안아 주었다.

"저녁때 시험 봤거든."

그 말투가 마치 무슨 운전면허 시험을 쳤다는 듯 덤덤했다.

"그래? 전혀 몰랐어! 시험은 잘 본 거야? 합격했어? 왜 나한테는 아무 말도 안 했어? 다시 보니까 정말 반갑다! 난 준비됐으니까 시험이 어땠는지 하나도 빼지 말고 다 말해 줘야 해!"

다시 한 번 그의 품에 뛰어들어서 꽉 끌어안았다.

"다 좋은데, 그전에 차 한잔이랑 먹을 것 좀 줄래? 시험관들은 내가 먹어야 살 수 있는 존재라는 걸 잊어버린 모양이더라구."

"당장 가져다줄게!"

나와 같이 클럽 룸에 앉아 있던 레이븐이 몸을 일으켜 차를 가져다주었다. 그런 다음에는 부엌으로 가서 큰 접시에 샌드위치를 한가득 담아 왔다.

"모르게인은 요정이 아니라 천사인 것 같아."

피터가 허겁지겁 샌드위치를 입속에 처넣는 동안에 레이븐이 중얼거렸다. 그리고 우리 맞은편에 앉았다.

"시험은 어땠어?"

내가 조급하게 물었다.

"음……."

그가 음식을 입에 한가득 넣고 우물거리는 바람에 대답을 기다리는 수밖에 없었다. 안 그러면 그가 고픈 배를 움켜쥐고 이야기보따리를 풀어 놓은 후, 말을 마치는 동시에 의자에서 고꾸라질 테니까 말이다. 물론 그런 일이 일어나선 안 되었다.

엄청난 양의 샌드위치를 끝장낸 후, 만족스러운 듯 배를 두드리며 피터가 레이븐에게 미소 지어 보였다.

"고마워 레이븐. 내 생명의 은인이야."

그 말에, 레이븐의 얼굴이 달아오르더니 얼른 차를 마시는 척하면서 찻잔으로 얼굴을 가리는 게 아닌가. 평소대로라면 재치 있게 한마디 쏘아 줄 텐데 말이다. 분명 남자에게서 처음 듣는 말도 아닐 테고, 그렇다고 최고의 칭찬도 아니었을 텐데. 의아한 나머지 고개를 갸우뚱거렸다.

"아무튼, 이젠 말 좀 해 봐!"

그의 옆구리를 거칠게 가격했다.

"시험 어땠냐고!"

"결론, 시험은 합격했어."

그가 밝은 얼굴로 말했다.

"만약 에릭슨 박사님이 언젠가 은퇴하시게 되면, 내가 그 뒤를 이을 수 있다는 말이야."

"넌 완전 훌륭한 인도자가 될 거야."

나는 확신에 차서 고개를 끄덕였다.

"시험 내용은 어떤 거였어?"

"먼저 법과 규정을 아는지 테스트해. 그건 에릭슨 박사님이 아주 세부적인 것까지 철저하게 가르쳐 주셨지. 그런 다음엔 각 종족들의 역사에 대해 구술해야 돼. 마지막으로 가장 중요한, '인도자'가 되려고 하는 이유랑, 내 남은 삶과 후손들의 삶에서 종족의 비밀을 지키고 보호할 준비가 되었는지 물어보더라."

그가 인도자가 되기로 선택한 이상, 에릭슨 박사와 그의 아내처럼 피터의 아내와 아이들도 평생 그 비밀을 보호하고 종족의 법과 규율을 준수하며 살아가야 한다. 물론 모든 걸 신중히 생각한 다음 결정했겠지만 부모와 여동생들을 지키려는 목적도 있을 터였다. 만약 피터가 인도자의 시험에서 탈락했다면, 우리 모두 어떻게 되었을지 상상하고 싶지도 않았다. 원래는 에릭슨 박사의 뒤를 이어 인도자가 되려던 계획이 한번 흐지부지되었던 적이 있었다. 1년 전, 엘린이 대의회 소집 때 도망쳤기 때문에 시험이 중단된 후 무기한 연기되었기 때문이다.

아무튼 인도자가 되기 위한 장애물을 뛰어넘은 피터는 행복하고 만족스러워 보였다. 배가 불러서 그런 걸지도 모르겠지만 말이다.

"호숫가에 가 볼까?"

레이븐이 제안했다.

"신선한 공기 좀 쐬고 싶어."

그러고는 저 뒤편 탁자에 앉아 소재를 알 수 없는 천 조각을 기우고 있는 미스 라비니아를 곁눈질했다.

우리는 겉옷을 걸치고 호수로 나갔다. 초여름의 태양이 호수 위에 놀랍도록 따사로운 햇살을 흩뿌리고 있었다. 우리는 따스한 풀밭 위에 앉았다.

"여기 정말 평화롭다."

피터가 중얼거리며 풀밭에 털썩 앉았다.

"겉보기보단 혼란스러운 상태야."

레이븐이 피터에게 캘럼을 구출하기 위한 계획을 털어놓았다.

"문제는 엘린이 이 계획에 대해 알고 있느냐는 거야. 여기 학생들 중에는 엘린 편에 가담한 사람도 있거든. 셀리코트 종족뿐만이 아냐. 늑대인간들과 파우누스들도 인간에게 대항하려고 하고 있어. 여태까지는 다른 종족들이 그런 호전적인 종족들을 우리 속에 가둬 둔 데 불과했어. 하지만 엘린이 셀리코트 종족의 왕이 되면, 이 세 종족이 엘프, 마법사, 뱀파이어 들보다 우세해질 거야. 그럼 의회에서도 발언권이 세지겠지."

피터는 밤을 꼴딱 새서 퀭한 몰골이었지만 레이븐의 말에 열심히 귀를 기울였다.

"오늘 시험 보면서 좀 주워들은 게 있어."

피터가 말했다.

"몇몇 셸리코트들이 의회에 도움을 요청하러 왔다는 것 같아."

레이븐이 놀란 눈으로 그를 바라보았다. 처음 듣는 말이었기 때문이다.

"엘린이 그랬대. 만일의 경우 대의회에 무력으로 대항하겠다고. 정당한 선거를 치르려는 듯 위장하고 있지만, 권력을 내려놓으려는 생각은 전혀 없는 것 같아. 선거 결과도 진작에 결정되어 있겠지."

"모든 걸로 짐작건대, 캘럼을 죽이고 자신에게 반대하는 모든 세력들을 일찌감치 억누를 속셈이야."

내가 덤덤한 목소리로 예측했다.

"하지만 대의회는 절대로 셸리코트 종족의 내란에 관여하지 않을 거고, 이 일로 전쟁이 발발하면 모두 멸망하겠지."

레이븐이 팔짱을 끼며 눈살을 찌푸리자 피터가 동의하듯 고개를 끄덕였다.

"아무튼 지금 너희들이 하려는 건 옳은 일인 것 같아. 가능한 한 빨리 캘럼을 구출해 내는 방법밖에 없어. 엘린을 저지할 수 있는 건 캘럼뿐이니까. 캘럼이 살아서 왕위를 이을 권리를 가지고 있는 한, 엘린이 왕이 될 일은 없을 테니 말이야."

잠시 정적이 흐른 후 피터가 입을 열었다.

"내가 도울 일이 없을까?"

레이븐이 기쁜 얼굴로 그를 바라보았다.

"믿을 수 있는 사람이라면 누구든 환영이야."

"그럼 나도 여기 남을게."

드디어 결전의 날이 되었고, 모든 걸 결정짓게 될 밤이 왔다. 이제는 되돌릴 수 없었다.

저녁 식사 시간 동안, 불안감을 감추는 게 힘들었다. 미스 라비니아의 눈초리를 견디며 간신히 몇 입은 씹어 넘겼다. 이제는 미스 라비니아의 행동거지가 의심스러운 게 단지 내 불안증 때문은 아니라는 확신이 들었다. 그녀는 확실히 무언가를 숨기고 있었지만, 이유는 알 수 없었다. 계속 우리를 감시하면서 방문 주변을 맴돌았다. 레이븐과 아미아는 나보다 훨씬 자연스럽게 행동할 줄 알았기 때문에, 내가 클럽 룸에 있을 때면 늘 내 주변에 있었다. 내 행동에서 의심을 살 만한 실수를 범하지 않기만 바랄 뿐이었다.

우리 행렬이 호수로 향하는 동안, 성탑의 종이 11시를 알렸다. 검은색 망토를 두른 형체를 세어 보니 총 25명이었다. 얼마나 고심하여 믿을 수 있는 사람들로만 모았을까 고려했을 땐 예상 외로 많은 수였다. 하지만 전쟁을 치르기에는 너무 적은 것도 사실이었다.

오늘 우리가 캘럼을 구할 수 있을까? 조엘과 빈스의 용감한

팀워크가 우리 모두에게도 큰 용기를 준 것 같았다. 그들의 보고가 떠올랐다. 생각보다 캘럼과의 접촉이 쉬웠던 건 아마도 엘린이 안전하다고 생각해 방심하고 있을 가능성이 컸다.

그럼에도 불구하고 안심하긴 일렀다. 이 모든 게 우리를 부주의하게 만들려는 엘린의 작전일 수도 있으니 말이다. 엘린에게 이미 오래전부터 우리의 계획이 새어 나갔다면? 지금 그가 전 병력을 동원해서 우리를 기다리고 있다가, 캘럼을 구하러 온 이들을 잡아넣고 있다면? 우리 중 누구도 그럴 거라고는 상상조차 못 하고 있었다.

나를 바짝 뒤쫓던 레이븐이 숨을 깊이 들이마시는 소리가 들렸다. 아마도 내 생각을 읽은 모양이었다. 레이븐이 나를 지나쳐서 탈린에게로 달려갔다.

어두운 그림자를 드리우고 있는 호숫가의 나무숲 사이에 들어서서야 긴장을 좀 풀었다. 여기에 서 있으면 성에서는 우리의 모습이 보이지 않았다. 레이븐과 탈린이 더 자세한 전투 계획을 설명하면서 모인 사람들을 작전에 따라 배치하고 있었다.

레이븐이 탈린에게 작은 목소리로 내 머릿속에서 읽은 위험 요인에 대해 알렸지만, 탈린은 얼굴을 찌푸리며 더 이상 듣고 싶지 않다는 뜻을 내비쳤다.

"레이븐, 지금이 아니라면 더 이상 기회는 없네. 엘린은 내일 있을 전투에서 캘럼을 죽일 거야. 지금 그걸 원하는 건가? 그게 아니라면 이 방법밖에는 없는 거네."

조엘, 빈스, 팻과 미로가 그 옆에서 진지한 얼굴로 레이븐과 탈린의 대화를 듣고 있었다. 미로의 얼굴은 백지장처럼 하얗게 질렸지만 조엘은 흔들린 것 같지 않았다.

"레이븐. 네 걱정은 알겠지만 이제 와서 돌이킬 수는 없어. 오늘 저 밑에서 무슨 일이 벌어질진 모르지만, 만약 캘럼이 죽기라도 한다면 내 자신을 평생 용서할 수 없을 거야. 적어도 시도는 해 봐야지."

다른 세 명도 고개를 끄덕이며 동의했다.

그리하여 우리 모두는 계획대로 20미터 간격으로 호수 주위를 둘러섰다. 조엘, 빈스, 팻, 미로와 다른 두 명의 셸리코트가 캘럼을 구하기 위해 성까지 헤엄쳐 갈 예정이었다. 캘럼이 헤엄칠 수 있을 정도로 회복한 상태이기만을 바랄 뿐이었다. 아미아도 함께 가겠다고 우겼지만, 조엘의 긴 설득 끝에 여기에 남기로 한 모양이었다. 엘린이 뭍으로 올라올 거라고 생각하긴 어려웠지만, 만약 그럴 경우를 대비하지 않으면 안 되었다. 물론 호수 전체를 방어하기에 수는 적었지만, 간격이 더 넓어지면 전체적인 진영이 무너질 위험이 있었다. 만일의 경우엔 아발라에 지원 요청을 해야 했다.

아미아가 내 옆에 자리를 잡았다.

여섯 명이 검은 물속으로 잠수해 들어가자, 유령 같은 고요가 흘렀다. 바람 소리, 새소리조차 멈춘 것 같았다.

그렇게 아무 일도 일어나지 않은 채 일분일초가 흘러갔다. 오히려 그게 더 두려움을 불러일으켰다. 호흡이 빨라지고 몸이 떨렸다. 레이븐이 다가와 주었고, 나는 그녀의 손을 꽉 움켜쥐었다. 만약 그들이 실패하기라도 하면 어떻게 해야 하지? 누군가 죽기라도 하면 어쩌지? 점점 더 큰 공포가 밀려왔다. 왜 이렇게 오래 걸리는 거지? 무슨 일이 생겼나? 아니면 누군가가 배신한 걸까?

레이븐이 걱정 말라는 눈빛을 보냈다.

"다 잘될 거야."

그리고 내 안에 평화로운 기분이 흘러들었다.

그때였다. 호수 표면이 부글거리기 시작했다. 좋지 않은 징조였다. 계획대로라면 아무에게도 들키지 않고 최대한 빨리 캘럼만 빼내 왔어야 했다.

누군가에게 계획이 발각된 게 틀림없었다. 가장 걱정하던 일이 벌어졌다. 마치 물이 끓는 것처럼 호수 중앙으로 솟구쳐 올랐고, 호수 가장자리까지 거센 물결이 밀려들었다. 우리는 겁에 질려 숲이 있는 곳까지 뒷걸음질 쳤다. 호수가 점점 더 강하게 요동쳤다. 수면 위가 이렇게 어지러울 정도면, 지금 호수 아래쪽에서 어떤 난리가 났을지 짐작할 수 있었다. 이제 수면 위에 체광 여럿이 비쳤다. 조엘의 짙은 푸른색, 미로의 에메랄드 색은 알아볼 수 있었다. 파도 속에 점점 여러 가지 색이 비쳤다. 조심스럽게 물가로 좀 더 가까이 다가가 보았다. 빛들이 점점 멀어지더니, 호수 깊은 곳으로 가라앉았다.

이번엔 호수 위로 거대한 물기둥이 솟구치기 시작했다. 바라보고 있는 게 어지러울 정도로 물이 빠르게 솟아올랐다. 내 눈앞에 펼쳐지는 장면을 믿을 수 없었다. 물기둥 끝에서 셸리코트들이 튀어나오기 시작한 것이다. 일부는 무장하고 있었는데, 물거품 사이로 그들의 모습이 똑똑히 보였다.

조엘과 다른 셸리코트들이 위험에 처한 게 분명했다. 그들은 큰 무기조차 지니고 있지 않았다. 빠르게 헤엄치는 데 방해가 된다며 작은 나이프만 가져갔던 것이다.

이제 물기둥 안에서 여러 개의 체광이 뒤섞였다. 아마도 캘럼과 조엘, 다른 셸리코트들이 지금 저 물기둥 안에 갇힌 것 같았다.

"뭐라도 좀 해 봐요!"

여러 가지 소음들이 뒤섞여 귀가 멍멍한 가운데 탈린에게 외쳤다.

"안 그럼 다 죽을 거예요!"

하지만 그는 내 말을 듣지 못하는 것 같았다. 너무 멀리 서 있었고 물소리가 어찌나 시끄러운지 다른 소리가 하나도 들리지 않았다.

탈린은 호숫가에 돌처럼 굳어져서 무언가를 혼자 중얼거렸지만, 그가 뭐라고 하든 무슨 주문을 외우든 전혀 도움이 되지 않았다. 물기둥과 파도, 온 땅이 흔들리는 듯한 진동이 점점 거세어졌다.

셸리코트도 익사할 수 있을까? 전에는 한 번도 그런 생각을 못 했다. 무력한 심정으로 아미아를 바라보니, 그녀도 창백한 얼굴로 나무 사이에 서서 우리 앞에 우뚝 솟구치고 있는 물기둥만 하염없이 바라보고 있었다. 그때, 아미아가 짧은 비명을 질렀다. 나도 내 눈을 의심했다. 물기둥이 하나로 합쳐지며 콰르르 무너져 내리기 시작하더니, 물기둥 대신 거대한 소용돌이가 주변의 모든 것을 물 아래로 끌어들이기 시작했다. 소용돌이가 점점 우리를 향해 범위를 넓혀 갔다. 아미아가 내 팔을 움켜잡았다.

"빨리! 여기서 벗어나야 해!"

그러고는 내 손을 다급하게 잡아끌었다.

"하지만 캘럼, 미로랑 다른 사람들은 어쩌고?!"

내가 아미아의 손을 뿌리치고 다시 강변으로 달려가며 외쳤다.

"다 끝났어!"

아미아가 울부짖었다.

"이젠 손쓸 수가 없다구!"

아미아의 얼굴이 고통으로 일그러졌다. 하지만 나는 지금의 상황을 받아들일 수가 없었다. 아미아가 다시금 내 손을 붙잡고 끌어당기는 바람에 어쩔 수 없이 호숫가에서 달아났다. 암담한 절망감이 엄습했다. 숲 한가운데에 이르렀지만 나무 사이로 비명 소리와 물소리가 뒤섞여 웅웅댔고, 아미아는 차가운 이끼 위에 주저앉아 흐느끼기 시작했다.

마음 같아선 호수로 되돌아가 그 모든 끔찍한 광경과 마주서고 싶었지만, 아미아를 여기에 혼자 둘 순 없었다. 탈린이 우릴 배신한 게 틀림없었다. 아마 아주 오래전부터 이 모든 걸 계획했겠지. 그 외에는 정확한 계획을 알고 있는 사람이 없었으니 말이다. 분노가 머리끝까지 솟구쳤다.

그리고 지금, 그는 뭘 하고 있지? 조금 전까지만 해도 호숫가에 서서 싸구려 애들 영화에나 나오는 수리수리 마수리나 읊고 있었던 거다. 아니면 물기둥을 솟구치게 한 게 혹시 탈린이 아니었을까? 만약 캘럼과 다른 이들이 죽는다면, 탈린 때문이었다.

탈린에 대한 분노에 휩싸여 있는데, 저쪽 숲에서 불빛들이 다가오는 게 보였다. 한두 개가 아니라 셀 수 없을 만큼 많은 수였다. 오두막이 있을 것으로 짐작되는 쪽을 바라보았지만, 조금 전에 호숫가에서 도망치는 바람에 방향 감각을 완전히 잃어버렸다. 그쪽에서도 나무 사이로 불빛이 보였다. 조금 전까지는 아무도 없었는데 말이다. 우리는 완전히 포위되었다.

"아미아, 저길 봐 봐! 도대체 뭐지? 누군가가 다가오는 건 확실한데……. 몸을 숨겨야 하나?"

몸을 숨기기 위해 주변을 둘러보았지만 아무 데도 숨을 만한 데가 없었다. 머리 위를 두리번거렸지만 나무 위를 오르는 것도 불가능했다. 나무들은 우듬지까지 온통 헐벗은 상태였기 때문이다. 그때 불빛이 우리 반대쪽으로 멀어졌다. 안도의 한숨이 배어 나왔다.

그때 한 가지 생각이 머릿속을 스쳤다. 우린 지금 어두운 숲속에 있고, 적과 마주칠 위험이 적었다. 게다가 어쩌면 지원군이 온 걸지도 몰랐다. 그래서 일단 불빛을 따라가 보기로 마음 먹었다.

"아미아, 같이 갈래? 저 행렬이 뭔지 알아내야겠어."

하지만 아미아가 고개를 저었다.

"엠마, 그냥 여기 있으면서 모든 게 지나갈 때까지 기다리면 안 될까?"

아미아가 애원했지만 이대로 무력하게 앉아 있을 수만은 없었다. 적어도 무슨 일이 일어나고 있는지는 알아야 했다. 우리가 숲 속으로 도망쳐 들어온 뒤 시간이 얼마나 흘렀는지도 알 수 없었다. 시간 감각마저 상실한 모양이었다.

"아미아, 잠깐만 혼자 있을 수 있겠어? 최대한 빨리 다녀오 겠다고 약속할게."

아미아는 아무런 대꾸 없이 무감각하게 발밑의 풀만 내려다 보고 있었다. 망토를 벗어 그녀의 어깨에 걸쳐 준 다음, 양심의 가책을 느끼면서 불빛 쪽으로 무작정 달렸다. 불빛은 이미 알 아볼 수 없을 만큼 앞서 있었다. 내가 그들보다 빨랐기 때문에 마음만 먹으면 앞지를 수 있었지만 그러지 않았다. 만약 그들 이 적이라면 절대로 발각되어서는 안 되었다. 그래야 호숫가의 아군에게 이 사실을 알려 줄 수 있었다.

아군에게 연락할 방법을 생각하다가 불현듯 레이븐이 떠올 랐다. 나는 레이븐을 생각하며 정신을 집중했다. 이 방법이 먹 힐까? 레이븐이 내 생각을 읽는 게 어느 정도의 거리까지 가능 한지 한 번도 실험해 본 적이 없었다. 나는 마음을 열고 눈앞에서 이동하고 있는 수많은 불빛의 행렬을 사진처럼 이미지화해서 레이븐에게 보냈다. 제발 레이븐이 이걸 알아채 주길! 헐떡이며 마구 달린 끝에, 몇 분 후에는 호숫가에 도달해 있었다.

일단 나무 사이에 몸을 숨기고 조심스럽게 주변을 둘러보았다. 그러고는 놀라서 눈을 휘둥그레 떴다.

저 앞에 이제껏 본 중에 가장 아름다운 엘프 여인이 서 있었다. 아마도 엘리시엔인 것 같았다. 레이븐한테서 늘 엘리시엔에 대해 들어 왔지만, 저리도 아름다울 거라고는 상상도 못 했다. 은빛의 드레스로 날씬한 몸을 감쌌고, 같은 은색 장신구가 꽂혀 있는 풍성한 붉은색 머리칼을 거의 바닥까지 늘어뜨리고 있었다. 전체적인 풍채에서 고상함과 단아함이 우러나왔고, 그와 동시에 감히 우러러보기조차 어려운 위엄이 풍겨 났다. 여태껏 이런 존재는 본 적이 없었다. 엘리시엔이 진지한 얼굴로 한동안 호수 표면을 바라보았다. 아직도 호수는 여러 가지 체광이 뒤섞여서 요동하고 있었다. 엘리시엔의 뒤편에는 수많은 엘프들이 서 있었다. 그들도 은빛 옷으로 몸을 감싸고 있었다. 그들의 주위에는 진짜 햇불처럼 보이는 황금색의 불빛이 타오르고 있었다. 레이븐이 엘리시엔 옆에 서서 그녀와 대화하고 있었다. 나는 차마 그 곁으로 다가갈 엄두를 못 내고 엉거주춤 서 있었다. 그러자 마치 내 목소리라도 들은 것처럼, 레이븐이 나를 바라보았다. 엘리시엔이 한 손을 들어 올리자, 엘프 무리에서 두 명이 내 쪽으로 걸어왔다. 물론 엘프를 두려워할 필요는 없다는 걸 알고는 있었지만, 나도 모르게 숲 쪽으로 한 발

물러서고 말았다. 이 상황 자체가 너무나도 비현실적으로 느껴져서 혹시 꿈꾸고 있는 게 아닐까 싶을 정도였다. 앞으로 어떻게 해야 할지 결정하지 못한 가운데 그들이 내게 다가와 몸을 굽혀 인사한 후, 날 여왕 앞으로 데려갔다. 어쩔 수 없이 그들을 뒤따랐다.

어둠 속에서 두 명의 엘프 너머로 엘리시엔과 레이븐의 얼굴이 보였다. 그리고 그 뒤에는 탈린이 서 있었다. 그를 발견하자 화가 치밀었다. 지금 캘럼과 다른 셀리코트들이 목숨을 내놓고 싸우는 건 다 탈린 때문이었다. 그러지 않고서는 이런 일이 생겼을 리 없었다. 그의 깔보는 듯한 표정을 보니 더욱 확신이 굳어졌다.

"어떻게 감히 거기 있을 수가 있죠?"

탈린을 향해 소리 질렀다. 그가 눈썹을 치켜떴다.

"무슨 말을 하는 건지 모르겠군."

그가 대꾸하자, 어떻게 저리도 냉혈한일 수 있는지 몸서리쳐졌다.

"우리에게 도움을 요청한 건 탈린이에요."

엘리시엔이 입을 열었다. 나는 깜짝 놀랐다.

"탈린 혼자서는 엘린의 마법에 대항할 수 없었죠. 그건 흑마법이었으니까요. 엘린도 누구도 사용해서는 안 되는 거였어요."

엘리시엔이 말을 이었다.

"마법의 오용을 막는 건 우리의 의무예요. 어디서 흑마법을 습득했는지는 나중에 묻게 되겠죠."

엘리시엔이 말을 마친 후 성 쪽으로 시선을 던졌다. 엘리시엔 뒤쪽에 서 있던 엘프들이 길을 터 주자, 멀린과 미론이 옷자락을 휘날리며 호수로 걸음을 재촉하며 다가오는 게 보였다. 그 뒤로는 수많은 뱀파이어와 마법사 들의 무리가 뒤따르고 있었다. 그들의 수를 세기에는 이동하는 속도가 너무 빨랐다. 아무튼 호수 변에는 상당수의 병력이 집결하게 되었다. 그들은 한 치의 흐트러짐도 없이 호수 변에 특이한 진형을 갖추었다. 멀린, 미론, 엘리시엔과 탈린이 나란히 섰다. 레이븐이 나를 진영 밖으로 밀쳐 내며 말했다.

"엠마! 저쪽으로 피해 있어."

나는 호숫가에서 자기 자리를 지키고 서 있는 페린에게 다가갔다. 그러고는 눈앞에서 펼쳐진 진기한 광경을 지켜보았다.

"엘린도 아마 이런 전개는 전혀 예상하지 못했겠지."

페린이 내게 속삭였다.

"아마 자길 막을 사람은 아무도 없을 거라고 확신하고 있었을 거야. 하지만 흑마법을 쓸 거라곤……. 우리도 한 방 먹은 셈이지."

그와 동시에 엘프, 마법사, 뱀파이어 들이 호수 위에 마법진을 펼쳤다. 그들의 손끝에서 하얀 안개가 흘러나와 호수 표면을 뒤덮었다. 그 아래에서 검은 물줄기가 마법진을 부수려고 날뛰다가, 안개의 위력이 충분히 강하지 못한 곳을 찾는 것처럼 이리저리 탐색했다. 그러고는 마법진을 뚫고 나오려는 듯, 작은 물줄기들이 안개 밑에서 솟아올랐다. 물줄기가 흰색의 표층을 뚫고 나오기 직전, 엘리시엔이 마법의 주문을 외우자 안개 층이 두꺼워졌다. 그러고는 물 아래로 가라앉기 시작했다. 처음에는 그게 마치 물속으로 흡수되는 것처럼 보였지만, 자세히 보니 안개와 검은 물이 싸우고 있었다. 엘리시엔, 멀린, 미론과 탈린이 호수 변에 서서 눈을 감았다. 그러고는 서로의 손을 맞잡았다. 호수 주변에 섰던 다른 모든 사람들도 손을 맞잡았다. 모두의 마력을 하나로 모으자, 엘린의 흑마법도 차츰 기세가 꺾이는 듯했다. 아니, 그러길 바랐다. 하지만 엘린도 순순히 포기할 생각은 없는 듯했다. 여기저기서 안개가 회색에서 검은색으로 물들기 시작했다. 주변의 공기도 점점 차가워졌다.

페린이 내 곁으로 다가와서 팔로 어깨를 감싸 안고 몸을 따뜻하게 해 주었다. 그 무엇도 위안을 줄 수 없었지만, 내 안의 긴장감과 두려움이 어느 정도 잦아드는 게 느껴졌다. 이 모든 노력에도 불구하고 엘린을 막아서지 못하면 어쩌지?

그때 엘리시엔이 움직이기 시작했고, 모든 진영이 그녀의 뒤를 따르기 시작했다. 행렬이 조용히 물속으로 향했다. 아무리 엘린과 정면 승부를 한다고 해도, 과연 물속에서도 승산이 있을까? 물속에서는 엘린이 유리할 터였다.

엘리시엔이 물속으로 들어가자마자 검은 안개가 물러서기 시작했다. 마치 엘프와 뱀파이어, 마법사 들의 마법이 더 강한 힘을 얻고 있는 것 같았다. 엘리시엔과 멀린이 알 수 없는 말을 중얼거렸고, 동시에 두 팔을 하늘 위로 들어 올렸다. 그러자 엘프, 마법사와 뱀파이어 들의 목청에서 함성이 터져 나왔다. 그 순간, 거대한 파도가 호수 중앙에서 솟구쳐 올라 호수 전체로 퍼져 나갔다. 놀라서 뒷걸음질 치자, 페린이 나를 세게 붙잡아 주었다.

"엠마, 다 끝났어. 걱정하지 마."

놀란 눈으로 그를 쳐다본 후, 다시 호수를 바라보았다.

호수의 빛깔이 하나로 합쳐지더니 밝은 바다색으로 빛났다. 빛이 점점 강해졌다. 호수 변을 향해 밀려오던 거대한 파도가 일순 멈추더니, 그대로 부서져 마치 호수 전체를 씻어내듯 부드럽게 흩어졌다. 하지만 파도만 밀려온 건 아니었다. 사방에서 셸리코트들이 쏟아져 나와 뭍에 오르고 있었다. 호수 주변에서 진을 이루고 있던 아군이 이들을 맞이한 후 엘리시엔 앞으로 데려갔다. 나는 페린의 손을 잡고 그쪽으로 달려 나가려 했다.

"엠마, 기다려. 아직 모두가 아군인지는 확실하지 않아."

하지만 더는 기다릴 수 없었다. 캘럼이 돌아왔는지 먼저 내 눈으로 확인하고 싶었다. 나는 마치 거기에 내 목숨이라도 달려 있다는 듯이 온 힘을 다해 앞으로 달려 나갔다. 아니. 목숨보다 소중할지도 몰랐다. 호수 변에 이르자 이미 엘프들이 장벽처럼 빙 둘러 서 있어서 아무도 그 안으로 들어가거나 나올 수 없었다. 온 힘을 다해 몸을 부딪쳐 보았지만, 강한 엘프들을 당해 낼 수는 없었다.

레이븐이 내 뒤에 다가와 나를 끌어냈다.

"레이븐, 캘럼은? 말해 줘! 상태는?"

레이븐이 고개를 끄덕이자마자 목을 부둥켜안았다.

"그런데 좀 다쳤어."

레이븐의 목에 매달린 채 눈을 휘둥그레 떴다.

"가벼운 상처야."

레이븐이 덧붙였다.

"하지만 아직 약해져 있는 상태야. 아마도 엘린의 독이 완전히 빠져나가진 않은 것 같아. 일단 성으로 데려가서 치료해야 해."

그 순간, 엘프들이 길을 터 주었고, 내 눈 앞에는 캘럼이 서 있었다. 그를 탈출시키고자 도왔던 다른 동료들, 그리고 그 자신의 동족들이자 백성들에 에워싸여 있었다. 다행히 몇몇이 다쳤을 뿐, 아무도 죽은 사람은 없는 것 같았다.

나는 캘럼에게서 시선을 뗄 수 없었다. 그의 얼굴에 미소가 떠올라 있는 게 보였다. 너무도 오랜 기간 동안 떨어져 있다가 다시 보는 그의 얼굴은 어떤 형용사로도 표현할 길이 없었다. 끝없는 안도감이 내 안에 차올랐다. 그동안 가슴 위에 얹혀 있던 딱딱한 돌덩어리도 사라져 있었다.

물속에는 더 이상 체광이 보이지 않았고, 여느 때처럼 밤의 어둠이 호수 깊은 곳까지 잠겨 있었다. 햇불이 타오르며 내는 빛이 바람에 따라 흔들리며 수면 위에 따스하게 비칠 뿐이었다.

마음 같아서는 당장이라도 그에게로 달려가고 싶었지만, 어쩐지 발걸음이 떨어지지 않았다. 미론이 캘럼에게 가서 그의 어깨를 두드리는 모습, 피터와 레이븐이 서로 얼싸안는 모습만 지켜보았다. 모두들 이 전투에서 승리하여 안심한 모양이었다. 멀린은 마법사 동료들과 함께 전투에서 부상을 입은 사람들을 치료해 주고 있었다.

캘럼의 팔에서도 피가 흐르고 있었지만 아랑곳하지는 않는 것 같았다. 그와 눈이 마주치길 바랐지만, 여전히 많은 사람들에게 둘러싸여 축하의 말과 질문에 대답하느라 여념이 없었다.

나는 여전히 움직일 수 없었다. 사람들이 하나 둘 성으로 향하기 시작하자, 나도 그 뒤를 따랐다. 빈스와 조엘은 캘럼을 부축한 채, 그의 만류에도 불구하고 절대 곁에서 떨어지려 하지 않았다. 그를 가까이에서 보니 많이 여위었다는 걸 알 수 있었다. 머리칼도 전보다 자라 있었다. 그가 이마 위로 흘러내린 곱슬머리를 쓸어 올리자, 내 안에 알 수 없는 그리움이 번졌다. 그는 여전히 매력적이었다.

레이븐이 내 쪽으로 서둘러 다가와서 귓가에 속삭였다.

"캘럼이 혼자일 때까지 기다려. 그럼 대화할 기회가 있을 거야."

그 말에 고개를 끄덕였다.

"아미아는?"

레이븐의 뒤이은 질문에 깜짝 놀라 주위를 둘러보니, 싸움이 있을 동안 숲으로 들어갔었던 사람들은 다 나왔는데 아미아의 모습만 보이지 않았다.

그때 미로가 우리 쪽으로 다가왔다.

"혹시…… 아미아 못 봤어?"

그가 주저하며 물었다.

내가 침을 꿀꺽 삼키고는 고백했다.

"사실은 아까 숲에 혼자 두고 왔어."

미로가 믿을 수 없다는 얼굴로 고개를 흔들었다.

"혼자 놔두고 나왔다고?"

"멀리서 다가오는 불빛을 보고 가 보자고 했지만…… 죽어도 호숫가로 돌아가긴 싫대서……."

나는 말을 더듬었다.

"어디에 있어?"

미로가 짧게 잘라 묻더니, 대답을 듣지도 않고 달음박질하기 시작했다. 레이븐과 나도 서로를 짧게 한 번 쳐다본 후 그의 뒤를 따랐다. 우리 곁에서 대화를 들은 몇몇 엘프도 함께 아미아를 찾기 시작했다.

"아미아!"

미로가 채 숲에 닿기도 전에 외치기 시작했다. 숲 속은 너무 어두워서 아무것도 보이지 않았다. 엘프 몇몇이 우리에게 횃불을 건네주어서 그걸 미로에게도 하나 건네주었다.

"미로, 정신을 집중해 봐. 그럼 아미아를 찾을 수 있을 거야."

나에게는 셀리코트들의 네비게이션 능력이 아직도 낯설었지만, 미로가 아미아를 찾기 위해서는 이 방법밖엔 없었다.

미로가 잠시 집중하기 시작하더니, 마치 냄새를 맡은 개처럼 더 깊은 숲 속으로 뛰어 들어갔다. 그러고 나서 몇 분 후, 이끼 위에 앉아 넋을 잃고 흐느끼고 있는 아미아를 찾아낼 수 있었다.

"아미아, 모든 게 다 잘 풀렸어."

미로가 그녀 곁에 무릎을 꿇고 앉아 품에 안으며 말했다. 그러자 아미아가 그의 목을 끌어안으며 울었다.

"왜 그래? 이제 다 끝났어. 아무도 심하게 다치거나 죽지 않았다구."

미로는 아미아를 진정시키려고 노력하며 말했다. 그러자 얼마 후 흐느낌이 좀 잦아들었다. 아미아가 손을 내밀자 미로가 그녀를 일으켜 주었다. 아미아가 몇 번 훌쩍이더니, 울어서 퉁퉁 부은 눈으로 우리를 바라보며 입을 열었다.

"엘린이 여기 왔었어."

아미아가 떨리는 목소리로 말했다. 우리는 놀라서 소리를 지를 뻔했다.

"엘린이? 아직도 여기 있어? 혹시 널 다치게 했어?"

미로가 흥분해서 외쳤다.

"아니, 도망갔어. 내가 숲에 혼자 있는 걸 느꼈던 모양이야."

아미아가 설명했다.

"지금이라도 의회에 서서 정당한 재판을 받으라고 설득했지만, 내 말을 듣지 않았어. 의회의 판결을 받느니 평생 떠돌이로 살겠대. 혼자서는 살아갈 수 없을 텐데……."

아미아가 다시 훌쩍이기 시작했다. 미로가 팔로 어깨를 감싸 주며, 그녀를 부축했다.

"일단은 성에 데려다줄게. 몸을 따뜻하게 한 후 눈 좀 붙여.

내일 아침에 이야기하자."

우리를 따라왔던 엘프들이 믿을 수 없다는 듯 고개를 흔들었다. 엘린은 이미 중죄인이었는데도 아미아는 엘린을 도망치게 놔둔 것이다.

"엘린을 잡아 두거나 우리에게 알렸어야지!"

엘프 하나가 투덜거리자 레이븐이 그만하라는 듯한 눈으로 쏘아봤다. 성에 도착해서는 레이븐이 미로 대신 아미아를 방까지 부축했다. 미로는 아미아의 뒷모습만 하염없이 바라보다 몸을 돌렸다. 나는 아미아가 잠들 때까지 손을 잡아 주었다.

11장

～～～
～～～

    날이 밝기 전에 보고 와야 해. 그리 오래 걸리진 않을 거라고, 캘럼의 방으로 향하면서 생각했다.

    그가 내 곁으로 돌아온 첫 번째 날이었다. 왠지 모든 게 비현실적이었다. 그의 품에 안겨서야 이 모든 걸 실감할 수 있을 터였다. 이제 기다리는 건 지긋지긋했다.

    캘럼의 방문 앞에는 미로가 서 있었다. 그가 날 보고는 당황했다.

    "엠마, 미안하지만 캘럼이 아무도 들여보내지 말랬어. 너무 지쳐 있어서 멀린이 수면제를 줬으니까 내일 날이 밝으면 만날 수 있을 거야."

    어쩔 수 없이 다시 방으로 되돌아왔다. 아미아가 잠에서 덜 깬 모습으로 나를 맞았다. 레이븐도 몸을 일으켰다.

"왜? 캘럼이랑 같이 안 있고?"

아미아가 물었다.

"미로가 방 앞에서 지키고 있었어. 캘럼이 아무도 들여보내지 말라고 그랬대."

"하지만 넌 예외지!"

레이븐이 말했다.

"바보 같은 미로 녀석."

아미아가 머리칼을 매만지더니 망토를 걸치고 나를 잡아끌었다.

"아니야. 내일 보면 돼."

내가 손사래를 쳤다.

"잔말 말고 따라와 봐."

아미아가 내 손을 이끌며 말했다. 캘럼의 방 앞에 서 있던 미로가 우리 둘을 보자 더욱 당황한 얼굴이 되었다.

"미로, 도대체 무슨 생각으로 엠마를 안 들여보낸 거야?"

아미아가 낮은 목소리로 미로에게 따졌다. 미로의 얼굴은 차마 눈 뜨고 못 볼 정도였다.

"그냥 내일, 캘럼이 일어날 때까지 기다릴게."

하지만 아미아는 아랑곳하지 않았다.

"하지만 캘럼이 확실히 '아무도' 들여보내지 말라고 말했어."

미로가 설명했다.

"말도 안 돼."

아미아가 코웃음 쳤다.

"엠마가 여기 있는 걸 모르는 거 아냐?"

"알고 있어."

미로가 작게 대꾸했다.

"내가 말해 줬거든. 그럼에도 불구하고 '아무도' 들여보내지 말라고 했어."

우리는 잠시 동안 멍한 얼굴로 서로를 바라보았다. 아미아가 딱 잘라 말했다.

"그럼에도 불구하고 엠마는 들여보내 줘."

그러자 미로가 말없이 물러서며 당부했다.

"정말 잠깐만이야."

그 말에 고개를 끄덕여 보이고는 문을 열었다. 침실 내부는 어두웠다. 샛노란 달빛이 창문에 걸린 커튼 사이로 방 안에 약한 빛을 뿌려 주고 있었다. 사방이 고요한 가운데, 그가 좀 빠르다 싶을 정도로 호흡하는 소리만 들렸다.

가만히 침대로 다가가서 커튼을 들추니, 캘럼이 여러 개의 쿠션 사이에서 이리저리 몸을 뒤척이며 잠들어 있었다. 그제야 그가 팔만 다친 게 아니라는 걸 알게 되었다. 배 쪽에도 커다랗고 두꺼운 폭으로 붕대가 감겨 있었다. 조심스럽게 그의 곁에 앉아 열이 펄펄 끓는 이마를 짚어 보았다. 땀에 젖은 머리칼이 이마에 달라붙어 있었다. 침대 옆에는 차가운 물이 가득 담긴 대야와 수건이 놓여 있었다. 수건에 찬물을 적셔서 그의 이마와 펄펄 열이 들끓는 가슴을 닦아 주었다. 그러자 좀 나아지는 듯 보였지만 얼마 되지 않아 또 열이 올랐다. 그래서 다시금 물

수건으로 이마와 몸을 닦아 주었다.

그가 다시 내 곁에 있었다. 정말이지 믿을 수가 없었다. 나는 그의 여윈 얼굴과 손을 어루만졌다. 그가 얼마나 그리웠는지 모른다.

엘린은 우리를 절대로 갈라놓지 못할 거다. 이제 우리는 여기 아발라에서 함께 지낼 수 있겠지. 그리고 이제 모든 게 다 잘될 거라고 스스로에게 되뇌었다. 하지만 한편으로는 불안한 마음을 떨칠 수가 없었다. 아마 너무 지친 것이리라. 하지만 다시 방으로 되돌아가는 건 싫었다. 이대로 그의 곁에 머물고 싶었다.

그의 곁에 누워 그의 가슴에 팔을 얹었다. 그리고 조심스럽게 얇은 이불로 우리의 몸을 덮었다. 그리고 그의 체취를 깊이 들이마셨다.

아침 햇살이 창문 커튼 사이로 비쳐 들 무렵에 잠에서 깨어났다. 한 번 더 차가운 물로 그의 끓는 이마를 닦아내 주었지만, 그는 일어나지 않았다.

나는 조용히 그의 방을 빠져나왔다. 샤워를 하고 옷을 갈아입은 후 다시 와 볼 생각이었다.

방 앞에는 미로가 바닥에 앉은 채로 잠이 들어 있었다.

이보다 더 충직한 문지기는 없을 것이었다.

30분도 채 지나지 않아서 다시 와 보니, 미로 대신 낯선 엘프 하나가 문을 지키고 서서 철저히 출입을 통제하고 있었다.

어쩔 수 없이 다시 방으로 터덜터덜 돌아왔다.

그날은 하루 종일 미로나 다른 누군가가 나를 데리러 오기
만 기다렸다. 하지만 깜깜 무소식이었다. 오후가 되어서야 캘
럼을 보고 온 피터가, 열도 많이 떨어지고 훨씬 상태가 좋아졌
다고 전해 주었다. 하지만 여전히 나에 대해서는 아무런 언급
도 없었다.

뭔가 잘못되었다는 생각에 점점 불안해졌다. 캘럼은 여기
아발라에 있었다. 바로 내 옆에 말이다. 하지만 그 어떤 때보다
멀리 있는 것처럼 느껴졌다.

미론과 이야기를 나눠 봐야겠다는 생각이 들었다. 아마 그
라면 이게 무슨 일인지 설명해 줄 수 있었겠지만, 마침 출타 중
이었다. 멀린의 방에도 노크해 보았지만 자리에 없었다. 탈린
에게만큼은 무슨 일이 있어도 가고 싶지 않았다.

어쩔 수 없이 방으로 돌아갔다. 클럽 룸에 들어선 순간, 뭔
가 심상치 않은 일이 일어났다는 사실을 알 수 있었다.

우리 그룹의 사람들이 다 모여서 우왕좌왕 떠들고 있었다.
하도 중구난방으로 시끄러워서 도대체 무슨 일인지 알 수 없
었다.

조금 시간이 지난 뒤에야 무슨 일이 일어난 건지 알게 되었
다. 미스 라비니아와 가웨인이 사라진 것이다. 하지만 정확히
무슨 일인지 아는 사람은 없었다. 군중 사이로 레이븐과 눈이
마주쳐서, 방으로 들어오라고 손짓했다.

방문을 닫자마자 물었다.

"혹시 미스 라비니아와 가웨인이 엘린과 한편이었던 거야?"

레이븐이 고개를 끄덕였다.

"그런 것 같아. 둘이 동시에 사라졌으니 말야. 게다가……
이건 아직 아무도 모르니까 아무한테도 말하면 안 돼! 그 둘이
무릴을 훔쳐 갔어."

나는 잠시 내 귀를 의심했다.

"말도 안 돼. 그건 불가능하지 않아?"

"나도 어떻게 한 건지는 몰라. 아주 오랫동안 계획했던 게
아닐까 추측해 볼 뿐이야. 우리가 싸울 동안 무릴을 훔치기엔
충분한 시간이 있었겠지. 아무튼 지금, 간밤에 호수에서 있었
던 모든 일을 보고하려고 탈린 방에 모두 모일 거야."

지난밤에 전투에 참여했던 모든 사람이 탈린의 방에 모여들
었다. 그중 피터와 미로만 빠져 있었다. 무릴이 세워져 있던 곳
은 이제 텅 비어 있었다. 벽 위에는 거울이 걸려 있던 실루엣만
남아 있었다. 거울을 감싸고 있던 천은 바닥 위에 아무렇게나
뒹굴고 있었다.

거울을 잃어버린 게 어떤 위험을 가져다줄지 생각해 보고
있는데, 미로와 피터가 방으로 들어왔다.

"드디어 모두가 다시 한자리에 모인 것 같군."

탈린이 냉소적인 저음의 목소리로 말했다.

"시작해 볼까?"

피터가 내 옆자리로 파고들었다.

"조엘과 빈스. 지난밤에 호수에서 있었던 일을 보고해 주게나."

탈린이 말했다.

빈스가 조엘에게 눈짓하자, 그가 입을 열고 보고를 시작했다.

"처음에는 모든 게 계획대로였어요. 우리는 성까지 헤엄쳐 갔고, 다들 각자 맡은 임무대로 뿔뿔이 흩어졌죠. 그런 다음엔 지난번에 빈스와 이용했던 샛길 입구에서 다들 만났어요. 특별히 이상한 점은 없었습니다."

그가 잠시 뜸을 들였다가 다시 입을 열었다.

"우리가 오갈 때 입구에서 누군가와 마주치지 않도록 팻과 제이슨은 입구를 지키고 있었습니다."

빈스가 조엘의 말을 받았다.

"문제는 거기서부터였어요. 성 안에는 전보다 더 많은 경비병들이 깔려 있었고, 간신히 몸을 숨기면서 캘럼이 갇힌 방 복도까지는 숨어들었어요. 하지만 방 앞에는 네 명이나 되는 경비병이 서 있었고, 각자 한 명씩 처리하기로 한 후에 행동을 개시했어요. 캘럼의 방 안에 경비병이 없기만 바랐죠."

빈스가 다시 조엘을 바라보자, 그가 말을 받았다.

"적당한 기회를 노린 다음 한꺼번에 덤벼들었습니다. 하지만 한 명이 도망치고 말았고, 시간이 별로 없었어요. 다급한 마음으로 방문을 여니 그 안에는 엘린이 경비병들과 함께 우리를 기다리고 있었죠. 캘럼은 그 옆에 여전히 마비된 상태로 붙잡혀 있었고요. 엘린이 우리를 맞이하며 이렇게 말했습니다. '과연, 그들 말대로군!'"

조엘의 얼굴에 당시에 느낀 공포가 생생히 떠올랐다.

"지금에야 누군가가 우릴 배신했다는 걸 알겠어요. 아무튼 그 상황에서는 전혀 승산이 없었죠. 경비병들이 우리를 잡아서 엘린 앞에 무릎 꿇게 했고, 캘럼도 끌려왔어요. 엘린은 우리를 특별한 방법으로 처벌하겠다고 했어요. 자신의 힘을 과시할 속셈이었죠. 하지만 우리 중 두 명이 비밀 통로 앞에서 우릴 기다리는 건 몰랐던 것 같아요. 팻과 제이슨이 우리가 잡힌 걸 보고 경비들에게 달려들어서 소란을 피웠고, 그 틈을 노려서 도망칠 수 있었어요. 무기는 가지고 있지 않았지만 싸워 보지도 않고 포기할 수는 없었죠. 우리가 저항하는 걸 본 엘린이 마법으로 무시무시한 소용돌이를 일으켰어요. 아마 자기가 흑마법을 구사할 줄 안다고 겁주려고 했던 것 같아요."

"그때는 정말 한 명도 빠짐없이 다 죽게 될 거라고 생각했습니다."

빈스가 그 당시의 공포를 떠올리며 얼굴을 굳혔다.

엘린이 만든 소용돌이는 이미 호수 밖 뭍에서조차 마치 모든 걸 삼켜 버리는 괴물처럼 위협적이었다. 호수 안에서, 바로 눈앞에서 그 모든 걸 보고 겪은 그들은 대체 얼마나 두려웠을지 난 상상조차 할 수 없었다.

"우리 힘으로 거기서 벗어나는 건 불가능했어요."

조엘이 말했다.

"엘린은 캘럼에게 우리 모두가 죽는 걸 지켜보라고 했어요. 캘럼이 경비들을 뿌리치고 도망치려고 발버둥 쳤고, 결국 경비 네 명이 달려들었죠. 엘린은 그걸 바라보며 즐거워했어요. 그는 다른 셀리코트들한테 자기한테 저항하면 이렇게 된다는 본보기로 우릴 처형하려 했어요. 그때 캘럼이 경비병들을 제압하고 우리를 구하기 위해 소용돌이 속으로 뛰어들었어요. 엘린이 옆의 부하들에게 캘럼을 뒤쫓아 가서 죽이라고 명령했고요. 만약 엘프, 뱀파이어, 마법사 들이 도와주러 오지 않았다면 지금 이렇게 살아 있지 못했을 거예요."

조엘이 감사와 함께 보고를 마쳤다.

"정말 감사해요. 탈린 선생님이 다른 사람들에게 도움을 요청하지 않았으면 정말 다 죽었을 거라고요."

빈스도 감사를 표했다.

탈린이 고개를 살짝 까딱여서 그에 화답했고, 나는 왠지 머쓱해져서 소파 속으로 기어 들어가고 싶은 심정이었다. 나란 인간은 탈린이야말로 배신자인 게 분명하다고 계속 확신하고 있었는데, 이제 보니 그야말로 영웅이자 구원 투수였던 셈이다. 정말 너무 창피했다.

"상세하게 보고해 줘서 고맙네. 자네들 모두가 알다시피 싸움에서 패한 엘린은 현재 자신의 수하들과 함께 도주한 상태네. 아마 다음 계획을 구상하기 위해 당분간은 몸을 숨기겠지. 엘린은 아마도 지난 몇 년간 흑마법에 깊이 통달하게 된 게 분명하네. 그래서 다른 셀리코트들이 그의 행적을 알 수 없도록 자취를 감추는 것도 가능한 것 같아. 더 이상 그의 존재가 느껴지지 않네. 마치 자신과 동료들을 통신망에서 끊어 낸 것처럼 말이야."

방 안에 쥐 죽은 듯한 침묵이 흘렀다.

"게다가 지금은 무릴까지 가진 상태지."

그가 그 엄청난 상실을 애도하듯 느리게 말을 이어 나갔다. 그가 느끼는 슬픔을 모두가 느낄 수 있을 정도였다.

"단 한 번도 가웨인이 우리 종족 전체를 배신할 거라고는 상상조차 못 했는데……. 만약 내가 미리 눈치만 챘어도……."

"우리 중 아무도 가웨인을 의심하지 못했어요."

레이븐이 끼어들었다.

"미스 라비니아만 좀 수상하다고 생각은 했죠. 하지만 증거는 없었어요. 아무튼 엠마가 의심한 덕분에 우리 모두 그녀가 이상한 행동을 하는 걸 알게 됐어요."

모두가 나를 쳐다봤다.

"그냥 감이었어요."

내가 손사래를 쳤다.

"수상할 정도로 자주 제 주위를 맴돌더라구요. 왜냐하면…… 흠……. 다들 알다시피 전 생각을 감추는 데 능숙하지 못하니까요."

그러고는 더 할 말이 없었다.

"그럼 미스 라비니아가 네 머릿속을 들여다본 덕분에 우리 계획이 다 발각된 거야?"

팻이 흥분해서 소리쳤다.

"아냐. 엠마가 생각을 차단할 수 있도록 나도 도와줬어."

레이븐이 그를 진정시켰다.

"내 생각에는 미스 라비니아가 생각보다 더 철저하게 우리 모두를 감시하고 있었고, 거기서 얻은 정보 조각들을 가웨인이 정리해서 착착 맞춘 것 같아. 엠마가 캘럼을 탈출시키려 한다는 건 누구나 알고 있었어. 그걸 구체적으로 계획하고 실행한다는 것도 그리 어렵지 않게 예상할 수 있었을 테고."

미스 라비니아와 가웨인이 도망친 일에 대해서 오늘 아침 성에 있는 모든 사람들이 알게 되고 나서부터, 다들 시장 바닥처럼 시끄럽게 떠들어 대고 있었다. 또 조금 전에 엘린의 행적에 대해 듣게 된 사람들도 무슨 일이 있었는지 정확히 알기 위해 벌써부터 정보들을 교환하며 바쁘게 입을 놀렸다. 그리하여 이미 온갖 소문과 추측이 몇 바퀴나 돌았다. 이런 혼란을 틈타면 정보를 빼내는 일 정도는 식은 죽 먹기였을 터였다.

"무릴을 되찾으려면 어떻게 해야 하지?"

아미아가 작은 목소리로 물었다.

"일단은 가만히 있는 수밖에 없어. 대의회가 소집될 거고 거기에서 엘리시엔, 미론, 멀린이 파우누스, 늑대인간 들을 비롯한 다른 종족들한테 개입이 불가피하다고 얘기해야 해. 엘린이 흑마법을 사용하고 있는 걸 알게 되면 호의적으로 협력할 거야. 그게 법적인 절차네."

탈린이 대답해 주었다.

"캘럼의 상태는 어때?"

조엘은 아침 내내 잠을 잔 터라, 혹시 자기가 잠든 사이에 캘럼의 상태가 호전됐는지 궁금한 모양이었다.

"조금씩 회복되는 중이야. 상처는 그리 깊지 않지만 엘린이 투여한 독과 과다 출혈 때문에 완전히 회복되기까지는 시간이 좀 걸릴 거야. 아마 며칠은 걸리겠지. 지금은 계속 잠만 자고 있어."

피터가 대답했다.

"그래서, 언제 캘럼한테 가도 돼?"

그에게 속삭였다.

"모르지."

그가 괴로운 표정을 지었다.

"왜? 무슨 일 있어?"

이상하다는 걸 눈치 채고 물었다.

"일단은 좀 쉬게 놔둬. 알았지? 그럼 너한테 연락해 올 거야. 장담할게."

하지만 그가 뭔가를 숨기고 있다는 걸 금방 알 수 있었다. 불안감이 스멀거리며 차올랐다. 결국은 여러 가지 고민에 빠져 있느라 나머지 대화 내용은 한 귀로만 흘려듣고 말았다.

캘럼이 나를 더 이상 사랑하지 않는 게 아닐까? 떨어져 있는 동안 사랑이 식었나? 불가능한 일은 아니었다. 거의 1년 동안 이나 함께 시간을 보내기는커녕 말 한마디, 아니, 얼굴조차 못 봤으니 말이다. 그를 향한 내 감정은 변하지 않았지만 그도 나

같으리라는 보장은 없었다.

"아니, 어떻게 엘린을 그냥 보낼 수 있죠? 잡아 두던가, 적어도 누굴 불렀어야지요!"

조엘이 추궁하자 아미아의 얼굴이 빨갛게 달아올랐다.

"그럴 수는 없었어요."

아미아가 작게 중얼거렸다.

"도망치게 놔둘 수밖에 없었다구요. 왜냐하면 엘린은 어쨌든 내 친오빠니까. 어떻게 친형제를 배신할 수 있겠어요?"

"믿을 수가 없군요. 엘린은 우리 종족을 거의 전멸시킬 뻔했다구요! 아미아 님을 잡아가지 않은 것만 해도 다행인 줄 아셔야 돼요! 만약에 그가 아미아 님을 납치한 다음, 캘럼을 협박하기라도 했다면요? 그건 생각 안 해 보셨나요?"

그가 아미아를 몰아붙이자, 미로가 벌떡 일어서서 그녀를 감쌌다.

"그렇게 소리 지를 것까진 없잖아!"

여태껏 미로가 이렇게 화내는 모습은 본 적이 없었다. 그가 아미아의 어깨를 팔로 감싸자 고맙다는 듯 아미아가 그에게 머리를 기댔다. 그 모습을 본 조엘의 얼굴이 분노 때문에 빨갛게 변했다.

"그 손 치우지 못해? 아미아 님은 여왕이 되실 몸인 거 몰라? 너 같은 미천한 게 어디서 감히……!"

그 말에 미로의 안색이 창백해졌다.

"일단 진정들 하게."

탈린이 아미아와 미로를 떼어 놓은 다음 아미아를 소파 위에 앉혔다. 나는 몸을 일으켜 그녀 옆에 앉았다. 아미아는 백지장처럼 창백한 얼굴로 자기 손만 바라보고 있었다. 잠시 후, 아미아의 눈길이 미로에게 향했다. 그러자 무언가가 통한 듯 미로도 아미아를 부드럽게 바라보았다. 그런 두 사람을 본 건 나뿐인 것 같았다.

중요한 이야기들이 오간 후에 모임은 해산 되었고, 다들 방으로 향했다.

"너랑 미로, 무슨 사이야?"

아미아에게 물었다.

"왜? 뭐 이상한 거 있어?"

"응. 너희들 둘이 서로 바라보는 눈빛이나 미로가 널 챙기는 걸 보면……. 어젯밤 네가 숲에 남겨졌을 때 미로가 거의 미친 사람처럼 찾았던 거 알아? 결국은 너의 존재를 마음으로 느껴서 찾았어. 설마 이게 아무것도 아니라고 생각하는 거야?"

"다른 사람들한텐 말하지 마."

아미아가 당부했다.

"미로를 사랑하는 거지?"

그러자 아미아가 조심스럽게 고개를 끄덕였다.

"인간들은 그걸 사랑이라고 불러?"

"야, 원시인! 그게 인간들한테만 있는 감정이겠니? 너희 셸리코트들한테는 사랑이라는 단어도 없겠지만 말야."

레이븐이 핀잔하며 끼어들자, 그만 우리 셋 다 웃음을 터뜨리고 말았다. 나는 아미아의 손을 꼭 잡아 주었다.

셸리코트 사회에도 혼인 서약이 불가능한 신분 차이가 존재하는 건 몰랐다. 여기나 저기나 이 세상은 불공평할 뿐이다.

"모두 그런 건 아니야."

내 머릿속을 들여다본 레이븐이 지적했다.

"나는 내가 원하는 사람을 고를 거야."

그러고는 의기양양하게 미소 지어 보였다.

"그래? 그 행운 남이 누군지도 말해 줄래?"

레이븐이 고개를 저었다.

"꿈도 꾸지 마."

그러고는 계단을 달음박질해 내려가며 외쳤다.

"이따 봐!"

"누구지? 알아?"

아미아가 호기심 어린 눈으로 물으며 고개를 흔들어 보이고는 클럽 룸으로 향하는 문을 열었다.

12장

≈≈≈

"아미아! 정말 이해할 수가 없어. 벌써 4일째야! 왜 캘럼한테 선 아무런 말도 없는 걸까? 혹시 왜 그런지 알고 있어?"

"엠마……. 나도 모르겠어. 네가 그를 위해 한 모든 일들을 생각해 봐도 정말 이렇게 대우하는 건……."

"이렇게 대우한다고? 아니, 틀렸어. 심지어 아무 대우도 안 하고 있다고! 내가 투명인간이야?"

아미아의 말이 끝나기도 전에 소리 질러 버렸다. 그러자 레이 븐이 날 진정시키려고 행복한 기분을 흘려보내는 게 느껴졌다.

"날 그냥 내버려 둬!"

더 화가 났다.

"그 마약 같은 정신 진정제 좀 놓지 마. 이게 무슨 일인지 알 고 싶단 말이야! 풀려나면 날 만나러 올 줄 알았는데……."

만나러 올 줄 알았다고? 갑자기 입을 다물었다. 만나서 뭘 어쩔 건데? 그제야 멈칫하고 말았다. 그가 풀려난 건 사실이었지만 셸리코트들의 법이 바뀐 건 아니었다. 왜 우리의 복잡한 관계가 정상으로 돌아갈 거라고 생각한 건지 모르겠다.

"난 절대로 너만큼 캘럼을 사랑할 수 없을 텐데……."

아미아가 한숨을 쉬며 말했다.

"그게 무슨 말이야?"

아미아를 바라보며 물었다.

"사실 날 불러서 직접 얘기했어. 가능한 한 빨리 나와 결혼하고 싶다고……."

믿을 수가 없었다. 나는 머리를 흔들었다.

"설마……. 거짓말이지?"

아미아가 슬픈 얼굴로 고개를 저었다.

나는 침대 위에 주저앉아 레이븐과 아미아를 번갈아 가며 쳐다봤다.

"언제부터 알고 있었어?"

"자기가 풀려난 다음 날 들었어."

레이븐이 말했다.

"나도 캘럼과 말해 보려고 했어. 날 믿어 줘야 돼. 나도 캘럼과 결혼하고 싶지 않아. 하지만 내 말을 듣지 않는 걸 어떡해!"

아미아가 베개 사이에 머리를 파묻고 훌쩍이기 시작했다.

어찌나 괴로워 보이던지, 오히려 아미아를 위로해 주어야 할 지경이었다. 나는 가까이 다가가서 아미아의 등을 어루만져 주었다.

아미아가 몸을 일으켜 나를 끌어안았다.

"엠마, 넌 내가 그토록 바라던 자매이기도 하고 또 내 가장 친한 친구이기도 해. 정말 너한테 상처 주고 싶지 않아."

"알아. 이 모든 건 네 잘못이 아니야."

"캘럼은 내가 법을 따르길 바라고 있어…… 난 거기 거역할 수가 없어."

고개를 끄덕인 다음 일어섰다.

무슨 일이 있어도 그와 얘기해 봐야 했다. 그것도 당장. 아마 시간이 더 지나가면 말할 용기를 잃을 거다. 그것만은 확실했다. 화가 난 채로 복도를 걸어서 캘럼에게로 향했다. 그러고는 방문 앞에 다다라서 노크도 없이 문을 왈칵 열었다. 문 앞에는 지키는 사람이 서 있지 않았다. 방 안에서는 캘럼이 미론과 이야기하고 있다가 깜짝 놀라 나를 바라보았다. 그제야 미론이 무슨 일인지 알아챘다.

"둘이서 이야기 나누도록 자리를 비켜 주겠네."

그러고는 서둘러 방을 나갔다.

캘럼이 무슨 용건이냐는 눈으로 바라보았다. 저 눈, 익숙했다. 차갑고 냉정한 눈빛. 포트리 시에서 처음 만나던 날, 날 딱 저런 눈으로 바라봤었다. 쿵쾅거리던 심장이 점차 차디차게 식어 갔다.

"엠마, 원하는 게 뭐야?"

내가 알던 캘럼의 목소리가 아니었다. 마치 얼음이 갈라지는 듯한 쇳소리가 났다. 머릿속에서 갖가지 생각이 뒤죽박죽으로 엉켰다. 드디어 그와 마주 서게 된 거다. 하지만 상상해 오던 것과는 너무도 달랐다. 그에게 말하려고 생각해 뒀던 말들이 하얗게 사라졌다. 헤어져 있던 날들에 꿈꾸던 바로 이 순간이 왔지만, 정작 아무것도 할 수 없었다.

"아미아한테 결혼하자고 그랬다면서?"

왜 이런 말을 하고 있는 걸까. 첫 단추부터 잘못 끼운 셈이었다. 하지만 이미 말이 튀어나왔으니, 되돌릴 수는 없었다.

"우리가 약혼했던 건 알고 있었잖아. 이제 예식을 치르고 정식 부부가 되어야 하는 때가 왔어."

"하지만……. 이건 옳지 않아."

머뭇거리며 말했다.

그러자 그가 내게 한 발짝 다가왔다. 천천히, 마치 어린아이한테 말하듯이 또박또박 설명해 주었다.

"엠마, 포트리 시에서 우리가 가졌던 감정들은……. 나의 실수였어. 너도 알잖아. 네 용기와 인내심에는 감사하고 있어. 너의 도움 없이는 아직도 엘린의 손아귀에 붙잡혀 있었겠지. 평생 잊지 않을게. 하지만 내가 사랑하는 건 아미아야. 그리고 우리 두 사람은 예정된 절차대로 평생을 함께하게 될 거야."

머릿속이 뒤죽박죽이었다. 그가 하는 말이 귀에 들렸지만 무슨 뜻인지 들어오진 않았다. '하지만 내가 사랑하는 건 아미아야' 이게 무슨 뜻이지? 아미아는 널 사랑하지 않는다고! 설마 그걸 모르는 거야?

"아미아는 널 사랑하지 않는데도?"

작은 목소리가 새어 나왔다. 하지만 그의 눈빛을 보는 순간, 내가 뭐라고 말하든 그는 자신의 결정을 번복하지 않을 거라는 사실을 깨달았다.

그가 몸을 돌려서 창문을 통해 바깥을 내다보았다.

"그건 상관없어. 아미아는 자신의 의무를 다할 거야."

나는 머리를 흔들었지만, 캘럼은 더 이상 나를 보고 있지 않았다.

"너는 계속 여기 아발라에 있길 바라."

그가 잠시 후 입을 열었다.

"포트리보다는 여기가 더 안전할 거야. 거기선 널 지켜주는 게 불가능하니까. 아미아와 식을 올릴 때까지는 여기에 있어. 그러고 나면 엘린도 더 이상은 널 노리진 않겠지."

도대체 무슨 생각을 하는 거야? 내가 제정신으로 자기 결혼식을 묵묵히 보고 있을 거라고 생각하고 있는 건 아니겠지? 여기 서 있는 남자는 내가 사랑했던 사람이 아니었다. 가슴이 돌덩어리처럼 딱딱하고 차가운 존재였다. 게다가 왜 엘린이 날 해친다는 거지? 분명 나 말고도 다른 문제로 정신이 없을 텐데.

말없이 몸을 돌려서 그의 방을 나왔다. 강철 고리로 심장을 조이는 것 같은 기분이었다. 방에서는 레이븐과 아미아가 무슨 이야기를 나누고 왔는지 궁금해하는 눈치였지만, 캘럼과 나눈 대화를 말해 줄 수는 없었다.

나는 겉옷을 집어 들고 호수로 나갔다.

호수는 평화롭고 잔잔했다. 불과 며칠 전에 이곳에서 그 무시무시한 전투가 벌어졌었다고는 생각할 수 없었다.

하지만 이 아름다운 풍경조차 눈에 들어오지 않았다. 머리 끝까지 화가 치밀어 올랐다. 생각 같아선 지구 끝까지 들리도록 소리를 질러 대고 싶었지만, 목소리가 나오지 않았다. 나는 풀밭 위에 주저앉았다.

그가 나를 아직도 사랑하고 있을 거라던 생각은 바보 같았다. 게다가 최종적으로는 종족의 법을 따를 거라고 항상 말해 오지 않았던가. 아미아도 그 법의 일부였고, 아무리 발버둥 쳐도 어쩔 수 없었다. 그들의 세상은 지난 수 세기 동안 이렇게 작동해 왔던 것이다.

그를 탈출시키기 위해 계획을 세우는 동안에는 단 한 번도 그 이후의 일에 대해서 생각해 보지 않았었다. 그런 내가 정말 바보 같았다. 어째서 그가 나와 함께 아발라에서 지낼 거라고 생각했던 거지? 달리 생각해 보면, 이 모든 사실을 알았더라도 기꺼이 그를 탈출시키려고 했을 것이다. 결국 그 모든 게 캘럼을 사랑하는 마음에서, 어떻게 보면 대단히 이기적인 사랑에서 비롯된 거였다. 하지만 조금 더 깊이 생각하면, 풀려난 다음에는 자신의 종족에게 돌아가서 예전의 삶에 집중하는 게 당연했다. 결국 그를 이해하지 못했던 내 잘못이었다. 종족에게로, 예전의 삶으로 돌아가기 위해 그가 하게 될 첫 번째 일이 바로 무잇이겠는가?

나는 인기척이 느껴져서 돌아보니 미론이 와 있었다.

"잠시 실례해도?"

그러고는 내가 승낙하길 기다리지도 않고 내 곁에 앉았다.

"그가 너를 대하는 방식이 힘들 거란 걸 안다."

아무런 대꾸 없이 호수만 바라보았다.

"가끔은 대의회가 셸리코트들에게서 모든 결정권을 뺏어서 너희 둘의 관계를 허락해 주면 어떨까 생각하기도 한다. 그럼 캘럼이 이렇게 골머리를 앓지 않아도 되겠지. 하지만 그렇게 된다고 한들 그의 결정이 달라지지는 않을 거다."

나는 미론을 바라보았다.

"왜 셸리코트들이 혼인법을 없애 버리지 않는지 의아하긴 하지만."

"그게 가능해요?"

떨떠름한 얼굴로 물었다.

"당연하지. 장로회에 올려서 모두가 찬성하면 그걸로 끝이다. 여태까지는 아무도 바꾸려고 하지 않았지. 하지만 일단 선거에서 이기려면 캘럼도 어쩔 수 없이 여기에 따라야 해."

그럴 거라고 생각은 했다.

"이혼 같은 건 어렵죠?"

모기만 한 소리로 물어봤다.

"안타깝지만, 그렇지."

그가 몸을 일으키며 대꾸했다.

"성으로 돌아가자. 네가 여기 바깥에 혼자 있는 게 마음에
내키지 않는구나. 무슨 일이 일어날지 모르니까 말이다."

몸을 일으켜 바지에 붙은 검불을 툭툭 털어 냈다.

"탈린 말로는 엘린이 성 주변에 나타나지는 않을 거라던데
요."

"글쎄, 그럴지도. 하지만 탈린이 엘린의 존재를 더 이상 감
지할 수 없는 한 방심할 수는 없다. 게다가 이미 한번 아발라
주변의 결계를 깬 적이 있으니, 언제라도 다시 쳐들어 올 수 있
을 거야. 조심하는 게 좋아."

"결혼 예식은 언제가 될까요?"

결혼이라는 단어에서 가슴에 뻐근한 통증이 느껴졌다.

"아마 최대한 빨리 치르게 되겠지."

우리는 함께 성까지 걸었다.

"의회에서는 앞으로 어떻게 하기로 한 거죠?"

물어봐도 되는 건지 조심스럽긴 했다.

"늑대인간들과 파우누스들도 이런 상황에서는 예외적으로
행동할 수밖에 없다는 데 동의했다. 모두가 빠른 시일 안에 캘
럼이 왕위에 올라 셀리코트들의 정세가 안정되기만 바라고 있
지. 파우누스들이 도망친 엘린을 찾는 걸 돕겠다고 하더군. 그
럼 숲에는 숨기 힘들어지겠지."

좋은 소식이었다. 캘럼이 엘린에게서 풀려난 게 오히려 종
족 간의 불화를 초래했을지도 몰랐다.

"엠마, 아무도 전쟁을 원하지는 않아. 전쟁은 우리 스스로를

자멸의 길로 몰아간다는 걸 모두 알고 있지. 종족 모두가 연합해야만 인간에게 대항할 수 있다. 게다가 우리 뱀파이어나 마법사 들에 비해 늑대인간들이나 파우누스 같은 종족들은 삶의 터전을 잃으면 살아남기 힘들지. 그래서 인간들이 자신들의 영역을 침범하는 게 더 위협적으로 받아들여질 수 있다. 하지만 어떤 경우라도 전쟁은 해결책이 아니야."

그가 늘 수업 시간에 하는 말들이었다. 물론 좋은 말을 해주려는 건 알았지만, 그런 장황한 강의를 듣기에는 머리가 너무 복잡했다.

"아무튼 엠마, 캘럼은 결정한 거다."

미론이 부드럽게 달랬다. 나는 고개를 끄덕인 다음, 몸을 돌려 성으로 들어갔다.

앞으로는 성에서 뭘 해야 할지 몰라서, 레이븐과 함께 탈린과의 오후 모임에 참석하기 시작했다. 이제는 비밀스럽게 오두막에서 만나지 않아도 되었기 때문에, 그의 강의실에서 모이고 있었다. 공간도 충분히 컸기 때문에 최근에 일어난 일들이나 갖가지 정보를 교환하곤 했다.

벌써 복도까지 익숙한 사람들이 대화하는 소리가 들려왔다. 레이븐과 내가 방에 들어서니, 캘럼은 아미아와 함께 탈린, 조엘 옆에 서 있었다.

그의 모습을 보니, 잠시 숨이 멎는 것 같았다.

붉은 갈색 머리칼은 전보다 더 길어져 있었다. 병색은 완연히 사라져 있었고, 그의 풍채에서 평온함과 침착함이 느껴졌다.

그는 청바지에 흰색 티셔츠를 입고 있었다. 풀려나던 날 밤, 고통에 신음하던 때의 쇠약함은 찾아볼 수 없었다. 방문 가에서 나는 미리 심호흡을 하고 침을 꿀꺽 삼킨 후 들어가야 했다.

캘럼과 탈린, 조엘은 진지하게 이야기하고 있었다. 무슨 내용인지는 몰랐다. 한참 동안이나 그에게서 눈을 떼지 못하고 있다가, 레이븐이 빈 소파 쪽으로 나를 잡아끌자 그제야 고개를 돌릴 수 있었다.

미로와 페린이 우리 쪽에 같이 앉았다. 미로에 비하면 나의 불행은 아무것도 아니란 생각이 들었다. 그의 손을 살포시 잡아 주자 그가 고통스러운 미소를 지어 보였다.

목숨을 바쳐 캘럼을 구했지만, 이제 자신이 사랑하는 여자를 그에게 빼앗긴 셈이었다. 그가 지금 어떤 심정일지 상상조차 할 수 없었다. 하지만 자신이 태어나고 자란 사회의 법률이 그런 거니까, 내가 생각하는 것만큼 괴롭지 않을 수도 있을 것 같았다.

"어차피 아미아와는 맺어질 수 없다는 걸 알고 있었어."

그가 내 생각을 읽기라도 한 듯 속삭였다.

"전혀 방법이 없는 거야?"

미로가 겁먹은 듯 고개를 저었다.

"지금 네가 말하는 건 상상조차 해선 안 되는 거야. 게다가 아미아는 절대로 장로회의 결정에 거역하는 행동은 하지 않을 거야. 또 그걸 아미아한테 요구하다니, 말도 안 돼. 하지만 캘럼은……. 어쩌면 이 법을 바꿀 수도 있을 텐데……. 캘럼이 그래 주길 바란 건 사실이야. 하지만 보다시피 그럴 생각은 없는 것 같아. 수 세기 전에 장로회가 결정한 법률에 따르기로 결정한 거겠지."

바로 그때, 캘럼이 몸을 돌리자 떠들던 소리가 잠잠해졌다. 그리고 캘럼이 입을 열었다. 그리 크진 않았지만, 맑은 목소리에는 알 수 없는 힘이 서려 있었다.

"절 구하기 위해 자신의 안전과 생명까지 내던졌던 모든 친구들에게 감사하고 싶습니다. 이제부턴 제 동족이 제게 거는 기대와 희망에 보답하려고 합니다."

조엘이 그의 말에 끄덕이면서 무표정한 얼굴로 나를 곁눈질했다. 캘럼은 특히 조엘에게 많이 고마워하고 있었고, 조엘이 그에게 바라는 건 동족의 법을 지키고 따르는 것이었으니 아마 그를 실망시킬 생각은 없을 터였다.

"앞으로도 이렇게 제 곁에서 도와주시길 부탁드립니다. 엘린은 아마 아직 포기하지 않았을 겁니다. 우리는 아직 그의 계획이 뭔지, 아니, 그가 어디 숨어 있는지조차 모릅니다. 하지만 복수하려고 한다는 것만은 압니다. 그걸 위해 수단과 방법을 가리지 않을 겁니다. 인간의 횡포에서 동족을 구해 낼 수 있는 건 자기뿐이라고 믿고 있으니까요. 저에게 독을 먹여서 무력하게 만든 다음에 모두가 보는 앞에서 왕위를 내건 일대일 결투를 시키려고 했으니, 엘린이 얼마나 극악무도한지는 다들 알게 되었을 겁니다. 그렇기 때문에 정신을 똑바로 차리고 있어야 해요. 분명 무릴을 훔쳐 가기 위해서도 오랜 시간 동안 철두철

미하게 계획해 왔을 겁니다. 분명 자신의 계획이 실패했을 때를 대비했던 거겠죠. 또 도망치게 되었을 경우를 위해서도 모든 걸 준비해 놨을 겁니다. 그가 몸을 숨기고 있는 곳을 모르니까 두 배로 조심해야 합니다. 그러니 제 말을 명심하세요. 다들 눈을 똑바로 뜨고 있어야 합니다! 엘린은 제 측근이 누구인지는 아직 몰라요. 우리 내부의 비밀을 외부에 흘리지 마십시오. 엘린 무리가 잡힐 때까지는 안심할 수 없습니다. 이제 우리의 목표는 엘린을 잡고 무릴을 되찾아 온 다음, 엘린을 대의회 앞에 세우는 겁니다. 그런 후에야 발 뻗고 편하게 잠을 잘 수 있겠죠. 인간을 향한 증오 때문에 엘린은 지금 예측 불가능한 폭탄이 된 겁니다."

캘럼의 시선이 꽤 오랫동안 내게 머물렀다. 일부러 그러는 것 같지는 않았다.

"이제 추종자의 수도 줄어들었으니, 자신의 목표를 달성하기 위해서는 더욱더 수단과 방법을 가리지 않고 작은 기회라도 철저히 이용하려 들 겁니다. 만약 인간들을 해치기 시작한다면 엘린뿐 아니라 우리 모두가 위험해집니다. 아직 인간들에게 우리의 존재를 알리기엔 이르니까요. 좋든 싫든 엘린의 손에서 인간들을 보호해야 합니다."

나는 그가 모두의 앞에 서서 말하는 모습을 지켜보았다. 그는 또래보다 더 나이 들고 성숙해 보였다. 1년 전에는 따스한 햇볕에 반짝이는 빗방울 같았는데, 지금은 차가운 얼음 수정같이 완벽한 모습이 있다.

미로, 페린, 조엘, 캘럼이 함께 논의를 하기 위해 모였다. 나머지 사람들이 자리를 뜨기 시작했을 때 나도 몸을 일으켰다.

"엠마, 같이 가!"

아미아가 내게 달려와 내 손을 잡았다.

"여기서 남자들 얘기만 듣는 것도 지쳤어."

그때, 내 입에서 생각지도 못한 말이 튀어나왔다.

"나 아발라를 떠날 거야. 집에 가고 싶어."

내 말에, 아미아가 걸음을 멈추고 멍한 얼굴로 바라보았다.

"안 돼! 나한테 어떻게 그럴 수가 있어! 날 여기 혼자 놔두고 가지 마! 부탁이야……."

"넌 혼자가 아냐. 캘럼이 있잖아. 널 돌봐주고 지켜 줄 거야."

목소리가 떨리는 건 어쩔 수가 없었다.

"내가 그걸 바라는 것 같아? 네가 더 잘 알잖아."

"아미아."

캘럼의 목소리가 복도에 울렸다.

"이쪽으로 와 줄래? 미론한테 함께 가자."

아미아가 괴로운 표정을 지으며 한숨을 쉬었다.

"아무한테도 말하지 마. 알겠지?"

내 당부에 아미아가 고개를 끄덕이고는 캘럼에게 갔다. 그는 아미아가 마치 자신의 소유물이라도 되는 양, 어깨에 팔을 두르고는 그 자리를 떠났다.

나는 그 둘의 뒷모습을 가만히 바라보았다. 괴로움과 질투로 눈이 활활 타오르는 것 같았다.

레이븐은 방에 없었다. 하지만 오랜만에 혼자인 게 편하고
기뻤다.

이 기회를 이용해서 오랫동안 미뤄 오던 책상 정리를 해야
겠다고 마음먹었다. 먼저 교과서와 노트를 정리한 다음, 도서
관에 반납해야 하는 책을 쌓아 놓았다. 그것만 해도 벌써 한 무
더기였다. 그다음에는 내가 그린 그림과 스케치를 정리했다.

침대에 앉아 스케치북을 넘겨 보았다. 지난 반년 동안 그림
을 그린 적은 드물었다. 아발라에서 그린 건 고작 다섯 장이었
다. 하나는 따스한 달빛에 잠긴 산과 호수를 그린 그림이었다.
다음 건 책에 집중하고 있는 아미아의 모습을 연필로 그린 그
림이었다. 성을 그려 보려고 노력한 흔적도 있었지만 워낙 세
부적인 요소가 많아서 그리 썩 잘되진 않았다. 하지만 페린이
마음에 들어 했으니, 성을 떠나면서 작별 선물로 줘야겠다고
마음먹었다. 아미아의 초상화는 본인에게 선물하려고도 생각
했지만, 나도 가지고 싶긴 했다. 이 그림에서 아미아는 평온하
고 행복해 보였다. 그녀가 미로를 좋아한다는 사실을 말해 준
날, 그림을 그렸던 게 떠올랐다.

다음 장부터는 포트리 시에서 그렸던 것들이었다. 종이 안
에서 캘럼이 날 바라보고 있었다. 생각해 보면, 그 시절엔 거의
매일 캘럼과 함께였다. 아발라에서 그렸던 그림 다섯 장만 침
대 위에 남겨 두고, 나머지 그림을 가지고 클럽 룸으로 갔다.

벽난로에서는 장작이 타고 있었다. 7월 초이긴 했지만 성 안은 언제나 좀 쌀쌀했다.

나는 그림을 한 장씩 벽난로의 불길 속으로 던져 넣었다.

목사관 앞에 서 있는 캘럼, 우리의 작은 호숫가에 앉아 있는 캘럼, 기타를 치고 있는 캘럼, 도서관에서의 캘럼, 그리고 소피의 서점······.

불꽃이 그림을 차례로 삼켰다. 그림이 검은 재로 변해 가는 모습을 바라보았다. 그때, 클럽 룸 문이 열리더니 아미아가 내 곁으로 다가왔다. 그러고는 손에 들린 그림을 빼앗았다.

"이러지 마! 나중에 후회하면 어떡해."

뒤돌아보니, 아미아 뒤에 캘럼이 서 있었다. 그의 눈빛은 여전히 차가웠다. 나는 아미아가 가져간 그림을 다시 빼앗아, 한꺼번에 불길 속에 던져 넣었다. 불꽃이 그림들을 게걸스럽게 먹어 치웠다. 그리고 그 두 사람에게는 눈길조차 던지지 않은 채, 방으로 돌아와 커튼을 치고 침대 위에 몸을 던졌다.

지금의 상황은 여태까지 있었던 어떤 때보다 끔찍했다. 그와 아미아를 보는 걸 더 이상은 견딜 수 없었다. 물론 그 둘은 사랑에 빠진 연인이라기보다는 남매 지간같이 보였다. 하지만 그게 내 기분을 나아지게 만들진 않았다.

모임이 있을 때마다 보면 단 한 번도 아미아가 캘럼의 명령에 거스르는 걸 본 적이 없었다. 게다가 언제나 그와 같은 의견이었다. 어찌나 완벽한 한 쌍인지! 역겨워서 견딜 수가 없었다.

어째서 그에게 솔직하게 말하지 못하는 거지? 미로를 좋아한다고 말이다.

정작 미로는 주인한테 혼이 난 개처럼 기가 죽은 채 캘럼 주위만 맴돌 뿐, 거의 한마디 말도 없었다. 여기 있는 사람들 중 내가 떠나도 날 그리워해 줄 사람은 없었다. 어쩌면 레이븐이 유일하겠지만, 그런 레이븐조차 지난 몇 주간은 거의 도서관에 박혀 살았다. 아마도 베이비시터 노릇은 그만하려는 거겠지.

레이븐은 내년에 아발라를 떠날 계획이라고 했다. 게다가 들리는 소문에 의하면, 엘리시엔 여왕이 레이븐을 후계자로 삼을 모양이었다. 엘프 종족의 여왕이 된다는 건 이루 말할 수 없이 영예로운 일이기 때문에 밤낮을 가리지 않고 후계자 수업에 임해야 한다고 했다.

아발라를 떠날 때 데리러 와 달라고 피터에게 편지를 썼다. 미론에게는 떠나는 당일에 작별 인사를 하기로 했다.

비록 아발라를 떠날 생각이었지만 마지막까지 수업도 다 듣고, 숙제나 시험도 꼬박꼬박 치렀다. 그래야 그나마 캘럼에 대한 걸 잊을 수 있었기 때문이다. 하지만 과연 이 모든 지식을 인간 세상에서 얼마나 써먹을 수 있을지는 미지수였다.

피터가 보낸 답장에는 온통 잔소리뿐이었다. 내가 아발라를 떠나면 캘럼이 어떻게 생각할 것 같으냐면서 말이다. 하지만 마음속으로는 내가 집으로 돌아가는 걸 반기고 있을지도 몰랐다. 엘린이 아직도 나를 노리고 있다고 생각하고 걱정하는 것 같긴 했지만, 엘린이 왜 날 노리겠는가?

적어도 두 가지만은 약속해 줬다. 아무튼 내가 떠나는 걸 아무에게도 말하지 않겠다며, 2주 안에 데리러 오겠다고 했다. 에든버러 대학의 공부 스케줄이 좀 빡빡해서 더 빨리는 올 수 없다면서 말이다.

편지를 읽자 마음이 좀 가벼워졌다. 아무튼 난 더 이상 엘린의 관심거리가 아니었다. 캘럼은 아미아와 결혼할 거고, 엘린은 아미아에게 좀 미안한 게 많을 터였으니 말이다. 게다가 친동생이 어린 시절부터 약혼한 남자와 결혼하게 되었으니, 오히려 기뻐할지도 몰랐다. 난 캘럼의 인생에 스쳐 가는 여자였을 뿐이다.

피터가 날 데리러 오는 날만을 손꼽아 기다렸다. 아멜리와 에단 외삼촌, 브리 외숙모와 쌍둥이를 다시 보고, 소피의 책방에 가서 차와 쿠키를 먹을 수 있다는 생각에 가슴이 벅차올랐다. 인간 세상과 평범한 일상이 그토록 그리웠던 때는 없었다. 스릴 넘치는 모험은 충분히 겪었다.

다음 주 주말에는 점프 대회가 있었다. 피터가 오기까지는 어차피 2주 정도 시간이 있었기 때문에 대회에도 참가할 수 있었다.

가웨인이 자취를 감춘 후, 로리스라는 이름의 새로운 수영 선생이 왔다. 그도 가웨인과 마찬가지로 내 수영 실력에 깜짝 놀랐고, 매 시간마다 새로운 기술을 연마할 수 있게 도와주었다. 오후에는 그와 함께 호수에 가서 수영 연습을 했다. 물속에 있으면 캘럼에 대한 잡념을 거의 잊을 수 있었다.

미론은 로리스와 내가 너무 부주의하게 행동한다며 주의를 줬다. 결국은 안전을 위해, 우리가 연습할 때마다 호숫가의 결계 주위에 경비 한 명씩을 배치했다. 그 경비만으로 엘린을 막기에 충분할지는 알 수 없었다. 엘린은 쳐들어오지 않았고, 난 그게 마치 그가 내게 관심을 잃었다는 증거 같았다.

현재 내가 직면한 문제는 '체광'이었다. 여태껏 작게 깜박이는 불빛 이상은 도달하지 못했다. 아무리 시도해 봐도 계속 제자리만 맴돌 뿐이었다. 물론 인간 세상에서 살아갈 때 체광은 아무런 의미가 없었지만, 왠지 모를 투지가 불타올라서 지치지 않고 계속 연습했다. 일단 캘럼 때문이었다. 그도 우리 수영 수업에 참여했는데, 나도 체광을 낼 수 있다는 걸 보여 주고 싶었다. 그런 생각이 유치하다는 건 알고 있었지만 어쩔 수 없었다. 오로지 그를 놀라게 만드는 게 내 목표였다.

점프 대회를 며칠 앞둔 어느 날 오후, 저 멀리 캘럼과 로리스가 대화를 나누는 게 보였다. 적어도 수영에서만큼은 날 놔두면 안 되나? 가만 보니 둘이 다투고 있었다. 그들이 싸우는 소리가 멀리서도 들렸다. 날 발견하고, 그들은 입을 다물었다. 하지만 이미 듣지 말아야 할 것까지 다 듣고 말았다. 캘럼은 내가 시합에 참가하는 게 너무 위험하다고 경고하려 했다. 화가 났다. 이젠 내가 유일하게 좋아하는 것까지 못하게 하려 들다니! 내가 노려보자 그는 나를 무시한 채 작은 오두막 속으로 들어가 버렸다.

"캘럼이 절 방해하지 못하게 할 거예요."

로리스에게 말했다.

로리스가 고개를 저었다.

"알아. 하지만 네가 그렇게 나올 거라는 걸 캘럼이 더 잘 아는 것 같으니 말이다."

그가 큭큭 웃었다. 로리스는 유쾌하고 농담을 즐기는 성격이었는데, 이렇게 여유로운 셸리코트는 처음이었다. 물론 다른 셸리코트만큼 잘생긴 편은 아니었지만 매력적인 유머 감각만은 타고난 것 같았다. 그의 얼굴에는 상처 자국이 있었는데, 얼굴이 일그러진 정도는 아니었지만 좀 울퉁불퉁했다. 아미아가 말하길, 그가 어렸을 때 끓어오르는 유전油田에 빠졌다가 간신히 살아 나왔다고 한다. 하지만 그런 비극적인 사건도 그의 명랑한 성격만큼은 바꿔 놓지 못한 모양이었다.

탈의실로 가서 셸리코트 수영복으로 갈아입었다. 밖으로 나오니 캘럼이 나를 쳐다봤다. 난 내가 지금 어떻게 보이는지 알고 있었고, 캘럼도 그걸 부정하진 못할 거였다. 그의 눈길이 내 몸을 훑다가, 가까스로 고개를 돌리더니 물로 뛰어드는 게 아닌가. 그 광경에 의기양양한 미소가 떠올랐다.

"경비들과 함께 수영하고 있는 거야. 근처에 위험이 있는지 확인하려는 거겠지."

로리스가 말했다.

날 걱정해 주는 거다. 어리석은 희망이 스멀거리고 차오르는 게 느껴졌다.

몸을 풀기 위해 물에 뛰어들어 잠시 수영을 한 다음 점프 훈련을 시작했다. 주말에 대회에서 선보일 점프를 위해 한 시간 정도 지칠 때까지 연습했다. 숨을 몰아쉬며 비틀거리는데, 어느새 캘럼이 다가와 있었다. 그가 나를 부축하기 위해 허리를 붙잡자, 그의 따스한 온기가 전해져 왔다. 내 손을 어디에 두어야 할지 몰랐다. 마음 같아선 나도 그의 허리를 끌어안고 싶었지만 말이다.

캘럼이 차가운 목소리로 산통을 깨지 않았다면, 무심코 성급한 짓을 저지를 뻔했다.

"이게 얼마나 위험한 행동인지는 알고 있어? 대회 날 엘린이 흑마법을 써서 아발라로 쳐들어올지도 몰라. 점프 대회는 아발라에서도 1년에 한 번 있는 큰 대회야. 각 종족마다 대표도 한 명씩 아발라에 초대된다고. 좀 이성적으로 생각해서 그냥 좀 가만히 있으면 안 돼?"

우리는 나란히 걸어서 어느덧 오두막 앞에 도착해 있었다. 로리스가 저쪽 뒤편에서 의심스럽다는 눈초리로 우리를 바라보았다. 분명 그도 캘럼의 말을 들은 것이다. 그러면 내 편 좀 들어주면 안 되나? 하지만 장차 왕이 될 사람을 거스르고 싶지는 않은 것 같았다. 겁쟁이 같으니라고!

"오히려 모든 종족이 있는 자리니까, 지난번처럼 모두의 힘으로 흑마법을 물리칠 수 있겠지. 엘린이 흑마법을 사용한다는 건 이미 알고 있으니까 속수무책으로 당할 일도 없을 거야, 안 그래?"

그가 낮은 목소리로 투덜거렸다.

"그래, 네가 그렇게 현명하지 않다는 건 알고 있었지."

그러고는 혼자 오두막으로 들어가 버렸다. 그의 뒷모습을 바라보고 있는데, 로리스가 다가와서 말했다.

"너 혼자서도 충분히 캘럼을 포기하게 만들 줄 알았다니까."

당황해서 화가 났지만, 그가 짓궂게 웃는 바람에 화를 낼 수가 없었다.

옷을 갈아입은 다음, 레이븐과 함께 주말에 있을 점프 대회에 대해 이야기하려고 성으로 향했다. 레이븐도 캘럼처럼 대회가 위험하다고 생각했지만, 엘리시엔 여왕과 의논해서 최대한 안전을 강화하는 쪽으로 방법을 찾아보겠다고 약속해 주었다.

드디어 대회 날이었다. 눈을 뜨자마자 왠지 기분 나쁜 예감이 들었다. 캘럼의 걱정 바이러스가 옮은 모양이었다. 긴장과 불안으로 위장이 뒤틀리는 것 같아서, 미스 서머가 정성껏 준비한 음식을 한 입도 먹을 수가 없었다. 미스 서머는 미스 라비니아 대신 우리 그룹을 관리해 주기로 했다. 게다가 수학 수업 시간보다 훨씬 친절했다.

시합이 시작하기 한 시간 전에 아미아와 함께 호수에 가 봤다. 수영으로 몸을 풀 생각이었다. 거기에는 이미 엄청난 수의 관중이 북새통을 이루고 있었다. 관람객이 얼마나 올지 몰랐는데, 호수 주변에 설치된 관람석 규모를 보고는 입을 쩍 벌리고 말았다.

"아미아, 원래 이렇게 많이 와?"

아발라의 총 학생 수는 3백 명이었다. 하지만 호숫가의 관람석은 적어도 6백 석은 되어 보였다.

"한 5백 명 정도? 많이들 오는 편이야. 선수 가족이랑 다른 종족의 대표들도 오니까."

긴장 때문에 심장이 벌렁거리고 손에 땀이 찼다. 아미아가 내 상태를 눈치 챘다.

"걱정 마. 넌 여기 있는 남자애들보다 훨씬 잘 뛰어. 아마 상위권 안에는 들 거야. 남자들한테 본때를 보여 줘. 여자애들이 전부 널 응원하고 있으니까!"

아미아가 내 수영복 매무새를 잡아 준 후, 머리를 땋아서 단단히 고정시켜 주었다. 그런 다음엔 나를 꽉 끌어안았다. 잠시 후에 펼쳐질 경기 덕분에 나나 아미아의 걱정도 잠시 자취를 감춘 모양이었다.

"이제 캘럼한테 가 볼게. 관람석에 같이 앉아야 하거든."

고개를 끄덕인 다음, 시합에만 집중하기 위해 잠시 동안 탈의실에 앉아 있었다. 그런 다음 호수로 가서 수영을 하며 몸을 풀었다.

잠시 후, 점프 경기의 개막을 알리는 북소리가 들리자 약간 긴장되기 시작했다. 참가자들이 관람석 앞에 서자, 미론이 먼저 관중들에게 인사를 한 후 참가자들에게 행운을 빌어 주었다.

참가자 중 여성은 내가 유일했기 때문에, 상위권에 들 거란 생각은 일찌감치 버렸다. 심판이 호수 변에 서서 경기 순서를 추첨했다. 우리 모두 숫자가 쓰인 카드를 하나씩 뽑았다. 내 번호는 6번이었다. 참가자 중 딱 중간이었다. 아무래도 내 앞에 먼저 경기를 치르는 선수들이 있으면 전반적인 경기 흐름이나 결과를 가늠할 수 있어서 좋았다.

조엘이 차가운 얼굴로 호수 물을 바라보는 동안, 빈스가 나를 향해 밝게 웃어 주었다. 다른 참가자들은 이름만 겨우 알 정도였다.

내 앞에서 점프한 사람들의 실력은 상당했다. 분했지만 어쩔 수 없는 현실이었다. 거기다 한두 명은 내가 아직 시도조차 못 해 본 점프를 성공시켰다.

너무도 긴장한 나머지 입술을 잘근잘근 깨물었다.

눈으로 레이븐을 찾으니, 저쪽 관람석의 엘리시엔 여왕 옆에 앉아 있었다. 레이븐이 내 긴장 상태를 눈치 채고는 안정할 수 있도록 기분을 진정시켜 주었다. 드디어 내 차례가 된 순간, 경기는 절정에 다다랐다.

호수 변에 서서 물속으로 뛰어들자, 세상의 소음이 사라졌다. 점프를 잘할 자신은 있었다. 단 하나 중요한 건 집중하는 것, 그리고 다른 모든 잡념을 잊는 거였다. 수면까지 솟구쳐 오르기 위해, 최대한 깊은 곳까지 잠수해 들어간 다음 수면을 가르고 솟아올랐다. 그 순간 관중석에서 함성이 터져 나왔다. 내 자신의 회전축을 중심으로 두 번 회전한 후, 몸을 쭉 뻗어서 두 번 플립[5]을 성공시킨 다음 잭나이프처럼 몸을 접어 소리 없이

---

5 공중제비. 공중에서 자세를 바꾸는 것.

깨끗하게 입수했다.

박수갈채와 함성이 울리는 가운데 뭍으로 올라가 점수를 기다렸다. 빈스가 어깨를 두드리며 속삭였다.

"잘하던걸."

빈스는 첫 점프에서 약간 실수를 하는 바람에 일찌감치 상위권은 포기한 눈치였다. 가슴을 졸이며 결과 발표를 기다렸다. 관람석이 조용해졌다.

드디어 심사위원들이 점수가 적힌 카드를 들어 올렸다. 심사위원 중 두 사람은 10점 만점에 9점씩을 줬고, 나머지 세 명은 8점이었다. 박수갈채와 야유가 함께 터져 나왔지만 어쨌든 난 만족스러웠다. 자리에 앉아 다음 점프를 위해 심호흡을 했다.

예상보다 점수가 잘 나와서 1등도 노려 볼 만했다. 나는 팔짱을 끼고 다른 참가자들의 경기를 눈여겨 지켜보았다.

두 번째 점프를 뛸 차례가 되자, 모든 점프에 좀 더 힘을 넣어 보기로 했다. 그러려면 호흡 조절에 신경 써야 한다는 걸 알고 있었다. 호흡 조절에 실패하면 힘을 낭비하게 되기 때문이었다. 정신을 완전히 집중한 후, 화살처럼 입수했다. 잠시 후 수면에서 공중으로 솟았을 땐, 다리를 끌어안고 몸을 완전히 말아서 세 번 회전한 뒤, 곧바로 나선형 회전을 연결시켰다. 원래 연습 때는 세 번 회전까지만 성공했었지만 갑자기 네 번까지도 가능할 것 같은 예감이 들었다. 예감은 적중했고, 회전 성공 후 매끄럽게 입수했다.

뭍에 올랐을 때, 말로는 표현 못 할 기분이 밀려왔다. 관중들이 열광하고 있었다. 이렇게 큰 반응을 보였던 건 조엘이 점프했을 때밖에 없었다. 그는 내가 보기에도 완벽한 점프를 성공시킨 유능한 선수였다. 빈스가 내게 달려와서 얼싸안고 환호성을 질렀다.

이런 기쁨은 몇 년 만인지 몰랐다. 심사위원들이 10점짜리 하나, 9점짜리 둘을 추켜올리자 정말 넋이 나가는 줄 알았다.

결국은 3위를 차지하게 되었고, 더 바랄 나위 없이 만족스러운 결과였다.

회전 점프에 비하면 고리 점프는 지루했다. 13개의 고리가 호수 위에 설치되었고, 점프 성공 시마다 고리 높이가 점차적으로 높아졌다. 점프에 실패한 사람은 자동적으로 탈락되었다.

로리스는 고리 점프를 정말 토 나오기 직전까지 죽어라 연습시켰다. 꽤 높은 곳까지 점프할 수는 있었지만, 얼마나 높은 곳까지 점프할 수 있을지는 의문이었다.

다섯 번째 점프를 뛰고 나니, 탈락하지 않은 사람은 조엘과 나, 그리고 2명의 다른 셸리코트뿐이었다. 그 두 명보다는 잘 뛸 자신이 있었지만, 조엘은 타고난 점프 선수였다. 아마 그에게 1등을 내주고 내가 2등을 하게 되지 않을까 싶었지만, 결과는 알 수 없었다.

드디어 모든 경기가 끝나고, 관중의 환호 속에 결과를 기다렸다. 예상대로 조엘이 1등, 내가 2등을 하게 되는 것으로 경기가 마무리되었다. 빈스는 6등을 했지만 실망하지 않는 눈치였다.

아미아와 캘럼이 우승자들 쪽으로 와서 축하의 인사와 우승 트로피를 전해 주었다. 아미아가 기쁨에 겨운 모습으로 나를 꽉 끌어안았다.

캘럼이 딱딱한 얼굴로 내게 우승 트로피를 건네며 말했다.

"축하해. 이제 왜 그렇게도 대회에 참가하고 싶어 했는지 알 겠군. 너처럼 점프하는 여자는 처음 봤어. 이런 게 가능할 거라 고도 생각 못 했고."

지금 사과하는 거야? 머리가 멍해져서, 넋 놓고 있다가 기습 키스를 당했다. 그가 팔을 내게 두르고 가볍게 끌어안은 뒤 볼 에 입을 맞췄다. 우승 트로피가 너무 커서 방해가 됐는데도 내 려놓을 겨를도 없었다. 그가 입 맞춘 곳이 불에 덴 것처럼 활활 타오르는 것 같았다. 하지만 그 모든 게 너무 순식간에 지나가 버렸다.

레이븐이 내게 다가와 입 맞추며 속삭였다.

"이제 평생 그쪽은 안 씻겠네?"

짓궂은 그 말에 얼굴이 새빨갛게 달아올랐다.

우승자들은 전통에 따라 여러 가지 가벼운 점프 묘기를 선 보여야 했다. 조엘과 나, 3등 수상자는 호수 변에서 함께 물에 입수한 다음 중앙까지 나아갔다. 호수 위에 설치되었던 고리 는 철거되어 있었다. 일단 한 사람씩 점프한 다음엔 함께 점프 했다.

세 번째 점프를 시도하는 도중에 그들을 봤지만, 점프를 중 지하기엔 이미 늦은 시점이었다. 최소 20명은 되는 셸리코트들이 아발라 결계 밖에 모여 있었다. 그리고 뭔가가 번쩍이는가 싶더니, 원래는 투명 무색이어야 할 결계가 뚜렷이 드러났다. 그러곤 갑자기 결계 바깥에서 우리 쪽으로 불덩어리가 날아왔다. 새된 비명 소리가 들렸고, 점프 도중에 조엘과 공중에서 부딪힌 다음 눈앞이 깜깜해졌다. 그러곤 물속으로 떨어졌던 것같다.

정신이 들었을 땐 해변 위에 누워 있었다. 나를 치료하는 사람의 얼굴이 보였다. 그의 손이 닿은 곳이 불덩이처럼 뜨거워졌다. 머리가 깨질 것같이 아팠다. 몸을 일으켜 보려 했지만 멀린이 제지했다.

"다 잘될 거다."

그가 나를 안심시키며 말했다.

"엘린은 도망쳤고 여긴 안전해. 녀석의 불덩이는 결계를 뚫지 못했다. 네 상처부터 치료하자꾸나."

그가 내 머리를 만지자 엄청난 고통이 느껴졌다.

"일단은 성에 돌아가자꾸나. 여기 잠시 누워서 안정을 취하고 있거라."

그가 주위를 둘러보았다.

"멀린, 저 걸을 수 있어요."

그가 들것을 가져오라고 명령했지만 나는 손사래를 치며 거절했다.

"걷다니, 절대로 안 돼."

"제가 엠마를 안고 가겠습니다."

캘럼이 내 곁에 한쪽 무릎을 세우고 앉으며 말했다. 한숨이
나왔다. 도대체 다들 왜 이래?

"그냥 들것에 실려 갈게."

점점 극심하게 통증이 느껴지는 머리를 움직이지 않으려고
노력하며 웅얼거렸다.

"아직도 넌 조준 범위에 있으니 가능한 한 빨리 여길 벗어나
야 돼. 게다가 널 안고 나르는 것도 처음은 아니잖아."

그가 나를 마치 지푸라기 들듯 번쩍 안아 올린 다음 성으로
향했다. 주변을 둘러보니 거의 다 피신하고 없었다.

"나, 얼마나 기절해 있었던 거야?"

캘럼에게 물었다.

"심각한 부상이 있다고 생각되지는 않을 만큼, 하지만 아미
아가 심각하게 걱정할 만큼."

"아미아는?"

"당연히 엘린의 공격이 있고 나서 곧바로 성으로 피신시켰
지. 하지만 내가 널 물속에서 건져 내는 걸 본 다음에야 안심하
고 가더군."

날 물에서 건져 낸 게 캘럼이었어? 그제야 그의 몸이 다 젖
어 있다는 걸 알았다.

"조엘은?"

"괜찮아. 그 녀석 머리는 네 것보다 단단하니까."

그가 큭큭 웃었다.

"뭐가 그렇게 웃겨?"

의심스러운 눈초리로 쏘아봤다.

"넌 항상 내 예상을 빗나가니까."

기가 막혀서 말문이 막혔다. 어쩌면 이렇게 뻔뻔스럽게 남의 불행을 가지고 즐거워할 수 있는 거지? 하지만 머리에 통증이 느껴져서 눈을 감고 그의 어깨에 머리를 기대야 했다.

"너무 빨리 걷지 마. 안 그래도 머리가 빙글빙글 도니까."

솔직히 말하면, 1초라도 더 오랫동안 그에게 안겨 있고 싶었다.

그가 나를 병실 침대에 눕히고, 내 젖은 수영복 위에 조심스럽게 이불을 덮어 주었다. 그러고는 멀린과 아미아가 병실로 들어오자마자 방을 나갔다. 그게 차라리 나았다.

아미아가 다가와서 옷 갈아입는 걸 도와주었고, 멀린은 머리의 상처를 살펴본 후 아미아와 내가 둘만 있도록 배려해 주었다.

"너 때문에 걱정돼서 죽을 뻔했잖아!"

아미아가 울먹였다.

"미안……."

멀린이 가져다준 물약이 효과를 나타내는 걸 느끼면서 대꾸했다.

"조엘이 널 찾으러 잠수했다가 못 찾고 올라온 걸 보고, 캘럼이 사람들을 헤치고 호수 쪽으로 미친 것처럼 달려가더라. 그치만 사람들이 한꺼번에 관람석에서 도망치려고 하는 바람에 꽉 막혀서 움직일 수 없는 상태였어. 정말 아무도 안 다친

게 기적이야. 엘린의 불덩이 화살은 결계를 뚫긴 했지만 힘이 약해져서 우리한테까지는 미치지 않았어. 하지만 모두를 겁먹게 만들긴 충분했어. 생긴 것도 무섭게 생긴 데다 불화살이 날아올 때 큰 소리도 났으니까. 정말 어떻게 그런 걸 만들어 낸 건지……. 레이븐이 엘리시엔 여왕에게 얘기해서 결계를 평소보다 강화했기에 망정이지, 안 그랬으면 많이들 죽었을지도 몰라."

아미아가 울면서 말해 주는 이야기에 귀 기울였지만, 대답하거나 위로해 줄 수가 없었다. 몸이 나른해져서 가만히 침묵할 뿐이었다.

"만약에 엘린이 누굴 죽이기라도 했으면, 나 자신을 용서할 수 없었을 거야. 엘린이 그런 짓을 할 수 있는 건 그를 살려서 도망치게 한 내 책임도 있으니까."

그게 무슨 바보 같은 소리냐고 대꾸하고 싶었지만 잠이 몰려왔고, 눈을 떴을 땐 다음 날 아침 해가 떠올라 있었다.

제일 먼저 깨달은 건, 내 곁에 캘럼이 있다는 사실이었다.

몸을 일으키고 앉으면서 낮게 신음했다. 아직도 머리가 핑핑 돌았다. 캘럼이 몸을 돌려 나를 바라보았다.

"여기서 뭐하는 거야?"

불쑥 물었다. 내가 들어도 그리 상냥하게 들리진 않았다.

"네 상태가 어떤지 보러 왔어."

"아미아는?"

아미아 없이 그와 단둘이만 방 안에 있다는 게 좀 껄끄러웠다.

"아마 아직 잘 거야. 다른 사람들도 그렇고. 어제 그 사건이 있었지만 다들 파티만큼은 안 놓치려고 하더군. 넌 어제의 하이라이트를 놓친 셈이야. 엘린의 공격이 실패한 걸 성대하게 축하하느라고 다들 난리가 났었거든."

"그랬겠지. 애초에 셸리코트 혼혈 여자애 하나만 노린 걸지도."

내가 퉁명스럽게 대꾸했다. 그러자 캘럼이 씨익 웃었다.

"그러게 처음부터 경고했었잖아. 그런 일이 일어날지도 모른다고. 하지만 뭐 늘 그렇듯이 사뿐히 무시하더군."

지금 나 놀리는 거야?

"내 덕분에 즐겁다니까 다행이네."

작은 목소리로 중얼거렸다.

그가 내 침대 가까이 다가오더니 나를 천천히 살펴봤다. 그의 눈빛이 내 온몸을 훑었다.

"걱정했어."

그가 말했다.

"엘린을 완전히 제압하기 전까지는 내가 지켜 줄 테니까 걱정 마."

그 말을 듣자 왠지 화가 치밀었다. 나도 왜 그랬는지는 몰랐지만, 그의 상냥함이 너무 짜증 나고 부담스러웠다.

"나 따위는 걱정 안 해도 되니까 신경 꺼. 날 지켜 줄 사람은 너보다 훨씬 나은 사람으로 찾을 거니까. 넌 네 약혼녀나 챙겨 주는 게 어때?"

그의 얼굴이 돌처럼 굳어지더니, 쇠로 만든 차가운 가면을 쓰듯 냉담해졌다. 그리고 잠시 고개를 끄덕이더니 방을 나갔다.

이제 끝이었다. 절대로 되돌아오진 않겠지.

3일 후, 어느 정도 몸이 회복되자 다시 방으로 돌아가는 게 허락되었다. 머리에는 작은 반창고 이외에 부상의 흔적은 없었다.

클럽 룸에 들어가니, 몇몇 친구들이 작은 파티 형식으로 나를 맞아 주었다. 아마 내가 파티를 놓친 걸 후회할 거라 생각했는지, 그날 밤이 하얗게 새도록 시끌벅적하게 놀면서 내 점프 대회 입상을 축하해 주었다.

미스 서머가 부엌에 호화로운 뷔페 음식을 준비해 주었고, 우리 그룹 사람들끼리 여는 작은 파티였지만 멀린과 미론, 캘럼도 밤사이에 얼굴을 비춰 주었다. 미론과 멀린이 내게 다가와 축하의 인사와 안부를 묻는 동안, 캘럼은 내게 눈길조차 던지지 않았다.

다 내가 자초한 거였다. 아미아는 캘럼이 나를 구해 주지 않았으면 익사했을 거라면서, 빈스와 조엘이 그보다 가까이에 있었지만 날 찾지 못했다고 했다. 캘럼이 물속에 뛰어들어 그의 체광으로 호수 전체를 밝혔고, 그렇게 물풀과 해초 사이에서 날 찾아냈다고 했다.

그동안 물 위에선 엘린이 불덩이 화살을 관람석 쪽으로 쏘아 대고 있었다. 결계를 통과하면서 마력이 반감되어 파괴력은 떨어졌지만, 호수 위로 번쩍거리며 날아오는 불화살은 모두를 겁먹게 만들기 충분했다. 그 상황에서도 날 찾아내 준 것이었다.

캘럼한테 고마워해야 한다고 아미아가 몇 번이나 강조했지만 왠지 그 말을 꺼내기가 너무 어려운 게 사실이었다.

다음 날, 레이븐과 함께 탈린의 방에 가 보았다. 캘럼을 구출하면서 그의 방에 드나들던 게 습관이 된 까닭도 있었지만, 4일 동안 캘럼을 못 보고 나니 '캘럼 금단 증상'이 도져서 견딜 수 없었다.

방에 들어서니, 미론이 탈린 옆에 앉아 있었다. 그들의 표정이 어쩐지 심각했다. 미론이 날 보고는 가볍게 고개를 끄덕여 인사했다.

이전까지와는 다르게 이번 모임의 분위기가 심상치 않았다. 말로 설명할 수 없었지만 어딘가 무거운 공기가 감돌았다. 아미아, 레이븐과 페린 곁에 앉아서 덩달아 입을 꾹 다물고 있었다. 아미아의 얼굴이 이상할 정도로 창백했다.

"왜 그래, 아미아?"

아미아에게 속삭였다. 하지만 반응이 없었다. 눈을 크게 뜨고 앉아서 허공만 응시하고 있는 게, 어딘가 불길한 예감이 들었다.

레이븐에게 이게 대체 무슨 일인지 물어보려 했지만, 그쪽도 다른 데 정신이 팔려 있는 눈치였다. 아마 다른 누군가의 머릿속을 들여다보고 있는 모양이었다.

다들 얼빠지고 경악에 찬 모습이었다.

미론이 방문을 닫고, 알아듣기조차 힘든 작은 목소리로 입을 열었다. 그런 다음, 다시 한 번 좀 더 명확하게, 조금 더 큰 목소리로 말해 주었다.

"이 자리에 모두 모여 줘서 고맙다. 방금 끔찍한 소식을 전해 들었고, 이 일이 앞으로 어떤 결과를 불러일으킬지 현재로서는 알 길이 없는 상태다."

그 말에 앉은 무리가 웅성거리며 동요했다.

"당장 다른 종족 수장들과도 연락을 취해야 해."

그가 혼잣말처럼 중얼거렸다.

"도대체 일이 어떻게 돌아가는 건지…… 모르겠군."

마지막 말은 거의 알아들을 수가 없을 지경이었다. 미론이 방 안을 이리저리 서성이더니, 갑자기 뭐가 떠오르기라도 한 듯 급하게 방을 나가 버렸다. 앉아 있던 모두가 얼빠진 얼굴로 미론의 뒷모습을 바라보았다. 미론이 저리도 당황한 건 처음 봤다. 도대체 무슨 일이기에? 미론은 한 번도, 단 1초도 저 정도로 이성을 잃어 본 적이 없는 인물이었다.

탈린도 벌떡 일어나 미론의 뒤를 쫓았다.

캘럼이 몸을 일으켜 방문을 닫고는, 잠시 동안 앉아 있던 사람들에게서 등을 돌리고 문가에 서 있었다. 그 모습이 마치 자신을 추스르려는 것 같았다. 마침내 그가 우리 쪽을 바라보자, 그의 얼굴이 미론보다 더 창백하다는 걸 알 수 있었다.

"모두 미론을 이해해 주길 바랍니다."

그가 문 쪽을 가리키며 말한 후, 탈린의 책상에 몸을 기댔다. 그 모습이 마치 쓰러질 듯 불안했다. 그가 떨리는 손으로 책상을 움켜잡고, 아무도 바라보지 않은 채 입을 열었다.

"엘린이 대체 어떻게 흑마법을 쓰게 되었는지 알아내기 위해서 엘리시엔과 멀린이 백방으로 알아보고 다니다가, 이번에 결국 알게 되었습니다. 여러분도 알다시피, 흑마법과 관련된 책이나 도구는 대전쟁 이후로 모두 말소되었습니다. 여기 아발라의 도서관에조차 흑마법에 관한 정보는 단 한 줄도 남아 있지 않습니다. 어떻게 엘린이 흑마법을 배웠는지는 전혀 알 길이 없었죠."

내 옆에서 아미아가 내 손을 더듬고 꽉 움켜쥐었다. 나는 아미아를 바라보았다. 캘럼에게서 눈을 떼기가 싫었던 게 사실이다. 그가 저렇게 앞에 나가 말하고 있을 때는 마음껏 바라봐도 아무도 이상하게 보지 않으니 말이다.

아미아가 울고 있었다. 그래서 작은 목소리로 위로해 주며, 손수건을 건네주었다. 캘럼이 우리를 보느라 잠시 말을 멎었다가 다시 말을 이었다.

"앞서 말한 것처럼, 이번에야 그가 어디서 흑마법을 깨우치게 되었는지 알게 된 겁니다."

그러고는 또 말을 멎었다. 답답해서 미칠 지경이었다. 도대체 뭐가 그리 심각하기에 이렇게 뜸을 들이는 거지?

다른 모든 사람들은 참을성 있게 다음 말을 기다리는 것 같았다. 속이 부글부글 끓어서 결국 한마디 내뱉었다.

"그냥 말해 주면 안 돼?"

내 성급함에, 주위에서 싸늘하게 눈치를 줬다.

"운디네들과 함께 있었던 겁니다."

그가 작은 목소리로, 마치 그 단어조차 입에 올리기 싫다는 듯 중얼거렸다. 그러자 좌중은 삽시간에 동요하기 시작했다. 아마도 그게 뭔지 곧바로 알아챈 모양이었다. 여기저기서 경악에 찬 한숨 소리가 새어 나왔다.

"누구랑 있었다고?"

하지만 아무도 내 물음에 대답해 주지 않았다. 미로가 이 틈을 타고 아미아의 옆에 앉아 손을 잡고 위로해 주었다. 다들 혼란에 빠져서 떠들어 대느라 아무도 두 사람을 눈치 채지 못한 것 같았다. 미로가 아미아를 지긋이 바라보며, 아무것도 걱정할 필요 없다는 눈빛을 보냈다.

"미로, 도대체 무슨 말이야? 엘린이 어디서 흑마법을 배웠다고?"

그가 비로소 내 쪽으로 얼굴을 돌렸다. 그러자 그의 눈에서도 혼란을 읽을 수 있었다.

"운디네들과 함께 있었대."

"그러니까 그 운디네가 뭔데?"

"물에 사는 괴물이야."

그가 멍하니 중얼거렸다.

그 말을 듣자 나도 좀 혼란스러워서 캘럼을 찾으니, 방 안은 여기저기 삼삼오오 모여서 웅성거리는 소리로 정신없었다.

여기저기서 조금씩 얻어듣기는 했지만, 대체 왜들 이렇게 겁먹은 건지 구체적인 정보를 얻을 수가 없었다.

미로는 아미아와 함께 이야기하느라 전혀 도움이 안 되었다. 결국은 어떻게든 정보를 얻어야겠다는 생각이 들었다.

캘럼과 레이븐은 몇몇 동요하는 사람들을 상대하고 있었다. 조심스럽게 그의 스웨터 자락을 잡아당기자, 잠시 후 그가 나를 돌아보았다.

"엠마?"

그의 눈빛에는 눈곱만큼의 상냥함도 찾아보기 힘들었다.

"운디네가 뭐야? 도대체 무슨 일인지, 뭐가 그렇게 위험한 건지 말해 줄 수 있어?"

그가 나를 머리부터 발끝까지 훑어보았다. 마치 그 정보를 내게 줘도 되는지 고민하는 것 같았다. 심호흡을 하고 얌전히 참을성 있게 기다렸더니, 효과가 있었다.

"운디네는 물에 사는 괴물이야."

그건 안다구.

"영혼 없는 괴물이지."

흠. 이제야 좀 소름 끼치는데?

"강이나 연못에 숨어 살아. 운디네의 노랫소리를 들은 사람은 미친다고 해."

"엘린이 그걸 듣고 미친 걸까?"

그가 어깨를 으쓱해 보였다.

"모르지. 운디네를 어떻게 찾았는지조차 모르겠어."

그가 혼잣말을 하듯 중얼거렸다. 나는 침묵하며 그가 좀 더 말해 주길 기다렸다.

"천 년 전, 운디네들은 고대 도시 이스에 모여 살았어. 이스가 어디에 있는지는 아무도 몰라. 운디네는 거대한 종족이었어. 하지만 시간이 흐르면서 그들은 점점 오만해지고 과욕에 찼지. 그러다가 어느 날, 그들이 섬기던 여신이 그 거대했던 도시를 멸망시켰고, 살아남은 몇몇은 사방으로 뿔뿔이 흩어졌어. 그리고 영혼을 빼앗기는 저주와 함께 살아가게 된 거야."

이야기를 듣고 있자니 살갗에 소름이 돋았다. 그의 말이 끝나자 어쩐지 주위가 조용하다 싶어 둘러보니, 다들 이야기를 멈추고 캘럼의 말에 귀 기울이고 있었다.

"현재까지 살아남은 운디네의 수는 다섯, 여섯이 될까 말까야. 하지만 솔직히 말해 그들이 살아 있다는 사실조차 믿기 힘들어."

"어쩌다 영혼 없는 괴물이 된 거야?"

"그들이 섬기던 여신이 탐욕과 오만에 대한 벌로 영혼을 가져가 버렸어. 그 후로는 저주 받은 채 살게 된 거야. 전설에 따르면, 그들은 긴 금발의 아름다운 여성의 모습으로 나타난다고 해. 하지만 그들에게는 영혼도 육체도 없기 때문에 일종의 껍데기일 뿐이야. 눈을 보면 알아. 텅 비어 있으니까. 운디네에 대해서는 거의 정보가 없어. 왜냐하면 운디네와 마주친 존재는 죽음을 면치 못하기 때문이지."

그때 조엘이 끼어들었다.

"하지만 엘린은 살아남았고, 그들에게서 흑마법의 비밀을 얻어 낸 거지. 하지만 그 대가로 그가 뭘 걸었는지는 알고 싶지도 않다구."

그가 떨리는 목소리로 말했다. 조엘이 저렇게 겁먹을 수 있다니, 왠지 나까지 기분이 이상해졌다.

"엘린에게 흑마법을 전수해 준 게 운디네라고 생각하는 거야?"

빈스가 물었다. 그러자 캘럼과 조엘이 동시에 고개를 끄덕였다.

"하지만 그건 어떻게 알았어?"

"미스 라비니아가 엘리시엔 여왕에게 찾아온 모양이야."

캘럼이 말해 주었다.

"쓸모가 없어지자 무리에서 쫓겨난 모양이더군."

물론 그녀가 저지른 게 있었으니 그런 꼴을 당해도 싸긴 했다. 하지만 왠지 안타깝기도 했다. 외사랑이 얼마나 괴로운 건지 나도 잘 알고 있으니 말이다. 라비니아는 가웨인을 사랑했기 때문에 자신이 속한 종족뿐만 아니라 이 세계 전체를 배반했다. 아무리 이제 와서 돌이키려고 해도 그에 상응하는 형벌은 면하지 못할 것이었다.

"라비니아가 우리에게 이 사실을 알린 걸 알면 엘린이 가만 있지 않을 거야. 아무튼 라비니아가 용기를 내 준 게 고맙지."

"아니면 이것도 계획의 일부일지도."

조엘이 끼어들었다.

"아니면 그냥 멍청한 거 아냐?"

빈스도 거들었다.

"논쟁은 다음으로 미루자. 이제 다른 종족들의 수장과 이 일을 의논하러 가야 해. 앞으로 어떤 일이 있을지, 우리가 어떻게 대처해야 할지 말이야. 아미아는 날 따라오고."

그는 미로와 아미아가 앉아 있는 소파로 가서 손을 내밀어 아미아를 데리고는 방을 나갔다.

사실 나에게는 이 모든 게 더는 의미가 없었다. 어차피 며칠 후면 성을 떠나게 될 거였고, 이 모든 마법의 세계도, 캘럼도 내 삶에서 사라질 것이었다.

레이븐이 모두에게 제발 조용히 좀 하라고 고함을 질러 대는 소리를 뒤로하고 천천히 그곳을 나왔다.

13장

~~~

창문 앞에 서서 피터의 차가 정문을 통과해 들어오는 걸 바라보았다. 회색 하늘에서는 하루 종일 보슬비가 내리고 있었다. 내 기분에 어울리는 날씨였다. 드디어 헤어져야 할 날이 온 것이다.

몸을 돌려서 마지막으로 레이븐, 아미아와 함께 묵었던 방을 둘러보았다. 내가 머물렀던 공간은 휑해 보였다. 침대보는 벗겨 내어 침대 발치에 가지런히 개어 놓았다. 서랍장도 비워 놨다. 이제 내가 머물렀던 흔적은 전혀 없었다.

레이븐과 아미아가 보고 싶을 거다. 내 친구들 모두가 그리울 거다. 마지막으로 침대를 한 번 더 정돈한 뒤, 이틀 전부터 옷장 속에 넣어 두었던 여행 가방을 꺼냈다. 이제는 마지막으로 욕실에서 위생 용품만 챙겨 나오면 되었다.

욕실에서 방으로 돌아와 보니, 방 안에 피터가 들어와 있었다. 아마 노크 소리를 듣지 못한 것이리라. 그를 반기려고 한걸음 다가서는데, 그가 미안하다는 눈빛을 보냈다. 그제야 왜 그런 표정을 짓는지 알 것 같아서 걸음을 멈추었다.

그의 뒤에 캘럼이 서 있었다.

그의 눈빛에 내 몸이 불덩이처럼 뜨거우면서도 얼음처럼 차가워지는 것 같았다.

아마 내 몸이 그에게 반응하는 것도 이게 마지막이겠지……. 아니, 마지막이길 진심으로 바랐다.

가능하면 이렇게 그와 마지막으로 보게 되는 걸 피하고 싶었다. 또 미론이나 다른 사람들에게도 이별의 말이나 긴 대화, 끝맺음, 만류 이런 걸 듣고 싶지 않았다. 어찌 보면 비겁했지만, 정말로 이들과 이별할 자신이 없었다. 집으로 가겠다는 나의 결정, 아발라를 떠나겠다는 결심이 문제가 될 수 있다는 것도 알고 있었다. 이런 내 행동이 얼마나 이기적이고 비이성적인지 알고는 있었지만 정말 다른 방법이 없었다.

캘럼의 얼음같이 차가운 푸른 눈동자가 나를 노려보았다.

"아발라를 떠나다니, 있을 수 없는 일이야. 절대 안 돼."

그가 소리 질렀다.

그가 이렇게 화내는 걸 본 적이 없었지만 겁나지 않았다.

"네가 뭔데 명령이야?"

확고한 음성으로 되받아쳤다. 하지만 자세히 귀를 기울인다면 내 목소리가 떨리고 있다는 걸 알 수 있을 터다.

"네 맘에 안 들어도 어쩔 수 없어."

그가 내게 다가와 내 손에서 여행 가방을 빼앗아서 침대 위에 던졌다. 가방이 침대에 부딪히며 요란한 소리가 났다.

피터가 겁을 집어먹고는 방을 살그머니 나가려는 걸 붙잡아 놓았다.

"지금 밖에 나가는 건 너무 위험하다고! 적어도 엘린이 어디 있는지 알아내고 대의회에 세워서 처벌하기 전까지는 아발라에 있어. 알아들었어?"

이런 말투로 내게 윽박지르다니! 믿을 수가 없었다.

"네가 도대체 뭐라고 생각하는 거야? 아직 왕도 아니면서 어디다 대고 명령이야? 왕이 된다고 해도 나랑은 아무 상관도 없거든?"

나도 소리를 지르며 맞섰다.

"난 인간이고, 앞으로도 인간일 거야. 그게 네 맘에 안 든다고 해도 상관없어! 넌 아미아랑 행복하게 살면서 개한테나 명령하길 바라. 아미아라면 네가 하라는 건 찍소리 안 하고 다 할 테니까!"

캘럼이 한 걸음 물러섰다. 그의 얼굴이 창백해지는 게 보였다. 하지만 한번 터진 말들은 멈출 수 없었다.

"네가 다른 사람한테 이래라저래라 명령하고 네 맘대로 하려고 하면, 넌 엘린하고 다를 바가 없어. 난 피터랑 집에 갈 거고 아무도 나를 막지 못해. 너는 더더욱 아니고!"

몸이 부들부들 떨렸다. 눈에는 눈물이 차올랐다. 너무 화가 났기 때문이다. 하지만 캘럼 앞에서는 절대 울지 않을 거다. 절대로 내 나약함을 보여 주지 않을 거다. 그의 면전에서 몸을 홱 돌려서 침대에 나뒹구는 가방을 집어 들었다. 여기서 나가야 해. 그에게서 벗어나야 해.

캘럼은 한마디도 하지 않았다. 그냥 못 박힌 듯 거기 서서 나를 바라보고만 있었다. 그의 앞을 지나가려고 하는데, 그가 내 팔을 잡았다. 그러자 그의 손이 닿은 곳이 찌릿거리기 시작했다. 그가 나를 자기 쪽으로 끌어당겼다. 그와 눈이 마주치자, 그 눈빛은 한순간 내가 예전에 사랑했던 사람의 눈빛으로 돌아와 있었다.

"제발, 조심해."

그가 애원하듯 속삭였다. 하지만 그것도 잠시, 그의 눈빛은 금세 차갑고 냉정한 얼음으로 돌아왔다. 그가 나를 놓고 길을 비켜 주었다.

"이제 가 봐. 안 붙잡을 테니."

그게 그의 마지막 말이었다.

방을 나와 복도를 걷는데, 마치 영원히 거기서 벗어날 수 없을 것같이 길게 늘어나는 느낌이었다. 피터는 나를 따라오느라 애먹고 있었다. 미론에게 가서 마지막 인사를 할까 했지만, 어차피 캘럼이 내가 집으로 돌아간 걸 알고 있으니 굳이 할 필요가 있을까 싶어 그만두기로 했다.

차에 올라타 포트리 시로 향하는 동안 긴 침묵이 흘렀다. 피터의 표정은 내 결정을 기뻐하지는 않는 것 같았지만, 나를 비난하거나 나무라지 않아서 고마웠다. 피터까지 신경 쓰고 있을 여유는 없었으니 말이다.

아발라로부터, 캘럼으로부터 멀어질 때마다 슬픔과 고통이 밀려올 터였지만, 그와 한 지붕 아래에 있는 걸 더는 견딜 수 없었을 게 뻔했다.

레이븐과 아미아, 그리고 내 모든 친구들을 떠올렸다. 이제 그들을 영영 다시 만날 수 없다는 생각을 하니 좀 이상했다. 그만큼 늘 가까이에 있었는데.

"레이븐이랑 아미아가 나한테 화날까? 어떨 것 같아?"

침묵을 깨고 피터에게 물어보았다.

"아까 레이븐한테 편지 한 장 남겨 놓고 왔어. 네가 왜 이럴 수밖에 없었는지 말야."

그의 말에 깜짝 놀랐다.

"아까 너랑 캘럼이 다툴 때 책상 위에 올려 두고 왔지."

그가 좀 미안해하는 눈빛으로 덧붙였다. 고마워서 그에게 미소 지어 보이자 그도 한결 안심한 표정이었다.

"그냥, 그렇게 해도 되나 고민되더라고. 네가 그러기를 원하지 않았더라면 어쩌나 싶어서."

"마음은 그러고 싶었는데 왠지 사람들이랑 작별할 자신이 없었어."

"레이븐한테 쓴 편지에 아미아한테도 전해 달라고 썼어. 아마 네가 떠난 걸 제일 힘들어할 사람은 아미아니까 말야."

피터가 조용히 말했다.

"자기 친오빠를 잃었는데 이제는 자매까지 잃은 셈이잖아. 캘럼은 이제 아미아에게 너와 연락하지 말라고 명령할 거야. 그건 알고 있지?"

나는 고개를 끄덕였다.

"게다가 사랑하지 않는 사람과 결혼해야 하니까. 캘럼은 아미아를 계속 자기 마음대로 하려고 들 거야."

어떻게 보면, 내 운명보다 아미아의 운명이 더욱 가혹한 게 아닐까 싶었다.

"캘럼 많이 변하긴 했어. 전보다 더 진지해졌달까……. 하지만 캘럼 입장에서 생각해 봤어? 자기 종족 모두를 책임지고 모두의 기대에 부응하는 건 쉽지 않을 거야."

피터가 말했다. 하지만 그렇다고 해서 그의 모든 행동이 용납되는 건 아니었다.

"그것도 어쨌든 다 자기가 선택한 거야."

스스로가 완고한 게 아닐까 생각됐지만, 어쩔 수 없었다.

"아무도 지금 당장 아미아랑 결혼해야 한다고 강요하지 않았어. 어쩌면 나중에 해결 방법이 생겼을 수도 있잖아."

차창 밖을 바라보는데, 갑자기 굵직한 눈물이 볼을 타고 흘러내렸다. 피터가 위로하듯 내 손을 잡아 주었다. 그리고 고맙게도 그냥 침묵해 주었다.

내 방은 떠나던 날의 모습 그대로였다. 외숙모는 꽃 몇 송이를 창가 화병에 꽂아둔 것 이외에 다른 건 하나도 건드리지 않았다. 물론 침대보는 깨끗하게 세탁한 것으로 잘 정돈되어 있었다. 방 안에는 향긋한 비누 냄새와 장미 향기가 가득했다.

마치 집에 돌아온 기분이었다. 아멜리가 학교에서 돌아왔을 때, 나, 외숙모와 피터는 부엌에 앉아 있었다. 아멜리가 뛰어 들어와 내 목을 부둥켜안았다.

"세상에, 얼마나 보고 싶었는지 몰라!"

결국 보다 못한 외숙모가 우리를 떼어 놓을 때까지 계속 이 말만 반복했다.

조금 있다가 외삼촌이 한나, 앰버와 함께 집에 돌아온 후, 모두가 부엌 식탁에 둘러앉아 직접 구운 초콜릿 케이크를 먹고 있자니 마치 한 번도 집을 떠났던 적이 없었던 것 같은 기분이었다.

"무슨 일이 있어도 내일 아침부턴 학교 다시 나와야 돼."

아멜리가 익숙한 방식으로 수다를 떨었다.

"너 미국에서 돌아왔다고 다들 기뻐서 난리야."

이게 무슨 소린가 싶어서 외삼촌을 바라보니, 그가 케이크를 씹으면서 어깨를 으쓱해 보였다.

"네가 갑자기 사라진 걸 어떻게든 둘러대야 했다. 미국에 갔다고 말하는 게 제일 간단했어. 캘럼을 잊기 위해 얼마간 옛 친구들을 보고 온다고 했지. 대부분 그렇게 알고 있어. 물론 좀 갑작스럽게 떠났다고 의심하긴 했지만 말이다. 시간이 좀 지나니까 더는 아무도 묻지 않더구나."

그가 피터와 열심히 떠들어 대고 있는 쌍둥이를 곁눈질하며 말했다. 피터가 에든버러에서 대학에 다니기 시작한 이후로는 이렇게 주중에 집에 있는 게 드문 일이기 때문에 다들 신난 모양이었다.

"혹시 하루 이틀 정도만 쉬었다가 학교에 가도 돼요?"

외삼촌에게 물었다. 하지만 아멜리가 끼어들었다. 그러고는 비밀이라는 듯 속삭였다.

"안 돼. 너한테 소개시켜 줄 사람 있단 말이야."

그러자 외삼촌이 눈을 치켜뜨며 신문 뒤에서 한숨을 쉬었고, 외숙모는 식탁을 정리하면서 씨익 웃었다.

내가 없는 동안, 이곳은 거의 아무것도 변한 게 없어 보였다. 아멜리가 내게 보여 주려고 하는 게 뭔지는 감이 왔다. 아마 남성미의 견본품 같은 남자겠지. 뇌보다 근육이 더 발달한. 하지만 아멜리의 사랑이 내 외사랑보다 훨씬 나을 것도 같았다. 아마 앞으로 다시 사랑에 빠지긴 어렵겠지. 기대치를 확 낮추거나, 아니면 노처녀로 늙어 죽거나. 두 가지 다 맘에 드는 미래는 아니었지만.

아멜리와 같이 외숙모를 도와서 부엌을 정리했다. 그런 다음에는 아멜리가 자기 방에서 내가 없는 동안 일어났던 이런저런 시시콜콜한 일들을 보고했다. 밤이 되어 내 방으로 가 침대에 누워서야 좀 생각할 시간이 생겼다. 다시 내 방에 혼자 누워 있자니 좀 이상한 기분이었다. 하지만 지난 2년간 그랬듯, 이번에도 금방 적응할 터였다. 이리저리 몸을 뒤척이면서 아미아와 레이븐이 내던 소리를 그리워했다. 아미아의 작은 숨소리, 밤새 자기 생각을 일기에 적던 레이븐의 연필 소리가 아직도 귓가에 생생했다. 다행히 피곤했던 탓인지 그리 힘들지 않게 잠들 수 있었다.

다음 날, 학교에 가니 오랜만이라 그런지 영 적응이 안 되었다. 옛 친구들은 나를 아주 살갑게 맞아 주었다. 누군가가 나를 그리워해 줬다는 게 고마웠다. 제이미와 아멜리는 곧바로 우리가 함께 보낼 주말 계획에 착수했다. 그 둘은 맘 같아선 당장 내일부터 밀렸던 모든 활동을 보충하고 싶어 했다. 간신히 말린 끝에 영화관에 갔다가 바에 가는 걸로 마무리했다. 사실 뭘 하든 상관없었다. 내 기억 속 작은 저장소에서 살면서 캘럼을 자꾸만 불러내는 악마를 제압해야만 했다. 하지만 이제 어느 정도는 단련되어 있었다.

아멜리가 그토록 보여 주고 싶어 했던 남자는 예상했던 대로였다. 이름은 제이크였고, 금발의 매력 남이었다. 단지 그 근육 남 앞에 서 있으면 딱 세 마디 말만 들어도 뇌 용량을 정확히 측정할 수 있다는 게 문제였지만. 물론 사람을 자꾸만 폄하하는 건 나쁜 거지만, 최근에는 남자들에 대해 그리 좋게 말할 수 없게 된 게 사실이다. 시간이 지나면 좀 나아지지 않을까.

팀과 브라이언이 쉬는 시간마다 나타나서 미국에서의 삶과 사랑에 대해 끈덕지게 물어보지만 않았어도 첫 등교 일은 그런대로 괜찮았을 텐데. 정말이지 그 둘을 참아내는 건 힘들었다.

결국은 머리털을 쥐어뜯으며 최악의 하루를 보내야 했다.

마지막 시간까지 견딘 다음엔 소피의 서점으로 달려갔다. 아멜리가 내 곁에서 잠시도 떨어지고 싶지 않다는 투로 투덜거렸지만 말이다.

서점 문을 열고 들어서자 귓가에 익숙한 벨이 울렸고, 소피가 눈물이 그렁그렁한 눈으로 달려 나와 나를 맞았다. 어찌나 세게 끌어안던지, 마치 영원히 놓지 않겠다는 의지를 보여 주는 것 같았다. 서점 안은 오래된 종이와 가죽, 홍차와 향을 태우는 냄새로 가득했다. 그 뒤섞인 냄새들이 너무도 익숙해서 콧잔등이 시큰해졌다. 하지만 우는 건 오버하는 것 같아서 얼른 눈물을 털어냈다.

소피가 나를 가까이 끌어당기더니 머리부터 발끝까지 훑어보며 말했다.

"잠시 사이에 몰라보게 성숙해졌구나."

그러고는 고개를 절레절레 흔들었다.

"분명 너에게 힘겨운 시간이었던 게 뻔하지. 무슨 일이 있었는지 궁금하구나. 캘럼이 엘린에게서 풀려난 후에 몇 번 편지를 보내왔지만 그리 읽을 만한 내용은 없었단다."

"뭐, 안 봐도 뻔하죠."

퉁명스럽게 대꾸했다.

소피가 나를 소파에 앉히고는 홍차와 쿠키를 내왔다. 아마도 한참 전부터 나를 기다리고 있었던 모양이었다. 가게 현관에 붙은 'OPEN' 간판도 'CLOSED'로 돌려놓고 왔다.

어젯밤 아멜리에게 말해 줬던 것처럼, 아발라에서 있었던 일들과 내가 겪었던 모든 걸 이야기해 주었다. 또 캘럼의 태도가 돌변한 것에 대해서도 투덜거렸다. 이 모든 이야기를 소피는 참을성 있게 들어 주었다.

하지만 내가 기대했던 반응은 아니었다. 그를 감싸는 건 아니었지만 그렇다고 같이 흥분해서 화를 내는 것도 아니었다. 아마 다들 나보다는 더 캘럼을 잘 이해하는 모양이었다.

두 시간 정도 이야기를 나눈 뒤에는 함께 목사관까지 걸었다. 생각해 보면 아발라에서 돌아온 뒤로는 적어도 누군가 한 명은 꼭 내 곁에 붙어 있었다. 어젯밤에 잠시 집 정원을 거닐었을 때만 해도 외숙모가 내 곁에 딱 붙어 있었다. 하지만 지금은 항의하고 싶은 마음도, 그럴 힘도 없었다. 시간이 지나면 감시가 좀 느슨해지기만 바랄 뿐이었다.

"그래서, 이제 뭘 할 거니?"

목사관으로 걸어가는 길에 소피가 물었다.

"일단은 어떻게든 학교를 마쳐야죠. 아마 한두 과목은 열심히 따라잡아야 할 거예요. 아발라에서 배웠던 건 여기 성적이랑 관계가 없으니까요."

"여름방학 후에 뭘 하고 싶은지 미리 생각해 놓으렴. 벌써 대학 입시 지원서가 나왔더구나."

어째서 내가 대학에 갈 거라고 생각하는지는 알 수 없었지만 아마 그럴 확률이 가장 높을 것 같기도 했다. 하지만 대학에 간다는 건 포트리 시를 다시 떠나야만 한다는 걸 의미하기도 했다.

"생각해 볼게요."

목사관 앞에서 약속했다.

에릭슨 박사는 이전보다 훨씬 더 친절하게 나를 맞아 주었다. 그러고는 외삼촌과 할 말이 있다는 핑계로 나를 집까지 바래다주었다.

주말이 되자 아멜리는 나를 독점할 수 있었다. 그러고는 계획해 두었던 저녁 스케줄을 위해서 나를 꾸며 주었다. 나로 말할 것 같으면 묵묵히 이 모든 과정을 받아들였다. 생각보다 즐거웠던 게 사실이다. 우리는 아멜리의 옷장 앞에서 패션쇼를 했다. 오랜 고민 끝에 꽤나 예쁜 슬리브리스 탑을 골랐다.

"이렇게 예쁜 내 새 옷에 그 낡아 빠진 청바지를 걸치는 건 실례야."

아멜리가 내가 옷을 걸쳐 보기도 전에 잘라 말했다. 입어 보니 나에게 잘 어울렸다. 여기에 청바지만큼 잘 어울릴 만한 건 없을 터였다.

"이거 걸쳐 봐."

아멜리가 화려한 색의 롱스커트를 내밀었다. 소피의 카프탄을 잘라 만든 게 아닐까 의심되는 옷이었다. 기가 막히다는 눈으로 아멜리를 바라본 뒤, 웃음을 터뜨렸다.

"뭐야, 지금 일부러 그런 거지? 설마 내가 그런 걸 걸칠 것 같아?"

모욕당했다는 얼굴로 치마를 옷장에 걸어 놓고는, 이번에는 미니스커트와 흡사한 천 쪼가리를 꺼냈다. 미니스커트와의 차이점은 훨씬 더 짧다는 것이었다. 고개를 흔들자 그 천 쪼가리도 옷장 속으로 사라졌다.

하지만 그런 일로 기분 상해 있을 아멜리는 아니었다. 아멜리는 명랑함 빼면 시체였으니까 말이다.

"그럼 그 구린내 나는 청바지나 걸치든지."

내 청바지를 한 번 쏘아보고는 아멜리가 나를 화장대에 앉혔다. 반항해도 소용없었다. 내 주위를 돌면서 이것저것 바르고, 뽑아내고, 그려 대는 통에 완전히 나가떨어질 것 같았다.

마지막으로는 머리를 만져 주었다. 30분 후 거울 앞에 서니, 확실히 꾸미기 전보다는 나아 보였다. 얼굴도 그리 창백해 보이지 않았고, 눈썹도 완만한 곡선을 그리며 예쁘게 자리 잡아 있었다. 눈은 여러 가지 회색 톤으로 과하지 않게 메이크업했고, 입술은 립글로스만 살짝 발라 강조했다.

거울 앞에서 몸을 돌려 보며 감상하노라니 감탄이 절로 나왔다. 그런 나를 보는 아멜리의 표정은 흐뭇함 그 자체였다.

"오늘 밤에 너한테 안 반하는 남자가 있으면 걔가 이상한 거라고 장담할게."

물건들을 정리해 넣으며 아멜리가 확신했다.

아멜리는 아마도 캘럼이 내게 어떤 존재인지 절대로 이해하지 못하겠지. 우울한 생각을 떨쳐 버리려고 재차 고개를 흔들었다. 오늘 밤은 모든 고민을 뒤로한 채 즐길 생각이었다.

7시에 출발해서 제이미를 픽업했다. 외삼촌이 아멜리에게 나를 한시도 혼자 두면 안 된다고 신신당부했다.

"엠마한테는 베이비시터가 필요 없다니깐요! 만약에 정 불안하시면 제가 베이비시터에 맞는 놈으로 하나 붙여 줄 테니까 걱정 붙들어 매요."

그러고는 맹랑하게 제 아빠에게 씨익 웃어 보였다.

"장난치지 말고, 아빠 진짜 진지하게 말하는 거야."

식탁에 앉아 있던 피터가 끼어들었다.

"아직은 엘린이 어디 있는지, 뭘 꾸미고 있는지 모르니까. 만약에 조금이라도 이상한 게 있으면 곧바로 전화하라구."

"알았어. 걱정 마."

아멜리가 재빨리 대꾸하고는 두 남자들의 입에서 잔소리가 더 나올세라 재빨리 집을 나왔던 것이다.

제이미를 픽업한 다음 영화관에 갔다. 〈블랙 스완〉이 좋은 평점을 받고 있었다. 아멜리가 표를 사는 동안, 제이미와 나는 팝콘과 콜라를 주문했다.

"나랑 브라이언이랑 깨진 거 알아?"

다른 사람들을 흘끔거리는 동안, 제이미가 떠들어 댔다. 평범한 일상으로 돌아와 보려 했지만 아무래도 피터의 경고가 가시처럼 남아서 불안하게 만들었다.

여튼 조심한다고 해서 나쁠 건 없었다. 하지만 주위에는 팝콘을 우적거리며 콜라를 마시는 10대들뿐, 정말이지 지루할 정도로 정상적인 모습이었다. 그제야 좀 긴장이 풀리는 것 같았다.

"엠마, 내 말 듣고 있어?"

아주 잠시, 저편 모서리에서 긴 은발의 누군가를 본 것 같다는 기분이 든 순간, 제이미가 옆구리를 툭 쳤다. 겁에 질려 다시 보니 그는 사라지고 없었고, 수다를 떨고 있는 여자애들 몇 명만 보일 뿐이었다.

제이미 쪽으로 고개를 돌렸다.

"브라이언 얘기 하고 있었잖아. 우리 헤어졌다고."

"왜? 작년 여름엔 그렇게 사이좋더니."

"말도 마. 둘이 만날 때마다 자기 친구들이랑 놀재. 영화관이나 아이스크림 먹으러 가자고 해도 싫다고만 하고."

제이미가 투덜거렸다.

"TV 보거나 스킨십 하고 싶을 때만 날 찾더라고."

나도 그런 고민 아닌 고민 좀 해 봤다면 얼마나 좋았겠냐마는 그냥 묵묵히 제이미의 수다에 귀를 기울였다. 결론은 불행한 관계를 어떻게 끝내게 되었는지에 대한 이야기였다. 제이미의 말을 들으면서도 계속 주위를 둘러보며 경계했다. 왠지 쉽게 무시할 수 없는 꺼림칙한 예감이 스멀스멀 기어올랐다. 영화관 안에 들어가 앉았을 때에야 긴 한숨이 나오며 긴장을 풀 수 있었다. 그 안에는 긴 은발 머리가 없었기 때문이다.

피터에게 문자를 보낼까 말까 잠시 고민하고 있는데, 아멜리가 옆구리를 쿡 찔렀다.

"괜찮아?"

"내 생각에, 아까 영화관 밖에서 긴 은발 머리를 본 것 같아."

아멜리가 금세 내 말을 눈치 챘다.

"피터한테 문자 보낼까?"

내 물음에, 아멜리가 잠시 고민하다가 속삭였다.

"그럼 어떻게 될지 알잖아. 분명히 완전 흥분해서 식구들 다 몰고 올 거라구. 그럼 오늘은 계획했던 것들도 그걸로 끝일 테니, 차라리 영화 보면서 좀 더 상황을 지켜본 다음에 결정하자."

다시 한 번 관람석 안을 꼼꼼히 둘러보고, 의심할 만한 게 없다고 결론지은 후에야 영화에 집중할 수 있었다. 물론 처음에는 내용이 전혀 들어오지 않았지만, 영화 내용이 상당히 충격적이어서 나 자신의 상황이 좀 덜 충격적으로 느껴졌다.

영화를 다 본 후, 어두운 밤거리로 나왔다. 거리에는 일단 의심스러운 건 보이지 않았다. 아마 편집증이 생긴 것인지도 몰랐다.

아멜리가 주의 깊게 거리를 두리번거렸다.

"자, 얼른 가자."

아멜리가 내 손을 잡고는 상당히 빠른 속도로 걷기 시작했다. 제이미가 우리 둘을 따라오기 벅차 할 정도였으니 말이다. 바는 불과 몇 백 미터 거리에 있었다. 도착하자마자 아멜리가 나를 바 안으로 밀어 넣었다.

"왜들 그래?"

제이미가 헐떡거리며 숨을 골랐다.

"그냥 운동 겸."

아멜리가 얼렁뚱땅 대꾸하고는, 제이크가 미리 기다리고 있던 테이블로 우릴 안내했다.

"아가씨들, 어서 와."

그가 우리를 반기며 아멜리를 자기 무릎에 앉혔다.

"영화는 어땠어?"

"꽤 스릴 있었어."

아멜리가 그의 맥주를 마시며 대꾸했다.

"잘생긴 남자는 안 나오더라. 하지만 엠마가 사랑 영화는 죽어도 보기 싫대서."

아멜리가 나를 흘끔거리고는 팀 쪽으로 고개를 돌렸다. 그때 뭔가 이상한 느낌에 제이미를 보니, 찡그린 얼굴로 브라이언과 어떤 금발 머리 여자가 춤을 추는 걸 지켜보고 있었다.

"제이미, 콜라 사 오자."

그녀를 쿡 찌르며 관심을 돌려 보려고 했다. 제이미가 고개를 끄덕였다. 우리는 엄청난 인파를 뚫고서 바 쪽으로 갔다. 술집 안은 맥주와 담배, 사람들의 땀 냄새로 꽉 차 있었다. 아무래도 오래 있기는 힘들 것 같았다.

우리는 콜라를 주문하고는 아멜리가 제이크랑 노는 게 싫증날 때까지 기다리기로 했다. 옛 기억이 불현듯 떠올랐다. 아직 캘럼의 정체를 몰랐던 때, 그저 매력적인 남자라고만 생각했던 그날 밤, 바에 혼자 앉아 있으려니 그가 갑자기 내 뒤에 나타났었다. 그러고는 같이 춤추자고 했었다.

한숨이 푹 나왔다. 그러자 제이미가 눈치를 챘다.

"아직도 걔 생각이 나는 거지?"

나는 아무 말도 하지 않고 그냥 고개만 끄덕였다.

"근데 캘럼 걘 갑자기 어디로 사라진 거야? 계속 궁금했어. 나한텐 캘럼에 대해서 한 번도 얘기한 적 없잖아."

제이미의 말투가 마치 비밀을 털어놓아 주길 바라는 것 같았다.

"그냥⋯⋯. 런던에 있는 친척한테 간다고만 했어."

그렇게만 얼버무렸다. 에릭슨 박사가 퍼뜨리고 다닌 말이라서 그냥 이걸로 통일하기로 했다. 하지만 제이미는 그 말을 믿지 않았던 모양이다. 그녀가 의심스럽다는 눈초리로 나를 보더니 중얼거렸다.

"뭐, 내가 모든 걸 다 알아야 할 필요는 없겠지."

그러고는 슬픈 눈빛으로 댄스 플로어를 바라보았다.

"내가 보기엔 너나 나나⋯⋯."

내 말에 제이미가 나를 바라보았고, 우리는 웃음을 터뜨렸다.

"뭐가 그렇게 웃겨? 나도 껴도 돼?"

아멜리가 우리 사이에 파고들더니 내 콜라를 홀짝였다.

"별거 없어. 그냥 우리의 비극적인 인생에 대해 얘기했어."

내 말에 아멜리가 눈치 챘다는 듯 댄스 플로어를 흘깃거리며 코를 찡그렸다.

"브라이언한테 딱 맞는 짝이네."

상대 여자의 얼굴을 알아본 아멜리가 말했다. 그제야 그게 발레리라는 걸 알아챘다. 예전에 캘럼한테 흠뻑 빠져서 어떻게든 우리를 갈라놓으려고 기를 쓰던 여자애였다.

"아주 여기 있는 남자들을 다 꼬시려고 작정했나 봐."

아멜리가 혐오스럽다는 듯 눈살을 찌푸렸다.

"브라이언한테만 저렇게 달라붙어."

제이미가 대꾸했다.

"캘럼이 런던 가기도 전에 브라이언한테 꼬리 치고 다니더라. 하지만 너는 맨날 캘럼한테만 빠져 있어서 그런 건 몰랐겠지."

"나 잠깐 손 씻고 올게."

자리에서 일어서면서, 화장실에 다녀오고 나면 대화 주제가 좀 바뀌어 있기만 바랐다.

"같이 가."

아멜리가 내 등 뒤에 바짝 붙어 따라왔다.

"왜 제이크랑 같이 안 있고?"

손을 씻으면서 물어보았다.

"완전 취해서 자꾸 집적거리잖아. 나 그러는 거 싫어해."

아멜리가 조심스럽게 립 라인을 고치면서 말했다.

"갈래? 여기 좀 재미없는 것 같아."

그러자 놀랍게도 아멜리가 고개를 끄덕였다. 제이미도 반대하지 않았다. 밖으로 나와 신선한 공기를 좀 쐬니 기분이 좋았다. 하지만 그것도 잠시, 곧 오싹한 기분이 들었다. 아멜리와 제이미가 같이 있다고는 해도, 엘린을 상대로는 아무 도움도 되지 못할 게 뻔했다. 아멜리도 겁이 났는지 거리를 날카롭게 두리번거렸다.

"빨리 차 있는 데로 가자."

아멜리에게 속삭였다. 바로 그때, 술집 문이 벌컥 열리더니 제이크와 브라이언이 잔뜩 취한 상태로 비틀거리며 나왔다. 하지만 아무리 취한 상태라고는 해도 남자 둘이 함께 있으니 마음이 좀 놓였다.

"아가씨들, 어디 갈 거야?"

제이크가 자기 의도보다 큰 목소리로 고래고래 외쳤다.

"너무 지루해하지 말라구. 우리 다 같이 오늘 밤 파티 할까?"

브라이언이 말할 때마다 알코올 냄새가 진동했다.

"술 깨고 다시 와."

아멜리가 쏘아붙인 다음 내 손을 잡아끌었다. 하지만 제이미는 아직도 여전히 브라이언을 그리워하는 눈치였다.

"너 쟤랑 끝났잖아, 안 그래?"

자동차에 탄 후 제이미 쪽을 돌아보며 물었다.

"브라이언 볼 때마다 네 눈빛이 사슴같이 그렁그렁하던데?"

"사실은……. 그냥 날 좀 더 많이 챙겨 주길 바랐어."

제이미가 털어놓았다.

"사귀고 난 후 얼마간 권태기였거든. 그래서 헤어지자고 하면 다시 예전처럼 불타오를 줄 알고……."

어이가 없었다.

"머리 좀 썼네."

운전석에서 아멜리가 백미러로 무슨 진기한 물건이라도 보듯 제이미를 바라보며 말했다.

"그러기 전에 나한테 좀 물어보지. 그러면 절대 그런 거 안

통한다고 조언해 줬을 텐데."

"근데, 그렇다고 그냥 가만히 있을 수만은 없었다구!"

"괜찮아. 넌 더 나은 대우를 받을 권리가 있어."

제이미를 위로했다.

하지만 별로 도움이 된 것 같지는 않았다. 제이미가 뒷좌석에 머리를 박고는 알 수 없는 몇 마디 말을 중얼거렸다.

"내가 사랑에 대해서는 너희들한테 누누이…… 한 백 번쯤 말했나? 아무튼 그게 다 무슨 소용이니. 이제 친구라고는 두 명인데, 두 명 다 가슴앓이 환자들뿐이라니……. 이러다간 우리 셋을 합쳐 놔도 발레리한테 지겠는걸."

내가 킬킬거리기 시작했고, 잠시 후 차 안은 우리들의 웃음소리로 가득 찼다.

몇 주 동안은 완전히 학교 공부에만 집중해야 했다. 다른 생각에 빠질 겨를도 없이 시험의 연속이었다. 에단 외삼촌이 내가 졸업 시험을 치르게 만들기로 결심했기 때문이다. 아침저녁으로 과제와 공부가 쏟아졌지만, 할 일이 없던 때보다 훨씬 나았다. 가까스로 캘럼 생각에서 벗어날 수 있었기 때문이다. 외삼촌이 힘을 써 준 덕에 몇몇 시험은 방학 때 보충할 수 있게 되었다.

아멜리와 내가 거의 모든 시험을 거의 성공적으로 치러냈을 무렵에는 아발라에서 있었던 일들도 마치 아득한 꿈결처럼 느껴졌다.

캘럼을 생각하면 아직도 가슴 한편이 아렸지만, 안간힘을 다해 그와의 추억은 꼭꼭 접어서 가슴속 깊은 곳에 숨겨 두었다. 가끔 아미아가 그리웠고, 어떻게 지내는지 궁금했다.

하지만 피터 편에 보낸 편지에 대한 답장은 오지 않았다. 아미아의 주소는 몰랐지만, 아발라에서도 서신 교환이 가능한 건 알고 있었다. 아발라에서도 종종 외숙모나 소피가 쓴 편지를 받곤 했기 때문이다.

그러던 어느 날 아침, 창가에 편지가 하나 놓여 있었다. 편지 위에는 바람에 날아가지 않도록 작은 돌멩이 하나가 놓여 있었다.

의아해하며 연한 크림색 봉투 뒷면을 보니, 우아하게 흘려 쓴 글씨체로 "엠마에게"라고 써 있었다. 다시 한 번 읽으니, 그게 아미아의 글씨체라는 걸 알 수 있었다. 이 편지를 대체 누가 가져다 놓은 걸까 궁금해하며 주위를 둘러보니, 모르게인이 내 방 앞에 있는 사과나무 가지에 앉아 발을 앞뒤로 흔들며 그네를 타고 있었다.

"모르게인, 여기서 뭐해?"

속삭인 후, 요정이 방 안으로 날아 들어올 수 있게 창문을 활짝 열었다. 모르게인이 내 책상 위에 앉더니, 비난하는 눈빛으로 바라보았다.

"언제부터 우편배달부가 된 거야?"

"아미아를 위해 특별히 한 거야."

요정이 대꾸했다.

"아미아는 여기 있는 누구처럼 작별도 없이 사라지는 그런

무책임한 행동은 안 하니까.”

그 말에 미안한 나머지 얼굴을 일그러뜨렸다.

“너만 나한테 화난 건 아니겠지.”

내 말에 모르게인이 장난스럽게 웃으며 대꾸했다.

“페린도 썩 유쾌한 상태는 아니지. 하지만 캘럼에 비하면……. 네가 사라졌던 날, 캘럼이 얼마나 난리를 치던지.”

“내가 집에 가는 걸 알고 있었을 텐데.”

투덜거리며 변명했다.

“날 막으려고 하더라고. 하지만 더는 거기서 견딜 수가 없었어.”

그제야 모르게인의 눈빛이 한결 부드러워졌다.

“편지에 뭐라고 쓰여 있는지 알아?”

편지를 살펴보며 겁먹은 목소리로 물었다.

“초대장이야.”

역시 예상했던 대로였다.

“청첩장?”

모르게인이 고개를 끄덕였다.

“정말 아직도 내가 거기 갈 거라고 믿고 있어?”

어리둥절한 얼굴로 재차 물었다.

“내 생각에 아미아는 그냥 믿고 있는 게 아니라 그래 주기만 바라고 있어. 그래서 일반 요정 우편으로 안 보내고 나한테 부탁한 거야. 직접 전해 달라면서 말야.”

“요정 우편?”

처음 듣는 말이었다.

"네가 아발라에 있을 때 너희 가족에게서 받은 편지에 왜 우표가 안 붙어 있었는지 궁금하지 않았어?"

내 무지가 안쓰럽다는 듯 모르게인이 고개를 흔들었다. 전혀 신경 안 썼던 게 사실이었다.

봉투만 계속 만지작거리고 있는데, 모르게인이 답답해 죽겠다는 듯 재촉했다.

"빨랑 열어 보라구. 누가 보면 폭탄이라도 들어 있는 줄 알겠네."

물론 겁나는 건 아니었다.

드디어 봉투를 열고 은은한 녹색의 투명한 카드를 꺼내 보았다. 손으로 재질을 만져 보니, 여느 종이가 아니라는 걸 알 수 있었다.

"그건 그라먼트라고 해. 해초로 만든 거야."

모르게인이 설명해 주었다.

"글씨는 문어 먹물로 쓴 거고."

흠. 문어 먹물이라. 나는 카드 위에서 파란색으로 반짝이는 아미아의 글씨체를 훑어보았다. 조심스럽게 손으로 쓸어 본 다음, 내용을 읽어 내려갔다.

다음과 같이 결혼식이 치러짐을 알립니다.

셸리코트의 왕, 아레스의 딸 아미아와 아레스의 양자 캘럼

예식일: 8월의 세 번째 일요일

예식 장소: 아발라

반드시 참석하셔서 두 사람의 새로운 시작을 축복해 주시기 바랍니다.

"반드시 참석해서 축복해 달라고? 뭐야, 명령하는 거야? 왠지 건방진데. 나한테 선택권은 없는 모양이지?"

하지만 모르게인은 내 질문은 들은 척 만 척했다.

"결혼식은 엄청 성대하게 치러질 거야. 지금 아발라 전체가 준비 때문에 북적북적해. 다행인 건 지금은 방학이라 학생들이 없어서 신경 쓸 게 한 가지는 줄었다는 거지."

"내 질문엔 답 안 해 줄 거야?"

"봉투 안에 편지가 하나 더 있을 거야."

모르게인이 덧붙였다. 봉투 안을 들여다보니, 정말 작은 쪽지가 들어 있었다. 평범한 흰색 종이였다. 종이를 펼쳐서 내용을 읽어 내려갔다.

사랑하는 엠마! 너한테 여기 와 달라는 게 무리한 부탁이라는 건 알고 있지만, 제발 내 곁에 있어 줘. 나 혼자선 못 하겠어. 제발, 제발 꼭 와 줘. 너의 자매가.

"이거 왠지 '자매'라는 걸 강조해서 날 오게끔 압박하려는 의도 같아. 하지만 우리가 자매라는 건 좀 오버인 거 아냐?"

내 말에 모르게인이 장난스럽게 미소 지어 보였다.

"나랑 레이븐이 그렇게 쓰라고 충고했지. 목적을 달성하려면 수단과 방법을 가리지 말아야 되니까."

"흠. 너희 둘 머리에서 나온 거군. 솔직히 나쁜 작전은 아니야."

내 말에 모르게인이 당연하다는 듯 고개를 까딱해 보였다.

"아무튼, 대답은?"

"부탁인데 단 며칠만이라도 생각해 볼 시간을 주면 안 돼?"

시간을 좀 벌어 보려고 모르게인을 졸랐지만, 이 작은 요정은 그리 호락호락한 상대가 아니었다.

"네가 온다는 약속을 받아 내지 않는 한은 돌아갈 수 없어."

"근데, 솔직히 내가 거기서 뭘 하겠냐고! 뭘 도와줄 수 있는 것도 아니잖아. 너희 요정들만큼 일을 잘하는 것도 아니고."

내가 투덜거리자, 모르게인이 참을성 있게 설명해 주었다.

"아미아 생각은 달라."

바로 그때, 문이 벌컥 열리더니 아멜리가 방으로 들어왔다. 모르게인이 날개를 팔락이며 숨을 곳을 찾았지만, 이미 너무 늦어 버렸다.

"엄마야, 이게 뭐야?"

아멜리가 멍한 얼굴로 중얼거렸다.

"설마 내가 꿈을 꾸고 있는 건 아니지?"

"요정 모르게인이라고 해. 아발라에서 왔어."

내 소개를 들은 아멜리가 고개를 끄덕이긴 했지만, 충격에

할 말을 잊은 모양이었다.

"만나게 돼서 반가워."

모르게인이 일어서서 고개를 살짝 까딱해 보이고는 다시 책상 위에 앉았다. 아멜리가 침대에 털썩 주저앉으며 중얼거렸다.

"대박!"

그러고는 생각났다는 듯이 물었다.

"혹시 내가 요정을 안 믿는다고 말하면 진짜 막 죽어?"

그 말에, 모르게인이 어이없다는 듯 눈을 뒤집었다.

"모르게인은 아미아의 편지를 전해 주러 온 거야. 결혼식 날짜 잡혔대."

보다 못한 내가 끼어들었다. 그러자 더 설명할 필요도 없이 아멜리가 곧바로 무슨 일인지 이해했다.

"엠마, 괜찮아?"

그러고는 내 손을 잡아 주었다.

"아미아가 나더러 결혼식에 와 달래."

"뭐? 미친 거 아냐?"

"봤지?"

내가 모르게인을 째려봤다.

"아멜리는 딱 알잖아. 나보고 결혼식에 와 달라는 건 말도 안 되는 얘기라구."

"하지만 아미아는 네가 필요하다구."

모르게인도 물러서지 않고 쏘아붙였다.

"'아미아는 네가 필요'하다는 게 무슨 말이야?"

아멜리가 모르게인을 보며 물었다. 그러자 마치 미리 준비라도 한 듯 그 작은 요정이 설명했다.

"아미아는 캘럼과 결혼하고 싶어 하지 않아. 그래서 캘럼이 다른 결정을 내리기만 바랐었지. 하지만 캘럼은 앞으로 자신의 종족을 위해 살기로 결정했고, 아미아와의 결혼도 종족을 위한 거라고 생각하고 있어."

그제야 아멜리가 이해한 듯 고개를 끄덕였다.

"아미아한테는 결정권이 없는 거지? 자기가 미로를 사랑하고 있다고 아직 말 못 했고?"

모르게인이 고개를 끄덕였다.

"아미아는 그렇게 솔직하게 말할 수 있을 정도로 용감하지 않아. 그러니까 결혼식을 중지할 수 있는 건 캘럼뿐이지. 하지만 현재로서는 결혼식을 중지할 이유가 없어."

내가 청첩장을 건네주자 아멜리가 카드를 천천히 읽은 후 내려놓았다.

"가. 가서 아미아 곁에 있어 줘."

"뭐? 너만은 내 편을 들어줄 줄 알았는데!"

"난 네 편이야. 하지만 한번 생각해 봐. 네가 사랑하지도 않는 사람이랑 결혼해야 되는데 기분이 어떨지! 네가 안 가면 아미아는 네가 자기한테 화가 났다고 생각할 거야. 하지만 넌 화난 건 아니잖아, 아냐?"

아멜리의 말이 옳았다.

"화는 안 났어. 하지만 정말로 이 결혼식을 보고 싶지 않단 말이야. 이해할 수 있을 거 아냐. 사랑하는 남자가 자기 자매랑 결혼하는 꼴을 누가 볼 수 있겠냐구. 막장 드라마도 이것보단 덜할걸."

"말은 저렇게 해도, 내가 볼 땐 이미 가려고 맘먹었어."

아멜리가 모르게인에게 말했다.

"안심하고 가 봐. 아미아한테 엠마가 간다고 전해 줘."

모르게인이 고맙다는 듯 몸을 숙이고 인사했다.

"고마워. 그렇게 전할게."

그러고는 창문 밖으로 날아갔다. 우리는 말없이 요정의 뒷모습을 바라보았다. 잠시 침묵하다가 아멜리에게 부탁했다.

"같이 가 줘. 혼자서는 안 갈래."

"나야 좋지! 근데 가능해?"

"몰라. 하지만 어차피 우리 가족은 모든 걸 알고 있으니까 별로 상관없을 거야. 어차피 인간 냄새 풍길 거, 하나든 둘이든 무슨 상관이겠어. 피터한테 물어보자."

너무 즉흥적인 생각이라서 가능할지는 두고 봐야 했지만, 최대한 희망적으로 말했다.

"당장 전화해 봐야지!"

아멜리가 내 방을 뛰쳐나가며 소리쳤다.

결혼식까지는 3주가 남아 있었다. 방문을 닫으면서 생각에 잠겼다. 갑자기 머리가 아찔해지면서, 가기로 한 게 후회되기 시작했다. 어떻게 해야 3주 안에 그럴듯한 핑계를 만들어 낼까? 아프다고 할까? 아니면 그냥 싫다고 하자. 아니면……. 아무리 머리를 굴려도 그럴듯한 핑계가 떠오르지 않았다. 하지만 아직은 시간이 있으니까 그 안에는 어떻게든 되겠지.

"피터도 결혼식에 초대받았대."

아벨리가 저녁 식사 자리에서 말했다.

"정말?"

"에든버러에 전화했었거든. 암튼 나도 가도 되냐고 물어봤어."

"그랬더니 뭐래?"

"캘럼한테 물어본대. 캘럼이 괜찮다고만 하면 된대. 며칠 후에 어떻게 되는지 전화해 줄 것 같아."

"너 정말 괜찮겠니?"

외숙모가 나를 바라보며 걱정스러운 듯 물었다.

"어차피 저한텐 선택권이 없어요. 아미아가 무슨 일이 있어도 와서 자기 옆에 있어 달라니 어쩌겠어요."

내 말에 외숙모가 고개를 끄덕였다.

"그래. 아마 많이 힘들 거야. 가서 옆에 있어 주렴. 아미아한테는 네가 유일한 가족이니까."

저도 다 알고 있다구요! 이젠 외숙모까지 저렇게 말하다니. 이런 소리까지 들었는데 결혼식에 안 가면 양심에 찔릴 것 같았다. 몸을 일으켜 의자에서 일어나며 말했다.

"정원에 나가서 잠깐 산책 좀 하고 올게요."

외삼촌은 식사 중에 먼저 일어나는 걸 싫어했지만, 어쩔 수 없다는 듯 고개를 끄덕여 보였다.

옷걸이에 걸린 재킷을 집어 들고 정원으로 나가서 머리를 좀 식혔다. 도대체 다들 왜 저러는 거지? 아미아의 입장은 이해가 되었지만, 캘럼은 당연히 내가 오는 걸 막았어야 했다. 내가 보고 싶어서 부르는 건 당연히 아닐 테고 말이다. 이제는 자기 인생에서 '엠마'라는 단원을 끝내고 '아미아'라는 새로운 장을 열려는 순간, 옛 여자가 '처형'이라는 이름을 달고 나타나는 건 달갑지 않을 터다.

여러 가지 생각이 머릿속을 스쳤다. 한편으로는 그를 볼 수 있다는 기쁨에 설렜고, 다른 한편으로는 그가 영영 내 곁을 떠나는 장면을 지켜보기가 괴로웠다. 하지만 캘럼은 나와 만날 때부터 이렇게 하려고 마음먹고 있었으니 결혼식은 당연한 결과였다.

그래, 언젠가는 이런 날이 올 거라는 각오는 하고 있었다. 그러니까 갈 거다. 가서 그와 다시 한 번 더 이별하고 오자고 마음먹었다.

14장

시간이 흐를수록 기다림에 지쳐 갔다. 캘럼과 아미아가 과연 아멜리를 데려가게 해 달라는 부탁을 어떻게 받아들일까?

데리고 가도록 허락해 줄까?

아멜리 없이 아발라에 가는 건 불가능했다. 용기가 나지 않았고, 혼자서는 감당해 낼 자신이 없었다. 아멜리라면 무슨 일이 있어도 내 편이 되어 줄 터였다.

며칠 후, 모르게인이 아미아의 편지를 가져다주었다. 거기에는 결혼 전에 나와 함께 시간을 보내고 싶다며, 결혼식 일주일 전에 와 달라는 부탁이 쓰여 있었다. 나도 아발라가 그립기는 마찬가지였다. 아미아도 보고 싶었지만, 아발라에 가서 그리웠던 사람들을 만나고 싶다는 바람이 컸다.

하지만 편지에는 아멜리에 대한 건 쓰여 있지 않았다.

"모르게인! 아멜리 없이는 안 간다고 편지에 썼었는데 왜 거기에 대해선 안 쓰여 있어? 캘럼이랑 얘기 안 해 본 걸까?"

"그것 때문에 둘이서 미론한테 갔었어. 캘럼은 반대했지만 아미아가 문자 그대로 '애원'했거든. 그래서 어쩔 수 없이 미론한테 물어보자고 했다나 봐. 하지만 미론이 어떻게 결정했는진 나도 몰라. 미안해."

바로 그 순간에 내 핸드폰이 울렸다. 피터였다.

"아멜리도 허락 받았어. 같이 가도 된대."

그가 말해 주었다.

내 옆에서 전화 내용을 엿듣고 있던 아멜리가 환호성을 지르더니, 핸드폰을 떨어뜨릴 정도로 나를 세게 끌어안았다. 그러고는 이리저리 뛰어다니고 껑충거리는 바람에 외숙모와 쌍둥이가 무슨 일인지 보려고 내 방으로 들이닥쳤다.

다행히 모르게인은 내 노트북 뒤로 숨었다. 나는 바닥에 떨어졌던 핸드폰을 집어 들고 피터에게 다시 전화를 걸었다.

"진짜 가도 된대?"

좀 미심쩍어서 재차 물었다.

"미론이 개인적으로 허락해 준 거래."

그가 걱정 말라는 듯 안심시켰다.

"아멜리도 내 가족이니까 아발라에 데려갈 수 있어. 인도자는 각자 한 명씩 일행을 데려올 수 있거든. 배우자나 형제, 자녀 중에 한 명으로 말야."

피터가 설명해 주었다.

우리가 통화하는 동안 외숙모는 기뻐서 날뛰는 아멜리를 보며 고개를 흔들더니, 쌍둥이를 방에서 몰아냈다. 쌍둥이한테만은 가능한 한 오랫동안 비밀을 숨기기로 했기 때문이다. 하지만 시간이 흐를수록 그러기가 힘들었다.

"가도 된대?"

외숙모가 팔짱을 끼며 탐탁지 않다는 듯 물었다. 아멜리도 같이 간다는 게 불안한 듯했다. 이제는 아멜리도 성인이 되었기 때문에 외숙모가 차마 대놓고 가지 말라는 말은 못 하는 것 같았다.

하지만 아멜리의 들뜬 기분을 가라앉힐 만한 건 없었다. 나는 결혼식이 다가올수록 말수가 적어졌지만, 아멜리는 기뻐서 날뛰었다.

결국 출발 날짜가 다가왔다. 아발라로 가는 차 안에서 아멜리와 피터가 계속 싸울 동안, 이런저런 생각에 잠겨 있었다.

드디어 아발라에 도착하자, 아미아가 주차장에 서서 우리를 기다리다가 내가 차에서 내리자마자 달려와 목을 끌어안았다.

가까이서 보니 많이 여윈 모습이었다.

조만간 사랑하는 사람과 결혼하게 될 신부의 모습이라고는 생각할 수 없었다. 설마 이 정도일 거라곤……. 눈앞의 여자는 가엾다는 말밖에 다른 어떤 말로도 표현할 수 없었다.

아미아가 우리를 성 안으로 안내했다. 아마도 예전에 대의회 소집 때 묵었던 럭셔리한 방에서 묵게 될 모양이었다.

하지만 예전처럼 레이븐, 아미아와 함께 허름한 학생 기숙사를 사용하지 못한다는 게 좀 슬펐다.

"좀 있다가 홀에서 다 같이 밥 먹자."

아미아가 말했다.

"선생님들이랑 학생들도 몇 명 있거든. 같이 먹는 게 모두에게 좋을 것 같아."

나는 고개를 끄덕여 보였다.

"와 줘서 정말 기뻐요."

아미아가 아멜리에게 말했다.

"엠마가 여기 오도록 설득해 주셨다면서요? 모르게인이 말해 줬어요. 이 은혜는 정말 두고두고 잊지 않을게요."

아멜리가 미소 지어 보였다.

"방에 데려다줄 테니까 일단 짐 좀 풀고 있어. 레이븐한테 너 왔다고 말해 둘게. 30분 뒤에 올 테니까 같이 밥 먹으러 가자."

"오, 마이, 갓!"

아멜리는 럭셔리한 방 안을 뜯어보며 입을 다물 줄 모르고 감탄을 퍼부었다. 과연 아멜리를 데려온 게 좋은 생각이었을지 걱정이 되었다.

오랜만에 만난 아미아가 낯설게 느껴졌다. 그 원인이 나인지 아미아인지, 아니면 아멜리 때문인지는 알 수 없었다. 단지 이런 낯섦이 오래가지 않기만 바랐다.

잠시 후, 아멜리와 나는 아미아를 따라 홀에 갔다. 점점 긴장이 심해졌다. 한마디 이별의 인사도 없이 사라져 버렸던 나를 내 친구들은 어떻게 대할까? 아직 화가 나 있을까? 레이븐은 분명 잔소리를 해 대겠지? 긴장할 때면 늘 그렇듯 손발이 차가워졌지만 이제는 되돌릴 수 없었다.

처음 아발라를 방문했던 때처럼 홀 안에는 길고 거대한 테이블이 차려져 있었다. 그리고 낯익은 얼굴들이 눈에 들어왔다.

미론이 다가와 내 손을 잡으며 말했다.

"인사도 없이 가 버리다니. 우리 세계에서 그런 행동은 매우 예의에 어긋나는 거란다."

미론이 미소 짓는 얼굴로 나무랐다.

"죄송해요."

멀린도 달려와 내 머리칼을 쓰다듬으며 함박웃음을 지어 보였다. 모두 나를 이렇게 반겨 줄 거라고는 기대하지 못했다. 페린도 달려와 나를 끌어안았다.

"날 그렇게 내팽개치고 떠났던 건 절대 용서 안 할 거야."

그가 내 귓가에 속삭였다.

"미안. 근데 정말 어쩔 수 없었어."

그를 꼭 끌어안으며 중얼거렸다.

그의 뒤에는 레이븐이 서 있었다.

"너 그렇게 가고 난 후에 페린이 얼마나 화를 냈었다구. 지금이야 괜찮아졌지만."

캘럼은 저쪽 벽난롯가의 테이블 끄트머리에 우뚝 서 있었다. 그와 눈이 마주치자, 다가와 손을 내밀며 딱딱하게 말했다.

"오랜만이야. 와 줘서 고마워. 아미아가 정말 기뻐하고 있어."

고개를 끄덕이며 손끝에서 느껴지는 찌릿함을 무시하려 애썼다. 아직도 그와 닿는 곳에서 느껴지는 찌릿한 감각은 여전했다.

"자! 이제 식사를 시작해 볼까!"

멀린이 손뼉을 쳤다.

캘럼이 내 손을 놓고 아미아에게 고개를 돌렸다. 그러고는 그녀의 어깨에 손을 올리고 정해진 자리로 이끌었다. 그들의 뒷모습을 바라보며, 두근거리는 가슴을 간신히 억눌렀다.

페린이 내 옆구리를 찌르며 속삭였다.

"그래서? 얘기 좀 해 봐. 어떻게 지냈어? 우리 안 보고 싶었어?"

그의 눈빛이 어찌나 아이처럼 순진하게 반짝이는지, 그만 웃음을 터뜨리고 말았다.

"네 얘기나 좀 해 줘. 최근에는 누구한테 반했어?"

페린이 한숨을 쉬며 손사래를 쳤다.

"사랑이라면 이제 지긋지긋해. 게다가 내 주위에는 좋지 않은 예만 있잖아. 넌 캘럼을 사랑하지만 캘럼은 아미아랑 결혼하려고 하지. 이유야 어쨌든 말야. 아미아는 미로를 사랑하고. 레이븐은……. 무슨 생각을 하고 있는지조차 모르겠고. 아무튼 내 주위 인물들의 사랑은 절대로 맺어지지 않아. 결국 사랑해도 소용없다는 뜻이라고."

그가 속삭였다.

"아무튼 이번에 온 것도 나에게 얼마나 힘들었는지 몰라. 정말 아미아를 위해서 온 거야."

"그럴 거라고 생각했어."

식사하는 동안, 행복한 예비부부를 곁눈질해 보았다. 그들은 내 건너편 대각선 위치에 앉아 있었다.

아미아가 음식을 깨작이고 있다가, 나와 눈이 마주치자 미소 지어 보였다.

"엠마, 인간들 세상에선 어떻게 지냈어? 다시 잘 적응했어?"

아미아가 물었다.

고개를 끄덕여 보였지만 저 상황에서 아미아가 나에게 신경쓸 겨를이나 있을까 싶었다.

"여름방학 전에 졸업 시험을 쳤어. 사실 좀 오랫동안 빠져서 따라잡는 게 힘들 거라고 생각했지만 그럭저럭 괜찮았어. 아직 성적은 안 나왔지만 합격은 한 것 같아."

"졸업하면 어떻게 할 거야?"

갑자기 캘럼이 우리 대화에 끼어들어서 좀 놀랐다. 캘럼을 너무 잘 알았기 때문에, 그의 목소리에서 이유를 알 수 없는 불안감을 느낄 수 있었다.

"미국에 있는 대학교에 지원했는데 합격했어."

내 대답에 그가 깜짝 놀란 듯 나를 바라보았다.

"미국? 그렇게 멀리?"

잠시 침묵한 뒤에 그가 중얼거렸다.

어깨를 으쓱해 보인 다음, 묵묵히 음식을 먹었다. 아무리 스코틀랜드를 멀리 벗어나도 그를 잊기에 충분하지 않을 거라는 걸 굳이 말해 줘야 하나? 하지만 그런 말을 하기에 적절한 자리는 아니었다.

"안 그래도 나랑 에든버러 대학에 같이 가자고 설득하는 중이야."

아멜리가 캘럼에게 말했다.

"거기서 같이 역사학을 공부하면 좋을 텐데. 하지만 아직까진 요지부동이야."

"미국에 가면 다신 볼 수 없잖아."

아미아가 눈물이 그렁그렁한 눈으로 중얼거리더니 결국 눈물을 보이고야 말았다.

"달나라에 가는 것도 아니거든?"

분위기를 수습해 보려고 덧붙였다.

"방학 때는 집에 돌아올 거야. 캘럼만 허락해 주면 만나러 올게."

그게 내가 할 수 있는 최대한의 위로였다. 하지만 캘럼은 침묵했고, 아미아는 고개를 끄덕이며 제 앞에 놓인 접시를 옆으로 밀어 놓았다.

"근데 여기선 뭐 하고 놀아?"

아멜리가 화제를 바꿨다.

"학교가 성이라니, 진짜 쿨하고 멋지긴 해. 기숙사 시설도 좋구. 거기에 클럽이나 바도 있으면 금상첨화일 텐데."

"그런 건 없어."

페린이 투덜거렸다.

"오로지 공부, 공부, 공부뿐."

아멜리가 어이없다는 얼굴로 소리쳤다.

"공부만 해야 된다구?"

페린이 고개를 끄덕였다.

"파티도 없어?"

이번에도 고개를 끄덕였다.

"우리는 종족의 미래를 책임지기 위해 여기 온 거야. 가능한 한 많이 서로에 대해서 배우고 종족 간의 평화를 다지는 게 우리의 의무지."

캘럼이 설명했다.

아멜리가 그를 보며 말했다.

"너도 예전에는 좀 더 재미있고 모험심 넘치는 젊은이였던 시절이 있었잖아. 어쩌다 그렇게 애늙은이가 됐어?"

그 말에 아멜리 옆에 앉아 있던 페린이 픕 웃고는, 서둘러서 헛기침을 했다. 레이븐조차 가만히 웃음을 참는 게 보였다.

캘럼이 후식에 손도 대지 않은 채 접시를 옆으로 밀어 놓는 아미아를 바라보며 대답했다.

"이젠 자신의 의무를 받아들일 때가 되었으니까."

아마도 아미아가 음식에 손도 안 대니까 걱정되어서 요정들의 맛있는 후식이라도 먹여 보려고 했던 것 같았다. 그 꼴을 바라보고 있자니, 슬그머니 화가 치밀어서 고개를 돌려 버리곤 레이븐, 아멜리, 페린과만 이야기하기 시작했다. 하지만 그들과 이야기하는 내내 캘럼의 시선을 느꼈다. 그게 더 화가 치밀게 만들었다. 너무 화가 치밀어서, 예의고 나발이고 다 던져 버리기로 마음먹고는 페린과 노닥거렸다.

그에게 미소 지으며 어깨에 손을 얹자, 그가 웃으며 내게 몸을 기울이고 속삭였다.

"우리 한번 캘럼 좀 골탕 먹여 볼까?"

뭐야, 나 지금 속내를 읽힌 건가? 페린마저 날 간파할 정도라니, 자신이 한심스러웠다.

"솔직히 말해서 너 인간 세상 다녀온 뒤로 훨씬 예뻐졌어. 예전에 캘럼 탈출시킬 때보다 더. 행복해 보여."

그가 내 머리칼을 어루만지자, 내가 그의 어깨에 머리를 기댔다.

그 모습을 본 아멜리가 눈을 치켜떴지만, 이게 계획적이라는 건 눈치 채지 못한 것 같았다.

페린과 계속 노닥거리면서 요정들이 가져다주는 음식을 서로 먹여 주었다. 캘럼 쪽은 쳐다보지도 않고는 이 상황극을 즐겼다. 겉으로 보기엔 나와 페린이 눈이 맞은 걸로 보일 터였다.

갑자기 의자를 뒤로 미는 소리가 시끄럽게 홀 안에 울렸다. 쳐다보지 않아도 그게 캘럼이라는 걸 알았다.

"아미아를 방에 데려다주고 오겠습니다. 아무래도 쉬게 해야 할 것 같습니다."

다른 이들이 무슨 일인가 쳐다보자 캘럼이 설명했다.

아미아가 저항했지만, 결국 굴복하고 말았다. 캘럼이 아미아를 일으킨 후, 홀을 나가기 직전에 분노가 이글거리는 눈으로 나와 페린을 쏘아보았다.

"너희들 대체 무슨 꿍꿍이야?"

아멜리가 웃음을 참으며 고개를 절레절레 흔들었다.

"너한테는 아직 남자들에 대해 가르쳐야 할 게 많다고 생각했는데."

그러고는 캘럼이 사라진 홀 쪽을 흘깃거리며 말을 이었다.

"난 네가 늘 내 말은 뒷전으로 듣는 줄 알았지. 그런데 저기 저 막강한 '얼음 캘럼'한테 네가 그걸 써먹을 줄이야! 게다가 그게 먹힐 줄이야! 역시 오래 살고 볼 일이라니깐."

레이븐이 나와 페린을 한번 쏘아보았다. 아무래도 우리의 행동이 마음에 들지 않았던 모양이었다. 하지만 아무래도 상관없었다. 보복 심리라고 할까, 캘럼이 보여 준 화난 눈빛만으로도 왠지 억울했던 게 좀 풀리는 기분이었다. 하지만 그가 화냈다는 게 좀 마음에 걸렸다. 나와 페린이 어떤 관계든 상관없어야 하는 거 아닌가? 그게 아니라면……. 갑자기 복잡해지는 기분이었다. 그때 페린이 옆구리를 찔렀다.

"네 예쁜 사촌이 지루해하는 것 같은데, 성 밖 마을에 있는 술집이나 갈까? 어때?"

주위를 둘러보니 어느덧 모두 자리를 떠나고, 테이블 위에는 나와 아멜리, 레이븐, 페린, 피터와 빈스, 미로, 조엘뿐이었다.

"무슨 마을? 이 근처에 마을이 있어?"

"마을이 있냐니, 전혀 몰랐던 거야? 메리크로이드 마을이라고, 숲 바로 뒤에 있잖아!"

늘 여기 아발라는 인간 세상에서 뚝 떨어진, 완전히 달나라라고 생각해 왔는데 불과 수백 미터 떨어진 곳에 마을이 있다는 게 오히려 비현실적이었다. 페린이 레이븐을 흘겨보며 말했다.

"난 또, 엠마가 한 번도 안 가길래 그럴 기분이 아닌가 보다 했지. 설마 한 번도 가자는 말을 못 들었을 거라곤 생각 못 했어."

"엠마한테 위험하니까 그랬지."

레이븐이 변명했다.

"아발라에 있어 본 사람이라면 여기 학생들이 메리크로이드 마을에 있는 술집을 간다는 사실을 모를 리가 없어. 엘린도 거기 종종 갔었다구. 만약 여기 있는 엘린의 첩자가 엠마가 거기 있다는 사실을 알게 된다면 어떻게 되겠어?"

"흠, 그럼 이번이 좋은 기회네?"

나는 팔짱을 낀 채 페린의 머리에 솟아오른 뿔 두 개를 회의적으로 바라보았다.

"걱정 마. 인간들 눈에는 안 보여."

그가 나를 손가락질하며 말을 이었다.

"혼혈 인간만 빼고."

"뭐가 있다구?"

아멜리가 끼어들었다.

"뿔."

그의 머리를 손가락으로 가리키며 말했다.

"머리에 뿔이 있어?"

아멜리가 이상하다는 듯 고개를 갸웃거리며 물었다. 그래서 페린의 머리칼을 뒤적여서 뿔을 보여 주었다.

"설마 지금 이거 나 놀리려는 거야?"

페린이 의기양양하게 웃어 보였다.

"정말 안 보여?"

아연실색해서 아멜리에게 재차 확인했다. 그러자 아멜리가 애원하듯 내 손을 잡으며 되물었다.

"제발 이제 출발하면 안 돼?"

"아미아한테 같이 갈 거냐고 물어봐도 될까?"

레이븐을 쳐다보며 물었다.

"글쎄. 가고 싶어 할까?"

"이 지긋지긋한 곳에서 한순간만이라도 벗어날 수 있다는 사실을 감사해하지 않을까?"

페린이 끼어들었다.

"캘럼이 거의 하루 종일 곁에 붙잡아 두고 모든 행동을 감시하고 있거든."

"하지만 캘럼은 예비 신부를 납치하는 걸 별로 좋아하지 않을 텐데."

조엘이 말했다.

"내가 데려올게."

누군가가 말리기 전에 벌떡 일어나서 아미아의 방으로 갔다. 아미아는 아직도 우리가 전에 함께 있던 방을 쓰고 있었다.

노크하고 방문을 여니, 아미아가 옷을 다 입은 채로 멍하니 침대에 앉아 있었다. 처음에는 놀란 얼굴이었으나 이내 미소 지으며 물었다.

"어서 와! 밑에서는 좋은 시간 보냈어?"

"응. 내 생각엔 너도 좋은 시간을 좀 가져야 할 것 같아서 왔어."

그러고는 아미아를 잡아끌었다.

"마을 술집에 갈 건데, 같이 가자."

예상대로 아미아는 고개를 저었다.

"캘럼이 허락하지 않을 거야."

"캘럼? 난 안 보이는데. 너는?"

그러고는 쿠션이나 방문을 들춰보았다. 그러자 아미아가 웃음을 터뜨렸다.

"가자. 우리끼리 하는 처녀 파티를 해 주는 거라고 생각하면 돼. 그럼 아무리 캘럼이라도 뭐라곤 못 할걸."

내 말에, 아미아가 고개를 끄덕이더니 몸을 일으켰다. 생각보다 금방 설득할 수 있었다. 하지만 자기가 가고 싶다기보다는 날 위해서 같이 가 주는 것 같았다.

우리는 다 함께 어두운 광장과 작은 숲을 지나 인간 세상과 아발라의 경계를 가로지르고 있는 석조 다리를 건넜다. 길 저편에 작은 마을 하나가 보였다. 마을에는 이미 어둠이 짙게 깔려 있었고, 어딘가에서 흥겨운 음악 소리가 새어 나왔다.

음악 소리가 들려오는 곳으로 가니, 포트리 시의 바와 비슷한 술집이 하나 있었다. 그 안에서 한 무더기의 사람들이 흥청망청 술을 마시며 떠들어 대고 있었다. 그 안은 맥주, 위스키 냄새와 짙은 담배 연기로 가득했다. 우리는 춤추고, 웃고 떠들면서 술을 마셨다. 아주 흥겨웠던 까닭에 내가 지금 어떤 존재들과 어울리고 있는지조차 잊어버릴 정도였다. 원래대로라면 책이나 영화에서만 나올 법한 존재들이 아닌가. 하지만 아무도 이상하다고 생각하는 사람은 없는 것 같았다.

밤새 논 후, 새벽 어스름이 밝아올 무렵에야 모두들 지칠 대로 지쳐서 성으로 돌아왔다. 정문에서 캘럼이 어두운 얼굴로 우리를 맞았다. 아미아가 내 등 뒤로 숨었다. 조금 전만 해도 웃으면서 홍조를 띠었던 얼굴에서 차츰 핏기가 가셨다.

"이게 대체 무슨 일인지 누가 설명 좀 해 주겠어?"

그가 나지막이 물었다.

아미아가 목을 움츠렸다. 어떻게 캘럼이 저렇게 자신을 제멋대로 통제하게 놔둘 수 있는 건지 이해할 수가 없었다.

"걱정 마."

조엘이 캘럼의 어깨를 두드리며 말했다.

"처녀 파티를 해 준 것뿐이야. 미래의 여왕님은 당연히 잘 모셨으니 걱정 말라구."

그러고는 빈스와 함께 슬금슬금 자리를 피했다. 아미아도 고개를 푹 숙인 뒤 계단을 올라 방으로 갔다. 이제 정문에는 나만 남아 있었다. 그를 지나쳐서 가려는 순간, 캘럼이 내 팔을 잡았다.

"이게 뭐하는 짓이야, 엠마? 도대체 뭘 원하는 거야?"

"뭐? 네가 무슨 말을 하고 싶은 건지 모르겠어, 캘럼."

그의 이름을 부르자 아랫배가 약하게 움찔거렸다. 그가 초췌한 얼굴을 손바닥으로 쓸어내렸다. 순간 그가 가엾다는 생각이 들어서, 나도 모르게 안아 주고 싶었다. 간밤에 했던 내 행동들도 어린애 같고 유치하게 느껴졌다. 그에게 한 발짝 다가가려는 찰나, 그가 내 심정을 알아차리기라도 한 듯이 한 걸음 뒤로 물러섰다.

그리고 그와 눈이 마주쳤다. 그건 단지 차가운 거부의 눈빛이 아니었다. 그 눈빛을 본 순간, 겁에 질려서 방으로 도망칠 수밖에 없었다.

간밤에 거의 밤새 노느라 노곤했음에도 쉽사리 잠이 오지 않았다. 아멜리는 옆에서 고양이처럼 둥글게 몸을 말고 기분 좋게 잠들어 있었다.

아멜리의 숨소리를 들으면서, 이리저리 몸을 뒤척였다.

약 한 시간 정도 지난 후에는 샤워 가운을 입고 어두운 복도를 지나서 예전 방으로 가 보았다. 조심스럽게 문을 열자, 조그맣게 훌쩍거리는 소리가 새어 나왔다.

아미아의 침대에 앉으니 레이븐이 몸을 일으켜 앉으면서 말했다.

"마치 예전의 어느 날 밤 같네."

"기억만 해도 끔찍해."

아미아의 침대 모서리에 앉아 그녀의 등을 쓰다듬었다. 나라는 걸 알아챈 아미아가 일어나서 나를 끌어안았다. 그렇게 아미아가 진정할 때까지 꽉 안아 주었다.

"레이븐, 제발 캘럼과 얘기 좀 해 봐. 지금 이 상황에서 그에게 얘기할 만한 사람은 너밖에 없다구. 아미아는 캘럼과 결혼해선 안 돼. 그걸 내가 얘기하면 사심으로밖에 안 보일 거고, 아미아는 캘럼 앞에서는 위축돼서 말 못 할 거야."

아미아가 눈에서 눈물을 훔치더니 고개를 저었다.

"나, 결혼할 수 있어. 엠마도 해 냈는걸."

뭘 해 내? 흥분해서 잠시 할 말을 잊었다.

"내가 뭘 해 냈다고?"

"너도……. 캘럼을 가질 수 없다는 걸 받아들였잖아. 나도 미로를 사랑하지만, 그와 함께할 수 없다는 사실을 받아들여야지……."

"아미아, 정말 내가 받아들였다고 생각해? 나에게는 선택의 여지가 없었어. 캘럼이 날 사랑하지 않으니까. 하지만 미로는 널 사랑하잖아. 미로와 함께 있으면 넌 행복해질 수 있어. 정말 너희 종족의 케케묵은 법 때문에 평생 불행해지려는 거야? 너희 엄마를 생각해 봐. 아레스는 너희 엄말 사랑하지 않았잖아. 나중에 너희 자식한테 사랑 받지 못한 엄마로 남고 싶어? 아니면 평생 동안 다른 사람을 사랑했다는 걸 안 들키고 살 수 있어? 언제까지 연극하면서 살 건데? 만약에 캘럼이 미워지기 시작하면 어쩔 건데?"

분노에 차서 마음속에 담아 두었던 말들이 쏟아져 나왔다. 그런 다음엔 목소리조차 나오지 않았다.

"우리 엄마도 그랬어. 항상 그렇게 분노에 사로잡혀 있었지."

처음에는 아미아가 무슨 말을 하는지 몰랐다. 아미아가 눈물을 닦아 낸 뒤 말했다.

"처음에는 아레스가 캘럼만큼 엘린을 사랑하지 않아서 엄마가 아레스를 미워하는 줄 알았어. 하지만 이제야 알게 됐어. 아레스가 엄마를 사랑하지 않아서 그랬던 거야. 엄마는 아레스를 이 세상 그 무엇보다 사랑했어. 가끔 나에게 말해 줬거든. 하지만 아레스는 인간 세상에서 돌아왔을 땐 너무도 변해 있었대. 엄마가 언제 너희 엄마에 대해 알게 됐는지는 모르겠어. 아마 아레스가 엄마한테 말해 준 것 같아. 너무 솔직했던 거지. 엄마가 이해해 줄 거라고 생각했다면 크나큰 착각이었어. 엄마는 아레스를 너무 사랑했던 거야. 그래서 장로들에게 가서 너희 엄마에 대해 알렸고, 그 일로 아레스와는 영영 멀어지게 됐어. 장로들은 너희 엄마에게 사형을 선고했으니까. 엘린은 그 임무를 수행했던 거고."

아미아가 말하는 내용을 처음 듣는 건 아니었다. 하지만 그 말을 듣자 입을 꿰매기라도 한 듯 더 이상은 떠들어 댈 수 없었다. 비록 오랜 시간이 지났지만, 엘린은 아직도 엄마를 증오하고 있었다. 도대체 이 증오의 쳇바퀴는 언제까지 계속될까?

"엄만 한동안은 아레스가 자기한테 돌아올 거라고 믿었지만, 아빠는 몸은 우리 곁에 있어도 정신은 마치 다른 데 가 있는 것 같았어. 하지만 겉보기로는 평온해 보였고, 엄마도 행복해했어. 그러다가 엄마가 인간들 때문에 죽게 된 거야. 그때 아빠는 눈물 한 방울조차 흘리지 않았어. 그게 최악이었어. 자식이 보기에 말야."

"너도 그렇게 끝나고 싶어?"

레이븐이 냉정하게 물었다.

아미아가 고개를 저었다.

"캘럼한테 미로를 사랑한다고 말한 적 있어? 사실을 알게 되었는데도 결혼을 강요할 사람은 아니라고 생각해."

이번에도 고개를 저을 뿐이었다.

왜 얘기하지 않는 거야? 이러면 너 혼자만 불행해지는 게 아니라 둘 다 불행해진다고! 자꾸만 거친 말들이 튀어나오려 했다. 그래서 십호흡을 하고 말을 가다듬었다.

"다른 남자에게 마음이 가 있는 여자를 아내로 맞고 싶은 사람이 누가 있겠어? 사실을 얘기하지 않으면 너 자신에게뿐 아니라 캘럼과 미로에게도 잘못하는 거야."

레이븐이 자기 침대에서 고개를 끄덕이며 내 말에 동의했다.

"아미아, 엠마 말이 옳아. 너는 이미 너무 오랫동안 망설이고만 있어. 법적인 효력을 풀 수 있는 건 캘럼뿐이야. 만약 캘럼이 이 결혼을 원하지 않는다고 하면 장로들도 강요할 수 없을 거야. 네 생각처럼 그렇게 꽉 막힌 상황이 아니라구. 만약에 두 사람 다 이 결혼을 원하지 않으면 해결될지도 몰라. 이미 누군가 한 명쯤은 그 케케묵은 법에 반대했어야 한다고. 내가 보기엔 캘럼도 군이 이 결혼을 무조건 추진하려고 집착하는 건 아니야. 그저 이게 종족을 위한 최선이라고 믿을 뿐이지. 이유 없이 결정을 돌리는 건 힘들지만, 네가 그에게 그만두자고 부탁하면 오히려 고마워할지도 몰라."

"네 말은……. 혹시 나와 미로가……?"

아미아의 눈에 희망의 빛이 차올랐다.

"누가 알아? 최근에 많은 것들이 변했잖아. 어쩌면 너희 종족이 고수해 왔던 중세적인 계급 주의와 시대착오적인 결혼 제도를 바꿀 수 있는 좋은 기회일지도 모르지. 게다가 미로는 이번에 캘럼을 구출해 내는 과정에서 빈스와 조엘만큼이나 대단한 용기를 보여 주었잖아. 계급은 낮지만 가치 있는 사람임을 입증한 거지. 적어도 캘럼은 미로한테 빚이 있는 셈이야."

아미아의 뺨이 달아올랐다.

"나, 지금 가서 얘기하고 올게."

아미아의 목소리가 떨렸다.

"용기가 사라지기 전에 당장 갔다 와야 할 것 같아."

그러고는 서둘러 옷을 입고 머리를 빗었다. 그리고 우리를 돌아보았다.

"이제 사자 굴에 들어갔다 올게."

레이븐과 나는 고개를 끄덕여 주었다.

"적어도 둘 중 한 명만 같이 가 주면 안 돼?"

아미아가 이내 작은 목소리로 물었다. 하지만 이대로 물러서게 할 수는 없었다.

"혼자서 해 내야 돼."

레이븐이 단호하게 잘라서 말했다.

"여기서 기다리고 있을 테니까 힘내."

밝은 목소리로 격려해 주었다.

고개를 끄덕이는 아미아에게 힘 있게 엄지손가락을 눌러 주었다.[6] 아미아가 몸을 돌려서 방을 나갔다.

"정말 캘럼이 결혼을 취소할까?"

"모르지. 하지만 적어도 시도는 해 봐야 해. 아미아에게 엄마를 상기시킨 건 좋은 아이디어였어. 왜 그 생각을 못했을까? 지난 몇 주는 아미아에게 인생 최악의 시간이었어. 그런데도 캘럼은 아미아가 이상하다는 것조차 눈치 채지 못하더라. 예전에는 훨씬 예민하고 섬세한 사람이었는데."

그래, 예전엔 그런 사람이었지. 아미아의 침대에 누워 예전을 떠올려 보았다. 예전엔 전혀 달랐었다. 부드럽고, 섬세했던 정말 멋진 사람이었다. 머릿속의 기억 창고에서 애써 지우려 했던 기억의 사진들이 한 장씩 스쳐 지나갔다. 그래, 그는 이제 없다는 걸 받아들여야 해. 하지만 사람이 그렇게까지 변할 수 있는 걸까? 그는 낯선, 완전히 다른 존재가 되었다. 진정 그와

---

6 독일, 네덜란드 등지에서는 엄지손가락을 주먹 안으로 힘껏 누르는 게 행운을 빌어 주는 제스처임.

내가 그렇게나 친밀했다는 사실이 이상하게 생각될 정도였다. 다른 한편으로는 그나마 다행이었다. 그에게서 정이 떨어진 까닭에 이별을 좀 더 쉽게 받아들일 수 있었기 때문이다. 내가 사랑했던 캘럼은 절벽에서 몸을 던졌던 그날, 죽었다.

눈이 스스르 감겼고, 잠시 악몽을 꾼 것 같았다. 문이 벌컥 열리는 소리에 잠에서 깨었다.

"취소해 줬어."

아미아가 우리를 바라보며 멍하니 중얼거렸다. 그 자신도 믿지 못하는 것 같았다.

"결혼을 취소해 줬어!"

다시 한 번 외치더니, 내 목을 끌어안고 미친 듯이 웃다가 흐느끼기 시작했다. 아미아를 끌어안고 마치 어린애 달래듯 부드럽게 흔들면서 머리를 쓰다듬어 주었다.

"뭐부터 말해 줘야 할지 모르겠어. 너희가 없었으면 절대로 용기 내지 못했을 거야!"

약간 시간이 흐른 뒤에 아미아가 떨리는 목소리로 말했다.

"캘럼이 뭐라든?"

레이븐이 호기심 어린 얼굴로 물었다.

"처음에는 완전히 흥분해서 막 뭐라고 했어. 그리고 갑자기 조용해지더니, 엠마가 그러라고 시킨 거 아니냐고 물어보더라구."

아미아가 나를 쳐다봤다.

"기가 막혔어. 지난 몇 주 동안 내 행동이 이상하다는 걸 정말 전혀 눈치 못 챘나 봐. 그래서 미로와 내가 사랑하는 사이라고 말하니까, 갑자기 벌떡 일어서더니 나를 꼭 잡고 무섭게 노려보기에 아, 이렇게 끝이구나 생각이 들더라구. 캘럼이 막 화를 냈어. 내가 결혼을 취소하자는 말 때문에 화나는 게 아니라면서, 왜 그렇게 오랫동안 그걸 말하지 않았냐고 그리더라. 그 오랜 시간 동안 자기가 한 모든 행동이 나와 미로에게 얼마나 잔인했겠냐면서. 내가 그대로 말해 줄게.

'미로는 내 생명의 은인이야. 그런데도 넌 나에게 너와 미로가 사랑한다는 그런 중대한 사실을 말해 주지 않았던 건가? 난 아무것도 모르는 채 미로를 불행하게 만들 뻔했어! 아미아, 지금 내 심정이 어떤지 알아? 어째서 아무도 말해 주지 않았던 거지?'

그 말에 어찌나 화가 났는지, 그래서 그가 탈출하고 난 이후에 마음속에 꾹꾹 눌러 담아 왔던 말들을 다 퍼부어 줬어. 자기가 변한 건 아냐고, 옛 규칙에 집착하는 이상한 남자가 되어 버렸다고 말야. 그래서 대화하는 것조차 무섭고 싫었다고. 내 말에 조용해지더니, 내가 말을 다 마치니까 결혼은 취소해 주겠다면서 혼자 있고 싶다더라구."

아미아가 밝은 얼굴로 말했다.

그 순간, 미로가 우리 방으로 들이닥쳤다. 그는 레이븐과 나는 신경 쓰지도 않고 아미아를 끌어안았다. 그러곤 행복에 겨운 얼굴로 열렬히 키스했다. 레이븐이 따라오라고 손짓했고, 우리는 살그머니 방을 나왔다.

"아직 아침밥이 남아 있으면 좋겠는데."

레이븐이 아직 목욕 가운 차림인 내 꼴을 훑어보며 중얼거렸다. 그러곤 함께 내 방으로 갔다. 나는 레이븐이 기다리는 동안 서둘러 샤워하고 옷을 갈아입었다.

"아멜리!"

어깨를 흔들며 깨웠다.

"레이븐이랑 아침 먹으러 갈 건데, 같이 갈래?"

하지만 아멜리는 이불을 뒤집어쓰며 알 수 없는 말을 중얼거릴 뿐이었다. 어쩔 수 없지. 워낙에 흥미로운 소식을 좋아하는 아멜리지만, 이번만큼은 빅뉴스를 들을 복이 없나 보다.

홀로 가는 동안, 이 새로운 소식을 다른 사람들에게도 알려야 할지, 아니면 캘럼에게 맡겨야 할지 의논했다. 일단은 입을 다물고 있기로 했다.

홀에는 캘럼과 미론이 함께 앉아 있었다. 요정들이 어느새 긴 테이블을 해체한 후, 노란 천을 씌운 작은 테이블을 배치해 놓은 게 보였다. 테이블마다는 네 개의 의자가 놓여 있었다.

뷔페로 가서 스크럼블 에그를 한 접시 덜어 왔다. 분위기상 왠지 캘럼과 미론 테이블에 동석해야 할 것 같아서 눈치만 보고 있었는데, 다행히 페린이 와 준 덕에 우리끼리 앉았다. 미론과 캘럼은 격렬한 논쟁 중인 듯 보였기 때문에 둘만 앉게 하는 게 나았다.

페린한테 비밀을 지키기 위해서는 많은 노력이 필요했다. 캘럼은 언제쯤 모두에게 이 빅뉴스를 발표할 생각인 걸까? 결국 다들 결혼식 때문에 모여 있는 것 아닌가.

아침 식사 후, 화구를 챙겨 호숫가로 나갔다. 아발라에서의 하루하고도 반나절 동안 너무도 많은 일이 있었던 까닭에, 잠시만이라도 혼자 있고 싶었다.

호수 주변은 따스했다. 보드라운 미풍이 살며시 호수 수면 위를 간질였다. 풀밭 위에 앉아서 주변의 아름다운 경치를 감상했다. 새들이 지저귀는 소리와 풀벌레 소리 말고는 아무 소리도 들리지 않았다. 호수 저편에는 화창한 푸른 하늘 아래 산들이 우뚝 서 있었다. 스코틀랜드 내에서 여기보다 아름다운 곳은 없을 거다. 모든 게 때 묻지 않은 순수한 자연 그대로의 모습이었다.

풀 사이에서 들꽃 몇 송이를 뽑아서 그림을 그리기 시작했다. 순결한 백지 위에 연필로 꽃잎을 한 장 한 장 세밀하게 그려 나갔다. 너무 집중했던 탓인지 누가 가까이 다가오는 줄도 몰랐다.

누군가가 내 바로 뒤에 서서 "예쁘네"라고 말하는 소리에 깜짝 놀라 화들짝 돌아보았다.

어느덧 태양은 머리 바로 위에서 빛나고 있었고, 햇빛 때문에 눈이 부셔서 얼굴은 잘 알아볼 수 없었지만, 목소리만 들어도 등줄기에 짜릿한 소름이 돋게 만드는 건 단 한 사람뿐이었다. 나도 모르게 긴장이 되었다. 아마 날 비난하려고 직접 찾아온 것이리라.

캘럼이 내 옆 풀 위에 앉아서 호수를 바라보았다. 화가 난 것 같아 보이지는 않았기 때문에, 마음을 놓은 다음 다시 그림에 집중했다.

그렇게 우리는 몇 분 동안이나 말없이 앉아 있었다.

"옛날 같아. 안 그래?"

영문을 몰라 그를 바라보았다.

"숲 속에 있던 작은 호숫가, 기억나?"

그가 물었고, 나는 그의 얼굴이 일순 창백해지는 걸 보았다.

고개를 끄덕인 후, 계속 말없이 그림만 그렸다. 그와 함께 옛 기억에 젖어 들긴 싫었다.

"왜 예전 그림들을 태운 거야?"

그가 침묵을 깼다.

"넌 예전 기억으로 행복할지도 모르지만, 난 아니거든."

"차라리 나한테 주지 그랬어. 기쁘게 간직했을 텐데. 이젠 영영 사라져 버렸잖아."

대강 고개를 끄덕인 후, 이젠 제발 가 주었으면 하고 바랐다. 그가 이렇게 가까이 있다는 것만으로도 정신 건강에 좋지 않았다. 너무 오랫동안 잊었던 익숙한 친밀감이 떠올랐고, 아마 다음 주 내내 그를 떠올리며 괴로워하겠지. 도대체 왜 이러는 거야? 나한테 뭘 바라는 거지? 하지만 그냥 가만히 못 박힌 듯 자리에 앉아서 그와 함께 앉아 있는 순간을 즐겼다.

난 영영 그를 잊을 수 없다.

"아미아한테 나랑 얘기해 보라고 한 거, 너지?"

죄책감에 휩싸여서 그를 바라보았다.

"아미아와 미로를 위해 한 거야. 다른 뜻은 없었어."

"알아."

그의 얼굴이 마치 가면처럼 굳어졌고, 눈빛도 미세하게 떨리는 걸 느꼈다. 그가 몸을 일으키려 했다. 하지만 아직은 그를 보내고 싶지 않았다.

일어서려는 그의 손을 꽉 잡자, 전류가 내 몸을 타고 찌릿 흐르는 것 같았다.

"이제 어떻게 할 거야?"

최대한 무덤덤하게 물어보려고 노력했다.

"아미아가 가고 난 뒤에 미로랑 얘기를 나눴어. 혹시 미로가 여태까지의 일을 내 책임이라고 생각할까 봐 두려웠어. 아마 난 평생 그에게 빚을 진 셈이겠지."

"미로는 그렇게 생각하지 않을 거야."

작은 목소리로 대꾸했다.

"그래, 어쩌면. 아무튼 행복해 보이더군."

그러고는 침묵하며 호수를 바라보았다.

"장로들은 뭐라고 할까?"

대화의 맥을 끊기 싫어서 계속 질문했다.

"상관없어. 의무를 다하기 위해 최선을 다했음에도 벌어진 일이니까 별말 못 하겠지."

그러고는 잔디 위에 팔을 베고 벌렁 누웠다. 예전에 종종 그랬던 것처럼 입에 풀을 하나 문 채 골똘히 생각에 잠겨 있었다.

부드럽게 그의 평온한 얼굴을 바라보면서, 뭉이 위에 그이 얼굴을 그리기 시작했다. 그의 말이 맞았다. 마치 누군가가 시계를 거꾸로 돌리기라도 한 듯, 예전으로 돌아간 기분이었다.

"미로와 아미아가 결혼할 수 있게 하겠어."

"장로들의 허락도 없이? 이제는 갑자기 혁명가라도 된 거야?"

놀라서 어안이 벙벙했다.

"장로들을 말로 구워삶을 자신은 있어. 게다가 결혼식 준비가 다 되어 있는데 신랑이 바뀌었다는 이유만으로 취소해 버리긴 너무 아깝잖아."

그가 '캘럼표 미소'를 지어 보이며 일어섰다.

"맘 바뀌기 전에 지금 당장 말해 주고 와야겠어."

그러고는 머리가 뒤죽박죽이 된 나를 남겨 둔 채 성큼성큼 걸어가 버렸다. 정말 예측 불허인 남자였다. 물론 앞으로 예측해야 할 일도 없을 테지만. 거기까지 생각이 미치자 우울해졌다.

산책을 하기 위해 자리에서 일어났다. 아멜리는 나 없이도 즐거운 시간을 보낼 거다. 거의 한 시간이 넘도록 숲을 거닐며 아미아, 미로, 캘럼과 나에 대한 생각을 해 보았다. 거의 저녁 때가 가까워서야 고픈 배를 움켜쥐고 성에 돌아왔다.

"실종 신고 내려던 참이었다구!"

아멜리가 나를 맞으며 투덜거렸다.

모두는 벌써 홀에 모여 있었고, 아멜리의 옆에는 조엘, 빈스가 호위병처럼 자리하고 있었다.

"심심할 일은 없었지?"

옆구리를 쿡 찌르자 아멜리가 웃음을 터뜨렸다.

"그야 당연하지. 넌 너대로 심심할 일 없었다고 들었는데?"

조엘이 어두운 얼굴로 나를 바라보며 물었다.

"미로 말이 사실이야?"

"뭐 말이야?"

아무것도 모르겠다는 듯 어깨를 으쓱해 보였다.

"캘럼과 아미아가 결혼을 중지한다는 거!"

다행히 그 순간 캘럼이 홀에 들어와서 조엘이 입을 다물었다. 캘럼 뒤로는 밝은 얼굴의 아미아가 뒤따랐다. 그 둘이 홀에 들어오자, 미로가 일어나 자기 옆자리의 의자를 뺀 다음 아미아를 앉혔다. 캘럼은 미로의 어깨를 두드린 다음 자기 자리로 가서 혼자 앉았다. 그 모습을 본 조엘과 빈스가 입을 쩍 벌렸다.

"다 네 작품이지, 그렇지?"

조엘이 열 받은 얼굴로 물었다. 그러자 아멜리가 그의 어깨를 톡톡 쳐서 시선을 돌린 다음, 미소 지으며 말했다.

"이거랑 엠마는 아무 상관없어. 아미아가 직접 캘럼한테 가서 결혼을 중지해 달라고 부탁한 거야. 아미아는 미로를 사랑하니까. 너희도 다 알고 있었잖아."

"사랑, 흥! 하지만 그건 그거고 법은 법이야. 아미아는 캘럼과 결혼해야 했다고!"

빈스가 끼어들었다.

"어휴, 너희 진짜 연구 대상이다! 캘럼의 심정이 이해가 안 돼?"

빈스와 조엘이 뭐라고 대꾸하려 하는데, 캘럼이 일어나서 유리잔을 티스푼으로 두드리며 모두를 집중시켰다.

"신부한테 바람 맞은 남자치고 너무 좋아 보이지 않아? 오히려 표정이 전보다 더 밝아졌어. 마치 무거운 마음의 짐이라도 내려놓은 것 같아."

아멜리가 그렇다면 그런 거겠지. 그녀의 말을 귓등으로 흘리며 캘럼의 말에 집중했다.

"이미 여러분 중 몇몇이 들은 바와 같이, 저와 아미아는 결혼을 취소하기로 했습니다."

방 안 곳곳에서 웅성거림과 놀라움의 탄성이 터져 나왔다. 아마도 생각보다 소문이 금세 퍼지지는 않은 모양이었다.

미론과 캘럼이 밝은 눈빛을 교환했다.

"아미아와 저의 결혼은 어렸을 때부터 약정되어 있던 것이었습니다. 우리 종족의 전통대로 이 약혼은 결혼으로 이어져야 했지만, 지난 몇 달간의 변화를 통해 저나 우리 종족 모두는 새로운 시도를 받아들일 수 있을 정도로 바뀌었다고 생각합니다. 아미아는 오늘 저에게 미로와의 관계를 말해 주었습니다. 그들은 저의 탈출을 계획하던 때부터 사랑에 빠졌다고 합니다. 그리하여 마음속 깊은 곳에서는 자신의 배우자로서 제가 아니라 미로를 선택했던 겁니다. 이 모든 것을 통찰하지 못한 건 제 실책입니다. 그리고 아마도 미로에게 평생 동안 미안해하겠지요. 제가 그들에게 해 줄 수 있는 최대한의 사죄는, 자신들이 사랑하는 사람과 맺어질 수 있도록 허락하는 것이라 생각합니다.

저는 이러한 제 결정을 장로회에 알릴 것이며, 만약 이 일로 제 왕위를 내놓아야 한다면 기꺼이 그렇게 하겠습니다. 우리 모두는 과거의 잘못을 통해 한 걸음 앞으로 나아가야 합니다."

캘럼의 말에 아미아가 눈물을 흘렸고, 미로가 곁에서 아미아를 안고 위로해 주었다. 조엘은 혼자서 알 수 없는 말을 중얼거리더니 내게 미안하다는 눈빛을 보내 왔다.

"너도 미로처럼 사랑하는 여자와 맺어질 수 있길 바라."

"사실 나도 그랬으면 좋겠군."

조엘이 속삭였다.

"내 약혼녀는 폭탄에다 호박이거든."

조엘의 말에 빈스가 품 웃음을 터뜨리고는, 서둘러 냅킨으로 입을 가렸다.

"뭐? 셸리코트 중에도 폭탄에 호박이 있어?"

깜짝 놀라서 묻자, 빈스가 고개를 끄덕였다.

"당연하지. 그 여자 이름은 미리암인데, 아버지가 베렝가에서 제일 부자거든. 단지 그 이유만으로 조엘네 아버지가 미리암을 조엘 약혼녀로 삼은 거야. 조엘은 그 여자랑 결혼하기 싫어서 될 수 있는 한 오랫동안 아발라에 머무르고 있었던 거지."

"설마 그래서 일부러 점수를 그 따위로 받는 거야? 빨리 졸업하기 싫어서?"

레이븐이 어이없다는 얼굴로 물었다. 조엘이 당황하자, 빈스가 웃음을 터뜨렸다.

"어휴, 셸리코트들!"

레이븐이 머리를 흔들면서 중얼거렸다.

"아마 죽을 때까지 이해할 수 없을 거야."

"아무튼 저의 제안은 이렇습니다. 여태껏 모두가 결혼식을 열심히 준비해 왔는데 수포로 돌리기엔 아까우니 저 대신 미로가 신랑이 되어 예정된 날짜에 결혼식을 치르면 어떨까요? 그러면 여기 모인 사람들도 두 번 걸음 안 해도 되겠지요."

캘럼이 두 사람에게 부드럽게 물었다.

"혹시 두 사람에게 결혼 날짜가 너무 촉박한가? 최대한 빨리 하고 싶지 않아?"

모두가 웃으며 박수를 치자 미로의 얼굴이 빨개졌다.

"그럼 일단은 아미아에게 결혼 승낙을 받아야 할 것 같습니다."

박수 소리가 그친 후, 미로가 기어 들어가는 목소리로 말했다. 아미아가 기대에 차서 그를 바라보았다.

미로가 속삭였다.

"음…… 아미아. 저를 남편으로 맞아 주겠어요?"

그가 말을 더듬으며 물었다.

그러자 아미아가 환하게 미소 지었다. 여태껏 그렇게 아름다운 아미아의 모습은 처음이었다.

"네. 당신을 원해요."

아미아가 속삭였다. 그러자 미로가 그녀의 손을 꼭 잡았다.

침묵을 깨기 위해 미로가 연설을 시작했다. 하지만 나는 그의 말을 듣는 대신 고개를 돌려 캘럼을 바라보았다. 캘럼이 뭔가를 골똘히 생각하다 나와 눈이 마주쳤다. 그를 향해 "고마워" 하고 소리 없이 속삭였다. 알아들었는지는 미지수였지만 이내 그가 미소 지어 보였다. 어딘가 슬퍼 보이는 미소였다. 비록 여기, 자신과 가장 가까운 친구들 속에 있었지만 어딘가 외로워 보였다.

성은 결혼식 준비로 분주했다. 나도 예식에 대한 기대감으로 왠지 긴장이 됐다. 여기 '마법 세계 존재들'의 예식은 우리와 많이 다를까?

결혼식을 이틀 남겨 두고, 레이븐은 우리를 성 끄트머리 쪽에 있는 어떤 방으로 데려갔다. 인간 세계로 치자면 거대한 의상실 같은 곳이었다. 방 안에 쌓여 있는 옷들을 본 아멜리는 거의 넋이 나간 것 같았다.

"왜 이리 늦었어?"

하이톤의 목소리가 들렸다. 몸을 돌려서 주위를 둘러보았지만, 몇 미터 높이의 옷걸이에 촘촘히 걸려 있는 천 조각(아마 드레스라고 불러야 할 것 같았지만)들만 눈에 들어왔다.

"펠리네, 어디 있어?"

레이븐이 재촉했다.

"장난칠 시간 없다고. 드레스만 입어 보고 갈 거야."

"드레스?"

아멜리가 눈을 반짝이며 환호성을 지른 반면, 내 입에서는 무거운 한숨이 새어 나왔다. 드레스라니! 드레스 따위는 스스로 옷을 고를 수 있는 자유가 주어지기 전까지만 걸쳐 봤었다. 그러니까 네 살 이후로 그런 천 조각을 걸칠 일은 없었던 거다.

고개를 흔들고 있는 동안 아멜리는 호기심이 가득한 얼굴로 마네킹 사이를 헤집고 다녔다. 아마 그 마네킹들 위에 걸린 옷들은 일반적인 사람들이 '정말 예쁜' 드레스라고 말할 수 있을 만한 것들인 것 같았다. 하지만 솔직히 말해서 개미허리가 아니고서야 금세 실밥 터지는 소리가 들릴 것 같았다.

"설마 티셔츠에 청바지 입고 신부 들러리를 설 생각은 아니겠지?"

레이븐이 좀 히스테릭한 목소리로 물었다.

"절대로 안 되지."

저쪽 구석에서 엘프 한 명이 빠르게 걸어 나오며 말했다. 저기 걸려 있는 어떤 드레스라도 완벽히 맞을 것 같은 호리호리한 몸매였다.

펠리네가 우리 셋을 살짝 찌푸린 얼굴로 찬찬히 뜯어보더니, 환한 얼굴로 말했다.

"너희 셋을 위한 드레스는 이미 다 가봉해 놨어. 아마 잘 어울릴 거야."

그러고는 잠시 사라졌다가 손에 세 개의 커다란 옷 커버를 들고 나타났다. 그걸 차례로 빈 옷걸이에 걸고는 조심스럽게 커버의 지퍼를 열었다. 첫 번째 드레스가 치렁거리며 자태를 드러내자 일순 숨 쉬는 걸 잊어버리고 말았다.

그렇게 아름다운 드레스는 난생처음이었다.

맑은 물 빛깔 같은 매우 밝은 녹색에 아주 약간의 푸른빛이 도는 색이었는데, 무슨 색이라고 표현할 수가 없었다. 소재는 아주 가벼운 시폰이었다.

펠리네가 드레스를 아멜리의 몸에 대 보았다. 아멜리가 드레스를 받아 들면서 살짝 몸을 떠는 게 보였다. 하지만 그것도 잠시, 얼른 드레스를 들고 탈의실로 사라졌다.

"사이즈는 어떻게 알았어요?"

펠리네가 윙크를 해 보였다.

"레이븐은 당연히 알고, 너희 둘은 레이븐이 머릿속으로 이미지를 보내줬지. 그다음부턴 아주 쉬웠어."

그래, 쉬웠겠지. 잘났어 정말!

탈의실 안에서 비명 같은 환호성이 새어 나왔다. 그리고 아멜리가 밖으로 걸어 나왔다.

꿈의 드레스가 있다면 바로 이런 거였다. 튜브형이었고, 가슴 아래에는 얇은 리본이 둘러져 있었다. 쉬폰의 물결이 아멜리의 몸을 감싸고 바닥까지 감미로운 물결을 그리며 흘러내렸다. 펠리네가 드레스에 어울리는 하이힐 몇 개를 가져다주자 아멜리가 고민하지도 않고 신발을 움켜쥐었다. 키가 한 자는 커진 탓에 쳐다보고 있으려니 고개가 좀 아팠다.

그러고는 몇 개나 되는 거울을 앞에 두고 이리저리 몸을 돌려 보느라 정신없었다. 이러다간 다시는 저 드레스를 벗지 않겠다고 할 것 같아서 걱정이 되었다.

펠리네가 이번에는 나에게 드레스를 건네주자 레이븐이 감탄사를 내뱉었다. 하지만 한숨만 나왔다. 아마도 아멜리나 데이븐에 비하면 미운 오리 새끼처럼 보일 게 뻔했다.

옷은 마치 내 몸에 대고 찍어낸 것처럼 완벽하게 맞았다. 옷감은 비단처럼 부드러웠고 색상도 나의 눈동자 색과 잘 어울렸다. 이 옷을 입고 넘어지거나 엉덩방아만 찧지 않는다면 나쁘지 않을 것 같았다.

탈의실에서 나오자 아멜리가 환호성을 지르며 손뼉을 쳤다. 펠리네가 살짝 인상을 쓰더니 내 몸을 이리저리 돌려서 옷매무새를 가다듬어 준 후 하이힐을 가져다주었다. 혹시라도 넘어질까 봐 소파에 앉은 다음 후들거리는 다리로 구두 위에 탑승했다. 갑자기 세상을 보는 시선이 10센티 정도 높아졌다. 역시 높은 곳의 공기는 다르구나. 게다가 하이힐인데도 발이 아주 편했다.

"수제화니까 그렇지."

펠리네가 내 생각을 읽고는 대꾸했다.

"소중한 손님들이 발에 물집이 잡혀서 춤을 못 추게 되기라도 하면 안 되니까 말야."

그러고는 씨익 웃어 보였다.

설마, 내가 드레스에 하이힐을 신고 춤을 추겠어? 물론 티셔츠에 청바지 차림이라면 흔쾌히 추겠지만 말이다.

하지만 뭐 어떻게든 되겠지. 한숨을 쉬며 운명을 받아들이기로 했다. 적어도 아멜리는 행복에 겨워 보였다.

"아, 이게 꿈은 아니겠지?"

탈의실에서 드레스를 벗는 동안, 아멜리가 중얼거리는 소리가 들렸다. 그리고 예상대로 드레스와 잠시 동안 이별해야 한다는 사실을 힘겨워했다.

15장

≈≈≈

나와 레이븐, 아멜리는 오전 내내 치장하는 데만 시간을 보냈다. 적어도 지금은 왜 외모가 중요하지 않은지 알 것 같다. 내 귀중한 인생의 몇 시간이 이렇게 낭비되고 있으니 말이다. 먼저는 펠리네에게 가서 드레스와 하이힐을 받아 왔다. 그런 다음엔 다른 엘프 두 명이 기다리고 있는 방에 가서 올림머리와 화장을 했다. 이 과정이 영원히 끝나지 않을 것 같을 무렵에, 동화에나 나올 것 같은 공주 세 명이 탄생했다.

오후가 되자, 우리는 아미아와 함께 성의 정문 앞에 서서 기다렸다. 아무도 입을 열지 않았다. 침묵하며 호수 변에 모인 엄청난 수의 하객을 내려다보았다. 이따금씩 부드러운 바람이 웃음 섞인 재잘거림을 실어다 줬다. 아마 이보다 더 완벽한 '결혼식 날씨'는 없을 것이었다. 거의 구름 한 점 없는 청명한 파란 하늘 위로 태양이 햇빛을 선사하고 있었다.

"나 긴장돼서 토할 것 같아."

갑자기 아미아가 침묵을 깨고 중얼거렸다. 우리 셋이 아미아를 쳐다봤다. 이제껏 아미아보다 더 아름다운 신부는 본 적이 없었다. 펠리네의 걸작은 단연 아미아의 몸 위에서 기적같이 반짝이고 있었다. 눈처럼 흰색의 단아한 드레스는 아미아의 상냥하고 조용한 아름다움을 배가시키고 있었다. 도대체 드레스의 소재가 뭔지 궁금했다. 물론 한눈에도 인간 세상에서는 구경도 할 수 없는 소재라는 건 알 수 있었다. 아무튼 이 옷감은 아미아의 날씬한 몸을 휘감으며 폭포처럼 아름답게 떨어졌다. 옷감의 주 색상은 흰색이었지만, 햇빛을 받을 때마다 여러 가지 색으로 반짝였다. 아미아가 몸을 움직일 때마다, 마치 옷감 자체가 빛을 발하는 것 같았다. 머리카락은 등 뒤로 길게 늘어뜨렸고, 요정들이 머리칼 사이마다 파란색의 작은 꽃을 장식해 놓았다.

"두려워할 필요 없어."

레이븐이 아미아를 진정시켰다.

"다들 너랑 미로의 결혼식에 참여하기 위해 온 거니까."

"나와 캘럼이 결혼하지 않는다는 소문이 그렇게나 빨리 퍼진 거야?"

"당연하지."

레이븐이 미소 지어 보였다.

"캘럼이 결혼을 중지하겠다고 선언하던 날 밤에 미론이 요정들을 시켜서 모든 종족들에게 이 소식을 전하게 했거든."

"그래서 다들 반응은?"

아미아의 목소리가 창피하다는 듯 기어 들어갔다.

"반응이 어땠냐고? 아마 거의 모든 종족들이 이제야 셸리코트 종족에 이성적으로 생각할 수 있는 사람이 한 명 나왔다고 기뻐했겠지!"

레이븐이 특유의 신랄한 어조로 아미아에게 상황 보고를 하는 걸 지켜보노라니 아멜리와 함께 웃음을 터뜨릴 수밖에 없었다.

아미아가 볼멘소리를 하기도 전에, 잔디밭 위로 작은 행렬이 우리 쪽으로 다가왔다.

선두에는 캘럼이 서 있었다. 그의 곁에는 처음 보는 노인이 걸어오고 있었다. 그들은 우리 앞에서 멈추어 섰고, 그들 중에는 조엘과 빈스도 있었다. 아마 성에 있던 모든 셸리코트들이 모인 것 같았다. 긴장이 된 나머지 심장이 거칠게 뛰었다.

캘럼의 시선은 오직 아미아에게만 향했다. 무리도 아니었다. 어쩌면 그녀를 미로에게 넘긴 걸 후회하고 있는지도 몰랐다.

"아미아."

캘럼이 입을 열었다.

"아레스 대신 주미스가 네 손을 잡아 주기로 했어."

아미아의 얼굴 위로 여태껏 본 중에 가장 아름다운 미소가 번졌다. 아미아가 노인에게 달려가 그를 끌어안자, 노인이 온

화하고 사랑 넘치는 미소를 지으며 아미아를 꼭 안아 주었다. 그들을 바라보고 있노라니, 눈가에 눈물이 맺혔다.

"어떻게 감사해야 좋을지 모르겠어요."

그를 안았던 팔을 풀면서 아미아가 말했다.

"저희 아버지를 대신해 주기에 당신보다 더 적합한 분은 없을 거예요."

노인이 아미아의 손을 팔짱 끼며 따스한 음성으로 말했다.

"너는 내게 언제나 딸이었다. 그리고 이건 내 친구이자 형제인 아레스를 위한 마지막 임무이기도 하고. 네가 이 결혼을 통해 앞으로 정말 행복하게 살았으면 좋겠구나."

아미아가 고개를 끄덕인 다음, 캘럼에게 감사의 눈빛을 보내자 그가 살짝 몸을 숙여 보였고, 모두가 옆으로 물러서서 길을 만들어 주었다.

주미스와 아미아가 앞장서서 걷기 시작했다. 캘럼은 내게 손을 내밀었고, 빈스는 레이븐과 동행했다. 조엘이 아멜리에게 씨익 웃어 보이곤 몸을 숙이자, 아멜리가 미소 지으며 그의 팔을 잡았다.

캘럼이 내 손을 잡았고, 아주 자연스럽게 손가락이 얽혔다. 나는 감히 그를 쳐다보지도 못했고, 손바닥 아래의 찌릿함은 점점 강해져 갔다. 그도 분명 그걸 느낄 터였다. 분명 지금 그의 손을 놓는 게 이성적인 행동이었지만 그럴 수 없었다. 그러기엔 그의 손길이 정말이지 그리웠다.

"저 사람이 누군지 알아?"

캘럼이 아미아의 옆에 선 노인을 가리키며 약간 쉰 목소리로 물었다.

말없이 고개만 저었다. 아마도 목소리가 나오지 않을 것 같아서였다.

"조엘의 아버지인 주미스야. 아레스의 가장 친한 친구이자 의형제이기도 하지. 엘린은 주미스를 감옥에 가두어 두었고, 자기 아들이 자신뿐 아니라 우리 모두를 탈출시킨 일을 자랑스러워하고 있어. 주미스의 아내인 말리는 조엘에게 형제를 더 낳아 주고 싶어 했지만 아이가 더 생기지 않았대. 그래서 아미아가 어렸을 때부터 주미스에게는 마치 딸 같은 존재였거든."

고개를 끄덕였다. 다행히 우리의 행렬이 호수 변 하객들의 무리에 도달하는 바람에 그에게 대꾸할 필요가 없었다.

행렬이 다가갈수록, 하객들이 박수갈채와 환호성을 보냈다.

호기심 어린 눈으로 모인 사람들을 훑어봤다. 거의 모든 종족이 다 초대된 것 같았다. 은빛 옷을 입은 엘프들과 검은색 양복 차림의 뱀파이어들이 맨 먼저 눈에 들어왔다. 뱀파이어들은 피처럼 붉은색의 후드 망토를 뒤집어쓰고 있었는데, 그들도 인간처럼 더위를 느낄 수 있는 것 같았다. 하지만 사람들이 일반적으로 생각하는 것처럼 태양 아래에 있어도 재로 변하거나 몸이 반짝거리지는 않았다. 아무튼 루머는 믿을 만한 게 못 된다.

우리 앞에 호수로 이어지는 넓은 길이 보였다.

페린이 내게 미소 지어 보였다. 그는 초록색과 갈색의 의상을 입은 다른 파우누스인들과 함께 서 있었다. 마치 따스한 숲

속 같은 느낌이었다. 그들이 함께 서서 속삭이며 손을 흔들어 보였다.

길은 호수 안으로 이어졌고, 호수 쪽을 바라보는데 너무 놀라서 숨이 멎는 줄 알았다.

물속에서부터 계단같이 생긴 긴 난간이 솟아올랐고 그 위에는 수없이 많은 셸리코트가 서 있었다. 모두 캘럼이나 아발라의 셸리코트들처럼 반짝이는 담록색의 옷을 입고 있었다. 셸리코트와 아미아가 대면하는 순간, 침묵이 흘렀다. 다른 종족들도 모두 조용해졌다. 그리고 수면 위로 음악 소리가 들렸다. 마치 물속에서부터 직접 흘러나오는 소리 같았고, 이 세상의 악기 소리는 아닌 것 같았다. 셸리코트 중에 악기를 연주하는 사람은 찾아볼 수 없었다. 음악 소리가 잔잔한 파도처럼 모인 사람들 사이로 퍼져 나가 이윽고 모든 공간 안에 신비롭게 울려 퍼졌다. 모인 사람 모두가 예식에 집중하자 이윽고 음악 소리가 잦아들었다.

어느덧 우리의 행렬은 호수 변에 도달해 있었다. 아미아가 멀린과 미론과 함께 서 있는 미로를 보며 환하게 미소 지었다.

캘럼이 내 손을 놓고 미로 옆에 섰다. 주미스는 작은 연단 위에 올랐다.

"예식을 시작하기 전에 한 가지만 부탁하려 합니다."

주미스의 목소리는 깊고 분명해서 똑똑히 모두에게 전달되었다.

"우리의 친애하는 왕이자 나의 친구인 아레스를 위해 묵념

합시다. 그가 만약 살아 있었다면 오늘의 이 예식만큼 평생에 잊지 못할 광경은 없었을 겁니다. 오늘 그의 딸에게 기쁜 마음으로 손을 내밀어 신랑에게 이끌어 주는 일이야말로 그의 염원이었을 터. 이제 운명이 그에게서 이 기쁜 순간을 빼앗아가 버렸지만 적어도 그를 1분만이라도 추모하는 시간을 가집시다."

음악 소리가 멈추었고, 침묵이 흘렀다. 새소리조차 들리지 않았고, 물결조차 숨죽이는 것 같았다. 오직 아미아가 숨죽여 흐느끼는 소리만 들렸다. 나는 손을 뻗어서 아미아를 위로해 주었다.

"감사합니다 여러분."

조엘이 침묵을 깼다.

"이제 아미아와 미로는 연단 앞에 서십시오."

미로가 아미아에게 손을 내밀자 둘은 손을 잡고 함께 연단 앞에 섰다.

나는 아멜리, 레이븐과 함께 아미아의 곁에 서 주었다.

캘럼은 조엘, 빈스와 함께 미로의 곁에 섰다.

"아버지에게 있어서 딸이 사랑하는 사람과 맺어지는 것보다 더 기쁜 일은 없다네. 나는 오늘, 내 친딸 같은 아미아가 마음속 깊이 사랑하는 남자와 맺어지게 되어 기쁘고, 자랑스럽고 행복하네. 자네 두 사람만큼 이 자리에 서기까지 수많은 역경과 어려움을 견딘 커플은 많지 않네. 아마 행복을 꿈꾸며 긍정적인 마음으로 어려움을 헤쳐 왔겠지. 하지만 그 어떤 순간에도 자네들은 우리 종족 전체를 위하려는 마음을 잃지 않았네.

모든 셸리코트를 대표해서 자네들에게 감사하는 바이며, 우리 종족의 번영과 행복은 결국 개인의 번영과 행복에 달려 있다는 사실을 잊지 말게나.”

함성과 박수 소리, 동의하는 소리가 물결을 타고 전해져 왔다.

주미스가 사실을 약간 왜곡한 건 사실이다. 아마도 여기 모인 셸리코트에게 어떤 메시지를 전달하려는 것이리라. 이제 곧 셸리코트 사회에도 근본적인 변화의 바람이 불어오게 될지 모른다. 적어도 이 일로 기본적인 토양은 다져졌다. 이제 씨를 뿌리는 일만 남았다.

캘럼이 나를 바라보는 게 느껴졌지만, 그와 눈을 마주칠 자신은 없었다.

주미스가 손을 올리고 목소리를 높여 기쁘게 외쳤다.

“이로써 미로와 아미아가 영원토록 결혼으로 맺어졌음을 선언합니다. 평생 행복한 삶을 살길 기원하며, 그 행복이 자녀와 자녀의 자녀까지 전해지도록 살며, 평화와 단결 속에 오늘 바로 이 순간의 뜨거운 사랑이 평생 지속되길!”

주미스의 말이 끝나자 캘럼과 내가 그들 앞에 섰다. 캘럼은 아미아에게, 나는 미로에게 반지 하나씩을 끼워 주었다. 이것은 셸리코트들의 전통으로, 결혼하는 커플은 가장 신뢰하는 친구를 선택하여 반지를 끼워 주는 일을 맡긴다고 한다. 그런 다음에는 아미아와 미로가 캘럼과 내게 왼손 약지에 반지를 끼워 주었다. 이로서 우리 네 사람 사이에는 영원토록 지속되는 연대가 구성되있다. 셸리고트들은 결혼식 때 각자 자신의 결혼 후견인을 고르는 게 전통이었다. 처음에 아미아가 내게 결혼 후견인을 부탁했을 때에는 손사래를 쳤지만, 끈질기게 애원하는 통에 결국 승낙하고 말았다. 이로서 아미아, 미로뿐 아니라 캘럼과도 어떤 관계로 맺어지게 되었다는 사실이 신기해서 손가락의 반지를 바라보았다. 어쩌면 나 같은 혼혈이 아니라 토종 셸리코트를 결혼 후견인으로 고르는 게 나았을 거다. 그러면 삶의 중요한 순간에 항상 동참해서 자신의 의무를 수행해 줄 수 있을 텐데. 하지만 아미아는 완고했다. 이제 평생 동안 아미아와 미로, 그리고 그들의 자녀를 책임져야 한다. 가끔 정말 중요한 순간에는 캘럼과 함께 말이다. 어쩌면 이건 아미아의 억지가 아니었을까 싶었다.

캘럼과 내가 살짝 옆으로 물러나자, 주미스가 둘에게 미소 지으며 속삭였다.

"미로, 이제는 아미아에게 키스해도 되네."

그러자 미로가 행복에 겨운 얼굴을 빨갛게 물들였다. 그러고는 마치 유리로 만들어진 장식을 만지듯 아미아를 품에 안고 소중하고 사랑스럽게 입맞춤했다.

그 모습에 빈스와 조엘이 킥킥거리며 서로의 옆구리를 찌르자 주미스가 아들에게 눈치를 줬다. 환호성과 박수 소리가 끊이지 않았고, 한 사람 한 사람이 행복을 빌며 갓 탄생한 부부에게 축하의 인사를 전했다.

인파 때문에 한옆으로 밀려난 아멜리가 내 쪽으로 다가왔다.

"어디 뭐 마실 것 없나? 스파클링 와인이라도 한잔 마셨으면 좋겠는데. 샴페인이면 더할 나위 없이 좋고."

그제야 입안이 말라서 버석거린다는 걸 알았다. 아미아 쪽을 보니 모두의 축하에 감사로 화답하느라 정신없는 것 같았다. 그래서 인파를 헤치고 레이븐과 아멜리를 따라갔다. 호수 위로는 호수 밑으로 이어지는 긴 난간 위에서 셸리코트들이 아미아와 인사하기 위해 줄지어 있는 게 보였다.

그 순간 옆을 보니 어느새 캘럼이 서서 나를 감싸고 인파를 헤쳐 주었다.

"고마워."

인파 사이를 빠져나와 호수 뒤편 풀밭에 도달했을 때, 작게 중얼거렸다. 예식이 진행되는 동안 요정들은 저들 나름대로 바쁘게 모든 걸 준비해 놓고 있었다. 풀밭 위에는 흰 천을 씌운 엄청난 수의 테이블과 긴 의자가 놓여 있었고, 테이블 위에 차려진 음식에서는 황홀한 냄새가 풍겼다. 그 위로 요정들이 쟁반 가득 음료수 잔을 들고 날아다니고 있었다. 모르게인이 우리 쪽으로 다가와서 레이븐, 아멜리와 내게 무슨 음료를 마실 건지 물었다. 모르게인에게 미소를 지어 보이자, 내게 다가와 귓가에 속삭였다.

"여기 오기로 했던 건 정말 잘한 선택이었어."

그러고는 남자들 쪽으로 날아갔다.

"요정이 뭐래?"

캘럼이 호기심 어린 얼굴로 물었지만, 그냥 말없이 웃으며 고개를 저었다.

우리 모두가 앉을 수 있는 큰 테이블을 찾아서 앉았다. 아침부터 아무것도 먹지 못했던 터라 기쁜 마음으로 테이블 위에 차려진 음식을 섭렵했다.

캘럼에게 인사하려는 셸리코트가 우리 테이블에 끊이지 않았다. 대부분은 나를 흘깃거렸지만 애써 무시했다. 캘럼의 존재를 의식하지 않으려고 일부러 테이블의 정반대 끄트머리에 앉아 있었지만, 아무리 노력해도 자꾸만 그에게 시선이 갔다. 그래서 아멜리가 레이븐과 함께 잠시 산책하고 오자고 권하자 기뻤다.

호수 쪽에서 시원 상큼한 바람이 잔잔히 불어왔다. 태양의 위치는 예식이 시작하던 때보다 낮아져 있었다. 여러 종족이 한자리에 모여 있었지만 딱딱하지 않게 서로 적당히 섞여서 화기애애한 분위기였다. 아멜리도 그런 광경이 신기했던 모양이었다.

"비록 종족이 달라도, 아발라에서 같이 공부했던 사람들 간에는 깊은 우정의 끈이 생기는 것 같아. 그리고 이렇게 큰 행사는 옛 친구들을 다시 만날 수 있는 좋은 기회지."

레이븐이 설명한 후, 저쪽에서 페린과 함께 있는 몇몇 파우누스들에게 손을 흔들어 보였다.

날이 조금씩 어두워지자, 나무와 호수 위에는 수백 개의 작은 빛점들이 켜졌다.

오늘 예식의 하이라이트는 점프 선수들의 예술 점프 묘기였다. 이 흥미진진한 볼거리를 한시라도 빨리 보고 싶어서 애가 탔다. 물론 아발라의 점프 대회도 재미있긴 했지만, 진정한 프로들은 어떤 예술 점프를 보여 줄지 기대가 되었다.

점프를 할 시간이 되자, 관객들이 좋은 자리를 차지하기 위해 호수 주변으로 몰려들었다. 레이븐, 아멜리와 나는 전망 좋은 야트막한 언덕 위에 서 있었다.

거대한 횃불이 호수 중앙에 설치되었다. 황금빛으로 타오르는 불꽃이 거울 같은 수면 위에 비쳤다.

셸리코트 종족 최고의 점프 선수 다섯 명이 완벽하게 호흡을 맞추어 동시에 물속으로 뛰어들었다. 그들의 완벽한 다이빙 실력에 우레와 같은 박수갈채가 터져 나왔다.

점프는 낮은 곳부터 시작해서 점점 높이도 높아지고 난이도도 어려워졌다. 점프 선수들은 숨이 멎을 것처럼 높이 점프하거나, 총알처럼 빠른 속도로 합동 점프를 선보였는데, 어찌나 빠른지 몸이 제대로 보이지 않을 정도였다.

아마 저 정도 수준에 도달하려면 엄청나게 오랫동안 연습해야 할 것 같았다. 점프 쇼의 대미는 불타는 고리를 통과하는 점프였다. 다섯 개의 거대한 고리가 몇 미터 높이로 수면 위에 설치되어 어두운 밤하늘을 환하게 밝히고 있었다. 보이지 않는 출발선에서 셸리코트들이 동시에 헤엄을 치며 호수 가운데로 나아갔다. 그러고는 깊이 잠수해 들어가더니 저마다 독창적인 회전축을 선보이며 고리를 통과한 후, 소리 없이 깨끗하게 입수했다.

점프 대회 당시의 엘린의 습격이 떠올라서 호수 저편을 흘끔거렸지만 당시 엘린이 자신의 추종자들을 데리고 나타났었던 곳에는 어둠만이 내려앉아 있었다. 레이븐은 마법사들과 엘프들이 예식이 치러지는 동안 호수 전체를 안전하게 지켜 줄 거라고 설명해 줬다. 어쨌거나 레이븐은 엘린의 흑마법이 어떠한 경우에도 이 안까지 침범하지 못할 거라고 강하게 믿고 있었다. 어떻게 그렇게 확신할 수 있는지 신기했다. 어느 누구도 운디네들이 얼마나 강력한지, 엘린에게 무엇을 전수해 줬을지 모르는 일 아닌가. 하지만 현재까지는 예식을 방해하려는 움직임은 보이지 않았다. 어쩌면 아미아에게 미안한 마음 때문일지도 몰랐다.

밤의 어두움을 뚫고 우레 같은 박수 소리가 울려 퍼졌다. 다섯 명의 셸리코트가 뭍으로 올라와 관중 앞에서 허리를 굽혀 인사해 보였다. 아미아가 그들에게 달려가 환상적인 점프를 선보여 준 데 대한 감사를 전했다. 그러고는 시간을 낭비할세라 곧바로 다음 순서인 웨딩 댄스가 이어졌다. 이윽고 음악이 흐르기 시작했다.

아미아와 미로가 댄스 플로어 위에 오르자 다른 커플들도 앞다투어 춤을 추기 위해 모여들었다. 나는 잠시 엉덩이를 붙이고 앉아서 쉴 만한 곳을 찾기 위해 두리번거렸다. 드디어 자리에 앉을 수 있게 되었을 때, 지친 발을 신발에서 해방시켜 주었다. 편하든, 수제화든 아니든 상관없이 한 치 높이의 신발을 신고 하루 종일 서 있는 건 상당히 고된 노동이었다. 작은 남자 요정이 날아와서 하루 종일 서빙 하느라 지쳤을 텐데도 밝은 얼굴로 맛있어 보이는 레모네이드 한잔을 권했다.

어둑한 불빛 아래 손가락에서 반짝이는 반지를 바라보았다. 정말이지 아름답고 섬세한 반지였다. 원래는 캘럼이 자신의 결혼식 때 쓰려고 만든 것이지만, 기꺼이 미로에게 넘겨주었다는 걸 들었다. 내가 낀 반지는 나머지 세 개의 반지처럼 특별히 제작된 거였다. 금으로 제작되어 있었고, 반지 주위에 얇은 가드링이 하나 더 둘러져 있었다. 반지 중앙에는 작은 회색 보석이 물려 있었다. 내 눈동자 색과 같은 회색이었다. 다른 반지도 모양은 같았지만 보석의 색상만 틀렸다. 반지 주인의 눈동자 색에 맞춰서 캘럼의 반지에는 밝은 바다색, 아미아의 반지에는 밝은 캐러멜색, 미로의 반지에는 초록색 보석이 물려 있었다.

마음 같아선 지금 당장이라도 침대로 달려가 책이나 한 권 읽고서 잠에 들고 싶었다. 하지만 뭔가 내 맘대로 되는 일은 드물었다. 포트리의 내 방이 무척이나 그리웠다.

레모네이드를 홀짝이며 춤추는 사람들을 바라보면서, 내게도 약간 에너지가 돌기만 기다렸다.

레이븐은 피터와 함께 춤을 추고 있었고 아멜리는 조엘과 짝을 이루고 있었다. 저 두 커플이 눈이 맞았다는 데 내 모든 걸 걸고 맹세라도 할 수 있었다. 하지만 레이븐은 그렇다 쳐도 아멜리는 셸리코트와 사랑에 빠질 정도로 바보는 아닐 텐데.

캘럼은 예쁜 셸리코트 소녀와 춤을 추고 있었다. 이제 셸리코트 사회에서 가장 핫한 남자가 솔로로 전향했으니, 미래의 장인들이 앞다투어 그를 사위로 맞으려고 줄을 설 것이었다.

솔직히 지금이 자리를 뜨기에는 가장 적당한 시간이었지만 혼자서 성으로 돌아가고 싶진 않았다. 어차피 성 안에는 경비 병만 득시글댈 터였고, 돌아가는 길은 혼자 걷기엔 어둡고 멀 었다. 그래서 내 친구들이 파트너를 바꿔 가며 춤추는 모습, 미 로가 사랑스럽게 아미아를 품에 안아 주는 걸 부러운 눈으로 바라보았다.

드디어 두 사람의 결혼을 물속에서 확정 지을 순간이 왔다.

어느덧 상당히 취기가 오른 하객들이 환호성을 보내는 가 운데, 나도 일어서려다가―레모네이드 안에 든 게 뭔진 죽었 다 깨나도 모를 터였지만―다리가 후들거려서 간신히 테이블 모서리를 잡고 버텼다. 간신히 몸을 가누면서 손을 맞잡고 호 수로 걸어가는 두 사람을 바라보았다. 둘이 신발과 옷을 벗자, 미스기르를 입고 있는 게 보였다. 모든 셸리코트는 결혼식 때 자신이 속한 부족에게서 자신만의 미스기르를 선물 받는다고 한다. 두 사람의 새 미스기르가 눈부시게 반짝였다. 두 사람이 우리 쪽으로 몸을 돌려서 손을 흔든 다음, 미로가 아미아를 품 에 안고 물속으로 들어갔다. 그러자 호수 내부가 빛나기 시작 했다.

처음에는 아미아의 빛이 미로보다 강했지만 차츰 그의 빛이 더 강해졌다. 두 사람의 실루엣이 더 이상 보이지 않게 되자 두 빛이 한데 엮였다. 그러자 셸리코트들이 노래를 부르기 시작했다. 저음의 노랫소리가 하늘 높이 울려 퍼지자 예전에 엄마가 불러 주던 오래된 찬송가가 떠올랐다. 무어라 형용할 수 없는 슬픔이 노래 가운데 묻어 있었다.

눈물이 볼을 타고 흘러내렸다. 빛이 사라지고 노랫소리가 멈춘 뒤에도 왠지 모를 슬픔이 가시지 않았다.

"엠마, 괜찮아?"

어느덧 캘럼이 다가와 있었다. 나는 얼른 눈을 깜빡여 눈물을 떨어뜨린 후 고개를 끄덕였다.

"너 오늘 춤 한 번도 안 추던걸?"

"아무도 춤추자고 안 하니까 그렇지."

내가 퉁명스럽게 대꾸했다.

"네가 숨어 있었던 거잖아."

그가 투덜거렸다.

"그럴지도 몰라."

흘리듯 대꾸했다.

"나랑 춤출래?"

"지금? 여기서? 그게 좋은 생각인 거 같아?"

내 어이없다는 물음에 그가 의아하다는 듯 눈썹을 치켜떴다. 그래서 손동작으로 주위를 둘러보라는 듯 제스처를 취했다. 벌써 자정이 넘었는데도 한 명도 자리를 뜨지 않은 채 여전히 북적이고 있었다.

"너와 내가 춤추는 모습을 보면 너희 종족 사람들이 좋아하지 않을 텐데? 여기 있는 셸리코트 여자들, 아니, 미래의 아내

들한테 잘 보여야지 않겠어?"

"너 설마……. 요정 와인 얼마나 마신 거야?"

그가 조용하지만, 화난 목소리로 물었다.

그러자 잠시 얼떨떨해졌다.

"요정 와인?"

그제야 내 상태가 상당히 비이성적이며 알딸딸하다는 걸 깨달았다.

"난 레모네이드인 줄 알고……."

"얼마나 마셨냐고!"

그가 쏘아붙였다.

그 작은 남자 요정이 몇 번이나 내 테이블에 왔었는지 기억해 보려고 눈살을 찌푸려 봤지만, 도저히 기억나지 않았다.

"아마 한 대여섯 잔 정도?"

어느 정도로 말해야 캘럼이 화내지 않을까 고민하면서 대충 둘러댔다.

"도대체가 넌……. 한순간도 눈을 뗄 수 없게 만드는군."

물론 그가 몇 시간이나 나한테는 신경도 안 썼다는 걸 거들먹거릴 생각은 없었다. 당연히 기대도 안 했으니까.

그가 찬찬히 나를 훑어보며 물었다.

"일어서면 어지럽거나 토할 것 같아? 만약 괜찮다면 나랑…… 한 번만 춤추자."

그의 말에, 드레스를 살짝 들어 올리고 휘청거리며 맨발로 일어섰다.

"맨발이라도 좋다면. 오늘 저녁엔 아무것도 안 신을 거야."

캘럼이 고개를 흔들고는, 좀 거칠다 싶을 정도로 내 손을 움켜잡고 다른 커플들이 춤추고 있는 곳으로 잡아끌었다.

댄스 플로어에서 캘럼은, 우리 사이에 종이 한 장 들어갈 틈이 없을 정도로 나를 자기 쪽으로 끌어당겼다. 이게 부적절한 행동이라는 건 알고 있었지만 다른 이들도 제발 나만큼이나 취해서 아무도 우리를 신경 쓰지 않기만 바랐다. 게다가 그와 1밀리미터도 멀어지고 싶지 않았다. 저항할 여지도 없이, 오히려 그 반대로 그의 가슴에 머리를 기대고 눈을 감았다. 머릿속에 밀려오는 어색한 죄책감도 애써서 떨쳐 버렸다. 그와 이렇게 가까이 있다는 건 믿을 수 없을 만큼 황홀했고, 그도 나와 같은 걸 느끼고 있는지 궁금했다. 예전에는 캘럼도 나와 같은 감정이라는 걸, 내가 느끼는 것들을 마치 거울에 상이 비치듯 그도 느끼고 있다고 믿었지만, 지금은 마치 그 모든 게 나만의 망상이었던 것만 같았다. 하지만 우리가 이성적으로 아무리 아니라고 말해도, 이 끌림은 언제까지나 변하지 않을 거다. 그와 가까이 있으면 느껴지는 설렘, 내 피가 요동치는 소리, 가슴의 옥죄임, 그리고 그를 만지고 싶다는 욕구는 언제까지나 변하지 않으리라.

춤을 추고 난 후, 캘럼은 내 손을 잡고 말없이 레이븐과 아멜리가 남자들과 앉아서 노닥거리고 있는 테이블까지 데려다주었다.

"레이븐. 엠마를 방까지 좀 데려다줘. 안 그러면 인사불성이 될 때까지 요정 와인을 마시려고 할 거야."

레이븐이 눈살을 찌푸렸다.

"아직은 내 도움이 필요 없을 것 같은데? 정 걱정되면 네가 직접 데려다주든가."

그러고는 피터와의 대화를 이어 나갔다.

캘럼이 잠시 레이븐을 멍하니 바라보며 생각에 잠겼다. 아마도 뭘 어떻게 해야 할지 감이 안 잡히는 모양이었다. 잠시 후 그가 내 손을 잡고 성 쪽으로 걷기 시작했다. 여기 남아 있고 싶다고 항의했지만 들은 척도 하지 않았다. 그러고는 술 취한 여자가 따라잡을 수 없을 만큼 빨리 걸었다. 아마 한시라도 빨리 나에게서 벗어나고 싶은데, 그렇다고 어두운 숲 속에 혼자 내버려 둘 수도 없었나 보았다. 딱할 정도로 예의 바른 남자 같으니.

그 순간 자비로우신 하나님이 내 투덜거림에 벌이라도 줬는지, 내 발에 내가 걸려서 크게 비틀거렸다. 그래서 그의 손을 놓고 허우적댔지만, 그의 발 앞에서 공처럼 구르는 것만은 면할 수 있었다. 간신히 균형을 잡고 숨을 가다듬었다.

"어디 다친 데 없어?"

그의 쌀쌀맞은 물음에 고개를 저었다.

"그렇게 잡아끌지 말아 줬으면 좋겠어. 난 고집쟁이 노새가 아니라구."

"정말?"

그가 낮은 음색으로 뻔뻔하게 대꾸했다.

나는 달빛에 드러난 그의 얼굴을 바라보았다. 가슴이 두방망이질 쳤다. 예식 초반과 지금의 꼬락서니가 현저한 차이를 보이는 나와는 달리, 그는 거의 흐트러지지 않은 모습이었다. 나도 모르게 그에게 한 발짝 다가섰다. 술 취해 멍해진 머릿속에 말도 안 되는 생각들이 떠올랐다. 만약 내가 지금 그에게 키스하면, 날 거칠게 밀어낼까? 아니면 예의 바르게 거절할까? 두 번째 상황이 더 끔찍할 것 같았다.

내 생각이 특정한 방향으로 흘러가려는데, 그도 내게 한 발짝 나가왔다. 그러고는 내 어깨에 팔을 둘러서 부축해 주었다.

"걱정했던 것보다 더 상태가 심각하군."

그가 쉰 목소리로 중얼거렸다.

술 취한 지금이니까 용서 받을 수 있을 거라 생각하며, 그의 허리를 잡고 가슴에 머리를 기댔다.

우리는 느리게 걸었지만, 그조차도 빠르게 느껴졌다. 그는 곧장 아멜리와 내가 함께 쓰는 방으로 향했다. 방문 앞에서 그가 팔을 풀더니 이마에 입 맞춰 주었다. 그러고는 무슨 일이 일어난 건지 깨달을 새도 없이 나를 방 안으로 밀어 넣었다.

한숨을 내쉬며 침대 위로 몸을 던지고는 베개에 얼굴을 파묻었다.

적어도 그렇게 쌀쌀맞고 얄밉게 굴 것까지는 없잖아? 안 그럼 훨씬…… 훨씬 나을 텐데. 그렇게 생각하며 잠이 들었다.

다음 날, 비와 함께 두통이 찾아왔다. 절대로, 다시는 이 망할 요정 와인 따위는 마시지 않겠다고 다짐했다. 적어도 누군가는 이게 뭔지, 마시면 어떻게 되는지 말해 줬어야 했다.

두통 때문이기도 했지만, 간밤에 캘럼과 있었던 일로도 머리가 아팠다. 한숨을 터뜨리며 이불을 뒤집어썼다.

"그거 마시면 좀 긴장을 풀까 했지."

레이븐의 목소리가 들렸다.

"뭐라고?"

벌떡 일어나 입을 쩍 벌리고 레이븐을 노려봤다. 레이븐은 깔끔하고 말짱한 모습으로 소파에 앉아 있었다.

아멜리가 자기 침대에 누워서 윙크해 보이며 말했다.

"난 모르는 얘기야."

"내가 모르게인한테 부탁했어. 엠마한테 요정 와인 좀 먹이라고 말야. 너하고 캘럼은 늘 툭탁거리니까 요정 와인이라도 마시면 긴장이 좀 풀어질까 해서."

레이븐이 무심하게 말을 이었다.

"뭐? 어떻게⋯⋯. 미친 거 아냐?"

내 귀를 의심했다.

"나 캘럼 앞에서 구르고, 땅바닥이랑 키스할 뻔했다고!"

"그럼 적어도 내 계획은 성공했을 텐데."

그 말에 아멜리가 이불 밑에서 킥킥거리는 바람에 침대가 흔들릴 정도였고, 레이븐도 삐딱하게 씨익 웃었다.

"그러고도 너희들이 내 베프야?"

그러는 내 입에서도 웃음이 튀어나왔고, 멈출 수가 없었다.

결국은 배가 터져 버리지 않을까 걱정이 될 즈음에야 웃음을 멈출 수 있었다.

잠시 후, 모르게인이 아침 식사를 가져다주러 방에 들어왔을 무렵에는 어느 정도 진정되어 있었다.

"그래서, 작전은 성공했어?"

호기심 어린 목소리로 그 작은 요정이 물었다.

"모르게인. 너마저 그렇게 음흉한 계획에 동참할 거라고는 생각도 못 했는데."

내가 투덜거렸다.

"우린 다 너 잘되라고 그런 거지."

요정이 대꾸하자 레이븐이 한숨을 내쉬었다.

"너 완전 끔찍해 보이네."

모르게인이 내 꼴을 훑어보더니 한 소리 했다.

그 말에 레이븐도 동의한다는 듯 고개를 끄덕였다.

"펠리네가 그 꼴을 보면 아마 사표를 쓸지도 몰라."

그제야 간밤에 입고 잔 옷이 바로 그 꿈의 드레스라는 사실을 깨달았다. 한숨 섞인 비명 외에는 아무 말도 나오지 않았다.

"두통은?"

모르게인이 걱정스러운 얼굴로 물었다.

내가 고개를 끄덕이자, 모르게인이 초록색의 물약을 건네주었다. 나는 미심쩍은 눈초리로 그 액체를 뜯어보며 물었다.

"이게 뭐야? 사랑의 묘약?"

그 말에 요정이 황당하다는 듯 고개를 저었다.

"정신이 제대로 박힌 요정이라면 그런 걸 줄 리가 없지."

그러고는 자신만만하게 권했다.

"숙취약이니까 마셔 봐."

조심스럽게 맛보았다. 모르게인의 말은 사실이었다. 이렇게 끔찍한 맛을 내는 건 약밖에 없을 터였다. 눈을 질끈 감고 단번에 삼켰다. 그러자 즉시 온몸에 편안한 기운이 퍼져 나갔다. 만약 인간 세상에서 이 약을 판다면 엄청난 돈을 긁어모을 수 있을 거라고 생각하며 아침을 먹었다.

조금 후 누군가가 문을 두드렸다. 우리 넷이 내 침대 위에 앉아서 여유롭게 아침 식사를 하는 모습을 보자, 피터의 얼굴이 하얗게 질렸다.

"정말 이러기야? 한 시간 후에는 출발해야 된다고! 집에 가기 싫어?"

아멜리와 내가 동시에 고개를 끄덕였다.

"왜 그렇게 서두르는 거야?"

아멜리가 짜증을 냈다. 아마도 나만큼이나 여기 머무르고 싶은 게 분명했다.

"가는 길이 얼마나 먼데! 게다가 난 에든버러까지 가야 한다고. 내일 아침에 교수님 한 분이랑 중요한 미팅이 있어. 두 시간 줄 테니까 갈 준비 다 하고 기다리고 있어!"

그러고는 문을 쾅 닫고 나갔다.

"어쩔 수 없지 뭐."

아멜리가 아쉽다는 듯 음식을 우물거리며 중얼거렸다. 나도 고개를 끄덕인 다음, 몸을 씻고 물건들을 챙겼다.

여행 가방을 들고 나오자, 자동차 앞에 캘럼과 피터가 서서 우리를 기다리고 있었다.

"나 지금 방금 너희 없이 출발하려고 했어."

10분 늦은 걸 짜증 내면서 피터가 말했다.

"그럼 아빠가 널 가만두지 않았을걸."

아멜리가 코웃음 쳤다.

캘럼이 내 옆에 와서 섰다. 간밤의 일이 떠올라서 얼굴이 빨개졌다.

"어젯밤은 미안했어. 나 정말 그게 레모네이든 줄 알았거든……."

말을 더듬으며 변명했다.

"내가 여기 있어 달라고 부탁하면……. 여기 있어 줄 거야?"

그가 진지하게 물었다.

"내가 왜 그래야 하는데?"

갑자기 머리가 혼란스러웠다.

"거기보다 여기가 더 안전할 테니까."

그의 말에, 고개를 저었다.

"난 어디에서든 안전해. 엘린이 나를 노릴 이유도 없고, 평생 동안 아발라에 숨어 살 생각도 없어."

캘럼이 고개를 끄덕이며 동의했다.

"한 가지만 부탁해도 돼?"

잘못된 건 줄 알면서도 입 밖으로 튀어나오고 말았다.

"당연하지."

"날…… 잊지 말아줘."

그가 마치 내 영혼을 들여다보기라도 하듯, 맑은 바다색 눈으로 나를 깊이 바라보았다. 그러고는 나를 끌어당겨 꼭 안아주었다.

"절대로 잊지 않아. 너의 세계에서 행복하길. 나의 세계에서, 내가 행복하게 해 줄 수 있는 것보다 훨씬 더 행복하게 살길 바라."

그의 목소리가 부드럽게 나를 감싸 안았다. 마치 마지막이 아닌 것처럼, 이별이 아닌 것처럼 말이다.

그를 쳐다보지 않으려고 노력하면서 도망치듯 차에 올라탔다. 피터가 시동을 걸고 차를 출발시켰다.

아멜리가 옆에서 나를 보고는, 언제나처럼 내 안의 감정을 알아차렸다.

"너, 절대 못 잊지, 그치?"

"응."

"앞으로 어떻게 살려고 그러는 건지, 상상하고 싶지도 않다."

아멜리의 말에 어깨를 으쓱해 보이고는, 창밖으로 시선을 던졌다.

"너도 알잖아. 난 어쨌든 매일 아침 눈을 뜰 거고, 밥을 먹을 거고, 공부할 거야. 필요한 건 다 할 거야. 이젠 익숙해졌어.

그거 하나만은 분명해."

목소리에 감정이 드러나지 않도록 노력하면서, 나조차도 절박한 심정으로 중얼거렸다.

아멜리가 말없이 내 손을 잡아 주었고, 어쨌든 무슨 일이 있어도 혼자는 아니라는 생각이 들었다.

"난 괜찮을 거야."

"응. 단지 너한테 선택의 여지가 없다는 게 문제지."

아멜리가 중얼거렸다.

16장

포트리에 도착했을 때에는 벌써 해가 지고 있었다.

마음 같아서는 곧장 소피에게 가 보고 싶었다. 집 앞에는 외삼촌과 외숙모가 우리를 기다리고 있었고, 아발라에서 무슨 일이 있었는지 가장 먼저 듣고 싶어 했다.

캘럼과 아미아의 결혼식이 무산된 건 이미 알고 있는 모양이었지만, 모든 세부적인 스토리를 자세히 듣고 싶어 했다.

굳이 그 모든 기억을 다시 불러오고 싶지 않아서 아멜리에게 설명하는 임무를 맡겼다.

나는 소파로 파고들어서 쿠션을 끌어안고, 마치 시냇물 소리처럼 재잘거리는 아멜리의 수다 소리에 귀를 기울였다.

내 생각은 온통 캘럼을 향하기 시작했다.

지금 뭐 하고 있을까? 혹시 내 생각을 하고 있을까?

그러자 고개를 세차게 흔들어서 헛된 생각들이 꼬리에 꼬리를 무는 걸 막았다.

누구랑 결혼하게 될까? 셸리코트들은 캘럼을 왕으로 추대하게 될까? 아발라에서 계속 머무를까? 아니면 베렝가로 헤엄쳐 돌아갈까? 만약에 베렝가에 머무르기로 결정하면, 이후에 다시는 땅을 밟지 못하게 될까? 아발라에 머물다가 돌아간 셸리코트들 중 상당수가 그런 경우가 많았다.

무릴을 다시 되찾을 수 있을까? 엘린은 지금 무슨 계략을 꾸미고 있는 걸까?

여러 가지 물음들이 거대한 산처럼 머릿속을 파고들었다.

다시 한 번 캘럼과 만날 수 있을까? 그의 마지막 음성이 계속 귓가에 맴돌았다.

내일은 소피의 가게로 가서 마음을 위로 받고 싶었다.

너무 많은 상념 때문인지 머리가 혼란스러웠다.

그래서 일찌감치 몸을 일으키고, 외삼촌과 외숙모에게 밤 인사를 했다. 그리고 내 방으로 올라가 잠이 들었다.

다음 날 아침, 미국에 가기 전에 끝마쳐 놓아야 할 몇 가지 일을 해 놓은 다음에 소피의 가게에 가기로 마음먹었다.

일단은 3일간 에든버러에 다녀와야 했는데, 아멜리가 에든버러에서 대학을 다니게 되어 자취방을 구하러 가는 길에 동행하기로 한 것이다. 다행히 외삼촌이 직접 차로 태워다 주기로 했다.

아멜리는 집 안이 떠들썩하두록 한초성을 길러내어 3일 지짐이 아니라 세 달 치 짐을 꾸렸다.

나도 내 짐을 좀 정리하기 시작했다. 워싱턴에 가져갈 옷가지며 기념품을 추리고 골라냈다. 워싱턴에 가 있는 동안 내 방은 그대로 놔두겠다고 외숙모가 약속해 주었다. 외삼촌과 외숙모는 내가 방학마다 돌아와서 자기들과 함께 있다가 갈 거라고 믿고 있었다. 물론 나도 그럴 생각이긴 했다. 이미 이곳 스코틀랜드와 내 가족을 떠나야만 한다는 사실이 생각보다 힘겨웠다. 아멜리와 함께 에든버러 대학에 다닐까도 생각해 봤다. 하지만 적어도 1, 2년은 아주 먼 곳에 있으면서 사랑이 남긴 상처를 치유하고 싶었다. 물론 엄마도 그런 생각으로 이곳을 떠났지만, 그리 효과적이진 않았던 것 같다.

오후에는 소피의 가게에 방문했다. 이미 하려던 일들은 대부분 끝마쳐 놓은 상태였고 시간이 좀 남아 있었다.

우리는 되도록 캘럼에 대한 이야기는 피했다. 아마도 피터가 중요한 건 다 설명해 준 모양이었다. 그래서 주된 화제는 미국이었다. 우리는 출발 준비가 어디까지 되었는지 등을 의논했다.

"거기 가면 일단 제나네 집에서 지내기로 했어요."

소피에게 설명해 주었다.

제나는 워싱턴에 있던 시절, 내 가장 친한 친구였다. 엄마가 돌아가시고 난 뒤에 잠시 제나네 집에서 묵었던 적도 있었다.

우리는 뉴욕에 있는 대학에 둘 다 합격해 놓은 상태였고, 거기에서 둘이 함께 하숙할 계획이었다. 제나를 다시 볼 수 있다는 게 정말 기뻤다.

"공부하기에 돈은 충분하니?"

소피가 물었다.

"엄마가 남겨 주신 유산으로 충분해요. 적어도 4학기는 문제없이 머물 수 있어요."

"하지만…… 아무래도 널 거기 혼자 보내는 게 마음에 걸리는구나. 엘린은 미국에 있던 네 엄말 찾아냈잖니."

고개를 끄덕였다. 물론 몇 번이나 거기에 대해 생각도 해 보고, 의논도 했었다.

"하지만 엘린은 절 어쩌지 못할 거예요. 게다가 저희 엄마를 미워했던 것만큼 절 미워하는 건 아니니까요. 지금쯤이면 저 따위는 잊어버렸을걸요. 게다가 최근에는 아무 소식도 안 들려요. 마치 땅속으로 꺼진 것처럼요."

"그래. 그래서 더 불안한 거야. 너무 조용한 게 아닌가 싶어."

소피가 그릇을 부엌에 가져다 놓기 위해 몸을 일으켰을 때, 나는 재킷을 걸치고 집에 갈 채비를 했다.

"오늘 저녁에 밥 먹으러 오지 않을래?"

소피가 잘그락거리는 소리가 나는 구슬 커튼 사이로 고개를 내밀며 물었다.

"남편도 좋아할 거야. 최근에 피터가 공부 때문에 바빠서 좀 심심해하고 있던 참이거든."

"네. 아멜리랑 함께 가도 될까요?"

"그럼. 오고 싶어 한다면야 언제든 환영이지."

그녀가 미소 지으며 내 볼에 입 맞춰 주었다. 미국에 가면, 소피가 가장 그리울 거다.

책을 한 권 골라 집으로 서둘러 돌아왔다. 그리고 집 앞 정원 벤치에 앉아 책을 읽었다. 오래된 미스 마플 추리 소설이었다.

몇 페이지를 읽자마자 소설의 세계로 빠져들었다. 그리고 외숙모가 정원에 나와서 아멜리와 함께 에릭슨 가의 저녁 식사에 참석하기로 했던 약속을 상기시켜 줄 때까지, 뜨개질과 홍차 냄새 가득한 노처녀 할머니의 평온한 세계에 푹 잠겨 있었다.

외숙모가, 아멜리는 친구 몇 명과 함께 약속이 있어 아직 들어오지 않았다고 해서 나 혼자 밖에 나갈 채비를 했다.

목사관에 가까워질수록 어딘가 불안한 마음을 억누를 수가 없었다. 이런 불안감이 도대체 어디에서 비롯되는 건지 설명할 수는 없었다. 혹시 아멜리한테 무슨 일이 생겼나? 핸드폰으로 전화를 걸어 봤지만 음성 사서함으로 넘어갔다. 이상했다. 원래 전화를 꺼 두는 애가 아닌데.

목사관 앞에 다다르자, 이유도 모를 불안함 때문에 다른 사람들까지 불안하게 만들지는 말자고 다짐했다. 힘주어 고개를 끄덕인 후 노크하려는데, 현관문이 열려 있는 게 보였다.

물론 포트리 시가 안전하기 이를 데 없는 동네이긴 했지만, 아무도 현관문까지 열어 두진 않았다.

그냥 실수로 열어 둔 거겠지, 애써 불안감을 감추고 집 안으로 들어가 현관문을 잘 닫아 두었다.

그런 다음엔 부엌 쪽으로 가 봤다. 집 안이 이상하리만치 조용했다. 원래대로라면 지금쯤 냄비 뚜껑을 여닫는 소리나, 소피가 요리할 때마다 부르는 콧노래가 들려와야 했다. 하지만 아무 소리도 들리지 않았다.

뭔가 이상하다는 생각이 점점 강해졌다.

설마 오늘 약속을 잊었나? 그럴 리 없었다. 가스 불 위에는 여러 가지 음식들이 아직도 보글거리며 끓고 있었다. 나는 정원으로 가는 문을 열어 보았다.

"소피?"

소리쳐 불러 봤다.

"에릭슨 박사님? 저예요."

하지만 아무도 대답하지 않았다. 새들이 지저귀는 소리가 들려왔고, 고양이 한 마리가 다가와 내 다리에 몸을 비볐다.

"소피? 에릭슨 박사님? 어디 계세요?"

소리쳐 불러 봤지만, 고양이가 갸르릉거리는 소리만 돌아왔다. 그리고 훌쩍 뛰더니 모습을 감춰 버렸다.

정원을 가로질러서 구석에 있는 작업실 쪽으로 가 보았다. 에릭슨 박사는 거의 매일 이곳에서 오후를 보내곤 했다. 그림을 그리거나 뭔가를 고치면서 말이다. 소피는 그가 요리에 참견하는 것보다 여기에 틀어박혀 있어 주는 게 훨씬 기쁘다고 했다. 하지만 사실은 요리 하는 동안 에릭슨 박사가 신문 기사를 소리 내어 읽어 주는 걸 좋아했다.

담쟁이덩굴이 뒤덮인 오래된 작업실 문을 끼익 열고 안으로 들어가 보았다.

작업실 의자에는 소피와 에릭슨 박사가 앉아 있었다. 하지만 내부가 너무 어두워서 눈이 적응하기까지는 시간이 좀 걸렸다.

소피의 눈은 공포에 질려 있었다.

그제야 도망쳐야 한다는 사실을 깨달았다.

뇌에서 내린 명령이 다리를 움직이기 전에, 문 옆에 있던 형체가 내 팔을 움켜쥐었다.

"어서 들어오지 않고 뭐해."

그가 말했다. 이 목소리는 절대로, 절대로 듣고 싶지 않았던, 절대 잊을 수 없는 목소리였다.

나는 목소리가 들려오는 방향을 쳐다봤다.

엘린이 에릭슨 박사 옆에 서서 생각 없는 눈으로 삼지창을 흔들고 있었다.

"엠마, 어서 와. 안 그래도 널 찾으러 가려고 했는데 수고를 덜어 줘서 고맙군."

그의 눈이 나를 훑었다. 증오심으로 이글거리는 눈빛이었다. 그는 나를 잊은 게 아니었다.

용기를 긁어모아서 간신히 대꾸했다.

"뭘 원하는 거야?"

내 팔을 움켜쥐고 있는 손아귀에서 꼼짝도 할 수 없었다.

"내가 뭘 원하는지 말야? 무슨 소리를 하는 거야? 넌 내 여동생이라구. 그저 너와 친해지고 싶어서 온 것뿐이야."

그가 비열하게 웃으며 부드럽게 말했다. 거짓말이다.

온 힘을 다해 그의 손아귀를 뿌리친 다음 소피 곁으로 달려가 섰다. 소피가 나를 꽉 끌어안았다. 도망칠 수 있는 방법이 없었다. 엘린의 수하 두 명 중 하나가 문을 지키고 서 있었다.

"그래? 난 너랑 친해지고 싶지 않은데."

내가 대꾸하자, 그녀가 당부했다.

"엠마, 엘린을 화나게 만들면 안 돼."

그러자 엘린이 소피의 말을 되받았다.

"그래. 날. 화나게. 만들지. 마."

입을 꾹 다물고 침묵했다. 엘린의 뺨은 열병 환자같이 붉었고, 입가에는 거품이 고여 있었다. 그의 모습이 어딘가 정신질 환자 같았다. 그가 나와 소피에게 다가왔다.

"하지만 안심해. 나는 이미 충분히 화난 상태라서 더 화낼 수가 없거든. 넌 나에게서 아버지를 빼앗아 갔고, 아미아가 예정된 신랑과 결혼하지 못하게 했지. 너만 아니면 아미아가 여왕이 됐겠지. 너만 없었으면!"

그가 고함을 질렀다. 소피와 나는 그를 피해 작업실 벤치 구석으로 움직였다. 그가 우리를 거의 벤치 모서리까지 몰았다.

"오해야."

기어 들어가는 목소리로 대꾸했다.

"지금 날 가지고 노는 거냐?"

그가 내가 귀청이 떨어져 나갈 정도로 고함을 질렀다.

"캘럼이 도망치도록 한 것도 바로 너지! 너만 아니었으면 다른 종족들이 그렇게 대동단결해서 나에게 대항했을 리 없어! 왜냐하면 우리 셀리코트 내부의 문제니까. 하지만 너! 네가 여기저기 들쑤시고 다니는 바람에 모든 게 물거품이 됐다. 우리 종족이 멸망하면 그건 바로 너 때문이야. 너 하나 때문에! 캘럼은 절대로 우리 종족을 회생시키지 못해. 그 얼빠진 놈은 인간들 편이니까!"

그가 우리 발치에 침을 탁 뱉었다.

이 상황에선 내가 뭐라고 해도 소용없다는 걸 깨달았다. 어떤 말로도 설득할 수 없을 거였다. 이미 제정신이 아니었고, 자기 망상에 완전히 세뇌 당한 것 같았다. 하지만 이제 우리를 어떻게 하려는 거지? 아마 죽일지도 몰라. 도망칠 방법을 궁리해 봤지만, 방법이 없었다. 만약 적어도 새벽까지 시간을 끌게 만들어서 가족들이 내가 돌아오지 않는 걸 이상하게 생각하게 만들면 어떨까? 하지만 그러면 이미 모든 게 늦을 터였다. 엘린이 여기에 온 건 단 한 가지 목적 때문이었다.

나를 죽이려고 온 거다.

온몸이 덜덜 떨렸다. 죽고 싶지 않았다. 지금, 여기서는 죽고 싶지 않았다. 뭔가 방법이 있을 터다.

소피가 나를 자기 등 뒤로 밀었다. 어쩌면 엘린의 상태가 이상하다는 걸 느낀 모양이었다.

"엘린! 제발 소용없는 짓 하지 말게."

에릭슨 박사가 끼어들었다.

"엠마는 아무 잘못이 없네. 자네 아버지가 벌인 일을 엠마

탓으로 돌려도 소용없다는 걸 잘 알잖나.”

에릭슨 박사는 엘린의 뒤에 서 있었기 때문에, 그의 얼굴이 분노로 일그러지는 걸 보지 못했다.

당장 말을 멈춰야 한다는 뜻으로 머리를 저어 보였다. 박사의 말은 엘린의 화를 부추길 뿐이었다.

하지만 박사는 아무것도 눈치 채지 못한 채 계속 떠들어 댔다.

“아미아와 미로가 결혼한 건 엠마랑은 관계없어. 사랑하지 않는 사람과 결혼하는 게 얼마나 끔찍한 건지는 아마 네가 더 잘 알 거다. 네 엄마를 떠올려 봐.”

이미 물은 엎질러져 버렸다. 엘린이 박사 쪽으로 홱 돌아봤다. 소피가 비명을 질렀다. 그리고 엘린이 삼지창을 치켜드는 장면이 슬로모션처럼 보였다.

“안 돼!”

비명이 터져 나왔다.

그 순간, 엘린과 박사 사이로 소피가 뛰어들었다. 그녀를 말리려고 했지만 이미 때는 늦었다. 정신을 차렸을 때, 이미 삼지창이 그녀의 몸을 관통한 후였다.

소피가 눈을 감고 쓰러졌다. 나는 음산하게 미소 짓는 엘린을 향해 비명을 질렀다.

“이건 경고일 뿐이야. 너도 죽일 거니까. 단지, 지금은 안 죽여. 캘럼이 보는 앞에서 죽여야 하니까.”

“캘럼은 이제 날 사랑 안 해! 내가 죽든 말든 상관 안 할 거라구. 그렇게 된 건 다 너 때문이야!”

제정신을 잃고 미친 듯이 소리 질렀다. 그런 다음엔 바닥 위에 힘없이 무릎을 꿇고 앉았다. 소피는 내 팔에 안겨 있었다. 삼지창도 여전히 기슴에 막혀 있는 상태였다.

에릭슨 박사가 그녀의 얼굴을 쓰다듬었다.

"소피……."

그가 중얼거렸다.

"제발, 제발 정신 차려!"

엘린이 눈 깜짝할 새에 그녀의 몸에서 삼지창을 빼내더니, 작업대 위에 놓인 천으로 천천히 피를 닦아 냈다. 그런 다음 천을 바닥에 던졌다.

"그럼, 곧 다시 만나자구."

그가 정중하고 음산하게 마지막 말을 내뱉고는 수하들에게 고갯짓한 후, 바람처럼 어둠 속으로 사라졌다.

적막이 우리를 감쌌다. 흐느낌 소리에 정적이 무너졌고, 흐느끼고 있는 게 나라는 걸 깨닫기까지는 시간이 걸렸다.

소피는 몸을 움직이지 않았다. 엘린이 삼지창을 빼내는 순간에도 움직이지 않았다.

"에릭슨 박사님?"

그의 팔을 흔들었다.

"빨리요. 구급차!!"

하지만 그는 미동도 하지 않았다. 얼이 빠진 채 평생을 자신 곁에 있었던 여자 앞에 주저앉아 있었다. 나는 조심스럽게 소피를 바닥에 눕힌 후, 세면대 옆에 떨어진 수건을 접어서 그녀

의 목 뒤를 받쳐 주었다. 그러고는 바지 주머니에서 핸드폰을
꺼냈다.

외삼촌의 번호를 누르려고 했지만, 몸이 너무 심하게 떨리
는 바람에 뜻대로 되지 않았다. 세 번이나 시도하자 간신히 수
신음이 들렸다. 벨 소리가 영원히 울릴 것만 같았다. 드디어 전
화기 저편에서 외숙모의 목소리가 들렸다.

"외숙모. 여기로 지금 오셔야 해요."

흐느낌 때문에 목소리가 나오지 않았다.

"무슨 일이니?"

외숙모가 물었다.

"엠마, 왜 그래? 너 괜찮니?"

대답할 기력이 없었다. 소피의 화려한 블라우스 위로 피가
배어 나오는 걸 바라보며 고개를 끄덕였다.

"여보. 여보! 빨리 와 봐요. 엠마가 이상해요."

전화기 저편에서 외숙모의 목소리가 메아리치는 것 같았다.
그리고 외삼촌의 목소리가 들렸다.

"엠마. 무슨 일이냐?"

"의사요. 빨리요. 소피가 다쳤어요. 많이 다쳤어요."

작게 중얼거렸다.

몇 분 지나지 않아 외삼촌과 외숙모가 닥터 브랜트와 함께
달려왔다.

외숙모는 나를 작업실에서 꺼내 부엌 의자에 앉혔다. 그런
다음 차가운 물수건으로 손에 묻은 피를 닦아 주었다. 소피의

피였다. 하지만 몸이 움직여지지 않았다.

잠시 후 두 명의 구급대원이 소피를 들것에 실어 갔다. 흰색 천에 둘러싸여 있었고, 얼굴에는 산소마스크가 씌워져 있었다.

"인버네스 병원에 헬기로 실어 갈 거래."

외삼촌이 외숙모에게 말했다.

닥터 브랜트가 들어와 내 앞에 한쪽 무릎을 세우고 앉았다.

"엠마, 내 말이 들리니?"

"쇼크 상태인 것 같아요. 아무 말도 하지 않아요."

외숙모의 목소리가 들렸다.

"일단 집으로 데려가세요. 침대에 눕혀 놓아야 합니다. 이따가 들러서 진정제를 놔 주고 갈게요. 일단 저는 에릭슨 박사와 함께 인버네스 병원에 갈 겁니다."

외삼촌이 나를 부축해 차에 태웠다.

난 방으로 가고 싶지 않았다. 만약 엘린이 마음을 바꿔서 날 죽이려고 오면 어쩌지? 캘럼이 내가 죽는 걸 지켜보게 하고 싶다던 마음을 바꾸는 건 간단할지 몰랐다. 이미 미쳐 버렸으니 무슨 짓을 하건 이상하지 않을 터였다.

외숙모가 나를 거실 소파에 뉘여 주었다. 하지만 닥터 브랜트가 와서 진정제를 놔 주고 간 후에야 잠들 수 있었다.

눈을 뜬 후, 기억이 돌아오기까지는 좀 시간이 걸렸다. 저쪽에서 외삼촌이 누군가와 전화하는 소리가 들렸다.

"상황이 안 좋아. 소피를 수술해야 했대. 상처는 생각보다 깊지 않은 것 같아. 중요한 장기는 다치지 않은 모양이더군. 여기까지는 좋은 소식이었고, 나쁜 소식은 계속 의식이 돌아오지 않고 있어. 마취에서 진작 깨어났어야 하는데 눈을 뜨질 않아. 피터! 미론한테 이 사실을 좀 알리거라. 에릭슨 박사는 소피의 곁을 떠나지 않고 있어. 어쩌면 미론이나 멀린이 살릴 수 있을지도 모르잖아."

겁에 질려 이불 속으로 더 깊게 파고들었다. 언제쯤 이 모든 게 끝날까? 도대체 어쩌다가 우리 모두 이런 일에 휘말리게 된 걸까?

오후가 되어서야 몸을 일으켜서 외숙모가 끓인 수프를 먹고 기운을 낼 수 있었다.

다음 날, 우리는 다 같이 인버네스 병원으로 차를 몰았다. 소피는 하얀 병원 침대에 누워 있었다. 그 옆에 생명 유지 장치의 그래프가 움직이지 않았다면 죽었다고 생각할 뻔했다. 나는 그녀의 얼음처럼 차가운 손을 꼭 잡았다. 에릭슨 박사는 몇 년은 늙은 것 같았다. 외삼촌이 그에게 병원 1층의 휴게실에 가서 뭘 좀 먹자고 권했다.

외숙모와 나는 소피의 곁을 지켰다. 방 안에는 긴 침묵만 맴돌았다.

우리는 매일 소피가 깨어났다는 전화를 기다렸지만, 소피의 상태는 호전되지 않았다.

미국으로 떠나야 하는 날짜가 점점 다가왔다. 도대체 뭘 어떻게 해야 할지 몰랐다. 적어도 소피가 건강을 회복하기 전까지는, 적어도 건강을 회복할 거라는 전망이 보이기 전까지는 떠날 수 없었다.

그러던 어느 날, 피터로부터 전화가 걸려 왔다. 외삼촌과 피터의 통화가 길어지면 길어질수록, 아직 이 모든 악몽이 아직 끝나지 않았다는 게 실감이 되었다.

외삼촌은 전화를 끊고 나서도, 계속 침묵한 채 생각에 잠겨 있었다. 외숙모와 나는 그의 입만 쳐다보며, 상황을 설명해 주기만 기다렸다.

그가 깊게 심호흡을 했다.

"멀린이 소피한테 갔었대. 그리고 의식이 돌아오지 않는 원인을 알아냈어. 독이야."

그가 잠시 말을 아꼈다.

"아마 삼지창에 묻혀 났던 것 같아. 해독제 없인 깨어나지 못할 거래."

나는 테이블로 가서 의자에 앉으며 물었다.

"그럼 그 해독제를 어디서 찾죠?"

"의사들도 오리무중이야. 이런 독은 처음이래. 어디서 이런 독극물에 중독된 거냐고 캐묻더라구. 사실대로 설명할 수도 없어서 사고였다고 둘러댔지만 안 믿더군."

외삼촌은 현장에 출동한 경찰들에게 소피가 청소를 하다가 에릭슨 박사의 아프리카 토속 무기 위로 넘어졌다고 둘러댔다고 했다. 그리고 실제로 그 작업실 벽에 걸려 있던 무기 하나를 보여 주었더니, 일단은 수긍하는 눈치였다고 했다. 왜냐하면 에릭슨 박사처럼 존경받는 신사가 자기 아내를 일부러 해치지 않을 거라고 믿었기 때문이란다.

"그러니까 혹시 심문 당할 때를 대비해서 입을 좀 맞춰 두자고. 아무튼 지금은 해독제를 찾는 게 급선무야."

드디어 의식 불명의 원인을 찾아낸 지금, 무슨 독이든 해독제가 있을 거라는 믿음만이 유일한 희망이었다. 다행인 건, 소피가 아직 살아 있다는 거였다. 사람을 완전히 죽음으로 몰고 갈만한 독은 아니니 이 모든 일이 잘 해결되길 바라는 수밖에 없었다.

소피가 없는 포트리는 상상할 수도 없었다.

"멀린이 캘럼과 이야기해 볼 거래. 독의 성분은 바다에서 유래한 거라니까, 어쩌면 셀리코트들이 알고 있는 독일지도 몰라."

외삼촌이 말했다.

하지만 불길한 예감이 엄습했다.

"만약에 엘린이 운디네한테서 그걸 얻어 냈으면 어쩌죠?"

때마침 부엌에는 눈부신 햇살이 쏟아져 들어왔지만, 공기 중에는 무거운 침묵만이 감돌았다.

나는 외삼촌과 함께 한 번 더 인버네스 병원에 가서 소피의 곁에서 이틀을 지냈다. 그녀의 상태는 전과 같았다. 의사들은 해독제를 찾지 못한 상태였고, 병실에 들어오는 횟수가 늘어날 때마다 점점 더 소피의 회생을 단념하는 것 같았다.

나의 앞에는 선택이 기다리고 있었다. 미국행을 취소할 것인지, 아니면 3일 후 출발해야 했다. 외삼촌은 미국으로 가라고 권했고, 외숙모는 여기에 남아 있으라고 부탁했다. 외삼촌은 미국이 훨씬 안전하다고 생각했지만, 외숙모는 여기에 있으면 모두가 지켜 줄 거라고 생각했다. 거기에 아멜리까지 합세해 에든버러로 함께 가자고 애원하는 바람에 머릿속이 엉망이었다.

어느덧 날이 저물어 어둑해져 있었다. 인버네스에서 출발이 너무 늦어지게 된 것이다. 하지만 소피와 헤어지는 게 힘들었다. 어쩌면 이게 그녀를 보는 마지막일지도 몰랐기 때문이다. 외삼촌은 절대로 차에서 내리지 말고 포트리로 곧장 운전해 가라고 당부했다.

무척이나 아름다운 밤이었다. 차창을 내리고 선선하고 맑은 밤공기를 깊게 들이마셨다.

하지만 피로 때문인지 눈꺼풀이 무거워졌다. 벌써 한 시간이 넘게 달려온 상태였고, 아직 한 시간 거리가 더 남아 있었다. 잠시 쉬었다 가는 게 현명할 것 같았지만, 약속을 어기기는 싫었다. 하지만 설마 이런 구석진 곳까지 엘린이 날 쫓아올까?

저 멀리 에일린 도난 성[7]의 윤곽이 보여서 그쪽으로 차를 몰

---

7 스코틀랜드에 있는 성.

고 가는데, 카일아킨[8] 때문에 시내 변두리에 차를 세웠다.

그러고는 차에서 내려서 바다 내음을 맡았다.

나의 행동이 어리석다는 건 알고 있었지만, 바다는 마치 마법처럼 나를 끌어당겼다. 너무 오랫동안 바다를 멀리해 왔고, 내 몸은 탐욕스럽게 바다를 갈망하고 있었다.

그래서 잠시 동안이나마 나를 노리고 있는 위험에 대해서는 잊기로 했다. 누군가가 나를 바다로 재촉하는 것 같았다. 아마 엘린도 오늘 밤은 자기 부하들과 함께 어딘가에서 춤을 추겠지. 오늘 밤, 바로 여기에서 나를 기다렸을 가능성은 적다고 판단했다.

해안가에 옷가지를 벗어 두고 천천히 물에 들어갔다. 검게 빛나는 바다가 눈앞에 펼쳐져 있었다. 은빛 보름달이 해수면에 거울처럼 비치고 있었다. 바다에 발을 담그기도 전에, 은빛 체광이 수면 위에 전율하듯 빛났다. 점차 깊은 곳까지 헤엄쳐 들어가, 내 몸 깊은 곳부터 흘러나오는 은빛 체광을 넋 놓고 바라보았다. 여태껏 한 번도 이렇게 밝게 빛났던 적은 없었다. 마치 마법 같았다. 정말이지 아무런 노력 없이도, 내 주위의 온 바다가 완벽한 은빛에 녹아드는 것 같았다.

나는 점점 더 깊이 헤엄쳐 들어갔다. 폐 속에 공기가 사라지자, 바닷물을 깊이 들이마셨다. 그리고 수중 호흡을 하면서 수영을 시작했다. 마치 화살처럼 물살을 가르며, 있는 힘을 다

8 Kyleakin. 하루에도 몇 번씩 변하는 스코틀랜드의 변덕스러운 날씨.

해 수면 위로 솟아올랐다. 그리고 나만의 회전을 성공시킨 다음 다시 바다로 산뜻하게 입수했다. 그리고 또 한 번 더 빠르게 물살을 치고 솟아올랐다. 점프한 후, 회전한 다음 다시 입수했다. 그때 한 가지 생각이 머릿속을 스치고 지나갔다. 만약에 이대로 물속에서 살게 되면 어떨까? 지상에서의 삶과 물속에서의 삶 중에 선택하라면, 어떤 걸 택해야 할까? 달콤한 유혹이었다. 모든 걱정과 두려움이 사라졌다. 물속은 안전했고, 물속에선 강했다. 나는 몇 시간이나 헤엄쳤다.

하지만 결국은 이성적으로 행동하기로 마음먹고 뭍으로 돌아가기로 결심했다. 수면으로 올라와 해안까지 헤엄쳤다. 체광이 희미해져 갔다. 달이 구름 뒤로 숨어 있었기 때문에, 주위는 칠흑같이 어두웠다. 뭍으로 올라오자 살갗에 소름이 돋았다. 머리칼에서 물기를 털어 낸 다음, 자동차로 다가갔다.

그때였다. 저쪽 수풀에 어떤 형체가 있었다. 겁에 질려 뒤로 물러섰다. 기억 속의 이미지가 머리를 스쳤다. 날 보던 엘린의 미치광이 같은 눈빛이.

뒷걸음질 치며 비틀거렸다. 독 안에 갇힌 쥐었다. 하지만 날 순순히 죽이진 못할 거다.

달이 구름 사이로 나오자, 그림자에 묻혔던 형체가 윤곽을 드러냈다.

캘럼이었다. 심장이 멎는 것 같았다.

그가 화난 눈빛으로 나를 보고 있었다.

그러자 다시 심장이 쿵쾅대기 시작했다.

"죽는 게 그렇게 소원이야?"

그가 소리쳤다.

"제발 그냥 보통 인간처럼 살아 주면 안 돼?"

나는 멍하니 그를 바라보았다. 그의 분노가 나를 겁먹게 만들었다.

"그게 너랑 무슨 상관인데?"

최대한 떨지 않으려고 노력하면서 대꾸했다.

그리고 차 쪽으로 몸을 휙 돌렸다. 절반은 벗은 상태라 부끄러워서 뭐라도 걸치고 싶었다. 그때 캘럼이 나에게 다가와 팔을 꽉 잡고 나를 바라보았다.

온몸이 전류에 감전된 것 같았다. 이렇게 거친 접촉에도 내 몸이 찌릿하며 반응하는 게 느껴졌다. 그가 바로 눈앞에 있었다. 그를 밀어내야 했다. 그를 바라봐선 안 된다.

갑자기 그가 손을 들어, 귓가에 흘러내린 머리칼 하나를 귀 뒤로 넘겨 주었다.

몸이 덜덜 떨렸다.

"엠마, 엠!"

그가 작게 속삭였다. 그가 여태껏 내 이름을 이보다 부드럽게 불렀던 적은 없었다. 하지만 여전히 그를 바라볼 수 없었다. 나는 그의 시선을 피했다.

"내가 밤낮없이 널 보호하려고 얼마나 힘든 줄 알아? 그런데도 넌, 어떻게 이렇게 부주의하고 무방비한 상태로 불구덩이에 뛰어드는 건지."

그가 고개를 흔들었다.

"도대체 여기서 한밤중에 혈혈단신으로 수영을 하다니, 무슨 생각인 거야? 도대체 어쩌자고 아발라를 떠난 거야? 네가 이성적으로 행동하게 만들려면 어디다가 가둬 놓아야만 하겠군."

그제야 그를 바라보았다. 지금 무슨 말을 하는 거지? 잘못들은 건가? 그가 부드럽게 손가락으로 내 뺨을 쓰다듬고는 끌어안았다.

생각을 집중해 보았다. 이게 대체 무슨 일인지 파악을 해야했다.

"잠깐만, 넌 날 떠났잖아."

그에게 기억을 상기시켜 주었다.

그러자 그가 한숨을 쉬었다.

그의 품, 숨결과 향기 때문에 어지러웠다.

대답 대신, 그가 내 턱을 들어 자신을 바라보도록 했다. 그리고 내게로 몸을 굽혔고, 나는 눈을 감았다.

부드러운 키스가 아니었다. 절망으로 가득 찬, 격렬한 키스였다. 내가 몇 달 동안 기다리고 갈망하던 그런 키스였다. 그의 손가락이 내 머리칼 사이를 파고들었다. 입술을 벌리자 길고 거친 날숨이 새어 나왔다. 그가 나를 들어 올려 바다로 이끄는 것도 모를 정도였다. 그의 손길이 내 몸, 피부 위에서 불타는 것 같았다. 심장이 가슴을 뚫고 터져 나올 것 같았다.

우리의 몸이 바다에 잠기자, 주변이 빛으로 물들기 시작했다. 우리의 체광, 그의 밝은 바다색과 나의 회색이 하나로 얽혔다. 그가 나를 더 강하게 끌어당겼고, 바닷속에서 해방된 욕망은 격정의 풍랑처럼 우리의 이성을 마비시켜 버렸다.

그가 어째서 태도를 바꾼 건지 고민할 겨를조차 없었다. 내가 원하는 건 오직 캘럼뿐이었다. 전에도 그랬고 앞으로도 그럴 것이었다. 내 피부의 솜털 하나까지도 그를 원했다. 그렇게 오랫동안 설망에 몸부림쳤던 시간이 이제 불타는 욕망으로 변해 버렸다.

우리의 감정은 바닷속에서 허리케인처럼 폭발했다. 처음 호수에서 수영하던 때보다 백배는 강한 허리케인이었다. 캘럼도 더 이상 자신을 억누르려고 하지 않았다. 그리고 감정이 이끄는 대로 몸을 맡겼다.

몇 분, 아니 몇 시간이 흘렀을까. 우리는 가만히 해안에 누워 있었다.

"어째서?"

그에게 물었다.

"널 다시 잃을 순 없었어. 내 자제력도 한계였고."

그가 나를 세게 끌어안았다.

"네가 바닷속으로 들어갔다는 걸 느끼자마자 두려움 때문에 미쳐 버리는 줄 알았어. 엘린도 널 느낄지 모르니까. 정말 어리석은 행동이었어."

"어쩔 수 없었어."

그가 고개를 끄덕이는 게 느껴졌다.

"바다가 불렀겠지. 보름달 밤이잖아, 이제 너도 각성한 거야."

우리는 나란히 누워서, 하늘에서 빛나고 있는 은빛 구체를 바라보았다. 유리처럼 맑고 투명한 달이 우리를 내려다보았다.

"이제 금방 날이 밝을 거야. 집으로 빨리 돌아가. 아마 다들 걱정 때문에 정신이 나가 있을 테니까."

"그냥 여기 있자. 여기서 함께 사는 거야."

그가 해맑게 웃었다. 그렇게나 잊으려고 노력했던 웃음이었다.

"아무도 오늘 밤에 일어난 일을 알아선 안 돼. 그게 널 지킬 수 있는 유일한 방법이야. 엘린은 내 약점이 뭔지 잘 알아. 만약 네가 죽는다면 나도 더는 살 수 없을 테니까."

"그래서…… 나한테 그렇게 쌀쌀맞게 행동한 거야? 엘린이 나에게서 관심을 돌리게 하려고?"

그가 침묵했다.

"단지 그 이유 때문에 사랑하지도 않는데 아미아랑 결혼하려고 한 거야?"

"아미아라면 이해해 줬을 거야."

"그건 네 생각이지."

"하지만 아발라엔 분명 첩자가 있었어. 누가 적이고 누가 아군인지, 또 엘린의 끄나풀이 몇 명이나 있는지도 모르는 상황에선 아미아랑 결혼하는 것만이 널 지킬 수 있는 유일한 방법이었어."

그의 목소리는 전처럼 거만하지 않았다.

"하지만 결국엔 이렇게 스스로 위험 속으로 뛰어들려고 할 줄이야."

"평범한 인간으로 돌아가기 전에 마지막으로 수영하고 싶었던 것뿐이야. 뭐, 적어도 노력은 해 보려고 했어."

"아무도 엘린이 어디에 숨어 있는지 몰라. 무슨 일이 일어날지, 언제 어디서 그가 나타나 덮칠지 모르는 일이야. 정말 조심해야 돼. 소피의 일만 해도 그래. 그 독은 널 해치기 위해 발라 뒀던 게 분명해."

"엘린은 네가 보는 앞에서 날 죽이겠다고 말했어."

떨리는 음성으로 말했다.

"당장, 가능한 한 빨리 아발라로 돌아와."

그가 몸을 일으키며 단호하게 명령했다. 고개를 끄덕였다. 그가 나를 떠나지 않는 이상, 무엇이든 할 수 있었다.

"만약 네가 여기서 엘린과 마주쳤다고 생각하면……."

그가 손으로 얼굴을 감싸 쥐었다.

"정말…… 내가 모두에게 지금 무슨 짓을 하고 있는 건지……."

"아무 일 없었잖아."

그를 진정시켰다.

"모르는 일이야."

키스로 그의 말을 중단시켜 버렸다.

우리가 헤어지려 할 때 즈음에는 벌써 핏빛으로 이글거리는 태양이 수평선 위에 걸려 있었다.

그가 나를 차 있는 데까지 데려다주었다.

"어떻게 가려고?"

그와 단 한순간도 떨어져 있고 싶지 않다는 갈망이 내 말 속에 녹아들어 있었다.

"물길 따라서."

그가 내게 미소 짓고, 마지막으로 한 번 더 키스했다. 그러고는 나를 차 속으로 밀어 넣었다.

그가 수평선 속으로 사라지는 모습을 바라보았다. 내일, 그는 나를 데리러올 거다.

약속했으니까.

《문라이트 사가》 3권에서 계속.